真田三代

上

火坂雅志
Hisaka Masashi

NHK出版

真田三代

上

装幀　多田和博
装画　「川中島合戦図屏風」（岩国美術館所蔵）
「真田幸隆像」（長国寺所蔵）
「真田昌幸像」（個人蔵）

真田三代　上◆目次

真田三代系譜

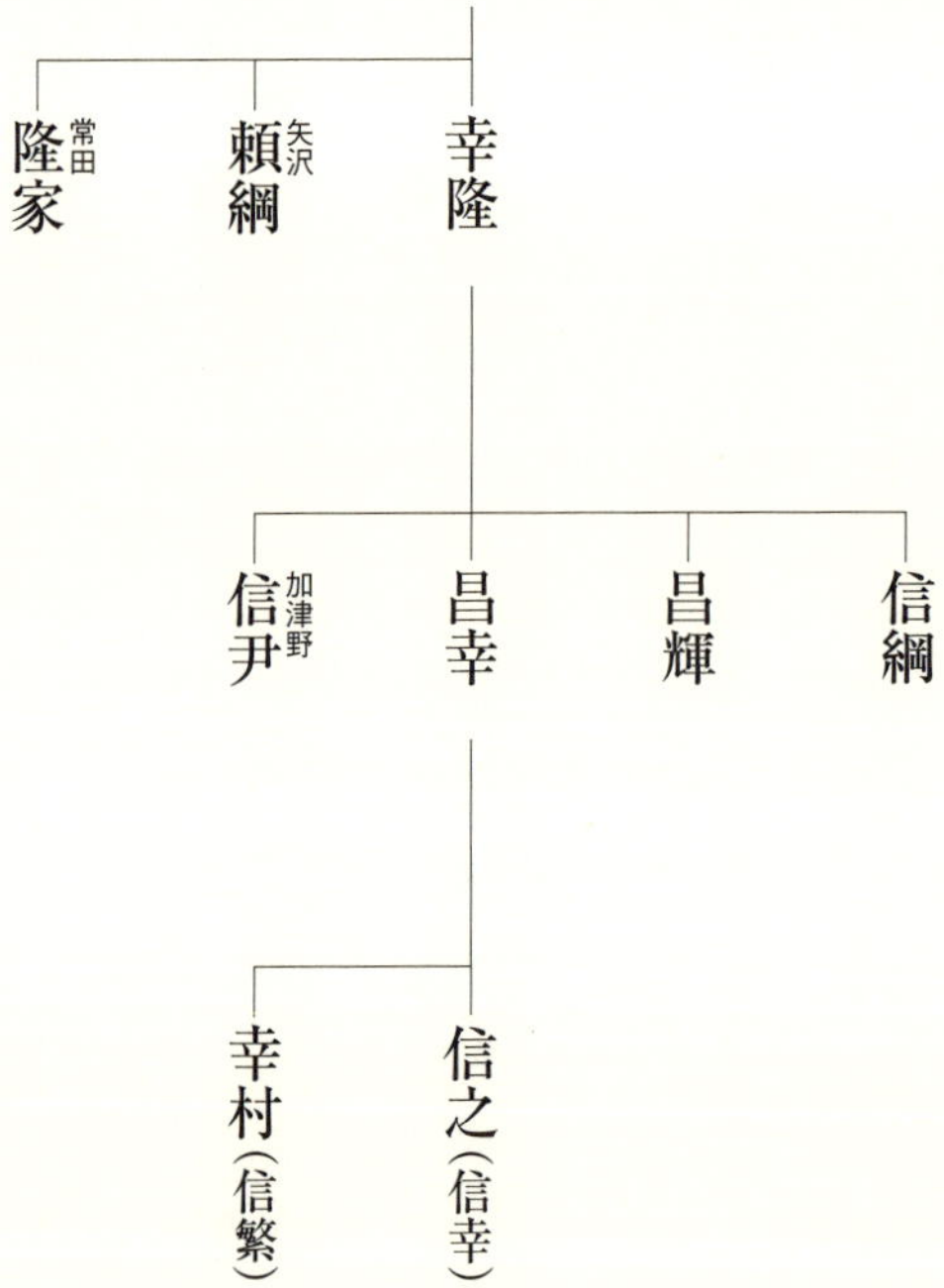

第一章　鬼　謀

一

　カラマツの林を雨が濡《ぬ》らしている。蜘蛛《くも》の糸をつないだような小糠《こぬか》雨である。

降りしきる五月雨《さみだれ》のなか、真田幸隆《さなだゆきたか》は尻の張った黒鹿毛《くろかげ》の馬を走らせていた。

（一千貫《かん》、一千貫……）

と、口のなかで念仏のように唱えている。カラマツ林のあいだに細くつづく山道を見つめる幸隆の目は、やや血走っている。目頭がいつも充血しているのがこの男の特徴で、興奮したときなど、その血の色がいっそう増す。

　蓑笠《みのかさ》はつけておらず、白紐《ひも》でくくった髪も、褐色《かちんいろ》の小袖《こそで》も、鹿革《しかがわ》の袴《はかま》も、雨にじっとりと濡れそぼっていた。もっとも、雨に濡れようが、泥にまみれようが、全身に血糊《ちのり》を浴びようがそれをいちいち気にかけるような男ではない。

　おのが欲するもののためなら、いかなる手段を用いても、最後にはそれを手に入れるしぶとさと、野太い胆力と狐のような知恵を、今年三十九歳になる幸隆は持っている。

　手綱《たづな》を握る腕は、松の根のようにたくましく、胸板の厚い体にぎらぎらとした精気がみなぎっていた。

黒鹿毛の馬は、道ばたに熊笹《くまざさ》や茅《かや》が猛々《たけだけ》しく生い茂る山道を駆け、やがてカラマツ林を抜けて見晴らしのいい峠に出た。

名を、

——鳥居《とりい》峠
という。

鳥居峠は二つの国を結んでいる。峠の西側は信濃《しなの》国小県《ちいさがた》郡真田《さなだ》郷、東側は上野《こうずけ》国の吾妻《あがつま》郡である。現在の長野県と群馬県の県境にあたる。

鳥居という名は、ここが四阿山《あずまやさん》の頂に鎮座する四阿山権現《ごんげん》への参拝口にあたり、峠に鳥居があったためである。山頂まで、一町《いっちょう》ごとに石の祠《ほこら》が建てられていた。

幸隆は馬の背から飛び下り、鳥居のかたわらの馬繋《つな》ぎ石に手綱を結びつけた。

「待っておれ」

馬の首をたたき、幸隆は尾根づたいに伸びる険しい参道をのぼりはじめた。

相変わらず、雨が降りしきっている。渦を巻くようにゆっくりと濃い霧が流れ、周囲の山々は乳色のとばりの向こうに隠れていた。

十町ほど道をのぼっていくと、行く手に石置き屋根の籠屋《こもりや》が見えてきた。山岳修験《さんがくしゅげん》の山伏が寝泊まりする、花童子《げどうじ》の籠屋である。

真田幸隆はあたりにするどい視線をくばった。霧の向こうを透かすように見ていたが、やがて、

「おるか」

籠屋の板戸に顔を近づけて呼びかけた。

返ってきたのは男ではなく、女の声だった。

「遅かったではありませぬか」

責めるような口調だが、声は甘い湿り気をおびている。

「砥石城《といしじょう》の東の備えを見てまわってきた」

「あれだけ手ひどくやられたと申すに、性懲《しょうこ》りもなく……」

「よいから、早くあけよ」

幸隆がせかすと、くぐもった低いしのび笑いとともに、板戸が内側から音もなくあいた。

「お待ち申しておりました」

籠屋の薄闇の向こうで頭を下げたのは、白い千早《ちはや》に紅の切袴《きりばかま》をまとった歩き巫女《みこ》である。

信濃国小県郡の禰津《ねつ》の里に、

——ノノウ
と呼ばれる歩き巫女たちがいる。女は、その禰津のノノウを束ねる長《おさ》であった。

目に知恵深い涼やかな光があり、男心をそそるような下唇の厚い妖艶《ようえん》な口元をしている。

女は籠屋の奥の板敷に幸隆を招き入れると、慣れたしぐさで雨に濡れた小袖を脱がせ、刀傷が縦横に走る男の引きしまった浅黒い体を麻布でぬぐった。

「一千貫だ、花千代《はなちよ》」

幸隆は女の腕をつかみ、膝《ひざ》の上へぐいと抱き寄せた。血がたけっている。一千貫という言葉の響きが、幸隆の全身を熱く火照《ほて》らせていた。

「何のことでございます」

花千代と呼ばれた女が、黒水晶のような瞳で男の顔をひたと見つめた。

「武田晴信《たけだはるのぶ》さまが、このわしにお約束下されたのよ。砥石城を攻め落としたあかつきには、わが真田家に一千貫の土地を与えるとな」

「躑躅ケ崎《つつじがさき》のお屋形《やかた》さまが、さようなお約束を」

「しかと、なされた」

「笑止《しょうし》な」

女が目を細めた。

「砥石城と申せば、その躑躅ケ崎のお屋形さまが、大軍をもってしても攻め落とせなかったお城ではございませぬか。それをあなたさまが、どうやって」

「おのが道を切り拓《ひら》くとき、目の前に立ちはだかる壁は、高ければ高いほど見返りも大きいものよ。わしは、やる」

幸隆は不敵に笑った。


天文《てんぶん》十九年（一五五〇）八月――。

甲斐《かい》国守護の武田晴信《はるのぶ》――のちの信玄《しんげん》は、信濃国小県郡の砥石城を囲んだ。

砥石城は、埴科《はにしな》郡葛尾《かつらお》城主村上義清《むらかみよしきよ》の支城である。北信濃への進出をもくろむ武田晴信に対し、その行く手に敢然と立ちはだかったのが村上義清だった。

天文十七年の上田原《うえだはら》の戦いでは、武田軍は老練な村上義清の前に、有力武将の板垣信方《いたがきのぶかた》、甘利《あまり》虎泰《とらやす》を討ち取られるなど屈辱的な大敗を喫している。

捲土重来《けんどちょうらい》を期した晴信は、その二年後、村上義清の葛尾城へ迫るべく、尾根つづきの砥石城へ攻め寄せたのである。

砥石城を落とせば、楯《たて》を失った葛尾城は裸城も同然となる。

「何としても、砥石城を陥れるのじゃッ！」

この年三十歳になった晴信は、砥石城攻略に執念を燃やした。

砥石城攻めには、真田幸隆も参戦している。

出陣に先立ち、武田晴信は幸隆に対して、

「味方勝利のあかつきには、そのほうに一千貫の土地をつかわそう」

と、約束していた。

（一千貫か……）

むろん、幸隆は必死で戦った。しかし、砥石城の守りは堅く、武田勢が攻めあぐねているあいだに、北信濃の地侍高梨《たかなし》氏と争っていた村上義清が敵と和睦《わぼく》。砥石城の後詰《ごづ》めにあらわれる事態となった。

城中の兵と義清の本隊に挟み撃ちされることを恐れた武田晴信は、退却を決意。だが、村上勢の猛烈な追撃を受け、横田《よこた》備中守《びっちゅうのかみ》高松《たかとし》ほか将兵一千人が討ち死にするという大敗北となった。

世にいう、

――砥石崩《といしくず》れ
である。

これにより、幸隆が武田晴信とかわした一千貫の約束も、おのずと反故《ほご》となった。

しかし、幸隆はあきらめなかった。

「砥石城攻略の儀、なにとぞ、それがしにおまかせ下さりませ」

と、武田晴信に直訴。晴信がこれを許したため、一千貫の約束も復活した。
とはいえ、武田晴信でさえ落とせなかった砥石城を幸隆が攻略できると考える者は、当の晴信はもとより、武田家中に誰《だれ》一人としていなかった。

禰津の巫女頭の花千代が、
「ふふふ……」
と、喉《のど》の奥で笑った。
「相変わらず、あなたさまはしぶとうございますこと」
「当然だ。このいくさには、わが滋野《しげの》一門の命運がかかっておる」
真田幸隆は言葉に力を込めた。
幸隆のいう、
——滋野一門
は、平安、鎌倉の世からつづく信濃国の古族である。
滋野氏の分かれである、
海野《うんの》
望月《もちづき》
禰津
の三家は、とくに滋野三家と呼ばれ、信濃はもとより隣国の上野にまで勢力をのばして、各地に根づいていった。
真田氏は、この滋野一門のうち、惣領《そうりょう》家とあおがれる海野氏の流れを汲《く》んでいる。

「真田」

を称するようになったのは、彼らが小県郡真田郷——現在の長野県上田市真田を根拠地としたからで、紋は海野氏と同じ六連銭《むつれんせん》（六文銭《ろくもんせん》）を用いた。すなわち、禰津のノノウの花千代と真田幸隆は、根をたどれば同族ということになる。

彼ら滋野一門には、共通の宿願があった。

うちつづく戦国乱世の混乱で、地に堕《お》ちた名族滋野氏の権威の回復と、領土の拡大である。

じっさい、惣領家の海野氏は、いまから十年前の天文十年、武田信虎《のぶとら》（晴信の父）、村上義清、諏訪頼重《すわよりしげ》連合軍の攻撃を受け、敗北を喫して没落の道をたどった。幸隆自身、本貫《ほんがん》の地を逐《お》われて、隣国上野の箕輪《みのわ》城主長野業政《ながのなりまさ》のもとへ身を寄せるという辛酸を嘗めている。

のち、武田信虎が息子晴信に追放されると、幸隆は晴信の軍師である山本勘助《やまもとかんすけ》の口添えにより信濃へもどって武田氏に属するようになったが、その胸の底には、

（武田なにするものぞ。いつかこの手で、信濃、上野二ケ国をつかみ取ってみせよう……）

という思いが渦巻いていた。

幸隆にとって、その野心の第一段階となるのが、

——砥石城攻略
の大仕事である。

「ひとつ、そなたにも働いてもらわねばならぬ」

幸隆は女の耳もとに、熱い息づかいで囁《ささや》いた。

「わたくしに……」

「そうだ。そなたにしかできぬ仕事よ」

二

砥石城は、東太郎山《ひがしたろう》の支脈のひとつが南へ伸びる尾根上に築かれている。
東側は神川《かんがわ》をのぞむ絶壁。西側も斜面が険しく、天然の地形を利用した堅固な城である。
しかも、尾根の上は台地のごとく広々としており、
本城
のほか、
桝形《ますがた》要害
米山要害
などの諸砦が、雄大な縄張で配置されていた。
真田幸隆は、砥石城と神川をへだてた東岸の上原《うえはら》の地に陣を布《し》いた。砥石城の城兵二千に対し、幸隆に従う真田の手勢はわずか八百足らずである。
敵の二分の一にも満たない人数で城攻めをしようなどとは、常識で考えればあり得ない暴挙といってよい。
だが、幸隆には勝算があった。
(そもそも、砥石城はわしが築いた城ではないか……)
山深い真田郷から、上田盆地への進出をめざし、幸隆がその先鋒の城として築いたのが砥石城である。
しかし、埴科郡の葛尾城から勢力をのばしてきた村上義清に奪われ、いまは村上方の前線基地

清である。

となっている。幸隆時代は本城しかなかった城を、現在のような堅牢《けんろう》な要害に造り変えたのは義

とはいえ、もとはおのれが手がけた城だけに、幸隆は周辺の地形から、水の手のありか、間道の位置まで、目をつぶっても頭に思い描けるほどに知り尽くしていた。

「右馬助《うまのすけ》」

と、幸隆は弟の矢沢《やざわ》頼綱を呼ばわった。

「お呼びでござるか」

陣幕をめくってあらわれたのは、額に鉢金《はちがね》を巻いた長身の武者だった。

幸隆より五歳年下の頼綱は、真田郷近在の矢沢家に婿養子に入り、その姓を名乗るようになっている。

若いころ、牛若丸《うしわかまる》の故事にならって京の鞍馬《くらま》山に入り、山伏から刀術、早業《はやわざ》を学んだ来歴を持つ。眼光のするどさだけは兄とよく似ているが、首の太い武張《ぶば》った風貌《ふうぼう》の幸隆にくらべ、目鼻立ちのととのった秀麗な顔立ちをしていた。

「浦野玄蕃《うらのげんば》の件、たしかであろうな」

「それがしをお疑いか」

頼綱が鎌《かま》のように目を細めて兄を見た。

「念には念を入れよじゃ。この戦いには、真田一族の将来がかかっておる」

幸隆は声をひそめた。

「念にはおよびませぬ」

矢沢頼綱が、兄と向かい合って床几《しょうぎ》に座した。

「浦野玄蕃は金三枚（三十両）にて、われらへの内応を約束いたしました」

「金三枚で寝返るか」

「かの者の博奕《ばくち》好きは、兄者もご存じでござろう。近ごろ、負けが込み、手元不如意におちいっているともっぱらの噂《うわさ》」

「ならば、よし。人は利に弱い。目の前に利をぶら下げれば、忠義の心など脆《もろ》くも崩れ去る。それを衝《つ》くのがわが作法よ。浦野玄蕃は米山要害の守将じゃ。かの者がわれらと呼応すれば、さしもの堅固な砥石城も内部から崩れようて」

幸隆はふところから取り出した鹿の干し肉を、強靭《きょうじん》な白い歯で嚙《か》んだ。

それから数日――。

雨の日がつづいた。信州の山々の樹木は、みずみずしい緑にうるおい、城のすそを流れる神川も目に見えて水嵩《みずかさ》が増している。

真田勢と村上勢は、神川をへだてて矢弾の応酬を繰り返すが、それ以上の大規模な戦闘には発展しない。

五月二十六日、真田幸隆は陣を引き払い、撤退をはじめた。

そぼ降る雨のなか、六連銭の真田の軍旗が森の向こうへ遠ざかっていくのを見て、

「真田め、尻尾を巻いて逃げ出しおったぞ」

「わが堅城には手も足も出ぬことが、ようやくわかったか」

砥石城の将兵は、勝ち誇ったように高笑いした。だが、それこそ真田幸隆の思う壺《つぼ》であった。

夜になって、雨が上がった。

風に吹き払われて雲は去ったが、ちょうど新月に近い晩で、青白い星明かりだけが重畳《ちょうじょう》とつ

らなる山並みを照らしている。

戌《いぬ》ノ刻《こく》（午後八時）ごろ、賑《にぎ》やかに鉦《しょう》を鳴らしながら、砥石城に近づく一行があった。

「戦勝の祝いを申し上げたいと、禰津の歩き巫女どもがまいっております」

「禰津のノノウか」

村上義清から城をまかされている叔父の村上刑部《ぎょうぶ》が、髯《ひげ》におおわれた頰《ほお》をゆるめた。真田勢を追い払ったあとで、心に余裕ができている。

「いかがなされます」

「今宵《こよい》ばかりは、差し支えあるまい。ノノウどもを招き入れよ。祝いの宴《うたげ》じゃ」

三

その夜、砥石城内には、時ならぬ楽《がく》の調べと澄んだ唄声《うたごえ》が、雨上がりのしめった風に乗って嫋々《じょうじょう》と流れた。

〽浅間《あさま》の煙は立ちにけり
立ちにけり
明月闇《めいげつやみ》を照らさば
まこと信州幸《さち》多かれ

城内の大広間で、女たちが舞っている。

いずれ劣らぬ美麗な容貌をした、禰津の歩き巫女たちである。年のころ十五、六から、年かさの者でも二十歳前後まで、揃《そろ》いの千早の袖を振り、首に吊《つ》るした鉦《かね》を、
カン
カン
と撞木《しゅもく》で打ち鳴らして舞い踊る。

広間に集まった将士たちが、酒杯をあおりながら、禰津のノノウの巫女舞いにやんやの喝采《かっさい》を送った。

「ささ、ご城主さま。たんとお飲みになられませ」

若い巫女たちを率いてきた、ひときわ妖艶な女が村上刑部にしなだれかかるようにして酒をすすめた。

「わしは城主ではない。城代として、この砥石城をまかされておるだけよ」

「それは、もったいのうございますこと。あなたさまのような頼もしげなお方、一国一城のあるじにおなりになっていても、おかしくはございませぬ」

「そなた、名は何と申す」

「花千代と申しまする」

「花千代か」

「はい」

「今宵は、わしと共寝の夢を見るか」

「何ごともお心のままに」

「かわゆき奴……」

猫のようにしなやかな女の肩を抱き、村上刑部はすっかりよい気分になっている。

そのあいだも、巫女たちは、
カン
カン
と鉦を打ち鳴らし、あでやかに舞い踊る。

同じころ、砥石城東側の絶壁にも、するどい金属音が響いていた。

こちらは鉦の音ではない。真田幸隆の命を受けた四阿山の山伏が、岩壁に鉄のクサビを打ち込む音である。幸隆は神川の渓谷に丸太を渡し、岩に打ち込んだクサビを足がかりに夜襲をかけようとしていた。

ノノウが打ち鳴らす鉦の音に気をとられ、砥石城内の者たちは真田方の動きに気づかない。

「兄者の策、まんまと図に当たったようにございますな」

暗闇のなかで、矢沢頼綱が兄の幸隆にささやいた。

「まだ、夜襲に成功したわけではない。気をゆるめてはならぬぞ」

「わかっております」

頼綱が顎《あご》を引いてうなずいた。

鉄のクサビを打ち込むと、山伏たちが岩壁の上から縄梯子《なわばしご》を垂らした。

背中に打刀《うちがたな》を背負い、軽捷《けいしょう》な小具足《こぐそく》に身をかためた矢沢頼綱にひきいられ、真田の兵たちが縄梯子をつたってするすると岩壁をよじのぼってゆく。

崖《がけ》の下には、増水した神川が音を立てて流れている。一歩、足を踏みはずせば命はない。

黒い影絵のように断崖《だんがい》を這《は》いのぼった真田の精鋭隊は、やがて尾根の上の本城にたどり着いた。

頼綱は闇を縫うように物見櫓《ものみやぐら》に近づくや、番卒を一刀のもとに斬《き》り捨てた。

崖側から敵が来襲することはないと思い込んでいるうえ、

(真田勢は去った……)

という油断があったため、城方の警戒はさほど厳しくない。

同じころ、大広間では、

「夜も更けてまいりましたゆえ」

村上刑部に、しきりに酒をすすめていたノノウの花千代が、肩にまわされた男の腕をするりと脱けだした。それを合図に、若い巫女たちが舞いおさめ、暇乞《いとまご》いの辞儀をする。

「まだ、よいではないか。今宵の約束はどうした」

酔眼を向ける刑部に、

「ほほ……」

花千代はこぼれんばかりの笑みを向けた。

「そろそろ、頃合いでございます。まことの宴は、これからでございましょう」

「何のことじゃ」

刑部が酒臭い息を吐いて問い返したとき、外で叫び声がした。

「敵襲じゃーッ!」

「厨《くりや》に火がまわっておるぞーッ!」

広間は騒然とした。宴に興じていた将兵たちが驚き慌てている隙《すき》に、歩き巫女の一団は風のごとく姿を消している。

砥石城内は大混乱である。

矢沢頼綱を先頭とする真田の精鋭隊は、厨から米蔵、炭蔵と次々に火を放ってまわった。

城方の兵たちは槍《やり》をつかみ、防戦につとめるが、山風にあおられた火の勢いに動転している者が多い。なかには、同士討ちをはじめる者まで出る始末である。

その混乱に乗じ、

「大手と搦手《からめて》の門をあけよッ！」

矢沢頼綱が配下の兵たちに下知した。

砥石城の大手門、搦手門のカンヌキが内側からあけられた。

門外で待機していた真田幸隆の本隊が、どっとばかりに城中へなだれ込む。

烈《はげ》しい白兵戦がはじまった。

虚をつかれて、いっときは防戦一方にまわった城方だが、そこは剛強をもって知られる村上勢である。

「ひるむなッ！　敵は寡勢《かせい》じゃッ」

突然の夜討ちに、酔いもいっぺんに吹き飛んだようすの村上刑部が、鬼の形相で味方を叱咤《しった》した。

落ち着きを取りもどした城方が、槍の穂先を揃えて押し出し、劣勢を挽回《ばんかい》しはじめた。数のうえで劣る真田勢は、しだいに押され気味になる。

だが、寄せ手の大将の真田幸隆はいささかも慌てない。

（そろそろじゃな……）

血走った目を底光りさせ、銀色の蝶《ちょう》のように火の粉が舞い上がる夜空を見上げた。

ちょうど、そのときである。

南の方角から、

――わあッ
と、喊声《かんせい》が上がった。米山要害の守将浦野玄蕃が、手筈《てはず》どおり真田方へ寝返ったのだ。

幸隆は敵をさらなる混乱に陥れるため、城中にひそませた山伏たちに、

「浦野どの、謀叛《むほん》ッ！」

「甲斐の武田が後詰《ごづ》めに来るぞーッ！」

と、叫ばせてまわった。

城方の兵たちは度を失い、斜面を駆け下って逃亡する者が続出した。指揮系統が乱れ、浮足立ったところへ、真田勢と浦野勢がかさにかかって攻め立てたからたまらない。

月見櫓に追い詰められた村上刑部は自刃。

幸隆は、武田晴信でさえ落とせなかった砥石城を独力で奪取することに成功した。

四

真田幸隆が一躍、世に名を上げた砥石城攻略について、

――五月廿《にじゅうろく》六節、砥石の城真田乗取。

と、『高白斎記《こうはくさいき》』は簡略にしるしている。

知らせを聞いた武田家中には、驚きが広がった。

「あの要害堅固な砥石城が、たった一日で落ちただと」

「弾正忠《だんじょうのじょう》（幸隆）め、どのような手を使いおった」

さまざまな憶測が乱れ飛んだ。

ともあれ、村上方の砥石城は真田の手に落ちた。武田晴信はかねての約束どおり、幸隆に上田周辺に一千貫の領地を与えた。

以後、真田幸隆は真田本城から砥石城に本拠を移し、上田盆地に進出していく。

「もどってまいりましたな」

縁側の向こうにひろがる上田盆地を眺め下ろし、幸隆の三弟の常田隆家《ときだたかいえ》が感慨深げに言った。

合戦から二月《ふたつき》あまりが過ぎた、八月上旬——。

砥石城の月見櫓に、真田の一族が集まっている。

上座にあぐらをかいた当主幸隆を中心に、矢沢頼綱、常田隆家の二人の弟。つい先だって元服を果たしたばかりの幸隆の嫡男、源太左衛門信綱《げんたざえもんのぶつな》、二男徳次郎《とくじろう》（昌輝《まさてる》）、三男源五郎《げんごろう》（昌幸《まさゆき》）が顔を揃えている。

のちに、武田二十四将のひとりとして剛勇をうたわれる源太左衛門信綱は、十五歳の初々しい若武者。弟徳次郎は九歳、源五郎は五歳の少年である。

幸隆の妻で三人の息子の母である菖蒲ノ前《しょうぶのまえ》、頼綱の妻瑠璃《るり》、隆家の妻早百合《さゆり》も、思い思いの晴れやかな小袖を着てその場にひかえていた。

「わが一族が信濃国を逐《お》われてから、はや十年か」

幸隆は盃《さかずき》のふちを嘗《な》めた。

「ほんに、早いものでございます」

妻の菖蒲ノ前が、からになった盃に白い濁り酒をそそぐ。

菖蒲ノ前は信濃の地侍河原《かわら》隆正《たかまさ》の妹で、年は幸隆より八つ下の三十一歳。ものに拘《こだわ》らぬ、おおらかな明るい気性であるせいか、年よりもずっと若く見え、同じく信濃の地侍の娘である頼綱、隆家の妻たちにも慕われている。

「一度は海野平《うんのだいら》合戦に敗れて所領を失ったわれらが、よくぞここまで盛り返したものよ」

幸隆が、めずらしく自画自賛するように言った。

(よくぞ盛り返したものだ……)

というのは、真田幸隆のいつわらざる実感である。

十年という長い流浪の暮らしのあいだ、旧領への復帰を諦《あきら》めかけたこともなかったわけではない。

だが、そのたびに幸隆を奮い立たせたのは、生まれ育った信濃の山河への強い思いと、

(われらのような弱小勢力とて意地はある。いや、強大な勢力の狭間《はざま》にあるからこそ、この乱世をしぶとく生き抜く知恵の使いどころがあるのではないか……)

どこまでも前向きな、大空に虹《にじ》をかけるがごとき明日への望みであった。

この十年、逆境にあることを、幸隆はむしろ神仏に感謝したといっていい。自由な立場で、人間というものを観察し、その強さも弱さも、卑しさも脆さも醜さも、黙ってじっと見つづけてきた。

その果てに得たのが、

――人は望むものをつかみ取るためなら、他人を利用することをためらってはならぬ。

という乾いた思想であった。

武田晴信という大勢力に従い、そのもとで旧領を回復したのは、まさしく幸隆の思想の実践で

あった。

などという生易しい概念で、幸隆は武田晴信に仕えているのではない。

——忠義

（武田をあますところなく利用し、わが真田の勢力を飛躍させて、天下にまで名をとどろかせてくれる……）

幸隆の考えは、家臣があるじを逐い、子が親を殺すことが日常の乱世において、ある意味、生きるための必須《ひっす》の思想であった。

「源太左衛門（信綱）、徳次郎（昌輝）」

幸隆は一族の将来を背負って立つ二人の息子を見た。まだ十五歳と九歳の少年ながら、父によく似た、武将の子らしい肚《はら》のすわった面構《つらがま》えをしている。

「旧領を取りもどしただけで、満足しようと思うな。われらがめざすものは、はるか先にある」

「武田家の重臣に名をつらねることでございますか」

嫡男の源太左衛門信綱が、若々しく瞳《ひとみ》を輝かせて言った。

「そのような小さなことではない」

「されば……」

「それは、おまえたち自身が考えることよ」

幸隆の言葉に、一同は黙り込んだ。

幸隆の好物の千曲川で獲れた塩鱒《ます》と野菜の粕煮《かすに》が配られる。

幸隆は鮭《さけ》料理にも目がないが、千曲川を鮭が遡上する季節はまだずいぶんと先である。

月見櫓の外でヒグラシが鳴いている。

山国の信州には早くも秋の気配が立ちはじめ、山を吹きわたる風が涼しかった。軒をかすめるようにアキアカネの群れが飛んでいる。

縁側で羽をやすめた一匹を目ざとく見つけた三男の源五郎（昌幸）が、母の膝から敏捷《びんしょう》な身ごなしで立ち上がり、指をくるくると回してあっという間に蜻蛉《とんぼ》をとらえてしまった。

「勝ち虫を捕《と》らまえましたぞッ、父上」

源五郎が得意げな顔を幸隆に向けた。

五歳という年齢のわりに、可愛げのない大人びた顔立ちをしている。額が大きくひいでており、やや薄い眉《まゆ》の下の目が細く吊り上がり、頬骨が左右に大きく張り出していた。

一門が本拠を追われていたあいだに誕生した源五郎は、幸隆に父親らしい愛情をかけられた経験がない。この十年、幸隆は今日、明日を生きるのに必死で、ほかに目を向ける余裕がなかった。それでも、長男の源太左衛門信綱や二男徳次郎には、厳しい合戦の合間に、弓馬の道や武門の子としての心得を教えることはあったが、どうしたわけか三男の源五郎に対してだけは、幸隆はことさら冷淡だった。

ひとつには、源太左衛門と徳次郎の出来がいいこともあろう。この時代、家督を継ぐのは惣領の男子で、それを補佐する息子がもう一人いれば、ほかの子は他家へ養子に出すか、仏門に入れるのが武家の通例であった。

それゆえ、幸隆はいびつな顔をした三男にほとんど興味がない。

そうした父の愛情の濃淡を知ってか知らずか、源五郎は勝ちほこったように、蜻蛉をつかんだ手を天へ向かって突き上げた。

「わしは大きゅうなったら、この勝ち虫のようにひたすら前へすすみ、どのような相手にも負けぬ武将になりまする」

「これ、源五郎。そのように騒いで……。父上に叱《しか》られますぞ」

母の菖蒲ノ前が息子をたしなめた。

「いや、よい」

幸隆は酒杯をあおり、

「よき心がけじゃ。そなた、躑躅ケ崎のお屋形さまのように、父子相争うことになっても、この父を倒して前へすすむか」

その血走った目で幼い息子を睨《にら》んだ。

「はい」

「これはよい」

幸隆がはじけるように笑った。

腹を揺すって哄笑《こうしょう》したあと、幸隆はふと真顔になった。

「源五郎、そなた甲斐へゆけ」

「甲斐でございますと？」

聞き返したのは、当の源五郎ではなく、母の菖蒲ノ前である。

「源五郎を躑躅ケ崎へお遣《や》りになるのでございますか」

「そうだ」

「何ゆえに？」

「人質に決まっておろう」

幸隆はためらいなく答えた。

「源五郎はあのような幼子でございます。それを人質などと……」

「当節、武家の子ならば、まだ繈褓《むつき》の取れぬうちから、家のためにその身を役立てるのは当然のことだ」

「それは、そうでございましょうけれども」

菖蒲ノ前が眉をひそめた。理屈ではわかっていても、なかなか割り切れないのが母親というものである。

「こたびのお働きで、おまえさまは躑躅ケ崎のお屋形さまのご信頼を十分、勝ち得たはずではございませぬか。いまさら、人質を差し出す必要などありましょうや」

「わしもそのとおりだと思う」

黙って酒を飲んでいた矢沢頼綱が、盃を置いて兄に視線を向けた。

「砥石城攻略の手柄で、兄者は力を見せつけた。武田の者どもとて、これまでのように真田をただの流浪の食客と見下すわけにもいくまい。ここで卑屈な態度をしめしては、かえって侮られるのではないのか」

「馬鹿め。このようなときであるからこそ、身の処し方には、かえって細心の注意をほどこさねばならぬのだ」

幸隆は目を剝《む》いた。

「躑躅ケ崎のお屋形さまはじめ、武田家の重臣どもが、われらをどのような目で見ていると思う」

「お屋形さまでさえ落とせなかった城を落とすとは、さても恐ろしき者どもと……」

「しかり」

　幸隆は深くうなずいた。

「あざやかな勝ちをおさめたからこそ、いま、われらは武田の者どもに警戒されておる。武田を利用し、われらが生き残りをはかるためには、ときに卑屈なまでに身を低く撓《たわ》めねばならぬこともある」

五

　母の菖蒲ノ前は、なおも三男源五郎（昌幸）を手放すことを渋ったが、真田一門の家長たる幸隆の決定は絶対である。

「武田家をよく見てまいれよ」

　幸隆は、源五郎に言った。

「躑躅ケ崎のお屋形さまのもと、一騎当千のつわものぞろいの武田の武者どもが、なにゆえひとつに結束しているか。その強さのみなもとを、そなた自身の眼《め》でしかと見定めてくるのだ」

「…………」

　源五郎は生来、利発なたちだが、そこは遊びたい盛りの子供である。父親が何を言わんとしているか、その深い意味までは理解していない。

　ただ、幸隆の言葉のひとつひとつは、少年の胸に彫り刻まれ、のちに生々しい現実感をもってよみがえることになる。

　真田幸隆の三男源五郎が、じっさいに甲斐へ人質に送られたのは、それから二年後の天文二十二年のことであった。

砥石城を奪還した幸隆は、武田軍団の信濃先方衆《さきかた》として、その後も精力的に働いた。

このころ、武田晴信の関心は、二度にわたって苦杯を嘗《な》めさせられた葛尾城の村上義清討滅にそそがれている。

砥石城という、最大の防衛拠点を失った村上義清は、一時の勢いを失い、家臣たちの離反に苦しむようになっていた。

村上家臣団の切り崩しを行なったのは、ほかならぬ真田幸隆だった。

村上義清に従っているのは、東信濃から北信濃にかけての、

屋代《やしろ》
寺尾《てらお》
塩崎《しおざき》

といった地侍たちである。幸隆は彼らのもとへみずから乗り込み、説得工作を行なった。

「いま武田方へ馳《は》せ参ずれば、躑躅ケ崎のお屋形さまも悪いようにはせぬ。わしのように武田の先方衆として働けば、恩賞は切り取り次第。落ち目の村上義清に義理立てしても、先は見えておろうぞ。ここはよくよく、ご料簡《りょうけん》なされることじゃ」

幸隆は言葉たくみに、武田に付くことの利を説いた。

もともと気持ちが揺らいでいた屋代城主の屋代正国《まさくに》は、渡りに船と調略《ちょうりゃく》に応じ、寺尾、塩崎の両名もこれにつづいた。

村上家臣団の調略に手ごたえを感じた真田幸隆は、武田晴信のもとへ向かった。

この時期、晴信は本拠の甲斐ではなく、信濃国筑摩《ちくま》郡の、

——苅屋原《かりやはら》

にいる。
先年、晴信は中信地方の安曇《あずみ》郡、筑摩郡を攻略。信濃守護小笠原長時《おがさわらながとき》は、弟信定《のぶさだ》が守る伊那《いな》郡の鈴岡《すずおか》城へ逃亡した。
しかし、小笠原長時は完全にあきらめたわけではない。
鈴岡城に潜伏しつつ、筑摩郡内の、
刈屋原
塔ノ原《とうのはら》
会田《あいだ》
青柳《あおやぎ》
麻績《おみ》
など諸城の地侍を扇動し、失地の回復をはかろうとしていた。
小笠原氏の動きを警戒し、同時に葛尾城の村上義清討伐を視野に入れた武田晴信は、天文二十二年三月二十三日、甲斐府中を出陣。諏訪を経て深志《ふかし》城に入り、さらに交通の要衝である苅屋原に陣を布《し》いた。
武田の花菱《はなびし》を染めた白い幔幕《まんまく》が、まだ残雪をいただく山並みから吹きおろす冷たい風をはらんでいる。
幸隆は、重臣たちをずらりと左右に従え、床几にどっかと腰を下ろす武田晴信の前に片膝をついた。
晴信、三十三歳。幸隆よりも八歳年下である。額が広く、頬骨がやや尖《とが》り、直線的な顎の線をしている。まばたきが少なく、瞳があまり動かないのは、性根がどっしりと据わっているからであろう。

先代信虎追放後、武田の配下に属するようになってから、幸隆は幾度となく晴信に会っているが、そのたびに受ける印象が大きく異なっている。

あるときは冷酷であり、またあるときは人間味あふれる表情をみせ、ひとたび戦場へ出れば悪鬼のごとき形相となる。

いずれにせよ、

（稀代《きだい》の天才であろう……）

と、幸隆は武田晴信の器量を冷静にみとめていた。

「村上方の調略、順調にすすんでおりまする」

幸隆は目を伏せたまま言った。

「重畳《ちょうじょう》じゃ」

低いがよく通る晴信の声が返ってきた。

武田の陣中には、独特の張りつめた空気が流れている。大将晴信の総身から発せられる無言の威圧感が、諸将の背筋に骨の髄が軋《きし》むような緊張を生じさせている。

「書状にてもご報告申し上げましたとおり、屋代城の屋代正国、内応の誘いに乗りましてございます」

「屋代も村上義清を見捨てたか」

晴信のかたわらに侍っていた弟の武田信繁《のぶしげ》が、兄そっくりな切れ長の目を細めて言った。

実父信虎の追放以来、兄晴信と苦楽をともにしてきた、武田一門きっての知謀の将である。いかなる場面でも兄を立て、つねに控えめに身を律しているが、いざとなれば果断であり、恐れを知らず敵中に斬り込んでいく行動力を持っている。その一方で、家臣たちに濃《こま》やかな目配りを行ない、家中での人望が厚かった。

左馬助《さまのすけ》の官位の唐名にちなみ、武田家では、

「典厩《てんきゅう》さま」

と、みなに呼ばれている。

ちなみに、のち幸隆の息子昌幸（源五郎）は、武田信繁にちなんで、みずからの二男に信繁と名を付けている。この信繁こそ、

――日本一の兵《つわもの》

と、天下に名を轟《とどろ》かすことになる真田幸村《ゆきむら》にほかならない。

そのほか、晴信の左右には、

山県三郎兵衛尉昌景《やまがたさぶろうびょうえのじょうまさかげ》
馬場美濃守信春《ばばみののかみのぶはる》
内藤修理亮昌秀《ないとうしゅりのすけまさひで》
秋山伯耆守虎繁《あきやまほうきのかみとらしげ》（信友《のぶとも》）
原美濃守虎胤《はらみののかみとらたね》
飯富兵部少輔虎昌《おぶひょうぶのしょうとらまさ》

ら、錚々《そうそう》たる武将たちが控えていた。

「寺尾、塩崎の両名も、お屋形さまに臣従を誓っております。また、先に内応いたした義清直属の部将大須賀久兵衛《おおすがきゅうべえ》も、葛尾城攻めの先鋒《せんぽう》をかって出ておりますれば、もはや村上方は内部から崩れておりまする」

「よくぞやった、弾正忠」

晴信が、形よくととのった唇に満足げな笑みを浮かべた。

「村上を討てば、小うるさく蠢動《しゅんどう》しておる小笠原の残党どもも、恐れをなして逃散《ちょうさん》するであろう」

「しかしながら、そうなると越後《えちご》の長尾景虎《ながおかげとら》が黙っておりますまい」

幸隆は目を上げ、小具足姿の晴信をまっすぐに見た。

六

この天文二十二年当時——。

甲斐から信濃国に勢力拡大をつづける武田晴信の周辺には、有力な戦国大名がひしめいていた。

甲斐と南の国境を接する駿河《するが》、遠江《とおとうみ》には、今川義元《いまがわよしもと》とその軍師の太原雪斎《たいげんせっさい》がいる。

今川家七代当主氏親《うじちか》の五男として生まれた義元は、僧侶《そうりょ》となるべく富士裾野《すその》の善得寺《ぜんとくじ》へ入り、十二歳で得度《とくど》。師僧の太原雪斎とともに京へのぼり、建仁寺《けんにんじ》、つづいて妙心寺《みょうしんじ》の門をたたき、仏道修行を積んだ。

義元十八歳のとき、野心家の雪斎は満を持して駿河へもどるや、今川家の宿敵であった隣国甲斐の武田信虎と結び、クーデターを決行。義元の長兄氏輝《うじてる》と次兄彦五郎《ひこごろう》を今川屋形で殺害し、さらに三兄の恵探《えたん》を花蔵《はなくら》の乱で葬り去って、義元を今川家当主の座にすえた。

——上洛《じょうらく》

を視野に入れる雪斎の辣腕《らつわん》もあり、今川家は西隣りの三河《みかわ》国の混乱に乗じ、その大半を併呑《へいどん》。尾張織田《おわりおだ》家との人質交換で、岡崎《おかざき》城主松平広忠《まつだいらひろただ》の遺児竹千代《たけちよ》（のちの徳川家康《とくがわいえやす》）を人質に取っている。

発展をつづける今川家だが、義元、太原雪斎師弟の視線は西へ向けられており、いまのところ武田家との関係は良好だった。晴信の嫡男義信《よしのぶ》のもとへ、義元の息女が輿入《こしい》れしたのは、昨年十一月のことであった。

その今川領の東の伊豆《いず》、相模《さがみ》、武蔵《むさし》を領するのは、小田原北条《おだわらほうじょう》氏である。

当主は北条氏康《うじやす》。初代早雲《そううん》が国取りをはじめて以来、関東に強勢を誇ってきた北条家は、武田晴信にとっても侮れぬ存在である。

本拠の小田原城下の人口は、このころ十万人。民政家としてもすぐれた三代氏康のもと、東国随一の繁栄をみせている。小田原には、海路を通じて京の文物や、遠く大陸からやって来た渡来人も入って来ており、城下の一画には唐人町《とうじんまち》も形成されていた。

武田軍とは、今川家との利害もからんで、過去に小規模な戦闘をおこなっているが、現在は停戦状態にあった。晴信がおのが娘を北条氏康の嫡子氏政《うじまさ》に嫁がせ、完全な講和が成るのは翌年、天文二十三年になってからである。

そして――。

信濃の武将たちの去就をめぐって、いま武田家ともっとも緊張が高まっているのが、幸隆がその名を口にした越後長尾家の若き当主景虎、のちの上杉謙信《うえすぎけんしん》であった。

長尾景虎は、享禄《きょうろく》三年（一五三〇）、越後守護代長尾為景《ためかげ》の二男として越後春日山《かすがやま》城で生まれた。

父為景の死後、兄の晴景《はるかげ》が長尾家の家督を継いだが、病弱なうえに将たる器に欠けていたため、国人衆《こくじんしゅう》を統率することができず、越後国内は内乱がつづいた。

混乱をおさめるため、古志《こし》郡、蒲原《かんばら》郡一帯の国人たちが担ぎ出したのが、十九歳の景虎だった。景虎は兄晴景の軍勢を米山《よねやま》合戦で破り、守護代の座についた。

しかし、晴景派の国人衆の反乱はその後もつづき、景虎は彼らの鎮撫《ちんぶ》に手を焼いた。なかでも、魚沼《うおぬま》郡の坂戸《さかと》城主長尾政景《まさかげ》の抵抗は烈しかったが、いまから二年前の天文二十年、政景は景虎に臣従を誓い、越後国内はほぼ平定された。

景虎はいま、二十四歳。のち、生涯の好敵手となる武田晴信よりも九歳年下である。

「越後の長尾か」

武田晴信が目を細めた。

「はい」

真田幸隆はうなずいた。

「あの若さで越後の内紛をおさめた手腕、なかなかのものと聞いております。軍神毘沙門天《びしゃもんてん》を信仰し、ひとたび戦場へ出れば、その神がかったいくさぶりに、敵味方も震え上がるとか」

「長尾景虎は近ごろ、上野への出兵を考えておるようじゃな」

晴信が表情を変えずに言った。

「さようにございます」

かつて、村上義清と武田信虎連合軍に追われ、西上州の箕輪城に身を寄せていたこともあり、幸隆は北関東の情勢にくわしい。

相州小田原の北条氏康が上州へ進出すると、関東管領上杉憲政《かんとうかんれいうえすぎのりまさ》は恐れをなして居城の平井《ひらい》城から逃亡し、越後の長尾景虎に助けをもとめた。しかし、景虎は出兵要請に応じず、憲政はやむなく上野、越後の国境付近に潜伏して機会をうかがっている。

「景虎は内心では、関東へ兵を送りたいと考えておるようです。さりながら、目下のところはその余裕がなく、静観しておるのでございましょう。それよりも気がかりなのは、信濃国内の村上義清、高梨政頼《まさより》、小笠原長時らが、景虎のもとへしきりに使者を送っておることです」

「上州へも手が出せぬ長尾景虎に、信濃へ兵を出す力があるとも思えぬな」

武田重臣の飯富虎昌が言った。

飯富虎昌は、先代信虎のころより武田家に仕える古参の宿老である。

信虎追放のさいには、板垣信方とともに家中をまとめる重要な役割を果たした。村上勢に敗れた上田原の戦いで、板垣信方、甘利虎泰が戦死したのちは、武田家の筆頭家老として、また晴信の嫡子義信《よしのぶ》の後見役として家中に重きをなしている。

飯富の家臣は、全身を赤で揃えた武具でかためており、

——飯富の赤備え
といえば、精強をもって鳴る武田軍団の象徴ともされている。

一度は武田に敵対しながら、ぬけぬけと軍団に加わって、晴信の信頼を得ていく真田幸隆を、虎昌はどこか蔑《さげす》むような目で見ており、言葉のはしばしにその冷めた感情があらわれた。

幸隆は、武田軍団でのおのれの微妙な立場を、もとより承知している。

(だが、この軍団で抜きん出ていくには、古参の宿老どもの顔色をうかがっていてもはじまらぬ。何より、生え抜きの家臣に劣らぬ、目に見える実績を積み重ねていくことよ……)

幸隆は飯富虎昌の皮肉まじりの言葉に、いささかも動じない。

「それはどうでございますかな」

「なに……」

「川で生まれた小豆《あずき》ほどの鮭《さけ》の子も、いつかは大海へ出て大きく成長するものでござる。甘く見て嘗めてかかると、とんだ痛い目に遭いましょうぞ」

「きさま、もしや裏で長尾景虎と通じておるのではあるまいな」

飯富虎昌が疑いのまなこを幸隆に向けた。

「ばかな」

幸隆は笑った。

「それがし、じつは越後の情勢を探るべく、春日山城へ息のかかった草ノ者（忍び）を放っておりました」

「ほう……。して」

「景虎は、ひそかにいくさ支度をはじめております。村上、高梨らの使いと密談を重ねているようすからして、おそらく、北信濃出兵の準備ではあるまいかと」

「何かの間違いであろう。きさまの勝手な思い込みじゃ。かような者の言《げん》を、うかつにお信じになってはなりませぬ」

飯富虎昌が、床几に腰を据える主君を振り返った。

「いや」

と、武田晴信が首をゆっくりと横に振った。

「景虎は来る」

「お屋形さまッ」

飯富虎昌が顔色を変えた。

虎昌は家中きっての誇り高き男である。主君晴信がおのれではなく、新参者の真田の意見を容《い》れるなど、有り得べきことではない。

「幸隆の申すとおり、小豆ほどの稚魚が大魚に成長することはあろう」

「お屋形さま……」

「しかし、恐るるには足りぬ」

またたきの少ない青みがかった目で、晴信は虚空を睨《にら》んだ。

「わしは小魚のうちに、長尾景虎をたたき潰《つぶ》す」

「頼もしきお言葉」

重臣の馬場信春が仰ぐように晴信を見た。

「出陣じゃッ！」

凜《りん》とした声を発し、晴信が床几から立ち上がった。

「越後の長尾とはいずれ雌雄を決する。いまは、村上、高梨、小笠原らを勢いづかせてはことが面倒。邪魔者があらわれる前に、信濃を平定する」

「御意ッ！」

宿老たちにまじって、真田幸隆も頭を下げた。

ただちに出陣の陣触れが発せられた。武田軍は、北信濃の川中島《かわなかじま》へ兵をすすめる。

全軍の先鋒は、副将格の典厩信繁。

幸隆は別働隊の先鋒として、東信濃小県郡から埴科郡へすすみ、村上義清が籠《こ》もる葛尾城城下へせまった。

葛尾城と千曲川《ちくまがわ》をへだてた対岸に、
――狐落城《こらく》

という支城がある。村上一族の小島兵庫助《こじまひょうごのすけ》が立て籠もり、葛尾城の防衛線となっていたが、幸隆の調略で寝返った大須賀久兵衛の攻撃を受け、あえなく落城。これにより、葛尾城は丸裸の状態で武田の攻撃にさらされることとなった。時の勢いは、武田方にある。

大須賀につづき、屋代、塩崎といった有力者の降伏が明らかになるにおよび、信濃の地侍たちのあいだに動揺が広がり、村上義清を見かぎって武田へ走る者が続出した。

さしも屈強な村上義清も、内部からの崩壊にはなすすべがない。

義清は一族、重臣とともに城を逃亡。ここに、長年武田晴信を苦しめた村上義清の葛尾城は陥落した。

第二章　川中島

一

越後春日山城――。

赤松の多い峻険《しゅんけん》な山の上に、その数百近い曲輪《くるわ》が縦横につらなっている。

――実城《みじょう》
と呼ばれる、山のいただきに立てば、頸城《くびき》平野の向こうに米山《よねやま》の秀峰をのぞみ、渺々《びょうびょう》と広がる日本海をはるかに眺め下ろすことができる。

冬ともなれば、春日山には海を渡ってきた寒風がじかに吹きつける。そのため、風に吹き飛ばされて雪が積もらず、山頂は赤土が剝き出しになっていた。

武田軍の葛尾《かつらお》城攻略から二月後《ふたつき》――。

城を追われた村上義清《よしきよ》の姿は、春日山城のふもとにある長尾景虎《かげとら》の居館にあった。猛者《もさ》ぞろいの武田軍を、一度ならず、二度にわたって敗走させた老練の将義清も、さすがに疲労の色を面貌《めんぼう》に滲《にじ》ませている。

鬢《びん》に白髪が目立ち、唇が白っぽく乾いていた。身内といっていい将たちの裏切りが、それほど身にこたえている。

「卑怯《ひきょう》なやり口にござる」

義清は無念の形相を浮かべ、膝の上に置いた拳《こぶし》を握りしめた。

「海野平《うんのだいら》の負けいくさの遺恨で、わしに含むところのある真田幸隆《ゆきたか》が、利をもってわが属将どもを寝返らせたのでござる。彼奴《きゃつ》らの裏切りがなくば、まだまだ葛尾で持ちこたえておったものを……」

「真田幸隆とは、武田晴信でさえ落とせなかった砥石《といし》城を乗っ取ったという、あの鬼謀のぬしか」

上段ノ間から、底響きのする声が返ってきた。

城主の長尾景虎である。

雪に晒《さら》されたかと思うほど、色が白い。頬が豊かで、一重瞼《まぶた》の切れ長な目が柔和な光を秘めており、小さく引き締まった形のいい唇をしていた。

一見して、血なまぐさい合戦とは縁遠い容貌の青年武将だが、ひとたび戦場へ出るや、その形相は、

――鬼
と化す。

武田晴信が用兵、人遣いの天才であるのに対し、景虎はまさにいくさそのものの天才で、軍神毘沙門天が地に降り立ったような男であった。

景虎は、砥石城をわずかな手勢で奪取した幸隆に強い興味を持っているようである。

「なに、真田幸隆はかつての敵だった武田家に尻尾を振り、その属将に成り下がって旧領を回復

した性根の卑しき男にござる。砥石城が落ちたは、あやつの運が良かっただけ。鬼謀というほどのものではござらぬ」

村上義清が吐き捨てるように言った。

「強運の持ち主か……。かもしれぬが、それだけではあるまい」

長尾景虎は低くつぶやいた。

「それよりも、長尾どの」

と、義清は膝をすすめた。

「かねてのお約束どおり、信濃へご出兵下され。高井《たかい》、水内《みのち》、更級《さらしな》、埴科《はにしな》、北信濃四郡の民は累代の恩を忘れず、われらの帰還を待ちわびておりまする。越後勢の来援が期待できるとなれば、諸方で息をひそめている反武田勢力が、心を強くして一斉に立ち上がりましょうぞ」

「武田晴信は、川中島に軍勢をとどめ、みずからは小県郡の塩田平《しおだだいら》に本陣を布いておるそうだな」

「さようにござる」

義清はうなずき、

「晴信は、景虎どの出馬は風聞だけで、じっさいに動くことはあるまいと嘗めてかかっておるのでござる。げんに、小田原の北条氏康《うじやす》からの援兵の申し出も、御加勢は無用なりと断ったとのよし。そこまで敵に虚仮《こけ》にされて、手も足も出せぬおのれが、いっそ口惜しゅうござるわ」

歴戦の古つわものの戦場灼《や》けした頰を、悔し涙が濡らした。

その涙を、長尾景虎はまたたきもせずに見つめた。やがて、

「わしは義にもとるいくさはせぬ」

景虎は言った。

「北信濃の衆が、私利私欲のために他国を侵す武田の圧迫に苦しんでいる。これに救いの手を差し伸べるは、わが義にかなう」

「景虎どの……」

「高梨氏、小笠原氏よりも、救援をもとめる使者がまいっておる。いたずらに兵乱を起こし、民の安寧をみだす武田晴信の悪行はあきらか。これを討滅するは、軍神毘沙門天の神意なりッ!」

それまでの静けさから、一転して表情を厳しく変ずると、景虎は座を蹴《け》って立ち上がった。

「出陣じゃ!」

「おお……」

「めざすは川中島《かわなかじま》」

北信濃に吹き荒れた嵐が、越後の若き竜を動かしている。

二

そのころ——。

真田幸隆は、相変わらず戦陣に身を置いている。

次なる仕事は、

——尼巌城《あまかざり》
の攻略である。

屹立《きつりつ》する峻険な山上に築かれた尼巌城は、北方に千曲川、犀川《さいかわ》が流れる肥沃《ひよく》な川中島平を見下

ていた。

ろし、小県郡《ちいさがた》からつづく地蔵峠道を扼《やく》する要衝にある。

この城には、村上義清の残党東条《ひがしじょう》一族らが立て籠もり、武田軍に対して頑強な抵抗をつづけ
川中島地方の掌握をめざす武田晴信は、

「尼巌城を落とせ」

と、幸隆に命じた。

真田郷から尼巌城までは、地蔵峠越えでわずか五里（二十キロ）の近さである。

尼巌城は、周囲を崖に囲まれた、攻めるに難い天険の要害だが、

（さほど手を焼くことはあるまい……）

と、幸隆は読んだ。

何しろ、村上義清をはじめとする味方の大半が、あらかた国外へ逃亡してしまっているのである。城を守る将兵たちの戦意は上がりようもない。

落としどころを探って調略すれば、

（すぐに降伏してくるだろう）

幸隆は思った。

ところが、案に相違して、尼巌城に籠もる東条一族は調略に応じてこない。それどころか、城を包囲する真田勢を向こうにまわしてますます意気軒昂《けんこう》である。

「おかしゅうございますな、兄者」

弟の矢沢頼綱《よりつな》が城を見上げて言った。

「籠城《ろうじょう》というものは、後詰《ごづ》めの期待あればこそ、長期の戦いに耐えられるもの。いまの尼巌城

は、大海に取り残された小舟も同然。彼らは何を頼みに、ここまで頑強に粘っておるのでありましょうか」

「来るのじゃな」

「来るとは、何が?」

「越後の長尾だ」

「長尾景虎にござるか」

「やつはいままで、越後の内乱鎮圧に忙殺され、国外へ出兵する余力がなかった。だが、今度という今度は……。頼綱、塩田平《しおだだいら》へ行くぞッ!」

幸隆は叫んだ。

真田幸隆は、尼巖城の奇妙な動きを、

(長尾景虎の信濃出兵に呼応するもの……)

と、読んだ。

事実、春日山城へ放っていた草ノ者たちが、次々と帰還。幸隆の読みを裏付ける情報をもたらした。

幸隆は弟頼綱とともに、塩田平に陣を布く武田晴信のもとへ向かった。

塩田平は、上田盆地の西部に位置している。

古くは、

——塩田庄
と呼ばれ、塩田北条氏が領していた。

土地が肥沃で、経済的に豊かだった塩田の里には、中禅寺《ちゅうぜんじ》、常楽寺《じょうらくじ》、前山寺《ぜんざんじ》など古刹《こさつ》が多く、信濃の政治文化の中心地として栄えてきた。

突然、本陣にあらわれた幸隆に、

「いかがした」

晴信は不審の目を向けた。

本来ならば、尼巌城攻略に全力をそそいでいなければならぬところである。

「東条一族が降《くだ》ったか」

「それどころではございませぬ。長尾景虎が……」

幸隆はことの次第を晴信に報告した。

幸隆も果断な男だが、さすが晴信はこうしたときの反応が早い。

「景虎の出馬、間違いなかろうな」

「はッ！　すでに、軍勢八千を従え、一両日中にも春日山城を発するとのこと」

「春日山から川中島平へは、関川《せきかわ》の関所を越えてわずか二日の距離。すれば、一刻の猶予もならぬ」

「は……」

「即刻、尼巌城の囲みを解け」

晴信は命じた。

「川中島平に展開し、先鋒として長尾の軍勢を迎え撃つのじゃ。先鋒の指揮は、典厩信繁にとらせる」

「お屋形さまはいかがなされます」

「わしは動かぬ」

「なにゆえに……」

「敵は初めての相手じゃ。軽挙妄動は禁物。まずは、じっくりと腰を据えて、長尾景虎の手並みを拝見するとしよう」

目を細め、晴信は笑った。

「若さにまかせて、無謀に兵を送り込んできただけの相手ならばよし。いくさの難しさを、存分に思い知らせてくれよう」

「はッ！」

真田幸隆はただちに尼巌城の囲みを解き、川中島平へ押し出して越後勢の来襲にそなえた。

長尾景虎——のちの上杉謙信は、生涯にわたって信州をはじめ、関東、北陸など、諸方の遠征に明け暮れることになるが、越後国外へみずから兵をすすめるのは、このときが初めてである。

武田晴信の言うとおり、その手のうちはわからない。

——刀八毘沙門《とばつびしゃもん》
の軍旗を押し樹てた、長尾景虎ひきいる八千の軍勢が、秋風の立ちはじめた川中島平へ姿をあらわしたのは、天文二十二年（一五五三）八月十二日のことである。

先導役をつとめるのは、
村上義清
高梨政頼《まさより》
ら、武田晴信に本貫の地を追われた信濃勢。小笠原家の三階菱《さんかいびし》の軍旗もはためいていた。

「長尾の力を借り、われらに一泡吹かせようというのでござろう。だが、世の中はそう甘いものではない。完膚なきまでに、たたきのめしてくれましょうぞ」

川中島平東方の妻女山《さいじょざん》から敵勢を見下ろし、矢沢頼綱が言った。

「いや、無謀な仕掛けは禁物だ」

幸隆は首を横に振った。

「お屋形さまは、まずは敵の力量を冷静に見定めよとおおせになっている。それに、本領奪回に目の色が変わっている村上や高梨を相手に、いくさの矢おもてに立つわれらだけが貧乏籤《くじ》を引いてもつまらぬ。戦況を見て、せいぜいうまく身を処すことだ」

「それが、われら真田一門の戦いか」

「そうよ。二度と流浪の暮らしにもどるのは御免だ」

酸い味のするスイバの茎を嚙み、幸隆はつぶやいた。

三

八月二十日――。

武田、長尾両軍のあいだで最初の衝突が起きた。

場所は、川中島平南部の更級郷、

――布施《ふせ》
の地である。

あたりは度重なる川の氾濫《はんらん》によって、荒れ地になっており、点在する集落のまわりにだけ田畑がひらかれていた。

先に仕掛けたのは、長尾方である。

攻め太鼓が烈しく打ち鳴らされた。
雄叫びとともに、長尾勢の先鋒村上義清、高梨政頼らの軍勢が、楯をならべ矢を射かけながら前進をはじめた。
新兵器の鉄砲は、すでに十年以上前に、薩南《さつなん》の種子島《たねがしま》に漂着したポルトガル船によってわが国に伝来しており、国産銃の製造も堺《さかい》の橘屋又三郎《たちばなやまたさぶろう》らによってはじまっているが、まだまだ高価で、合戦場で武器として使用される域には達していない。
このころの戦闘は、矢の応酬につづき、楯の後ろに控えていた槍隊、さらに騎馬武者が敵に攻めかかり、白兵戦《はくへいせん》を展開することになる。
長尾勢の先鋒《せんぽう》が信濃衆ならば、武田勢の先鋒も、
大須賀《おおすが》
屋代《やしろ》
塩崎
真田
春日
といった信濃衆である。
敵味方に分かれてはいるが、
(何のことはない。信濃の地で、信濃の土豪どうしが、それぞれ武田、長尾の走狗《そうく》となって戦っておる……)
幸隆は皮肉な気持ちになった。
もっとも、同じ信濃衆でも、長尾方についている村上、高梨、小笠原勢のほうが、奪われた領

地奪回のために必死である。命懸けといっていい。

　その迫力に押され、武田方はしだいに劣勢となった。最右翼で小笠原勢と当たっている真田勢も、明らかに苦戦を強いられている。

「このままでは、まずい。わしが突撃して敵を追い散らす」

　矢沢頼綱が兄を振り返った。

「待て、焦ってはならぬ。このようなところで、無駄死にはすまいぞ」

「しかし……」

「よいものがある」

「何じゃ」

「まあ、見ておれ」

　幸隆は白い歯をみせて笑った。

　幸隆が鉄扇で合図を送ると、後ろにいた草ノ者たちが荷車を引き出してきた。荷車の上には、口径五寸ほどの青銅の筒が据えられている。

「あれは？」

　弟頼綱の問いに、

「青銅砲よ」

　真田幸隆はこともなげに言った。

　わが国には、じつは種子島銃（南蛮銃《なんばん》）が伝えられるより二、三十年前に、別の型の銃が伝来していた。

　明国《みんこく》で製造された、

――小銅銃

というものである。

この小銅銃は、単純な構造の青銅製の筒で、種子島銃のような銃床《じゅうしょう》も、目当《めあて》（照準）も備えられていなかった。ために、命中率がきわめて低い。

だが、戦乱に明け暮れる諸国の大名の需要をあて込んだ泉州堺の商人が、いちはやく国内での生産をはじめ、東国でも甲斐の武田氏、相模の北条氏などに売り込んでいた。

幸隆が戦場に持ち込んだ青銅砲は、その小銅銃の改良版である。

命中率が低いために、実戦でほとんど役に立たない小銅銃の口径を大きくし、より大きな弾を発射できるようにしてある。

殺傷能力が高くない点では、小銅銃と大差はないが、弾が大きいだけに、発射するだけで人馬がおどろき、敵の戦意を阻喪させる効果がある。

幸隆はこの青銅砲を、上州流浪時代に知り合った小田原北条家出入りの商人から手に入れ、荷車に積んで前線に持ち込んでいた。

「かようなもの、兄者、いつのまに……」

「役に立つものは何でも使う。いたずらに刀槍を振りまわすだけが、武者ではない」

兜《かぶと》の目庇《まびさし》の下で、幸隆はニヤリと笑った。

「行けッ！」

幸隆の命令一下、草ノ者たちが荷車を牽《ひ》いて走りだした。

土煙を上げながら小笠原勢の側面に回り込み、青銅砲の筒先を敵の侍大将とおぼしき騎馬武者に向ける。筒のなかに火種が投げ込まれた。

草ノ者が身を伏せた瞬間、

――轟《ごう》ッ
と、地鳴りのような音が響く。

放たれた砲弾は、騎馬武者の足元に落ちた。

大音響に馬がおどろき、高くいなないて武者を振り落とす。近くにいた槍持ちの若党も、衝撃で尻餅をついた。

真田方による突然の砲撃に、一方的に押しまくっていた小笠原勢の足が止まった。

さらに二撃、三撃と青銅砲が火を噴き、落馬する武者が続出する。

「いまぞッ！」

矢沢頼綱が黒鹿毛の尻に鞭《むち》をくれ、精鋭三十騎をひきいて敵中へ斬り込んだ。

いくさは勢いである。

青銅砲で敵の勢いに歯止めをかけたことで流れが変わり、いままで防戦一方にまわっていた真田勢が俄然《がぜん》、優位に立った。

頼綱の一隊は、足並みを乱した小笠原勢を追いまわし、たちまちのうちに首級十五を挙げた。

「深追いはやめよ」

幸隆は、進撃をつづける頼綱のもとへ伝令を飛ばした。

局地戦では、真田勢が小笠原勢を圧倒しているが、まわりを見渡せば、大須賀、屋代らほかの信濃衆は、村上、高梨勢の前に完全に押し込まれている。

のみならず、長尾方の二陣、柿崎景家《かきざきかげいえ》の軍勢が村上、高梨勢を援護するように左翼から押し出し、つづいて三陣の甘糟長重《あまかすながしげ》の一隊が、黒い竜のごとく戦場に殺到してくるのが見えた。

これに対し、武田方の二陣はまったく動く気配をみせない。

（われら信濃衆をダシに使い、相手の力をはかっているということか……）

幸隆は思った。武田晴信は、最初からそのつもりだったのだろう。

とすれば、

（そろそろ退《しりぞ》くべきじゃな……）

幸隆は再度、伝令を送り、前線の弟頼綱に撤退の命を伝えようとした。

と、そのときである。

長尾勢の後方から、疾風のごとく押し出してくる一団があった。

「毘」

の旗指物《はたさしもの》がたなびいている。

（あれは……）

幸隆は目をみはった。

長尾の旗本隊にちがいない。先頭に、葦毛《あしげ》の馬に打ちまたがった色々縅《いろいろおどし》の甲冑《かっちゅう》の武者がいた。

土埃《つちぼこり》の舞い上がる戦場のなかで、刀を振り上げ、突進するその男のまわりだけ、敵味方が恐れて道をあけているように見える。

「長尾景虎か……」

我知らず、幸隆は肌が粟立《あわだ》つのをおぼえた。

軍勢をひきいる総大将みずから、前線へ斬り込んでくるなど聞いたためしがない。

しかし、長尾景虎はそこにいる。

ちょうど小笠原勢を追い散らした矢沢頼綱の一隊が、忽然《こつぜん》とあらわれた長尾の旗本隊に向かってまっしぐらに突きすすんでいくところであった。

「退《ひ》き鉦《がね》を鳴らせーッ！」

幸隆は叫んだ。

このままでは、頼綱の隊は全滅の可能性がある。

頼綱もようやく状況に気づいたらしく、馬の首を返して撤退をはじめた。しかし、時すでに遅く、「毘」の旗を押し立てた一団が、頼綱の隊に襲いかかった。

（南無三《なむさん》……）

幸隆は天を仰いだ。

それから、四半刻《しはんとき》（三十分）後――。

矢沢頼綱は奇跡的に生還を果たした。

だが、配下の精鋭三十のうち、二十一人までが討ち死に。わずかに生き残った者たちも、それぞれが二度と戦場に立てぬほどの深手を負った。

頼綱自身、腋《わき》の下と膝のうらに傷を受け、自陣へたどり着くと同時に馬から転げ落ちて気を失った。真っ赤に染まった藤糸縅《ふじいとおどし》の具足が、戦いの苛烈《かれつ》さを物語っている。

敵将景虎の神がかった采配もあり、その日の戦闘は長尾方の勝利におわった。

敗走する武田勢にまじって、馬を走らせながら、

「長尾景虎、手強《てごわ》し……」

幸隆は肚の底からつぶやいた。

九月一日――。

再度、両軍がぶつかり合った八幡《やわた》の戦いでも、武田勢は長尾、村上、高梨、小笠原連合軍の前

に押しまくられた。

これにより、武田軍は川中島平からの撤退を余儀なくされる。勢いに乗る長尾勢は、屋代正国《まさくに》の持ち城、荒砥《あらと》城を戦わずして開城させ、同月三日、猿《さる》ケ《が》馬場《ばんば》峠を越えて中信の筑摩《ちくま》郡へと南下した。

塩田平の武田晴信は、長尾軍の破竹の進撃にも、事態の推移を注意深く見守ったまま、なかなか腰を上げようとしない。

ようやく晴信が動きだしたのは、長尾方の別働隊が、埴科郡の坂《さかき》城の南へすすみ、小県郡境に近い南条へ侵攻をはじめたときだった。

武田晴信は塩田平から軍勢を北上させ、千曲川岸へ押し出して臨戦態勢をととのえた。長尾勢が小県郡へ侵入すれば、ただちにこれを迎撃する構えである。

布施の戦いで多くの死傷者を出した真田勢は、後陣を命じられたが、

「なにとぞ、われらに先鋒を」

幸隆は晴信に直訴した。

むろん、あの戦慄《せんりつ》すべき強さをみせた長尾景虎とふたたび戦うことに、恐怖がないわけではない。だが、敵が真田家本貫の地である小県郡を脅かすとなれば、黙ってこれを見過ごすわけにはいかない。

(ようやく取り戻した土地よ。死んでも手放してなるものか……)

幸隆の意地である。

おそらく、形相が変わり、目が血走っていたのであろう。

「むきになるな」

床几に座した晴信が、たしなめるように言った。

「そなたの気持ちはわからぬではない。だが、先鋒はまかりならぬ」

「なにゆえにございます」

「いま、そなたは焦っておる。そのようなときに先鋒で戦えば、真田は必ず全滅する」

「………」

「そなたの命の使いどころは、また別の折りにあろう」

晴信の決定は変わらなかった。

決戦をひかえ、両軍のあいだで緊張が高まった。

しかし、この武田晴信と長尾景虎の最初の直接対決は意外な形で結末を迎えた。

そのまま南下をつづけるかと思われた長尾勢が、小県郡へはすすまず、突如、軍勢を返して、九月二十日には川中島平から越後へ引き揚げてしまったのである。

これには、武田方の誰もがおどろいた。

こののち五度にわたって激闘を繰り広げることになる、

――川中島合戦
の第一次の戦いは、長尾方の優勢にもかかわらず、景虎の撤退によって勝負なしという形となった。

長尾景虎が兵を引き揚げた理由は、ほどなく明らかになった。

「京の御門《みかど》様、将軍家に会いに行ったそうじゃ」

その大胆な行動は、人々を唖然《あぜん》とさせた。

四

――長尾景虎上洛

の噂は、たんなる風聞ではなかった。

信濃の川中島平から越後春日山城へ引き揚げた景虎は、休む間もなく、小人数の兵をひきいて京をめざした。

上洛の目的は、京の天皇、将軍と会い、その権威によって、みずからの地位を盤石のものにすることにある。守護代の家柄から越後国主の座についた景虎は、周囲を納得させる大義名分を手に入れる必要にせまられていた。

海路、越前《えちぜん》三国《みくに》にいたり、北陸道を通って京に到着した長尾景虎は、後奈良《ごなら》天皇に拝謁。

「戦乱を鎮定すべし」

という綸旨《りんじ》をたまわり、天盃《てんぱい》と御剣を下賜された。

ついで景虎は、将軍足利義輝《あしかがよしてる》に謁見。

さらに京から泉州《せんしゅう》堺へ足を伸ばし、鉄砲や玉薬（火薬）、南蛮渡来の珍しい品々を買いもとめた。

紀州高野山《きしゅうこうやさん》、京大徳寺《だいとくじ》にも参詣《さんけい》した景虎は、その年の暮れ、ようやく帰国の途についている。

一方――。

景虎が越後を不在にしているあいだ、信濃の川中島平では、武田晴信がじわじわと締めつけを強めていた。

長尾方の攻勢の前に、一時、北信濃における武田の影響力は衰退していたが、景虎が姿を消したため、不安を感じた地侍たちは武田方に次々と切り崩されていった。

「村上義清、高梨政頼も、ふたたび越後へ逃げもどったそうにござるな」

戦いの傷がようやく癒《い》えた矢沢頼綱が、兄真田幸隆に言った。

正月を祝うため、砥石城に一族が集まっている。

この天文二十三年の春は、真田家にとってはめでたい春である。昨年、幸隆は川中島での働きに対する恩賞として、武田晴信から小県郡秋和《あきわ》に三百五十貫の領地を与えられていた。

秋和の地は、北国街道《ほっこくかいどう》（北国脇往還《わきおうかん》）の宿駅で、筑摩郡へ向かう保福寺《ほふくじ》峠道と岐《わか》れる交通の要衝であった。この地を手に入れたことにより、真田一族は上田盆地への進出を決定的にした。のち、幸隆の子昌幸は、秋和南方の千曲川の断崖上に上田城を築くことになる。

「景虎もわからぬやつでございますな」

濁り酒を呑《の》み干し、頼綱が首をひねった。

「わからぬとは？」

真田幸隆は庭のほうに目をやった。

外はさらさらと雪が降っている。上田盆地は信濃のなかでも降雪量の少ない地域だが、この正月はめずらしい大雪で、あたりは一面、白一色に染まっている。

「そうではござらぬか」

矢沢頼綱が串に刺して焼いた雉《きじ》肉を、強靱な歯でかじった。

「長尾景虎は先だってのいくさで、北信濃を席巻《せっけん》した。となれば、占領地に軍勢をとどめ、おのが領国として足場を固めるのが、常道。しかるに景虎は、さっさと兵を引き揚げたばかりか、上《かみ》方《がた》へ物見遊山《ものみゆさん》に出かけてしもうた。われらのごとく、領地を死んでも離すまいと汗水を流しておる者には、彼奴《きゃつ》の心中、とんと合点がいかぬ」

「人がみな、おのれと同じ考えを持っているとは思わぬことよ」

幸隆は囲炉裏《いろり》の火に手をかざした。

「長尾景虎は、村上、高梨のもとめに応じて軍勢を出したのだ。目的をひとまず達したゆえ、もはや信濃に用はなしと思ったのであろう」

「しかし……」

「わしも、あれから長尾景虎のことをいろいろと考えてみた。あの男は、いくさで手に入れた領地にあまり固執せぬようだ。それは、なぜだと思う」

「豊かだからではございませぬか」

幸隆の問いに答えたのは頼綱ではなく、囲炉裏のわきにいた幸隆の長男、源太左衛門信綱であった。

年が明けて信綱は十八歳になった。

叔父頼綱の指南もあって、ここ一、二年でめきめきと武芸の腕を上げ、昨年の川中島のいくさでみごとな初陣《ういじん》を飾っている。

二男の徳次郎昌輝もその横で雑煮を食っているが、兄弟のなかでただ一人、甲斐へ人質に出された三男源五郎（昌幸）の姿が見えないのが、正月風景の寂しさといえば寂しさだった。

「ほう、豊かさか」

幸隆は目を細めて息子を見た。

「はい」

と、信綱はうなずき、

「甲斐の武田家やわれら信濃の者は、海へ向かってひらけた土地を持ちませぬ。さりながら、越後の長尾には、遠く京へと通じる海の道がござります」

慣れぬ酒に酔ったか、頰を紅潮させて言った。

真田幸隆の跡継ぎ信綱は、なかなかの努力家である。

大勢力の狭間で生きる真田の家を背負って立つことを自覚しているせいか、ことに天下の情勢、情報に明るくなろうとつとめている。

「聞けば長尾景虎は、越後上布《じょうふ》の原料となる特産の青苧《あおそ》を北国船《ほっこくぶね》で京へ運び、巨利を手にしているそうにございます。こたびの上洛も、将軍に拝謁するのはあくまで建前で、まことの目的は上方の青苧商人どもに会うことにありという噂もございます」

「そのような話、どこから聞いた。だれか、寝物語に京の噂を聞かせてくれる女でもできたか」

「いえ……」

まんざら覚えがないわけでもないのか、信綱が目元をほのかに赤らめた。

女を持つのは、別段、責められることではない。幸隆自身、禰津の花千代をはじめ、おのが耳目となって働いてくれる女たちを、信濃国内はもとより、甲斐府中の躑躅ケ崎屋形のうちにも持っている。

（女は粗略にあつかってはならぬ。タタリ神にさえせねば、ときに、男より心強い味方となってくれるものよ……）

幸隆は肚のうちで思った。

「そなたの言うとおりだ。長尾景虎は豊かであるがゆえに、北信濃に固執しなかった。一見、ばかにも見えるが、ばかではない。あの男が北信濃へ兵を出したのは、村上、高梨への義のためではなく、案外、上洛の間、武田が動けぬよう牽制《けんせい》しておくためだったやもしれぬ」

「なるほど、そのあたりに長尾の本音がありそうにござるな」

父子の会話に耳をかたむけていた矢沢頼綱が、得心《とくしん》したようにうなずいた。

「して、兄者は次にどのような一手を？」

「われらは、武田家のごとき守護大名の家柄でも、越後の長尾のごとき豊かさにめぐまれているわけでもない。となれば……」

「となれば？」

「地道に血と汗を流しながら、天運がわが一族にめぐってくる時を待つまで」

「そのような時がまいりましょうか」

信綱が若々しい眉をひそめた。

「座して待っているだけでは、運はやって来るまい。押しかけて行ってでも、引っ捕らえてまいらねばな」

幸隆は豪快に笑った。

五

武田晴信、長尾景虎の両雄が、ふたたび信濃川中島の地で相対したのは、弘治《こうじ》元年（一五五五）七月のことである。

越後春日山城を発した長尾景虎は、信濃善光寺《ぜんこうじ》から五町ほど離れた、

――横山城《よこやま》
に陣取った。

善光寺は信濃国きっての古刹である。

その創建は古く、推古《すいこ》天皇の御代の飛鳥時代にまでさかのぼる。

本尊の善光寺如来は、遠く天竺《てんじく》から中国、朝鮮半島の百済《くだら》をへてわが国へ渡来した。その後、仏教排斥派の物部《もののべ》氏によって難波《なにわ》の堀江《ほりえ》に打ち捨てられたが、信濃の住人本田善光《ほんだよしみつ》がこれを故郷へ持ち帰り、寺を建立して祀《まつ》ったのが善光寺のはじまりである。

横山城は、その善光寺の背後、地附《ちづき》山の山麓《さんろく》から延びた台地の突端に築かれており、周辺の村々を見下ろすことができた。

これに対し、武田方についた善光寺別当《べっとう》の栗田鶴寿《くりたかくじゅ》が立て籠もったのが、横山城と裾花《すそばな》川をへだてた、

――旭山城《あさひやま》
である。

武田晴信は、犀川の南の大塚《おおつか》の地に本陣をすえ、旭山城に三千の援兵を出して長尾景虎の動きを牽制した。

真田幸隆は、嫡男信綱、弟矢沢頼綱とともに、武田の本陣にある。

「今度の戦いは、旭山城が勝負の分かれ目じゃな」

幸隆は善光寺一帯の差図（地図）を睨んで言った。

「長尾軍が、わが武田本陣に向かって突きすすもうとすれば、旭山城の兵が真横からそれを阻む。旭山城を落とさぬことには、景虎は動きがつくまい」

幸隆の読みどおり、長尾景虎はまず、目障りな旭山城攻略に全力をそそいだ。付近の山に付城《つけじろ》を築き、烈しく攻め立てるが、城兵たちの士気は高く、さすがの景虎も容易に城を落とすことができない。

一方、武田晴信も大塚の本陣で旭山城の攻防を静観。武田、長尾両軍は、犀川をへだてて睨み合う形になった。

戦線が膠着《こうちゃく》したまま、やがて十月に入った。

川中島平を吹き渡る風が、肌に冷たく感じられる季節である。

「じきに冬じゃな」

幸隆は紅葉に染まる山々を見上げて言った。

武田晴信と長尾景虎が、四月《よつき》にわたって対峙《たいじ》した第二次の川中島合戦は、駿河の今川義元が仲裁に入って和議が結ばれる運びとなった。

晴信も景虎も、冬越しのいくさは望んでいない。

和議の条件は、

一、武田軍は旭山城を破却し、撤退すること。

一、犀川を境として、北を長尾、南を武田の勢力圏と定めること。

以上の二点であった。

閏《うるう》十月十五日、和議が正式に成立。これにより、両軍は川中島平から撤退をはじめ、それぞれ甲斐と越後へ帰国していった。

真田幸隆も小県郡の砥石城へ兵を引き揚げ、静かな年の暮れを迎えた。

禰津《ねつ》の花千代から、

「急ぎお会いしたい」

と使いが来たのは、年が明け、そろそろ正月の松飾りも取れるころのことだった。

花千代は幸隆の情人である。

禰津の歩き巫女たちを束ねる花千代は、諸国のありさま、大名たちの趨勢《すうせい》などを幸隆にもたらす、貴重な情報源でもある。といって男に縛られているわけではなく、気ままに旅をしては、年に何度か信濃へもどって幸隆との逢瀬を重ねていた。

それは、恋とはやや違う。

妻の菖蒲ノ前に対する愛情とも、色合いがまったく異なっている。滋野一門の再興という共通の目的が、さながら同志のごとく二人を結びつけていた。

禰津の里は、砥石城から東方へ二里（約八キロ）。烏帽子《えぼし》岳の裾野にひらけた集落である。

東町、西町と二筋の小路に面して、

——ノノウ宿
が建ち並んでいる。

ノノウ宿は、ノノウと呼ばれる歩き巫女たちの置屋である。おのおのの宿は、五、六人から、多いところでは十人以上の若い歩き巫女を抱え、それを長である花千代が取り仕切っていた。

巫女たちは春になって雪が解けると、ノノウ宿を出て諸国を巡遊し、年の暮れに里へもどってくる。

ちょうど、幸隆がたずねたときは、ノノウたちがそれぞれの宿で年越しをし、里がもっとも華やいでいる時期だった。

花千代のノノウ宿は、禰津の西町にあった。

ゆるい坂をのぼりきった突き当たりの、禰津健事《ねつたけこと》神社の鳥居脇である。

冠木門《かぶきもん》に太い注連縄《しめなわ》が張られ、ここが清浄な神域であることをしめしている。苔《こけ》むした茅葺《かやぶ》き屋根をいただいた母屋は、館といっていいほどの威容を誇っていた。

「よくぞおいで下されました」

玄関先で、花千代が三つ指をついて真田幸隆を出迎えた。

諸国からもどってきた妹分の巫女たちの目があるせいか、どことなく取り澄ました顔つきをしている。

「うむ」

「どうぞ、こちらへ」

花千代は幸隆を奥の間へ導いた。

奥の間の床は鏡のように磨き抜かれ、掃除が隅々まで行きとどいている。

部屋には火の気がいっさいなく、吐く息が白く凍えるほどのしんと冷たい空気があたりを領していた。

——諏訪南宮上下大明神《すわなんぐうかみしもだいみょうじん》
と書かれた掛け軸の前に、幸隆はあぐらをかいてすわった。

「どうした、あらたまって」

「ほほ……。たまにはよろしいではございませぬか。それとも、奥方さまの目を盗んでわたくしと会うこと、後ろめたく思っておいでなのですか」

「ばかを言え。わが妻は、わしのやる事にあれこれ口出しするような女ではない」

「長い流浪暮らしのあいだ、苦楽をともになされたのですものね。わたくしが割って入る隙など、どこにもない」

つと手を伸ばし、花千代が幸隆の袴の腿《もも》をつねった。

幸隆は顔色も変えず、

「用件を早く申せ。あの烏帽子岳の雪が溶けるころになれば、わしはまた出陣だ」

不愛想に言った。

「躑躅ケ崎のお屋形さまの次の狙いは、上州《じょうしゅう》だそうにございますね」

花千代が悪戯《いたずら》っぽい笑いを浮かべ、幸隆の目をのぞき込むように見た。

「なぜ、それを存じておる」

「われらノノウの耳に入らぬことはございませぬ。幸隆さまのご心中、さぞや複雑でありましょう」

ささやくように花千代は言った。

六

一昨年の天文二十三年、甲斐武田、相模《さがみ》北条、駿河今川のあいだで同盟が結ばれた。

いわゆる、

――三国同盟
である。

たがいに境を接する三国が婚姻関係を結び、不戦条約を締結することにより、北条氏は東へ、今川氏は西へ、武田氏は北へ、それぞれ戦力を集中させることが可能になった。力の拮抗《きっこう》した者どうしが無益な争いを繰り返すよりも、

「いまは、外へ向けて勢力を拡大したほうが得策」

と、三者の利害が一致したのである。

この同盟により、後顧《こうこ》の憂《うれ》いがなくなった武田晴信は、北信の地に領土を拡げ、さらに悲願である海に向かってひらけた湊《みなと》を得ようと、越後へ進出する機会を虎視眈々《こしたんたん》とうかがっていた。

当時、舟運はわが国における流通の大動脈であり、その幹線は太平洋側ではなく、早くから北国船が発達した日本海側にあった。すなわち、日本海の舟運を押さえれば、京への道がおのずとひらけることになる。

(何としても湊を手に入れたい……)

武田晴信が川中島平への出兵を繰り返し、長尾景虎との激闘を演じた最大の理由は、そこにこそある。

しかし、第一次、第二次と、川中島の戦いが思わしい結果をもたらさなかったことにより、晴信は路線を柔軟に修正した。

それが、

——西上野
への進出である。

上野国、すなわち上州は現在の群馬県にあたる。上州には長く、関東管領山内《やまのうち》上杉家の威令がおよんでいた。しかし、天文二十一年、武蔵から東上野へ版図を拡大した北条氏康の圧迫によって、平井城にいた管領の上杉憲政が逃亡。憲政は上越国境《くにざかい》の水上《みなかみ》付近に潜伏し、越後の長尾

景虎に救援をもとめていた。

これに目をつけたのが、武田晴信であった。

管領の上杉憲政が去ったいま、西上野の地に残っているのは、いずれの勢力にも属さない中小の地侍のみである。

越後統一を果たし、力を増しつつある長尾景虎が上野へ進出する前に、

「西上野を平らげる」

晴信は出兵を決めた。

真田家が属する滋野一門は、古くより、信濃から西上野一帯に根を下ろしている。

武田晴信は、現地の事情に通じた真田幸隆に、西上野攻略戦の、

——先鋒
を命じた。

とはいえ、ノノウの花千代が言うとおり、幸隆の心中はやや複雑である。

かつて海野平の合戦で、村上義清、武田信虎らの連合軍に敗れた幸隆は、滋野一門の縁を頼って上州へ亡命したことがあった。

当初、幸隆は同じ六連銭の家紋を用いる上野国吾妻郡の羽根尾《はねお》城主、羽尾幸全《はねおこうぜん》入道のもとにかくまわれた。

だが、幸隆をはじめ、妻の菖蒲ノ前、その子供たち、いつ信濃へ帰還できるとも知れない真田の一族郎党にただ飯を食わせるのは、羽尾幸全入道にはやや重荷であったらしい。

「そろそろ、身の振り方を考えてくれぬかのう」

入道に、あからさまに嫌な顔をされていたところへ、

「ほかに行くあてがないなら、わがもとへ来ればよい」

と、救いの手を差し伸べてくれたのが、羽根尾城から東へ十一里（約四十四キロ）のところにある箕輪《みのわ》城の城主、長野業政《なりまさ》であった。

長野業政は、羽尾幸全入道ら西上野の地侍たちに、

――盟主《めいしゅ》
と仰がれる存在である。

上州の男らしく、太っ腹で男気があり、義理人情に篤《あつ》い。

幸隆とその家族たちは、武田家の代替わりによって一族が信濃へもどるまで、箕輪城の一画で世話になった。

その間、長野業政は恩着せがましい顔を見せるでもなく、身内同様に一家を手厚く遇した。幸隆の妻も、業政の妻おふくと姉妹同様に親しく付き合い、

「おふくどののお優しさが忘れられませぬ」

と、いまでも箕輪城での暮らしを懐かしむほどである。

幸隆自身、おのれのもっとも苦しい時代をささえてくれた長野業政には、ひとかたならぬ恩義を感じている。

しかし、武田軍の先鋒として上州へ乗り込むからには、当然、その恩人との対決を覚悟せねばならなかった。

七

「どうなさるおつもりです」

花千代が妖艶な黒い瞳で幸隆を見つめた。

「まずは、調略だな」

幸隆は言った。

「戦わずして西上野の者どもを味方につければ、無用の血を流すこともない」

「そうやすやすと、相手が誘いに乗りましょうか」

「そこが難しい」

と、幸隆は渋い顔をした。

「上州には独立不羈《どくりつふき》の気風がある。武田の力を背景にして、高飛車《たかびしゃ》に屈服させようとしても、かえって敵愾心《てきがいしん》に火を点《つ》けるだけであろう」

「されば」

「いろいろと手は考えている。西上野の者どもをひとつにまとめ上げる者がいるとすれば、それは長野業政をおいてほかにおらぬ。業政さえ切り崩すことができれば……」

「恩をあだで返すのでございますな」

「たしかに業政には恩義があるが、義理人情だけで生きていけるほど世の中は甘いものではない。もっとも、長い目で見れば、妙な意地を張らず、早いうちに武田に屈したほうがあの男のためにもなろうが」

「やはり、このいくさ、お気がすすまぬのですね」

「ばかを言え」

幸隆は鼻を鳴らしたが、大勢力の狭間に生きる同じ立場の者として、長野業政に同情する気持ちはある。

しかし、人にはそれぞれの道がある。

(同情しているつもりが、かえってこちらが煮え湯を飲まされぬよう、十分に心してかからねば……)

幸隆は気持ちを引き締めた。

「それより、何だ。いくさの話をするために、わざわざ呼び出したわけではあるまい」

「さようでございました」

喉の奥で花千代がころころと笑った。

「じつは、あなたさまにお引き合わせしたい者がおるのです」

「わしに会わせたい者……」

「はい」

花千代はうなずき、

「こちらへお出でなされよ」

と、手を打った。

廊下に人の気配がし、紅梅《こうばい》色の小袖姿の若い娘があらわれた。

(美しい……)

真田幸隆は思わず息を呑んだ。

四十四年の人生のなかで、幸隆はさまざまな女を目にしてきたが、これほどの美女は見たことがない。

いや、女というより、少女といっていい年齢で、その白い細おもてにはまだ幼さが残っている。

しかし、

（背筋が寒くなるほどの美しさよ……）

疵《きず》ひとつない白珠《しらたま》を思わせる娘の美貌に、幸隆は声もなく見惚《みほ》れた。

「この娘は……」

「いたくお気に入りのようでございますな」

巫女頭の花千代が、からかうように目を細めて笑った。

「でも、お手を出されてはなりませぬよ」

「どこぞより連れてきた、新参のノノウか」

幸隆は花千代を睨むようにして言った。

禰津の歩き巫女ノノウは、何よりも容姿端麗であることが必須の条件である。そのため、諸国をめぐる巫女たちは、旅先の村々で、

（これは……）

と思う美少女に目をつけ、親にいくばくかの金銭を支払って、禰津のノノウ宿へ連れ帰る。娘たちはそこで修行を積み、一人前の巫女となってふたたび諸国へ散っていくのである。

「たいした上物ではないか」

花千代が育てたノノウを、幸隆は幾人も知っている。だが、このような神々《こうごう》しいまでの気品を

身にそなえた娘は初めてであった。

「申し上げておきますが、この娘はただのノノウではありませぬ」

「されば……」

「近江甲賀《おうみこうか》の望月家の姫にございます」

「甲賀の望月?」

「はい」

花千代は深くうなずいた。

海野、禰津と並ぶ滋野三家のひとつ、望月家には分家がある。それが、近江甲賀の望月氏である。

甲賀望月氏は、いわゆる、

――甲賀忍者
を統括する上忍《じょうにん》の家柄で、諸国の戦国大名のもとへ〝忍び〟の技に長じた下忍《げにん》をつかわし、情報収集、戦場での後方攪乱《こうほうかくらん》などの任務にあたらせていた。

「甲賀望月家の姫が、なにゆえそなたの元におるのだ」

幸隆は、花千代に聞いた。

「縁組の仲立ちを頼まれたのです」

「縁組とな」

「佐久《さく》の望月本家盛時《もりとき》さまが先年、奥方を亡くされたこと、あなたさまもご存じでございましょう」

「ふむ」

望月遠江守《とおとうみのかみ》盛時のことはよく知っている。

佐久に侵攻した武田軍に対し、徹底抗戦をこころみた望月一族に、降伏を強くすすめたのはほかならぬ真田幸隆であった。

あくまで抵抗をつづければ、望月城に立て籠もった将士は残らず命を落とすこととなる。同じ滋野一門につらなる身として、幸隆はそれを見るにしのびなかった。

天文十四年四月、武田晴信は望月盛時を召し、これに太刀と馬を与えた。以来、佐久の望月氏は武田家に従っている。

「盛時さまには、ご息女がおられるだけで、跡取りの男子がおられませぬ。ゆえに、分家にあたる甲賀望月家から、後添《のちぞ》いをお迎えになりたいと……」

「それが、この姫か」

まだ十五にもなるやならずの年若い娘を、幸隆はやや痛ましげな目で見た。

幸隆の知っている望月盛時は、この美少女とはおよそ不釣り合いな、武辺《ぶへん》ばかりが取り柄の猛将である。武骨一点張りで、年も五十をいくつか過ぎているだろう。

「わたくしは滋野一門のご縁で、甲賀の望月家にもしばしば出入りしておりました。姫君は幼少のころから、たいそう利発なお方で、かような縁組の話さえなければ、わたくしが養女にお迎えして、禰津のノノウの束ねをおゆずりしたいと望んでおったのです」

「それほどの……」

「佐久の望月家に嫁されても、必ずや、わが滋野一門再興のために力をお貸し下されるでありましょう」

「卒爾《そつじ》ながら、姫の御名は」

娘の身のうちから発する微光のような気品に圧倒されてか、幸隆は知らず知らずのうちに言葉つきをあらためていた。

「千代女《ちよめ》さまと申されます」

おごそかな口調で、花千代が言った。

滋野一門では、霊能力にすぐれた女の子が生まれると、一族の末長い栄えを祈念する意味を込めて、

——千代
の文字を名に付けるならいがある。

禰津の巫女頭の花千代しかり、甲賀望月家の千代女も、余の者にはない霊感を生まれながらに身にそなえているのであろう。

また、禰津氏には、諏訪神への信仰をあらわすため、男子の名に、

——神
の字を入れる慣習がある。「神平」あるいは、「神太郎」「神八」などがそれである。

立川文庫《たつかわぶんこ》の真田十勇士のなかに、猿飛佐助《さるとびさすけ》、霧隠才蔵《きりがくれさいぞう》、三好清海入道《みよしせいかいにゅうどう》、由利鎌之助《ゆりかまのすけ》、望月六郎《ろくろう》らと並んで、「根津甚八《ねづじんぱち》」という男がいるが、これなども滋野一門の伝統に従えば、「禰津神八」と書くのが正しいだろう。

真田家を生んだ滋野一門は、古くより呪術に通じた一族であった。ために、真田家はそもそもの成り立ちから、歩き巫女や山伏など、加持祈禱《かじきとう》をなりわいとする者たちと深いかかわりがあった。

真田郷の東、上信国境にそびえる、

――四阿山《あずまやさん》
は、滋野一門ゆかりの巫女、山伏たちの聖地にほかならない。

彼らは関所の通行自由を保証され、全国、どのような大名の領地でも、かんたんに入っていくことができる。諸国の情報を集めるのに、これほど適した存在はない。

じっさい、真田幸隆は歩き巫女、山伏を通じて諸大名の動きをいち早くつかみ、みずからの戦いに役立てている。

のち、幸隆の孫の幸村が、

――不思議なる弓取り
と言われ、変幻自在の働きをした理由も、合戦にこうした山伏たちの力を駆使したからと考えれば納得がいく。

真田配下の忍びの中核をなす、四阿山を中心とする巫女、山伏たちに、近江甲賀の上忍の流れを引く千代女が加わることで、

「われらの存在は、躑躅ケ崎のお屋形さまでさえ侮れぬものになるでありましょう」

禰津の花千代が妖艶な笑みを唇に浮かべた。

しかし、目の前の美少女が、真田一族の運命に大きな影響を及ぼすことになろうとは、このとき、さすがの幸隆も思ってはいない。

第三章　東奔西走

一

上信国境の碓氷《うすい》峠を越え、武田軍が西上野へ攻め入ったのは、弘治《こうじ》二年（一五五六）四月初旬のことである。

上州攻めには、武田晴信みずからは出陣せず、長男義信《よしのぶ》に大将を命じた。

先鋒をつとめるのは、真田幸隆、屋代秀正らの信濃勢。そのほか、飯富兵部少輔虎昌、同三郎兵衛尉昌景（山県三郎兵衛尉昌景）、馬場美濃守信春、内藤修理亮昌秀ら、武田八手の侍大将が馬蹄《ばてい》の音を響かせて、新緑の芽吹きはじめた峠道を駆け下った。

これに対し、箕輪《みのわ》城主長野業政《なりまさ》を盟主とする西上野の一揆《いっき》勢は、東山道《とうさんどう》（中山道《なかせんどう》）ぞいの、――瓶尻ケ原《かめじりがはら》
に押し出して、武田軍を迎え撃つ。

戦いは当初、地の利のある上州勢が押し気味の展開となった。

しかし、小土豪の寄せ集めにすぎない一揆勢に比べ、おのおのが一騎当千のつわものである武田軍の兵力は圧倒的である。

やがて、武田方が逆襲に転じ、さんざんに蹴散《けち》らされた西上野の一揆勢は、箕輪城に立て籠もった。

（まずいな……）

幸隆は思った。

かつて長野業政のもとに流寓《るぐう》していた幸隆は、この城を熟知している。

榛名山《はるな》のふもとに築かれた箕輪城は、天然の要害といっていい。西は白川《しらかわ》の断崖、南は椿名《つばきな》沼の湿地帯、東から北にかけては内出《うちで》と呼ばれる家臣団の屋敷に、二重三重に囲われている。また、湧《わ》き水も豊富で、籠城戦でもっとも重要な水の手が断たれることもない。

箕輪城を無理に正面から力攻めしようとすれば、味方に多大な損害が出るのは自明の理であった。

幸隆は、大将の武田義信がいる本陣へ出向いた。

「正攻法はお避けになったほうがよろしゅうございます。ここは、じっくりと腰をすえ、一揆勢の切り崩しから取りかかられたほうがよろしいかと」

幸隆は義信に進言した。

「あのような小城が、このわしに落とせぬだと」

武田義信が目を剝《む》いた。

義信は十九歳。

血気さかんな年ごろである。しかも、武田軍の強さには絶対の自信を持っている。

（厄介な……）

真田幸隆は胸のうちで舌打ちした。

相手が武田晴信なら、何の下工作もなしに箕輪城を力攻めすることの不利を説けば、必ずやその場の状況に則した冷静な判断を下すであろう。

石和《いさわ》の農民の子だった高坂弾正《こうさかだんじょう》や、流れ者の山本勘助《やまもとかんすけ》を軍師に登用していることからも知れるとおり、晴信は門地よりも能力によって人材を登用する、きわめて合理的な精神の持ち主である。

だが、息子の義信はちがう。

公家《くげ》の三条公頼《さんじょうきんより》の娘を母に持つ義信は、やがては守護大名武田家を継ぐべく育てられ、誇りがすこぶる高い。

ことに、この年は京の将軍足利義輝から三管領に準ずる格式を与えられたばかりであり、武田の嫡男として、

(目に見える実績を上げねば……)

という強い意識に駆られていた。

もともと取るに足らぬ存在と軽視している信濃先方衆の幸隆の意見など、素直に聞き入れるはずもない。

「下がれッ!」

義信は額に青筋を立てて幸隆を睨《にら》んだ。

「いえ、下がりませぬ」

「何……」

「箕輪城主長野業政は、西上野の地侍どもの人望篤き男にございます。箕輪城が鉄壁の要塞《ようさい》であるうえに、地侍どもは業政のもとに一致結束しており、士気も高うござります。このまま力攻め

を行なっては、必ずやお味方が多大な損害を蒙《こうむ》りましょう」

「そのほう、わしを無能呼ばわりするか」

「けっして、さような」

「差し出口は許さぬッ！」

義信の怒りは増すばかりである。

かたわらに控えていた、義信の傅役《もりやく》をつとめる飯富虎昌が、

「貴殿は箕輪城の長野業政とは、古くより昵懇《じっこん》の仲だそうだな」

と、幸隆に冷たい目を向けた。

「上州流浪時代に、世話になったことはございます。されど、いまは……」

「そこまで城攻めに慎重論をとなえるのは、貴殿が裏で長野とひそかに通じておるからではないか」

虎昌が皮肉な口ぶりで言った。

なお口にしたいことはあったが、

——敵と裏で通じている。

とまで言われては、詮方《せんかた》ない。他国衆の哀しさである。

以前からわかっていたことだが、幸隆はあらためて、

(しょせん、われらは心から信用されてはおらぬ……)

武田軍団における真田一族の立場を思い知らされた。

真田は、飯富、諸角《もろずみ》、甘利らの譜代《ふだい》衆とはちがう。着実に実績を上げつつあるとはいえ、武田に敵対した過去もある。冷めた目で見られるのは、当然といえば当然であった。

胸の内にざらざらとした想いを抱えつつ、幸隆はおのが持ち場へもどった。

箕輪城への総攻撃がはじまったのは、翌早朝のことである。

真田幸隆、屋代正国をはじめとする信濃先方衆、および飯富昌景、馬場信春、諸角虎定《とらさだ》ら譜代衆は東の大手《おおて》口から、南西の搦手《からめて》口からは内藤昌秀、原昌胤《まさたね》、甘利信忠《のぶただ》らの軍勢が攻めかかった。

攻城軍は八千。城に立て籠もる一揆勢は、西上野の国人たちがそれぞれの城へ引き揚げたため、わずか千五百の寡勢になっている。

「一気に揉《も》み潰《つぶ》せッ！」

大将の武田義信は采配を振った。

戦いは、早期に決着がつくかに思われた。だが、おおかたの予想に反し、武田軍は城を攻めあぐねた。

幸隆が危惧《きぐ》していたとおり、箕輪城の厚い守りが武田軍の行く手をはばんでいる。

南西の搦手口からの進路には、白川の断崖と榛名沼の湿地帯が立ちふさがり、武田自慢の騎馬隊がぬかるんだ沼に足を取られて立ち往生した。

そこへ、城の上から雨あられと矢が射かけられ、落馬する者が続出する。

また、東側の大手口方面には、内出と呼ばれる家臣たちの住居が曲輪のごとく連なっており、それが二重、三重の防御線となって進撃の障害となった。

「たかが、空き屋敷ではないかッ！」

武田勢が、かまわず進もうとすると、人気がなかったはずの屋敷から、突如、五十人、百人と兵があらわれ、神出鬼没の遊撃戦を展開する。

武田の兵たちは戸惑い、足並みを乱した。

二

真田勢は混乱のなかにある。

「落ち着けッ！　みな落ち着くのだッ」

幸隆は声を張り上げた。

集団心理とは恐ろしいものである。武田軍全体の恐慌状態が、真田の将兵にも乗り移っている。何より、敵がいつ、どこからあらわれるかわからないことが、兵たちの混乱を増幅させていた。

「どこかに、箕輪城内に通じる抜け道があるはずだ」

幸隆は弟の矢沢頼綱を振り返った。

「そのようなもの、聞いたことがありませぬ」

頼綱も幸隆同様、箕輪城で暮らした経験がある。城内のようすはおおよそ心得ているつもりだったが、いざ寄せ手の軍勢に加わってみると、以前とは勝手がちがった。

「いくさ巧者の長野業政のことだ。合戦にそなえ、われらの知らぬ仕掛けのひとつやふたつ、新たに造っていても不思議はない」

「それはそうだが」

「ともかく、抜け道を探せ。城内の兵は、それを使って移動しているにちがいない」

「わかりました」

動きはじめるとなれば、頼綱の行動は早い。

配下の兵を数手に分け、ひとつひとつ虱潰《しらみつぶ》しに、内出の屋敷を探索させた。

探すこと四半刻《しはんとき》――。

「屋敷の床下に、抜け穴が見つかりましたぞッ」

矢沢頼綱は幸隆に報告した。

「抜け穴は一ケ所だけでなく、内出のそここに、蟻《あり》の巣のごとく張りめぐらされておるようです」

「よし」

幸隆はうなずいた。

「見つかった抜け穴に、火を点けた藁《わら》の束を投げ入れよ。敵を煙でいぶし、出てきたところを討ち取るのだ」

幸隆の命はただちに、実行に移された。

真田勢は、抜け穴からいぶし出した箕輪城の城兵を次々と討ち取っていった。

城方もさすがに警戒し、内出に展開させていた兵を大手門のうちに引き揚げて、貝のごとく城内に立て籠もる。

武田軍は烈しく攻め立てたが、箕輪城の守りは堅い。大手、搦手とも、攻め口がなくなり、城攻めは持久戦の様相をみせはじめた。

箕輪城攻めは一ケ月におよんだ。

しかし、天険の要害はびくともしない。反対に、夜陰にまぎれて城方が出没し、武田の遠征軍に少なからぬ損害を与えた。

重苦しい膠着状態がつづくなか、甲斐の武田晴信から、

「全軍、上州から引き揚げよ」

と、使者が来た。

信州川中島方面で長尾勢に不穏の動きがあり、上州に兵力を割いている余裕がなくなったためである。

遠征軍はただちに箕輪城の囲みを解き、上州から撤退した。

息つく暇もなく、真田幸隆には晴信より尼巖《あまかざり》城攻略の命が下された。

村上義清の残党、東条《ひがしじょう》一族が立て籠もる尼巖城は、第一次川中島合戦に先立つ攻城戦で幸隆が落とせなかった城である。

川中島地方を制するためには、戦略上の要衝にあるこの城を落とすことが、武田方にとって必須の条件だった。

「こたびは、失敗は許されぬぞ」

晴信は厳しい口調で言った。

幸隆ひきいる真田勢は、本拠の砥石城へ帰還。そこでふたたび態勢をととのえ、尼巖城へ出撃することとなった。

あわただしい出陣準備の合間、妻の菖蒲ノ前が、

「かようなこと、申してはならぬのでしょうが、おまえさまが箕輪城からもどられ、心より安堵いたしました」

鎧《よろい》下着をつける夫を手伝いながら言った。

菖蒲ノ前も、箕輪城流寓時代には長野業政とその妻らに、ずいぶんと世話になっている。夫が

その恩人を攻める軍勢に加わったことに、陰ながら心を痛めていたのであろう。

「お屋形さまは、上州進出を断念されたわけではない。川中島方面のいくさに区切りがつけば、ふたたび箕輪城へ兵を繰り出されるであろう」

「何とか業政どのを説得し、お味方につけるわけにはまいらぬのですか」

「そなたも知ってのとおり、あの御仁《ごじん》は、こうと決めたら梃子《てこ》でも動かぬ気骨の持ち主よ。いずれまた、戦場で相まみえることになろう」

「どうにもならぬと……」

「情けでは物ごとが片づかぬのが、この乱世だ」

幸隆は目尻にかすかな皺《しわ》を寄せ、突き放すように言った。

三

真田幸隆、息子の信綱、矢沢頼綱をはじめとする真田勢は、地蔵峠を越え、尼巖城へ進軍した。

さきの城攻めで、幸隆は東条一族の抵抗に手を焼いた。

そもそも尼巖城は、切り立った断崖にかこまれた要害堅固な山城であるうえに、越後の長尾家から兵糧、武器弾薬の支援を受けており、長期の籠城に耐える態勢がととのっている。

武田晴信は、

(真田勢のみでは、尼巖城攻略は難しい……)

と判断、春日虎綱《かすがとらつな》を援護に向かわせた。

春日虎綱は、もとの名を源助、源五郎。のち、信濃先方衆の高坂《こうさか》（香坂）家の養子となり、高坂昌信《まさのぶ》と呼ばれる武将である。

春日虎綱は侍の出ではない。甲斐国石和《いさわ》の豪農、春日大隅《おおすみ》の子である。色白く、花をあざむくほどの美少年で、その美貌と才知が武田晴信の目にとまり、奥近習衆《おくきんじゅ》として召し抱えられた。

晴信が男色の相手として、虎綱を寵愛したのは有名な話である。

虎綱十九歳のとき、晴信が浮気の弁明をしたためた誓紙が残っている。

――弥七郎《やしちろう》にしきりに度々申し候えども、虫気の由候間、了簡《りょうけん》なく候。全くわが偽りになく候。

弥七郎という者に、わしがたびたび言い寄っていたのは事実だが、腹が痛いと申すので最後の一線は越えなかった。これは、神に誓って偽りではない――晴信が、若き日の虎綱に、いかにぞっこんだったかがわかる。

いまから六年前、虎綱は武田家の使衆となり、ついで百五十騎をひきいる侍大将となって、信州安曇郡の小岩岳《こいわたけ》城攻めで一躍、武名を上げている。当年とって三十歳の男盛り。

まさしく、武田晴信が公私ともに、もっとも信頼する男であった。

だが、真田家の者たちにしてみれば、春日虎綱の参戦はおもしろくはない。

「お屋形さまは、われらでは力不足と思われているのでござろうか」

二十歳になった幸隆の嫡男信綱が、憤懣《ふんまん》やるかたない表情で言った。

「春日どのの破格の出世、尻の冥加《みょうが》とやら噂している者もございます」

口にしてから、さすがにあからさま過ぎると思ったか、信綱が頬を赤く染めた。

「尻だけで出世できれば、誰も苦労せぬわ」

真田幸隆は、噂に踊らされている息子を叱りつけるように言った。

「春日弾正忠には、つわもの揃いの武田家のなかで頭角をあらわすだけの力がある。また、お屋形さまも、その場かぎりの情けに流されるようなお方ではない」

「さりながら、こたびの援軍を受け入れては、たとえ尼巖城を首尾よく落としたとしても、春日弾正忠に手柄をさらわれるようなものでございましょう」

信綱はなお、不満な表情である。

「勘違いするな」

と、幸隆は語気をするどくした。

「そなたはまだ、われらの力だけで城が落とせると思うておるのか」

「さきのいくさのとき、父上は尼巖城攻略はさほど難しくないと申されました」

「あのときとは、情勢が変わった。村上義清が越後へ去ったあと、北信濃で孤立しておった東条一族も、いまは長尾景虎という後ろ楯を得ている。しぜん強気になっており、調略も難しい」

「それでは、どうせよと申されるのです」

「おのれを知れということよ」

「おのれを?」

「そうだ」

幸隆はうなずいた。

「われら真田は、まだまだ弱小勢力だ。生き残りのために知恵を使わねばならぬ。ここで意地を張って春日の援軍を断り、尼巖城奪取に失敗すれば、わが一族はどうなる」

「お屋形さまは、われらを無用の者と……」

「いかにも、たやすく切り捨てるであろう。役に立たぬ馬は、飼っていても重荷になるだけよ」

「は、はい」

「ゆえにのう、耐えるべき時期は耐える。功名を春日にゆずっても、それはそれでよし。真田はかの者に、ひとつ恩を売ることになる」

「つまらぬではありませぬか」

「生きるということは、つまる、つまらぬの問題ではない。そなたも、いずれ真田を継ぐ身。このこと、しかと肝《きも》に銘じておけ」

真田幸隆は春日虎綱の援軍を受け入れ、協力して尼巖城攻略にあたった。

包囲開始から一月《ひとつき》――。

尼巖城はついに陥落。武田晴信は、春日虎綱を守将として同城に入れ、以後、川中島方面の前線司令官をまかせることになる。

四

武田晴信と越後の長尾景虎が、三度、信濃の川中島平で対峙におよんだのは、翌弘治三年のことである。

この年二月、武田晴信は馬場信春に命じて善光寺近くの葛山《かつらやま》城を攻め、これを陥落させている。飯綱《いいづな》、戸隠《とがくし》一帯を支配下におさめた晴信は、さらに軍勢を北へすすめ、長尾方の泉重蔵《いずみしげくら》が立て籠もる飯山《いいやま》城を攻撃した。

一連の武田方の動きを知った長尾景虎は激怒。

「先の講和の条件に背く所業なり」

として、信濃への出陣を決意した。

戦いを前にして、景虎は更級郡の八幡神宮寺《やわたじんぐうじ》に、武田討伐の祈願文を奉納している。

――武田晴信なる悪しき者が信濃へ乱入し、万民を苦しめている。断じて許すことはできない。軍配をもって信濃に平穏を取りもどし、天下に家名を起こしたい。

四月二十一日、関川を越えて川中島平へ入った長尾軍は、葛山城を攻撃。その後、飯山まで退いた。

武田晴信をおびき出し、川中島平で一気に雌雄を決しようとの作戦である。

しかし、晴信はこれには乗らなかった。

本陣を佐久郡の小諸《こもろ》に置いたまま、山の如く動かない。

五月に入り、長尾軍がふたたび南下。上田西方の坂城《さかき》、岩鼻《いわばな》付近に陣を布く武田の一隊を襲い、これを敗走させた。とはいえ、ここでも主力同士の対決にはいたらず、五月雨が降りしきるなかでの対峙がつづく。

やがて、梅雨が明け、信州の高原にヤナギランやアザミが咲き乱れる季節になった。

陽差しは強いが、風はあくまで爽やかである。

(このままでは、じきに秋がやって来る……)

武田晴信は夏空を見上げた。

長期の消耗戦は、できれば避けたいところである。また、長尾勢と正面からぶつかり合ったとしても、味方に無駄な損害が出るだけで、これといった旨《うま》みはない。

そこで、晴信は一計を案じた。

飯富（山県）昌景を別働隊として、安曇《あずみ》経由で越後へ侵入させ、西方の糸魚川《いといがわ》から春日山城を脅かすのである。

ただちに計画は実行に移され、晴信の思惑どおり、本拠の危機を知った長尾景虎は馬首をめぐらせて撤退を開始した。

「いまぞッ。追撃じゃーッ！」

晴信は軍配を突き出した。


第三次川中島合戦の詳細は、ほとんど史料にしるされていない。

退却する長尾景虎の軍勢に、武田軍は水内郡の上野原《うえのはら》で追撃をかけた。

世にいう、

——上野原の戦い
である。

逃げる長尾勢を武田騎馬隊が猛追した。

だが、勝負はつかず、双方、痛み分けに終わった。

この戦いのあと、武田、長尾両軍の衝突はしばらく起きず、両者の緊張関係は小康状態となった。

あいだを取り持ったのは、京の将軍足利義輝である。

このころ、足利幕府の力は極度に衰退し、大名間の争いの仲裁や講和の仲立ちをすることで、かろうじて権威をたもっている。畿内の武将三好長慶《みよしながよし》と、その執事松永久秀《しつじまつながひさひで》の跳梁《ちょうりょう》に苦しむ義輝は、幕府への尊崇の念篤い長尾景虎の上洛を強く望んでいた。

「すみやかに和議を結ぶべし」

義輝は、晴信と景虎に講和をうながした。景虎がつつしんで、この勧告に従ったことは言うまでもない。

一方の武田晴信は、これも表面上は将軍のすすめを受け入れた。だが、長尾景虎が兵五千をひきいて上洛を果たすや、その留守を狙《ねら》い、晴信はふたたび北信濃へ進出。以後、川中島平は武田軍が実効支配するところとなる。

「うまいやり方だ」

真田幸隆は、虚を捨て実を取る武田晴信の政治力に感心した。

たしかに直接対決では、はかばかしい戦果を上げていないが、結果的にはその後の政略により、晴信は戦いに勝利した以上の実利を手にしている。

「形なき権威をありがたがる景虎よりも、われらがお屋形さまのほうが知恵は上か」

矢沢頼綱が言った。

「いや、そうとばかりも言いきれぬ」

「なぜです」

「形なき大義が、人を動かすこともある。なかなかどうして、景虎も侮れぬ」

戦国乱世は、それまでの価値観がガラガラと音を立てて崩壊した時代だが、その一方で、人々の心には中世以来の権威への妄信が根強くこびりついてもいた。

永禄二年（一五五九）、二度目の上洛を果たした長尾景虎は、将軍足利義輝に拝謁。太刀、黄金、白銀、綿布などを献じ、将軍への忠誠を誓った。

義輝は涙を流さんばかりに喜んだ。

畿内では三好、松永といった輩《やから》が将軍を軽んじ、勝手気ままな振る舞いをしている時代である。諸国の戦国大名たちは、合戦の調停や講和の斡旋《あっせん》など、都合のいいときだけ将軍を利用するが、衰退した幕府の立て直しに心から尽力しようという者は誰ひとりいない。

そのなかで、長尾景虎ひとりは、

「将軍をお助けし、この国に秩序と平穏を取りもどしたい」

と、ういういしい理想に燃えていた。

感激した義輝は、景虎に塗輿《ぬりごし》、桐紋《きりもん》、屋形号《やかたごう》の使用を許し、同時に、

——関東管領

への就任を要請した。

関東管領はもともと、関東のまつりごとを統括する鎌倉公方《かまくらくぼう》の下に置かれた執事の役職である。鎌倉公方が有名無実化すると、関東管領が実質的な関東の指揮権を握るようになり、上杉氏がこれを世襲した。

しかし、小田原北条氏の圧迫により、上野国平井城にいた管領上杉憲政が越後へ逃亡するにおよび、力を失った。

その関東管領に、

「そなたを任じたい」

足利義輝は言った。

将軍への尊崇の念と、武将としての実力を兼ねそなえた景虎を管領に据えることで、関東の治安を回復したいと義輝は願った。

さらにもうひとつ、義輝には景虎を優遇すべき理由があった。

今回の上洛にさいし、景虎が後顧の憂いなく越後を留守にできるよう、義輝は武田、長尾両家の和議をとりもった。

ことに武田晴信には信濃守護職まで与え、不穏な動きに釘《くぎ》を刺している。にもかかわらず、晴信は北信濃から国境を越えて越後の長尾領を荒らすという暴挙に出た。

義輝にすれば、顔に泥を塗られたにひとしい。

「武田が信濃守護なら、長尾にはその上をゆく関東管領を与える」

義輝は景虎の手を強く握った。

五

同じころ——。

武田晴信は、

——海津《かいづ》城
の築城を命じている。

海津城、のちの松代《まつしろ》城にほかならない。

武田晴信はこれまでも、小諸城、深志城など信州各地に城を築いていたが、それらは元からあった古い城館を修築したもので、まったく新たな城の築造に着手するのは海津城がはじめてである。千曲川をへだてて、川中島平の扇状地をのぞむ海津城は、戦略的にも政治的にも重要な位置にある。

縄張《なわばり》を命じられたのは、武田家の軍師、

――山本勘助
であった。

勘助は西から北へ流れる千曲川を天然の堀とし、そのきわに本丸を築いて、まわりを二ノ丸が囲み、さらに三ノ丸を配置する輪郭式の縄張をおこなっている。

大手門は南側に、搦手門は鬼門の北東側にもうけられた。

特徴的なのは、ここが当時めずらしい平城《ひらじろ》であることだろう。

背後の尼巌山にそびえる尼巌城もそうだが、このころの城は、峻険な山上に築かれた山城《やまじろ》がほとんどである。武田晴信はそれまでの慣例を破り、あえて防御の難しい平地に海津城を築かせた。

北から越後勢が押し出して来たとき、軍勢を出動しやすくするためと、川中島平支配の利便性を考慮してのことであった。

もっとも、用意周到な武田晴信のことである。平城の欠点をおぎなうため、二ノ丸の外に、

「丸馬出《まるうまだし》」

「三日月堀《みかづきぼり》」

を配置。大手から攻め寄せてくる敵を想定し、万全のそなえをしいた。まさに、甲州流の築城術の精髄を集めた城である。

この海津城の城将を命じられたのは、春日虎綱あらため、高坂弾正忠昌信であった。

それまで高坂がつとめていた尼巌城の城番は、真田幸隆にゆだねられることとなった。高坂の配下に近いあつかいである。

だが、幸隆は腐らない。

「やがて、わが一族にも時運はめぐってくる」

この男の血走った目は、ふたたび上野国に向いている。


長尾景虎が京から越後春日山城へもどったのは、その年、永禄二年八月のことだった。噂を聞いた真田幸隆は、祝賀の太刀一振《ひとふり》を献じている。

武田麾下《きか》の真田が、敵方の大将の帰国を賀するとは、一見、奇妙なようだが、じつはこれには理由がある。

将軍足利義輝の鶴の一声により、長尾景虎は、

——関東管領
に就任することになった。

関東管領は、武蔵《むさし》、相模《さがみ》、上総《かずさ》、下総《しもうさ》、安房《あわ》、常陸《ひたち》、上野《こうずけ》、下野《しもつけ》の八ケ国、すなわち関八州《かんはっしゅう》の指揮権を持っている。

と同時に、鎌倉時代以来、関東御分国とされる信濃国、越後国の指揮権もまた、名目上ではあるが保有していた。

関東管領となった長尾景虎は、形のうえでは信濃の支配者である。

そのため、幸隆のみならず、望月、海野、禰津、屋代ら、信濃の多くの武将たちは、実質的には武田家の配下に属しながら、敵方の長尾景虎に祝いの品を送るという矛盾した行動をとった。

下克上《げこくじょう》の戦国の世は、旧来の価値観がことごとく崩壊しているようだが、じっさいには中世的な概念が澱《おり》のようにこびりついている。その澱が一掃されるのは、真の破壊者、織田信長《おだのぶなが》の表舞台への登場を待たねばならない。

ちなみに、この永禄《えいろく》二年、信長二十六歳。尾張統一をほぼ成し遂げた信長が、桶狭間《おけはざま》で今川義元を撃破するのは、この翌年のことである。

もっとも、真田幸隆には彼一流の計算も働いている。

「われらは武田家譜代の臣ではない。今後、越後の長尾と手を結ぶことがあるやもしれぬ」

幸隆は妻の菖蒲ノ前の膝枕《ひざまくら》で薄目を開け、しぶとい表情をみせた。

「躑躅ケ崎のお屋形さまがお怒りにはなられませぬのか」

「さようなつまらぬこと、気にかけている暇はあるまい」

「と申されますと？」

「長尾が関東管領になったということは、やつも近々、関東へ出陣するということよ。西上州の攻略、急がねばなるまい」

「されば、箕輪城とまたいくさに……」

菖蒲ノ前が眉をひそめた。

「わしものう、恩人の長野業政どのと戦いたくはない。だが、乱世で生き残っていくためには、しかたがないのだ。わかってくれ」

幸隆は妻の手を握りしめた。

六

西上州攻めを急ぐ武田晴信は、みずから兵をひきいて箕輪城へ毎年のように攻め寄せていた。

だが、長野業政ひきいる上州一揆勢の結束は堅く、城攻めは難航。晴信は遠征を敢行するも、そのたびに頑強な抵抗に遭い、撤退を余儀なくされた。

武田軍が上州を攻めあぐねているあいだに、真田幸隆が危惧していた事態が起きた。

長尾景虎の関東出兵である。

景虎は、

「管領の名において関東を統一し、将軍家の威令をあまねく東国に知らしめる」

という理想に燃えている。

箕輪城の長野業政が、武田の大軍の前に屈しなかったのも、

——いずれ、長尾どのが関東へ押し出して来る……。

という心頼みがあったればこそであった。

永禄三年八月、三国峠を越えて上野北部へ進軍した長尾軍は、北条方の将、北条孫次郎《まごじろう》が籠もる沼田《ぬまた》城を押しつつんだ。

またたく間に沼田城を落とし、孫次郎以下数百人を討ち取った長尾景虎は、さらに、

——厩橋《まやばし》（前橋《まえばし》）城
を陥落させ、そこに本陣を置いた。

景虎は関東の諸将に檄《げき》を飛ばし、参陣を要請している。

ここ数年、相模の北条氏康、甲斐の武田晴信に両面から攻めつけられ、滅亡の危機に瀕していた、
白井《しろい》長尾
総社《そうじゃ》長尾
足利《あしかが》長尾

など、関東一円の長尾一党は、景虎のかかげる「毘」の旗のもとに参集した。

また、西上野で孤軍奮闘していた長野業政をはじめとする箕輪衆も、

「耐え抜いた甲斐があった」

と、喜び勇んで厩橋に馳せ参じた。

これに対し、北条氏康は武蔵国松山《まつやま》まで兵をすすめ、長尾景虎を迎え撃つ態勢をととのえた。

むろん、武田晴信も黙ってはいない。北条の援軍要請に応じる形で、信濃の川中島平へ出陣。

長尾軍の背後を脅かす構えをみせた。

ただし、北条、武田、今川の三国同盟のうち、駿河の今川義元は織田信長の奇襲によって桶狭間で敗死。息子氏真《うじざね》が跡を継いだものの、その勢力にあきらかな翳《かげ》りが差しはじめている。

（世の中は最後の最後まで、どう転ぶかわからぬものだ……）

と、真田幸隆は思う。

海道一の弓取りと謳《うた》われ、上洛にもっとも近い男と言われた今川義元が、

「尾張のうつけ」

と陰口をたたかれている、天下ではほとんど無名の織田信長に討たれたのがそのいい例だろう。

強勢を誇っている武田、北条とて、将来はどうなるか一寸先は闇である。

そのうたかたのごとき世で、

（わが真田一族が、いかにして生き残ってゆくか）

幸隆は日々、目頭を赤くするほど思案をこらしている。

諸国に放った四阿山の山伏たちが仕入れてきた情報によれば――。

一度は武蔵松山に本陣を構えた北条氏康であったが、長尾景虎のもとに集まった関東諸将の勢いを見て、野戦は不利と判断。本拠地の相模小田原城にもどって、長期戦に持ち込む籠城策を選択した。

北条勢が引き揚げたため、長尾軍の先鋒は武蔵国へ進軍。さらに相模国へ南下し、鎌倉に迫る勢いをみせているという。

長尾景虎は、越後から前関東管領の上杉憲政を呼び寄せて上州へ帰還させ、厩橋城で越冬した。

七

年が明けた永禄四年三月――。

山々の春のおとずれとともに、景虎がふたたび動きだした。

「厩橋城に、軍勢十一万五千が集結。周辺の野を諸将の旗が埋め尽くしておりますッ!」

砥石城に駆け込んできた山伏が、息せき切らせて報告した。

「十一万五千だと」

幸隆は目を剝いた。

越後から来た長尾の遠征軍は、たかだか八千。越冬前は、関東の長尾一党、箕輪衆をあわせても三万に過ぎなかった軍勢が、十万を超える大軍に膨れ上がった。遠く、奥州《おうしゅう》から馳せ参じた者もいるという。

（これまで北条氏の圧力の前に沈黙していた、諸将の期待のあらわれか……）

幸隆は取るものもとりあえず、武田家の本拠、甲斐の躑躅ケ崎館へ駆けつけた。

「いかがなされます」

幸隆は指示を仰いだ。

武田晴信は昨年、髪を剃《そ》り、法体《ほったい》となっている。

名も、

——信玄《しんげん》
とあらためた。

出家したとはいえ、信玄は当年とって四十一歳。いささかも枯れ侘《わ》びてはいない。むしろ、以前より肚が太くなり、いっそう凄みを増したように幸隆には見える。

「放っておけ」

入道頭の信玄が言った。

「関東を長尾景虎の好きにさせるのでござりますか」

「ふむ」

「景虎のもとに集まった軍勢は、十一万五千でござりますぞ。放っておけば、小田原城は陥《お》ちましょう」

幸隆は言った。

「われらは越後軍の後方を脅かすことで、同盟者としてのつとめを十分に果たしておる。それ以上の手出しは無用」

「北条を見殺しになされますのか」

「それもまたよし」

信玄がうっすらと微笑った。

「天下を狙う以上、いずれ遠からず、北条とも雌雄を決する日がやって来る。ここで長尾に倒されるのであれば、余計な手間がひとつ減ろうというもの」

「お屋形さま」

幸隆は信玄を強く見つめた。

「しかし、いかな大軍で囲んだとて、小田原は陥ちまい。城と城下は壮大な惣構《そうがま》えの土塁《どるい》と堀で囲まれており、兵糧《ひょうろう》も水も豊富だ。長尾景虎は手も足も出せぬまま、越後へ引き揚げることになろう」

「………」

「それよりも……」

信玄の底光りする眼が、幸隆を冷たく見下ろした。

「そなたは滋野一党につらなる西上野の地侍どもを、抜かりなく調略しておけ。長尾が去れば、吹く風もまた変わる」

「ふたたび、上野へご出兵なされますか」

「一度狙った獲物は逃さぬ。正面から攻めて崩せぬなら、内から西上野一揆勢の結束を崩すまで」

「はッ」

「よいな」

表情を変えずに言うと、信玄は深々と頭を垂れる幸隆を残して立ち上がった。

風雲急を告げるように、外では強い春の風に松の梢《こずえ》が鳴っている。

——小田原は陥ちまい。

と言った、武田信玄の予見は的中した。

十一万五千の大軍をひきいた長尾景虎は、北条氏の本拠、相模小田原城を包囲。しかし、いくさの天才と言われた景虎が、惣構えの内に攻め入ることすらなく、五十余日後、攻城の囲みを解いた。

数のみは揃っているとはいえ、小田原を包囲したのは寄せ集めの軍勢である。遠征が長期に及べば、戦費が膨らみ、兵糧の調達に困難をきたし、士気が低下するのは必定だった。

（これ以上の長陣は無用……）

と見切りをつけ、景虎は判断を下したのである。

閏《うるう》三月十六日——。

長尾景虎は鎌倉の鶴岡八幡宮《つるがおかはちまんぐう》に参賀。その社前で、上杉憲政より正式に関東管領職を受け継ぐ儀式を行なった。

景虎は、さきの上洛のさい将軍足利義輝から許された網代《あじろ》の塗輿に乗り、朱傘《しゅがさ》をかかげ、毛氈《もうせん》鞍覆《くらおおい》をつけた葦毛の馬を曳かせて、周囲を重臣たちに守られながら参道をすすんだ。

沿道に長野業政、佐竹義重《さたけよししげ》、小田氏治《おだうじはる》、宇都宮広綱《うつのみやひろつな》、太田資正《おおたすけまさ》、成田長泰《なりたながやす》など、関八州の武将たちが居並び、新管領の前に頭を垂れた。

このとき、景虎は、

——上杉

の姓と、管領家に代々伝わる文書、宝物を継承した。同時に上杉憲政から〝政〟の一字をもらい受け、政虎《まさとら》と名をあらためている（この年十二月、足利義輝の名を下賜されて、さらに輝虎《てるとら》と改名）。

長尾景虎あらため上杉政虎は、六月、厩橋へ凱旋。関東での政虎の活躍を伝え聞いた将軍義輝は、手を打つようにして喜び、

「みずから越後へ下向したい」

と、強い意欲をしめした。

上杉政虎は今回の関東遠征の結果に一応の満足をおぼえ、一年近く留守にしていた越後への帰国準備をはじめた。

ちょうど、そのころである。

西上野の箕輪城にあって、武田軍の上州進攻を頑強にはばんでいた長野業政が病に倒れたのは――。

四阿山の山伏から、その知らせを聞いた真田幸隆は、居ても立ってもいられず、わずかな供廻りだけを連れてひそかに箕輪城へ向かった。

八

真田幸隆は箕輪城の大手門の前に馬をつないだ。

幸隆は、箕輪城を攻めている武田の先鋒である。

「業政どのの見舞いに来た」

と言っても、城内に入れられるはずがない。

かつて城の一画に居候していたことがあるから、箕輪の城兵たちの多くは幸隆の顔を知っている。長野業政の恩情を裏切る形で、武田方についた幸隆への憎悪の念を忘れず、

「薄汚い寝返り者は、一歩も通さぬッ」

と、槍の穂先を向ける者もいた。

「痴《し》れ者めがッ！」

幸隆は大音声《だいおんじょう》で一喝した。

「わしと業政どのは、義兄弟の契りを結んだ仲だ。弟が兄の見舞いに来たのを、止め立てするかッ」

戦場灼けした頬を涙が濡らしている。

狂言でも何でもない。恩人を思う、偽りのない涙であった。

幸隆は生きるためには詐術も使うが、その身のうちには熱い血潮が滔々《とうとう》と流れている。冷徹なようでいながら、どこまでも人間臭く、人間臭いようでいながら、いざとなれば情を切り捨てる冷たさを持っている。その落差の大きい二面性こそが幸隆の魅力であり、最大の武器でもあった。

幸隆の迫力に気圧《けお》されたか、門番が恐れおののいたように、鉄鋲《かなびょう》を打ち込んだケヤキの門のうちへ引っ込んだ。

櫓の上に月がのぼっていた。鎌のように冴《さ》えた三日月である。

しばらく待った。

やがて、夕闇の向こうから、ぬっと顔を突き出した男がいる。

長野家の一ノ執権《しっけん》、藤井豊後守《ふじいぶんごのかみ》であった。箕輪城に流寓していたころ、幸隆はこの男とよく碁《ご》

を打ったものである。もとは豊後守のほうが強かったが、ほかにすることのない幸隆が腕を上げ、三度に二度は勝つようになっていた。

「殿がお会いになってもよいと申されている」

翳のある声で藤井豊後守が言った。

その声の調子で、幸隆は恩義ある男の病状を察した。

「よほど加減がお悪いのか。上杉政虎の鎌倉参賀のときは、業政どのも同道されたと聞いたが」

「自分の目でたしかめなさるがよい」

豊後守が青い月明かりに背を向けた。

長野業政は箕輪城の本丸御殿の奥で臥《ふ》せっていた。

業政は齢《よわい》六十三になる。

妻と側室たちのあいだに、息子二人と十二人の娘をもうけただけあって、小鼻の脇《わき》がいつも脂で光っているような、五体頑健で精気に満ちた男だったが、さすがに灯明《ほあ》かりに照らされたその顔にはかつての面影はなく、痩《や》せおとろえていた。

それでも落ち窪《くぼ》んだ眼窩《がんか》の奥の双眸《そうぼう》には、上州男の気概が熾火《おきび》のように燃えている。

「業政どの」

幸隆は駆け寄るようにして、業政の枕もとに近づいた。

「来てくれたか、真田どの」

業政が寝床に半身を起こし、

「老骨に鞭打ち、どうにかここまで走ってきたが、そろそろわが身にも焼きがまわって来たようじゃ」

頰に乾いた笑いを浮かべた。

「無理をするまいぞ」

幸隆は業政の肩を両手で抱きかかえた。

瞬間、はっとした。

これほどかぼそく、骨と皮ばかりになった老人が、

（武田の軍勢を向こうにまわして、一歩も引かずに戦っていたとは……）

幸隆の胸を、言葉にならない切ない感情が濡らした。

長野業政は幸隆と同じ、大勢力の狭間に生きる小土豪である。それが、

（大きな力に呑み込まれてなるものか……）

という意地だけで、箕輪城を死守してきた。

いや、意地のみではあるまい。業政にはおのれの守るべきものを守りとおすという、背骨の通った揺るぎのない姿勢があった。

「いまとなっては詮《せん》ない望みだが、越後の上杉どのが小田原から兵を引かず、北条を一息に攻め滅ぼしていてくれたならのう」

幸隆の腕のなかで、業政が太いため息をついた。

「わしもいま少し心静かに、あの世に旅立つことができたものを……。上杉どのはしょせん、大国のあるじ。瀬戸際を生きる小勢力の辛《つら》さをご存じではない。鎌倉八幡宮の儀式にのぞむ上杉どのの晴れやかな姿を見たとき、わしの残り少ない力は尽きたような気がする」

「何を気弱なことを言う。おぬしはまだ、これからではないか」

幸隆は恩人にして、真田家の行く手に立ちふさがる壁でもある長野業政の手を握った。

「わしが死ねば、そなたらの戦いは楽になろう。なにしろ、箕輪城の後を託さねばならぬ倅《せがれ》は、見てのとおりの若さだ」

業政が部屋のすみに目をやった。

そこに、ふっくらとした頬の線が若いころの業政によく似た若者がいた。目元がやさしげで、鼻筋がとおり、京の公家にでもいそうな品のある顔立ちをしている。

「息子の業盛《なりもり》だ。十四歳になる。この城で生まれた、そなたの息子と同じくらいの年ごろかのう」

「源五郎のことか」

幸隆は、甲斐の躑躅ケ崎館へやった、自身の三男のことを思い出した。七歳のときに人質に出して以来、三男の源五郎（昌幸）とはほとんど顔を合わせていない。

耳に入る便りでは、武田信玄に気に入られて奥近習衆に加わり、信玄の母大井氏《おおいし》の縁戚にあたる武藤《むとう》家の養子に入る話が持ち上がっているという。

源五郎は、長野業盛より一つ年上の十五歳。

（親の知らぬ間に、あやつも、どのように成長しておることか……）

ふとわが息子を思い、幸隆はあらためて病の床《とこ》にある業政の心中を思いやった。

武田信玄からは、西上野の土豪たちの調略を命じられている。すでに、業政と手を結んでいる吾妻郡の羽尾幸全入道《はねおこうぜんにゅうどう》、鎌原宮内少輔《かんばらくないしょうゆう》らに密使を送り、ある程度の手ごたえを得ていた。

彼らを味方につけることは、業政がいままで必死に守ってきた西上野一揆勢の結束を崩すことでもある。

「業盛、しばし席をはずしておれ」

長野業政は息子に命じ、やがて幸隆と二人きりになると、

「わが息子の将来は知れておる。わしの死後、あやつに西上野の者どもをまとめる力はない」

「業政どの……」

「敗北はすべて、おのれの心からはじまる。相手が自分より大きいと思ったとき、すでに勝負はついている」

「負けはみずからの心にありか」

幸隆はしみじみと言った。

「それゆえ、箕輪城が攻め滅ぼされても、わしはそなたを恨まぬ。そなたがこの城を出て武田へ出奔《はし》ったとき、殺しておけばよかったとも思わぬ。ただ、ひとつだけ約束してくれ」

長野業政が病人とは思えぬ勁《つよ》い光の目で、幸隆を見つめた。

「約束……」

「うむ」

「何なりと言ってくれ。できる限りのことはしよう」

真田幸隆は、苦しげに口をあえがせる業政のそばに耳をよせた。

「……捨ててくれるな」

「何をだ」

「漢《おとこ》の誇りじゃ」

「…………」

「幸か不幸か、われらは大勢力の狭間に生まれた。わしは西上野を守るために上杉の顔色をうかがい、そなたは一族の存亡を懸けて武田に従っている」

「生きるために、やむを得ぬことだ」

「責めてはおらぬ」

業政がかすかに笑った。

「だが、われらは上杉の家臣になったわけでも、武田の家臣になったわけでもない。それぞれが生まれ育った土地を背負って立つ、独立した武士よ」

「ちがいない」

「わしは命あるうちに、おのれにでき得《う》るかぎりの漢をつらぬいたつもりだ。それゆえ、そなたも……」

「同じことをやれ、か」

「人はそれぞれじゃ」

低くつぶやき、疲れたように目を閉じたとき、老いた男の頬に一筋の涙が流れ落ちるのを幸隆は見た。

箕輪城主長野業政が世を去ったのは、それから間もなく、閏六月二十一日のことである。

同日、上杉政虎は関東をあとにして越後へ引き揚げている。

春日山城へもどった政虎は、養父となった前関東管領上杉憲政のため、春日山城近くの越後府中に御館《おたて》を造営。憲政は御館を居所とするようになった。

同じころ――。

武田信玄は野尻《のじり》湖南東にある割《わり》ケ《が》岳《たけ》城を攻略するなど、北信濃全域に支配権を及ぼし、上杉方を脅かしつつあった。

武田、上杉、両雄最大の決戦の時が目前に迫っている。

第四章　初　陣

一

この若者、老成している。

年は十五だが、笑ったり、怒ったり、泣いたり、生の感情をそのまま顔にあらわすことが滅多にない。七歳のときに親元を離れ、誰ひとり頼る者のない環境で孤独のうちに育ったことが、その性格に翳を落としているのかもしれない。

真田源五郎《げんごろう》——。

のちの、真田昌幸《まさゆき》である。

額が広く盛り上がり、頬骨《ほおぼね》が飛び出している。異相と言っていいだろう。

鎌のようにするどく切れ上がった一重瞼の眼には、青みを帯びた冷静沈着な光が宿り、笑うと唇がやや皮肉に吊り上がった。

血色がよく恰幅《かっぷく》のいい父の幸隆や、剛健な兄たちには、あまり似ていない。

もっとも、甲斐の躑躅ケ崎館に人質に出されてからは、各地を転戦する父や二人の兄に会うことは絶えてなく、

（顔さえ忘れたわ……）

源五郎は、おのが一族とは無縁の日常を送っている。

甲斐へ来てしばらくのち、源五郎は武田信玄の奥近習《おくきんじゅ》に取り立てられた。

信玄のまわりには、
御小人《おこびと》
近習小姓《きんじゅこしょう》
奥近習
など身辺の世話をする若者たちが、つねに十人以上、付き従っている。

信玄は、

「人は若いころの学問しだいで、役に立つようにも、立たぬようにもなる」

という思想の持ち主である。

そのため、見込みのありそうな少年を好んでそばに置き、槍術《そうじゅつ》、刀術、馬術、詩歌、管弦、軍学、行儀作法などをみっちり仕込んで、その多くを士分に取り立て、みずからの軍団に加えることを常とした。海津《かいづ》城主に抜擢された、高坂昌信が、そのいい例である。

第二の高坂を目指し、若者たちは修練に励み、競って信玄の寵《ちょう》を得ようとした。美貌の小姓は夜伽《よとぎ》を命じられ、文字どおり君臣一体のつとめを果たすことになる。

しかし、源五郎が主君信玄の閨《ねや》に呼ばれたことはない。

おのれが信玄好みの美童に生まれつかなかったことを、

（幸いなことだ……）

真田源五郎は天に感謝した。

信玄に愛された朋輩《ほうばい》たちを見ていると、

「久しくお屋形さまから伽を仰せつからぬ」

とか、

「わが寵が衰えたは、誰やらの讒言《ざんげん》があったからではないか」

とか、ねちねちした愛憎の渦に巻き込まれ、もともとは晴れやかだった若者の目に淫靡《いんび》な光が宿るようになる。

男の嫉妬《しっと》は、ときに女のそれよりも根深く、恐ろしい。

朋輩たちの寵争いと無縁でいることで、源五郎は自由な立場で信玄の教えを受け、その武将としての卓越した方法論を肌に沁《し》み入るように学び取ることができた。

（お屋形さまは、なにゆえ数ある戦国群雄のなかで、きわだった強さを保ちつづけておられるのか……）

源五郎は老成した瞳の奥で、つねに考えている。

そんな源五郎を、朋輩たちは、

「あやつは肚《はら》の底が読めぬ」

「真田はかつて武田家に敵対しながら、ぬけぬけとお屋形さまに尻尾を振って擦り寄ってきた一族であるからのう。しょせんは、信用できぬやつだ」

と、どこか冷たい目で見ていた。

（人は生まれるときも、死ぬるときも独りよ……）

ほかの近習、小姓仲間と群れることを源五郎は嫌った。

この日も――。

単騎、馬を駆り、躑躅ケ崎館の郊外に出た。甲斐府中は甲府《こうふ》盆地にある。
まわりを、
御坂山地《みさかさんち》
鳳凰三山《ほうおう》
八ケ岳《やつがたけ》
などの山並みが屏風《びょうぶ》のように取り囲んでいる。
武田氏にとっては天然の要害だが、人質の身の源五郎にとっては、四囲の山々はさながら巨大な牢獄《ろうごく》のように見える。
盛夏の陽差しはじりじりと煎《い》るように強く、山の稜線《りょうせん》に入道雲がせり上がっていた。
真田源五郎が馬で向かったのは、釜無《かまなし》川の河原だった。
釜無川をはじめ、
笛吹《ふえふき》川
御勅使《みだい》川
などが流れる甲府盆地は、いにしえより川の氾濫が多く、そのたびに流域の村々の田畑、家屋に甚大な被害が生じていた。
「国力をつけるには、何よりも治水を行なわねばならぬ」
と考えた武田信玄は、十九年前の天文十一年（一五四二）から、釜無川に御勅使川が合流する洪水の多発地帯に大がかりな治水工事をすすめていた。
山々の雪解け水を集めて流れる御勅使川の流れは速い。その急流の勢いをやわらげるため、信玄は「将棋頭《しょうぎがしら》」と呼ばれる石組みを中央に築き、川が南北に分流するようにした。そして、主流となった北側の流れを釜無川と合流させ、高岩の断崖にぶつけて水勢をそぐ。

さらに、その下流に築かれたのが、のちに、

——信玄堤《しんげんつつみ》
の名で呼ばれる築堤であった。

堤の上には、松、竹、柳などの樹木が植えられ、しっかりと根固めされている。また、川に向かって、付出《つきだ》しと呼ばれる石垣の出っ張りが三十三も造られ、堤に流れが直接当たらないように工夫がこらされている。まさに、金銀山の開発などで培われた武田家の土木力の結晶といえるだろう。

困難をきわめた大治水工事もほぼ完成しつつあり、信玄の思惑どおり、武田家の国力はかつてとは比較にならぬほどに増していた。

（武将は、ただ槍働きに秀でておればよいというわけではない……）

源五郎は、信玄から多くを学んでいる。千冊、万冊の書物を読むより、領内を馬で駆けめぐって、あるじの生きた知恵を目に焼きつけたほうが、いまの源五郎にとってはよほどおもしろい。

堤の上を馬で疾駆し、釜無川の下手の渡し場まで来たとき、源五郎は柳の木陰で舟を待っている一行に目をとめた。

女人の一行である。

上臈《じょうろう》と思われる若い女がひとり、白い浄衣《じょうえ》を着て、頭から浅葱《あさぎ》色の袿《うちき》をかぶり、手に市女笠《いちめがさ》を持っている。供の者らしい老爺《ろうや》と、荷物を持った小女が付き従っていた。

（物詣《ものもうで》か……）

源五郎は馬の手綱をゆるめ、きらきらと輝く川面《かわも》の照り返しに目をほそめた。

二

渡し舟で対岸へわたった先の八田《はった》村には、

——長谷寺《ちょうこくじ》
がある。

長谷寺の創建は古く、天平《てんぴょう》年間、行基《ぎょうき》によって開かれたと伝わる。あたりには古代の牧《まき》（牧場）があったといわれ、名高い甲斐の黒駒《くろこま》の産地のひとつであったと思われる。長谷寺の本尊十一面観音は藤原時代の作で、甲斐国三十三観音霊場のひとつとして霊験《れいげん》あらたかと尊崇され、ことに女人たちの信仰を集めていた。

（どこぞの姫であろうか）

遠目で顔立ちはよくわからないが、袿をかぶった女のたたずまいには、奥ゆかしい気品が感じられる。

舟を待っているあいだに、供の老爺が持参してきたらしい瓜《うり》を小刀で割り、あるじの女に差し出した。

（うまそうじゃな……）

思わず、唾《つば》を呑み込んだ。

真夏の炎天下、休むことなく馬を走らせてきたのである。ひりひりと痛みをおぼえるほどに、喉が渇ききっている。

見れば、瓜はひとつではない。老爺が背負ってきた竹籠《たけかご》に、いくつも入っている。

（無心をしてみるか）

瓜のみずみずしさに吸い寄せられるように、源五郎は馬の首を一行が休んでいる柳の木陰のほうへ向けた。

そのとき——。

川の上流のほうから、馬蹄の響きも荒々しく、渡し場へ近づいてくる騎馬の一団があった。

白く乾いた道に土埃が舞い上がり、水辺で羽根を休めていた水鳥が音におどろいたように翔《と》び立ってゆく。

先頭を走ってきた黒鹿毛《くろかげ》の武者が、渡し場の手前でにわかに馬の歩みをゆるめ、柳の木のまわりで輪乗りをかけはじめた。

「遠出をするならば、わしが警護の郎党《ろうどう》なりと用意してやったものを。つれないではないか、美月《みづき》どの」

馬上から、若い武者が袿をかぶった女に話しかけた。

聞きおぼえのある、その甲高い声に、

（あれは……）

源五郎は眉をひそめた。

渡し場にあらわれたのは、源五郎と同じ、信玄の奥近習をつとめる曽根市丸《そねいちまる》であった。

年は源五郎と同じ十五で、そろそろ元服《げんぶく》の時期を迎えているが、

「そちのあでやかな前髪姿、このまま見られなくなるのは惜しい」

と、あるじの信玄に懇望され、いまだ前髪立てのままでいる。

唇は紅を差したように赤く、目つきに何とも言えぬ艶な色香があり、ここ数年、信玄の寵愛を

独占している。

母親が信玄の嫡男太郎義信の乳母《めのと》で、実家の曽根家は武田家中で隠然たる力を持っていた。その威を借り、市丸も奥近習衆のなかで幅をきかせている。

寵童ではないが、ひときわ目立つ才気で信玄に可愛がられている源五郎を何かにつけて邪魔者扱いし、門の下を通る源五郎に小便をかけたり、刀を隠したり、陰湿な嫌がらせをすることがままあった。

そんな市丸を、源五郎は内心、蔑《さげす》みの目で見ている。

（いまに見ておれ。実家の力や、いっときの主君の寵だけで生き残れるほど、この乱世は甘くはない。恵まれた立場にあぐらをかき、おのれを磨かぬやつは、いつか滅びる……）

とはいえ、御小人、近習小姓、奥近習のなかには、市丸の顔色をうかがい、その下で徒党を組む者が多かった。

市丸のあとから馬で駆けてきたのは、源五郎も顔をよく見知っている、信玄の身のまわりに仕える朋輩たちだった。

「美月どの、市丸からの文は受け取ったのであろう。あまり気を揉ませるものではない。さっさと返事をせぬか」

「市丸がお屋形さまの寵をいただいておるとて、遠慮をすることはないぞ。あの道と、おなごの道はまた別だからのう」

渡し場で馬の背から飛び下りた若者たちが、娘を囲んでどっと笑った。

市丸も黒鹿毛を下り、肩を揺すりながらもったいぶったように娘のそばへ歩み寄ってゆく。

「返事はいらぬぞ。そなたの気持ちはわかっておるでな」

「どうわかっているのです」

娘が強いまなざしで市丸を見返した。

「このおれに、恋い焦がれぬ女はおらぬ」

市丸が自信たっぷりに言った。

「躑躅ケ崎館の奥向きにも、おれに秋波を送ってくる女は山のようにおる」

「思い上がりでありましょう」

男たちに取り囲まれても、娘は毅然《きぜん》とした態度を崩さない。

「そこをお退《の》き下さいませ。渡し舟が来たようです」

「いや、退かぬ」

「わたくしは、駿河御寮人《するがごりょうにん》さまの代参で、長谷寺へまいる途中でございますぞ」

「近ごろ、御寮人さまは病がちだそうじゃな。無理もない。お父上の今川義元公が、あのような非業の死を遂げられたのだ。そなたも心を痛めておるのであろう」

「…………」

「寺参りなら、ちょうどよい。わしが道中の警固をしてくれよう。道中、ゆるりと物語りなどしようではないか」

「ほんとうに、もうお構い下さいますな。先を急ぎますので……」

「水くさいことを申すな、美月」

市丸は、いつしかおのが女のごとく娘を呼び捨てにし、攫《さら》うように華奢《きゃしゃ》で小柄な体を抱き上げた。

「何をなさいます」

「渡し舟まで運んでやるのよ」

「嫌……」

娘が身をよじってあらがった。

だが、男の力にはしょせんかなわない。

「なかなか似合いではないか、市丸」

「いっそ夫婦《めおと》になったらどうじゃ」

「それはなるまい。お屋形さまが、きつう嫉妬なさろう」

御小人、近習小姓、奥近習らの仲間が、口々にはやしたてた。

娘に付いてきた供の老爺と小女は、おろおろするばかりである。はずみで地面へ転がり出た瓜が、若者たちのわらじの底で踏み潰された。

そのさまを見ているうちに、源五郎の身のうちで、自分でもわけのわからない熱い感情がむくむくと湧き上がってきた。

市丸らにからまれている娘とは縁もゆかりもない。行きずりの女である。ただ、力にものをいわせて弱い相手を従わせようとする朋輩たちの姿に、むしょうに腹が立った。反骨心といってもいい。

「やめよッ」

馬を乗り捨てた真田源五郎は、大声で叫びながら河原を駆けた。

声に気づいた市丸らが、こちらを振り返った。

みな源五郎とは仲が悪い。

最初、彼らは驚き、

（いったい何だ……）

と、及び腰になった。

だが、近づいてきたのが何者かわかると、逆に安堵《あんど》の色を顔に浮かべた。日ごろ小馬鹿にしている源五郎ならば、女に悪ふざけを仕掛けていたことが知れても大事には至らぬと思ったのだろう。

渡し場に近づいた源五郎は、

「無体はやめよ。女人が迷惑がっておるではないか」

つとめて心を落ち着けながら、市丸に歩み寄った。

力もないくせに空威張りをする市丸とその一党は、へどが出るほど嫌いだが、ここで喧嘩沙汰《けんかざた》を起こしては、あとで面倒になる。

どれほど怒りに血が熱くたけっても、つねに頭の一点のみは冷たく冴えている。それが、真田源五郎――のちの昌幸の、もって生まれた性質である。

「真田の人質づれが、わしに意見するか」

市丸が見下すように源五郎を睨んだ。それぞれの実家の立場の違いへの意識が、言葉の端々に滲み出ている。

「見苦しいとは思わぬか」

「何ッ」

「われらは、お屋形さまの薫陶を受ける身ぞ。そのわれらが、かよわき女人を相手に狼藉《ろうぜき》を働いたとなれば、お屋形さまの御名に疵がつくは必定《ひつじょう》」

「狼藉を働いておるわけではない。駿河御寮人さまに仕える侍女が長谷寺へ参るというので、われらが道中の警固をかって出ただけよ」

「そうは見えぬが」

源五郎は、女を抱きかかえている市丸を底光りのする冷たい目で見すえた。

さすがに体裁が悪いと思ったか、市丸が娘を河原に下ろした。落ちていた市女笠を拾い上げ、娘が源五郎のそばへ駆け寄ってくる。

「お屋形さまを、いつ裏切るか知れぬ真田の息子が、ずいぶんと偉そうな口をきくものよの」

「何……」

今度は源五郎が気色《けしき》ばむ番だった。

「聞き捨てならぬ」

源五郎の目付きが鋭くなった。

「まるでわが真田家が、敵と内通でもしているような物言いではないか」

「真田は信用できぬ。家中では、みなが言うておるわ。お屋形さまは、おまえの親父を重用しておられるようだが、西上野の攻略が遅々としてすすまぬのは、裏で真田が敵と結んでおるせいともっぱらの噂よ」

恋路を邪魔された腹いせか、市丸はあきらかに源五郎を挑発している。

カッとしてこちらが刀を抜けば、

(それ見たことか……)

とばかりに、源五郎が喧嘩を吹っかけてきたと信玄に告げ口する気であろう。

家中の闘諍《とうじょう》沙汰《ざた》は法度《はっと》である。ここは、辛抱せねばならない。

「いいかげん、お屋形さまも信濃の新参者どもをお見限りになればよいものをのう」

「いやいや、信濃先方衆にはまだまだ骨身を削って働いてもらわねばならぬ。われら武田の譜代が、前線で血を流すことはない」

若者たちがどっと笑った。

「そうか」

低くつぶやきつつ、源五郎は刀の柄に右手を置いた。

「おお、やるか」

市丸が紅い唇をゆがめる。

「やる……」

「相手になるぞ」

身をひらき、市丸も刀の柄をつかんだ。

瞬間、河原に緊張がみなぎった。

源五郎は身を低くし、あたりにするどい視線を送りながら、半歩前へ足を踏み出す。

その動きに合わせるように、市丸がじりと下がる。さらに半歩、踏み出すと、相手もまた下がった。

「きさま、本気か」

「……………」

「闘諍はご法度ぞ」

「……………」

無言で近づいてくる源五郎の殺気に、市丸が一瞬ひるんだ。

刹那《せつな》――。

源五郎の刀が鞘走《さやばし》った。

どっと踏み込み、振りかぶって大きく斬り下ろした切っ先は、市丸の袖先をかすめ、河原に咲いていた撫子《なでしこ》の花を一刀両断していた。

「おまえのかわりに撫子を斬った。かわいそうなことをしたな」

源五郎は花を見つめながら乾いた声で言った。

市丸がわなわなと震え、逃げ去っていく。そのあとを仲間たちが追った。

源五郎は河原の石の上に落ちていた撫子の花を拾い、娘の白い手にそっと握らせた。

三

八月中旬になり、躑躅ケ崎館の動きがあわただしくなった。

「上杉政虎、川中島平へ出陣」

の一報が飛び込んできたのである。

小田原北条攻めを終え、関東から越後春日山城へ帰還した上杉政虎は、休む間もなく北信濃へ兵を繰り出してきた。

武田方の最前線を守る海津城将の高坂昌信は、上杉勢の動きを早馬をもって甲斐へ急報。知らせを受けた武田信玄は、ただちに出陣の陣触れを発した。

政虎は上杉家相続と関東管領就任を果たしたばかりとあって、川中島平から武田勢を一掃しようと意欲に燃え、対する信玄も、

「今度こそ、雌雄を決せん」

と、総力をあげて決戦にのぞむ覚悟をかためた。
嫡子義信、一門衆の典厩信繁、逍遥軒信綱《しょうようけんしんこう》、穴山信君《あなやまのぶきみ》、重臣の諸角《もろずみ》虎定、飯富《おぶ》虎昌、同昌景、内藤昌秀、甘利信忠、馬場信春、小山田信有《おやまだのぶあり》をはじめ、信濃先方衆の真田幸隆、信綱父子にも動員命令がかけられている。

館じゅうが合戦準備で騒然とするなか、真田源五郎はあるじ信玄の居室へ呼び出された。

先日の一件は市丸らが口を閉ざして一切語らなかったため、信玄の耳に達することはなかった。彼らにしても、女を相手に狼藉を仕掛けようとしたことは、さすがに外聞が悪いと思ったのであろう。

あのときの上臈は、武田義信夫人の駿河御寮人に仕える、

――美月

なる侍女であった。

義信の乳母の一族である市丸は、以前から美月に恋慕し、執拗《しつよう》に付《つ》け文《ぶみ》を送りつけるなどしていたらしい。娘が迷惑がってつれなくしていたのを、物詣の隙を狙って実力行使に出たものと見える。

あれきり、娘とは会う機会もなかったが、市丸が源五郎を逆恨みし、閨《ねや》の床で信玄にあらぬ讒《ざん》言《げん》を吹き込んでいるという噂を耳にしている。

（良からぬことか……）

あるじの前に出た源五郎は身を固くした。

信玄は文机《ふづくえ》に向かい、書き物をしているところであった。

詩作をしているらしい。武田信玄が漢詩に巧みであることは、よく知られている。

信玄は、合戦と詐略に明け暮れた戦国武将の典型といっていい人物である。だが、その一方で、若年のころから禅に深く傾倒し、風雅をこよなく愛して、情感あふれる幾多の漢詩を残すという文化人の側面を持っていた。

「薔薇《そうび》」と題する詩がある。

ここで言う薔薇とは、現在の西洋種のバラではなく、昆明国《こんめい》（中国雲南省）に咲くという東洋のバラのことである。

庭下留春暁露濃
浅紅染出又深紅
清香疑自昆明国
吹送薔薇院落風

（庭下に春を留めて、暁露《ぎょうろ》濃やかなり。
浅紅染め出す、又、深紅。
清香《せいこう》疑うらくは、昆明国自《よ》りす。
吹き送る薔薇、院落の風）

実父を追放し、武田家の家督を力で奪った男とは思えない、優艶《ゆうえん》な調べの漢詩である。

詩人の繊細さと、武将としての勇猛さ、さらに政治家としての怜悧《れいり》な頭脳を併せ持つところが、信玄という人物の面白さかもしれない。

源五郎が廊下に控えて待つあいだ、信玄はしばらく、反故《ほご》のはしに思いついた言葉などを書き散らしていたが、やがてそれにも飽きたように筆を置いた。

「今日はよい詩が浮かばぬな……」

ふと溜息《ためいき》をついた信玄のするどい目が、源五郎に向けられた。

「ほどなく、川中島へ出陣じゃ」

「はッ」

「そのほう、初陣《ういじん》はまだであったな」

「は……」

「こたびは、われに従え。わしもそなたと同じくらいの年に、信州海ノ口《うんのくち》城の攻城戦で初陣を飾った」

「あ、有り難きお言葉ッ！」

源五郎は恐懼《きょうく》した。

「さりながら、それがしはまだ元服いたしておりませぬ」

「早々に、烏帽子親《えぼしおや》を決めてつかわそう」

「は、は……」

「追って沙汰する。気構えを固めておけ」

信玄が表情を変えずに言った。

川中島出陣に先立ち、源五郎は元服を果たし、

——真田喜兵衛《きへえ》昌幸

と名をあらためた。

感慨にひたる暇もなく、八月十八日、甲斐躑躅ケ崎館を発した武田信玄に従って、昌幸も出陣。和田《わだ》峠を越え、一路、信州川中島平をめざした。

同じころ——。

昌幸の父幸隆は、前線の海津城にいる。

三男源五郎の元服の知らせは、少し遅れて幸隆の耳にも届いた。

「親がなくとも子は育つとは、よう言うたものよのう」

丸馬出《まるうまだし》の櫓《やぐら》に立つ幸隆は、弟の矢沢頼綱を振り返ってニヤリとした。

「あの幼かった源五郎が、はや元服にござるか。さっそく、砥石《とい し》城の義姉《あね》上にもお知らせせねば。さぞお喜びになられましょう」

頼綱の言葉に、

「いや」

と、幸隆は首を横に振った。

「いまは、そのような時ではない。こたびのいくさは、お屋形さまも上杉政虎《まさとら》も、まことの真剣勝負よ。勝ったほうが、北信の地を制すであろう」

「して、われらはいかに」

「死なぬことじゃな」

「は……」

「むろん、大きな声では言えぬがの」

幸隆は左右にするどい視線を配り、にわかに声をひそめた。

「われらがどれほど働いたとて、手柄はすべて、この海津城を守る高坂昌信に持っていかれよう。それではつまらぬ」

「たしかに」

「わが真田家の存亡を賭《か》ける場は、もっとほかにある。大事の瞬間がめぐって来るまで、命は大切にしておくことよ」

「そのこと、信綱どのや、昌輝どのにも？」

頼綱が、今回の戦いに従軍している幸隆の嫡男信綱と、二男昌輝の名を口にした。信綱は二十五歳、昌輝は十九歳になっている。

「すでに言い含めてある。若いだけに、あやつらは少々、不服のようだがのう」

「源五郎——いや、昌幸どのにはお伝えなされるか」

「昌幸はまだ、ものが分かるほどの年ではない。捨ておけ」

幸隆はそっけなく言い放った。

四

一万三千の軍勢をひきいて川中島平に入った上杉政虎は、千曲川を押し渡り、——妻女山《さいじょざん》に陣を布いた。

妻女山は、川中島平を眼下に見下ろす小丘陵である。武田方の前線基地となっている海津城とは、わずか一里足らずの至近距離に位置していた。

これに対し、武田信玄は川中島西方の茶臼山《ちゃうすやま》を本陣とし、千曲川をはさんで妻女山の上杉政虎と相対する。

信玄が茶臼山に陣をすえた狙いは、越後への退路を塞《ふさ》ぐことによって、上杉軍の動揺を誘うことにある。じっさい、上杉方の将士のなかには、

「これでは袋のネズミも同然じゃ」

と慌てふためく者もあった。

だが、大将の政虎はいささかも動ずる気配がない。

『甲陽軍鑑《こうようぐんかん》』は、

——輝虎(政虎)少しも愁《うれ》えたる色なく候。

と、書いている。

茶臼山の武田軍、妻女山の上杉軍は、五日にわたって睨み合いをつづけた。

六日目、

「政虎は動かぬか」

と、先に見切りをつけたのは信玄であった。

信玄は茶臼山の陣を引き払い、高坂昌信が守る海津城に入った。

ここで、信玄は重臣たちに意見をもとめた。

決戦を主張したのは、飯富虎昌、馬場信春ら、歴戦の勇将である。

「海津城の城兵をあわせれば、われらが軍勢は二万にござります。それが、一万三千の上杉勢を向こうにまわしていくさを避けたとなれば、末代までの笑い者となりましょう」

「それがしも、飯富どのの意見に賛成でござる。ここは名門武田家の名にかけて、敵を完膚なきまでにたたくべきかと」

「あいわかった」

信玄は深くうなずいた。

決戦の方針が定まったところで、信玄は軍師の山本勘助を軍議の席に呼んだ。

「そのほう、妻女山の上杉政虎に一泡吹かせるよき知恵はないか」

「ございます」

山本勘助の隻眼《せきがん》が底光りした。

軍師山本勘助が謀った策は、次のようなものである。

敵がまだ寝静まっている夜明け方、一万二千の軍勢をもって妻女山を急襲させる。慌てた上杉軍が山を下りて逃走するところを、ふもとの八幡原《はちまんばら》に押し出して展開する信玄の武田本隊八千が迎撃し、これを殲滅《せんめつ》するというものである。

山本勘助は、

——敵をまわす。

ことを得意としていた。

まわすとは、敵をみずからの術中にはめ、手玉に取って翻弄《ほんろう》するという意味である。勘助の作戦は、まさに上杉政虎の裏をかき、敵をまわすものであった。

「よかろう」

信玄は即座に決断した。

妻女山を急襲する別働隊には、飯富虎昌、馬場信春、小山田信有、小幡憲重《おばたのりしげ》、高坂昌信、真田幸隆ら十将が指名された。

また、八幡原で待ち受ける信玄の本隊には、嫡男義信のほか、典厩信繁、逍遥軒信綱、穴山信君、飯富昌景らが参加することとなる。作戦立案者の山本勘助も、この本隊に加わった。

出撃命令を受けた真田幸隆は、ただちに準備をはじめた。

別働隊の先導役は、海津城に常駐して一帯の地理に精通している高坂昌信がつとめる手筈となっている。

「高坂どのは、山中を大きく迂回《うかい》して妻女山へ向かう肚づもりだそうにございますな」

紺糸縅《こんいとおどし》の甲冑に身をかためた幸隆の長男信綱が、顔に緊張の色をみなぎらせて言った。

「夜襲の気配を敵にさとられぬための用心か」

「そのように聞いております」

「浅知恵よの」

幸隆は嘲笑するように頬をゆがめた。

「回り道などして、手筈の刻限に遅れたら何とするつもりじゃ」

「さりながら……」

「わしなら多少の危険はおかしても、妻女山への近道をゆく。上杉には、軒猿《のきざる》などという忍びもおるでな。迂回して用心したつもりが、かえって諸方に放たれた軒猿に気づかれ、大魚を逃すということもある」

幸隆が夜空に血走った目を向けたとき、

「父上ッ！」

と、篝火《かがりび》の焚かれた陣中に駆け込んでくる者があった。

「おお、源五郎ではないか」

真田家の総領信綱が、あらわれた若者を見て声を上げた。

色々縅の甲冑に身を固めた若武者である。甲冑を着馴れていないせいか、動きにぎこちなさが見える。

信綱は大股《おおまた》に歩み寄ると、若武者の肩を抱くようにたたいた。

「父上、源五郎にございますぞ。お屋形さまの肝煎りで元服し、こたびのいくさにお供を仰せつかったと聞いておりましたが」

「いまは、喜兵衛昌幸と名をあらためております」

かたい表情で、昌幸が言った。

風に揺れる篝火のせいか、口もとの翳が深くなっている。

「何をしにまいった」

幸隆が息子に白い目を向けた。

「それがしも、真田の一門にございます」

「それがどうした」

「妻女山の夜襲の軍勢に、なにとぞお加えいただきたく……」

「お屋形さまのお許しは得て来たのか」

「…………」

父の強い視線から昌幸は無言で目をそらした。

「どうやら、許しはいただいておらぬようだな」

「父上」

と、昌幸は意を決したように顔を上げた。

「こたびは、それがしの初陣。真田一門につらなる身として、この手で功名を上げたいのです。真田を表裏定かならざる輩とあざける者どもを、見返してやりたい」

「表裏定かならざる輩か」

幸隆の唇に、ふっと皮肉な笑いが浮かんだ。

幸隆は一喝した。

「痴《し》れ者がッ！」

「いくさがそれほど甘いものと思うか。ましてや、お屋形さまの御身を守るのがそなたの役目。主命にそむいたとあっては、この場で斬り捨てられても文句は言えぬ」

籠手《こて》をつけた幸隆の手が腰の佩刀《はいとう》にかかった。

「お待ち下され、父上」

と、兄の信綱が昌幸をかばった。

「源五郎はただひたすらに、父上をお助けしたいと思っただけでござろう。このたびは、それがしに免じて……」

「小僧にかかわりあっている暇はない」

吐き捨てるように言うと、幸隆は篝火に背を向けた。

五

高坂昌信、真田幸隆ら、妻女山襲撃の別働隊が海津城を発したのは、九月九日深夜のことである。

敵に気づかれぬため、兵たちは松明《たいまつ》も点けず、月明かりを頼りに息を殺しながら上杉陣をめざした。

『甲越信戦録《こうえつしんせんろく》』には、その道筋が、

——西条の入よりからき堂に登り、これより右手森の平に懸り、大嵐の峯通り、山を越えて妻女山の脇より懸る也。

と、記されている。

すなわち、一隊は「からき堂」「森の平」「大嵐の峯」などを大きく迂回し、三里（約十二キロ）の山中をすすんだのである。

しかし、夜の山道は思いのほか険しい。

何度か道にも迷い、別働隊の行動は遅れに遅れた。

（言わぬことではない……）

幸隆は舌打ちした。

すでに、攻撃予定時刻の卯《う》ノ刻《こく》（午前六時）は過ぎている。奇襲をもくろむ武田軍にとっては、大きな誤算だった。

しかし、さらに想定外の出来事が幸隆らを待っていた。

じつは——。

武田軍が夜襲の計画をすすめていたその日の夕刻、妻女山の上杉政虎は海津城のようすがいつもと違うことに気がついた。

炊飯の煙の量が、いつもより明らかに多い。それが何を意味するものか、政虎は瞬時に悟った。

「敵はいくさに備えた兵糧を用意しておる。今夜、信玄は動く」

海津城周辺に放っていた忍び衆、軒猿《のきざる》からもたらされる報告も、その直感を裏付けるものだった。

上杉政虎は即座に、妻女山から陣を引き払うことを全軍に命じた。さらに、自軍が山中にとどまっているよう見せかけるため、篝火をさかんに焚《た》かせ、旗指物《はたざしもの》をその場に残した。

夜陰にまぎれ、妻女山をあとにした上杉軍は、千曲川の雨宮《あめのみや》の渡しをわたり、九月十日暁《ぎょう》闇《あん》、武田信玄の本隊が展開する川中島の八幡原へ打って出た。

しかし、幸隆らの別働隊は事態の急変を知らない。

喊声とともに妻女山の陣へ踏み込み、そこに敵の姿がないことに愕然《がくぜん》とした。

川中島の八幡原に朝霧が立ち込めている。

肌にねっとりとまとわりつくような、密度の濃い霧である。

(これでは、何も見えぬ……)

主君武田信玄に従って八幡原の野に立つ真田昌幸は、先刻から妙な胸騒ぎを覚えていた。

(遅い……)

約束の卯ノ刻を過ぎても、霧のかなたの妻女山の方角から、戦いの喊声や銃声がいっこうに響いてこない。

一帯に展開する武田の諸将のあいだにも動揺が走っているらしく、人の動きが慌ただしくなっている。

信玄が腰を据える陣幕のうちにも、武将たちがしきりに出入りし、何ごとか報告しては、また立ち去っていった。そのなかには、黒糸縅《くろいとおどし》の甲冑をつけた隻眼の軍師、山本勘助の姿もあった。

泰然自若としているのは、ひとり信玄のみである。

「おぬしの親父どのも、妻女山の奇襲隊に加わっておったな」

奥近習仲間の三枝新十郎《さいぐさしんじゅうろう》が、昌幸の耳もとでささやいた。

新十郎は市丸の一党には与《くみ》しておらず、昌幸とは比較的仲がよい。不器用だが実直な人柄で、誰からも憎まれていない。

「なにゆえ、こうも戦いが遅れているのだ。おぬし、何か聞いておらぬか」

「知るはずがなかろう」

「何やら、小便がしたくなってきた」

新十郎も、昌幸と同じく初陣である。

顔から血の気が失せ、唇が紫色になっている。

「我慢せよ」

「しかし、のう……」

新十郎が胴ぶるいしたときだった。

本陣に、息せき切らせて斥候が飛び込んできた。

けつまずくように、信玄の前に片膝をついた斥候は、

「わが軍の正面に、上杉軍が布陣いたしておりますッ！」

吐くように叫んだ。

軍配を膝に置き、半眼になっていた信玄は大きく目を見ひらいた。

「まことか」

「はッ。上杉の毘《び》の旗が、霧の向こうに林のごとく並んでおりました」

信玄が日の丸の描かれた黒漆塗りの軍配をつかんで立ち上がった。

鳶色《とびいろ》がかった眼で、凝然と霧のかなたを見すえる。いつしか、ゆるゆると霧が晴れはじめていた。

「信じられませぬ」

かたわらに控えていた山本勘助が、ふらりとよろめいた。

「それがしの策には、一分《いちぶ》の隙もないはず……」

「ものごとに完璧《かんぺき》ということはない。見よ」

軍配で信玄がしめした先に、幻のように黒い影が浮かび上がっていた。

「裏の裏をかかれたか」

勘助がうめいた。

（これがいくさか……）

後ろで信玄とその軍師のやりとりを見ていた真田昌幸は、腋の下に冷たい汗が湧くのをおぼえた。

八幡原に布陣する武田本隊八千に対し、妻女山から下ってきた上杉軍は一万三千。武田軍は、妻女山奇襲の別働隊に一万二千の兵を割いており、数のうえで明らかに不利な状況におちいっていた。

敵の意表を衝いたつもりが、その奇策を逆手に取られた——山本勘助ほどの軍師が、おのれを過信した結果であった。

（恐ろしい……）

昌幸は生唾を飲み込んだ。

かなたで、鬨《とき》の声が上がった。

上杉軍の総懸《そうが》かりをしめす、

「龍」

の旗がたなびき、地響きとともに武田本陣へ押し寄せてくるのが見えた。

このとき、上杉政虎は、

——車懸《くるまが》かりの陣

と呼ばれる戦法をとった。

車懸かりとは、大将を中心にして円形に布陣し、全軍を車輪のごとく旋回させながら、新手の勢がつぎつぎ敵に襲いかかる独特の攻撃法である。

これを見た山本勘助は、

「お味方の陣形を蓑手《みのて》に変えられませ」

と、信玄に進言した。

蓑手とは、左右の両翼を大きくのばした、いわゆる鶴翼《かくよく》の陣である。それまで武田本隊は、中央の部隊をクサビのごとく突出させる魚鱗《ぎょりん》の陣形をとっていた。車懸かりの陣を迎え撃つには、敵を抱きかかえるように包む蓑手のほうが有利と見た勘助のとっさの判断だった。

陣形の変更は迅速に行なわれた。機動力にすぐれた武田騎馬軍団ならではの、柔軟な対応である。

上杉勢の先鋒は、猛将として知られる柿崎景家。柿崎勢二千は雄叫びを上げ、旗をなびかせながら、真正面に展開する飯富昌景らの軍勢に襲いかかった。

『武田三代軍記《たけださんだいぐんき》』には、

――上杉の先手柿崎和泉守《いずみのかみ》が二千余人、鎹《しころ》を傾け、小旗をうつぶけて、飯富昌景、内藤昌豊が備えに、会釈もなく、鬨を揚げて、突き懸かる。両陣互いに喚き叫んで、切れども突けども事ともせず、四方を払い八面に当たって、此所に顕《あらわ》れ、彼所に変化して、万卒に面を進め、攻め戦う。

と、書かれている。

弓矢が飛び交い、たがいの槍隊が激突。両軍、一歩もゆずらぬ熾烈《しれつ》な白兵戦となった。鋭い太刀の音、軍馬のいななき、兵たちの叫びが八幡原にこだまにする。

虚を衝かれた武田軍であったが、状況に即応してよく戦い、当初は一万三千の上杉軍と互角の展開となった。

しかし、数のうえでの不利は如何《いかん》ともしがたい。

時間の経過とともに、武田軍はしだいに劣勢に追い込まれ、防御態勢に綻《ほころ》びが生じて、総大将信玄の本陣が手薄になった。

真田昌幸、三枝新十郎らの奥近習衆も、主君の身を守るべく太刀を抜いて本陣の守りをかためる。

このとき、軍師の山本勘助が信玄のもとへ駆け寄った。

「お屋形さま、このままでは本陣も危のうございます。なにとぞ、お退き下さいませ」

「ならぬ」

床几に腰をすえた信玄は、瞬きの少ない目で戦況を見つめたまま言った。

「大将が退いては、兵たちの士気が鈍る。わしは動かぬ」

「お屋形さまの御身にもしものことがあれば、それこそ全軍総崩れとなりましょう。妻女山の高坂、馬場、真田らの軍勢が駆けつけるまで、何としても時間をかせがねばなりませぬ」

勘助は鬼気迫る表情で懇願した。

やむなく、信玄は一時退却を決断。影武者を残して後方へ逃れた。

昌幸らは、影武者とともに本陣にとどまっている。


八幡原に布かれた武田本陣が、急に静かになった。

「お屋形さまはご無事におわすかのう」

三枝新十郎が薄雲のかかる空を見上げて言った。地上で行なわれている大いくさとかかわりなく、頭上を蜻蛉の群れが飛び、爽涼とした秋風が吹きわたっている。

「大事なかろう。お屋形さまのお側には、市丸らが付いておるわ」

真田昌幸は、口中に湧き上がる唾をペッと吐き出した。

「要領のよいやつらじゃの。前線に踏みとどまったわれらは、捨て石のようなものよ」

新十郎の言葉に、

「ただの捨て石にならねばよい」

昌幸は不敵に頬をゆがめた。

「なんと」

「願ってもない功名の機会が、向こうから飛び込んできたではないか。みずから危難に立ち向かわぬ者の前に道はひらけぬ」

「それもそうじゃな」

背中を撓《たわ》め、新十郎が刀を構え直した。

やがて、蜻蛉の群れが風に乗っていずこともなく飛び去った。

それに代わって、
ドドッ
ドドッ
と、地を揺るがすような馬蹄の響きが本陣に向かってまっしぐらに近づいてくる。土煙のかなたに、

――毘
の旗が見えた。

誰かが叫んだ。

「上杉の旗本隊だッ!」

そのとき、武田陣から鴾毛斑《つきげまだら》の馬に乗った騎馬武者が、疾風のごとく上杉の旗本隊へ向かって斬り込んでいく。少し遅れて、十騎、二十騎と、先頭の将に引きずられるように武田の武者たちがあとを追う。

(あれは……)

昌幸は思わず声を上げそうになった。

騎馬武者は、信玄の実弟で武田軍の副将格の典厩信繁にちがいない。後方に退去した兄信玄の身の安全をはかるため、身を挺《てい》して敵陣へ突っ込んでいったのであろう。

この戦闘で、典厩信繁は討ち死にを遂げる。

自身の作戦の失敗を痛感する山本勘助も、手勢二百人とともに突撃し、奮戦のすえに斬り死にして果てた。

六

武田本陣に、上杉の旗本隊が乱入した。

これが初陣の真田昌幸も、もはや功名を狙っているほど心の余裕はない。

床几にすわっているのは信玄の影武者だが、戦っているうちに、それがまことの主君であるかのような気分になってくる。

「新十郎、お屋形さまをッ！」

「おうさ」

三枝新十郎が、影武者のもとへ走った。

新十郎が影武者を背にして仁王立ちになるのを横目で見つつ、昌幸は太刀を振りかぶってきた上杉の武者と切り結んだ。

突盔《とっぱり》型兜《かぶと》をかぶった、大兵《だいひょう》肥満の男だった。

一撃を鍔元《つばもと》で受け止めた昌幸にのしかかるように、ぐいぐいと刀を押し付けてくる。

相手の荒い息遣いが、頬にかかった。

眼前に刃がせまり、雲間から差し込む陽射しの照り返しが目を灼いた。

（くそ……）

昌幸は歯を食いしばって、敵の圧迫を撥ね返そうとするが、痺《しび》れでもしたように腕に力が入らない。

逆に、

――ぐわッ
と、大兵肥満の武者に渾身《こんしん》の力で押し込まれた。

はずみで、昌幸はその場に尻餅をついた。握っていた刀が手からこぼれ、後ろへ転がってゆく。すかさず、武者が昌幸の上に馬乗りになり、腰の小刀を手で探った。小刀で首を掻《か》っ切るのが戦場の作法である。

昌幸は逃れようと必死にもがいたが、どうにも身動きがつかない。

（おれは、死ぬのか……）

なぜか現実感がない。

ただひたすら息が苦しく、ひりひりと喉が渇いてならなかった。

子供のころ食ったグミの実のことが、何の脈絡もなく思い出された。真っ赤な果実は、舌が縮むほど苦く酸っぱかった。

息苦しさから逃れるように横を向くと、折れた槍の穂先が草むらのあいだに見えた。

（生きたい……）

その一心で、昌幸は槍をつかんだ。

武者が小刀を振りかぶるのと、昌幸が槍の穂先を相手の喉に突き立てるのが同時だった。

大兵肥満の武者が、ゆっくりと後ろへのけぞった。

動かなくなった大兵肥満の武者の体を撥《は》ねのけ、昌幸は立ち上がった。

生まれてはじめて、

（人を殺した……）

その実感におののくよりも、昌幸は生きるために死者から刀を奪い、無我夢中で新手の敵に立ち向かった。

額が熱くなっている。

だが、頭の芯《しん》は妙に冷たく冴えている。

（敵味方入り乱れるこの戦場で、平静を失っているのはおれだけではない……）

そう思うと、いままで何倍にも大きく見えていた敵の姿が、あるがままの人間の動きとして瞳《ひとみ》に飛び込んできた。

真っ向から近づいてきた敵兵が、刀を大きく振りかぶる。

威嚇するように大声で喚《わめ》いてはいるが、

（脇ががら空きではないか……）

昌幸は深く身を沈め、敵の腕の付け根を突き上げるように刺しつらぬいた。具足におおわれていない、弱い部分である。ぐっと刀を引き抜くと、凝然と目を見開いたまま敵が倒れた。

さらに二人、三人と、昌幸は上杉の雑兵《ぞうひょう》を屠《ほふ》った。

（いくさとは、落ち着いて相手の動きを見定めたほうの勝ちじゃな）

全身、蘇芳《すおう》を浴びたように返り血にまみれながら、頭のすみでふと思った。

そのとき、

「御首、頂戴《ちょうだい》ッ！」

ときならぬ叫びが背後に響いた。

振り返ると、床几にかけている信玄の影武者めがけ、萌黄《もえぎ》色の胴肩衣《どうかたぎぬ》をつけた上杉の旗本が馬上から斬りつけている。

影武者は手にした軍配で太刀を受け止め、辛くも難を逃れた。

さらに、上杉の旗本が二太刀めを振り下ろそうとしたところへ、

「わしが相手じゃ」

決死の形相で三枝新十郎が立ちふさがり、敵の一撃を刀の鍔元《つばもと》で受けとめる。

「新十郎ッ！」

駆け寄ろうとした昌幸の目の前で、信玄の中間頭の原大隅《はらおおすみ》が、敵武者の胸板に向かって槍を突き出した。狙いは逸れ、槍先はむなしく空を切った。

烈しく打ち鳴らされる鉦《かね》の音が、遠くに聞こえた。


武田本陣深く攻め入っていた上杉の武者たちが、突如、退却をはじめた。

信玄の影武者と対していた騎馬武者も、武田の旗本に囲まれたのをしおに、馬の尻に鞭をくれて駆け去ってゆく。

「上杉の退き鉦か」

血刀《ちがたな》をつかんだ真田昌幸は、茫然とした表情でつぶやいた。

千曲川のほうから、鬨の声、人馬の押し寄せる音が聞こえてきた。妻女山へ向かっていた武田の別働隊が、山を下って八幡原へようやく駆けつけたらしい。

「これで形勢は逆転するな」

三枝新十郎が昌幸のもとへ駆け寄ってきた。

「命拾いしたのう」

新十郎の言葉に、

「遅すぎるわ」

昌幸はチッと舌打ちした。

何かにつけておのれを一族のよけい者あつかいする、父幸隆への怒りの気持ちがよみがえってきた。

（おれは一人前よ……）

人を斬ったときの感触が、手に生々しく残っている。

（父の指図は受けぬ。おれはおれのやり方で戦っていく）

昌幸は奥歯を強く噛んだ。

「お屋形さまのもとへ行くぞ、新十郎。もはや、影武者を守っている意味はない」

「そうじゃな」

二人の若者はまわりに目を配りながら、身を低くして駆けだした。

遅れて戦場へ到着した武田の別働隊は、一万二千。

朝からの戦いで兵馬が疲れているところへ、背後から新手の軍勢があらわれては、上杉方も兵を退くしかない。

上杉政虎は甘糟近江守長重《あまかすおうみのかみながしげ》に殿《しんがり》を命じ、犀川を渡って越後へ撤退した。

武田、上杉の総力戦となった第四次川中島合戦は、双方、累々たる死者の山を残して終結した。

武田軍では、副将格の典厩信繁、軍師山本勘助をはじめとする有力武将が数多く討ち死にし、敗戦にひとしい痛手を蒙った。だが、信玄はその後も川中島地方の支配権を握ってゆずらず、実質的に政治力で勝利をおさめていく。

第五章　上州進出

一

上野国《こうずけ》（群馬県）吾妻《あがつま》郡の山中に、湯が湧いている。

名を、

——万座《まんざ》ノ湯
という。

白根《しらね》山のいただき近く、深山幽谷といっていい場所にあり、あたり一帯は杣人《そまびと》のほかに足を踏み入れる者もない。ただし、万座ノ湯のみは例外で、薬師堂を中心に石置き屋根の湯治《とうじ》宿が三、四軒、肩を寄せ合うように軒をつらねている。湯は成分の濃い硫黄《いおう》泉で、胃腸病に卓効があるといわれ、遠路はるばる山をのぼって来る湯治客が絶えなかった。

周辺には、強い臭気がただよっている。

硫黄のせいで、万座ノ湯のまわりには草木が生えない。黄土色の山肌が荒々しく剥き出しになり、そこかしこに大量の湯が湧き出して、もうもうと白い湯気が立ちのぼる熱い川となって斜面を流れていた。

第四次川中島合戦から、二年の歳月が経った永禄六年（一五六三）夏――。

万座ノ湯に、宿を一軒借り切って逗留《とうりゅう》するひとりの男があった。

――羽尾《はねお》幸全入道《こうぜんにゅうどう》
吾妻郡、羽根尾《はねお》城の城主である。

幸全は昨年暮れから胃の腑《ふ》の病を患っており、その治療のため、三十人ほどの供の者とともに万座をおとずれていた。

「臭いな」

湯に身を沈めながら、入道頭の幸全が言った。

湯船は岩をくりぬいた自然のものである。大柄な幸全が手足を伸ばすと、湯船の縁から滝のように湯があふれ出す。

「験《げん》がある、何よりのしるしでございましょう。この湯気にふれただけで、刀槍《とうそう》のたぐいが、ものの三日も経たぬうちに錆《さ》びつくと申しますれば。お腰のものを宿でお預かりしているのは、唐《から》櫃《びつ》に入れて湯気に当てぬためでございます」

白い湯帷子《ゆかたびら》を着けた女が、つつましく目を伏せて言った。

年増《としま》だが、妖艶な女である。

首や手足は細いが、湯帷子を透かして見える胸や腰の肉付きが、こぼれんばかりに豊満だった。

「そなたもこちらへ来い」

幸全が女を差し招いた。

湯船の上に茅葺きの屋根をつけただけの、半露天の岩風呂に夕闇がせまっている。紅を絞ったような茜《あかね》色の残照が山の端《は》に沈み、東の空に皓《しろ》く冴えた月がのぼりはじめていた。

夏とはいえ、陽が落ちれば山をわたる風は頬がそそけ立つほどに肌寒い。

湯船の外に控えている女に、

「そこでは体が冷えよう。そなたも湯へ入って温まるがよい」

羽尾幸全入道は声をかけた。

「せっかくのお申し出ではございますが、わたくしは入道さまのお世話をするよう申しつかっただけでございます。一緒に湯に浸《つ》かるなど、おそれおおい」

女はわずかに顔を上げ、艶冶《えんや》な目つきで幸全を見た。

幸全の口もとがゆるんだ。

世話をせよと申しつかったということは、

(わしへの馳走《ちそう》ではないか……)

幸全は、それを宿の者の心憎い気遣いと受け取った。

何といっても、おのれはこの吾妻郡では名の轟《とどろ》く武将である。その威令に逆らえる者はいない。

「かまわぬ。わしが赦《ゆる》す」

「ほほ……。ご性急でございますこと」

唇をすぼめて笑いながら、それでも女は逆らわず、湯帷子を着けたまま湯にゆったりと身をすべり込ませてきた。

幸全入道は湯をかき分けて女に近づいた。

矢疵、刀疵が無数に走る太い腕をのばし、女のくびれた腰を抱く。

「入道さま、人目もございます。かようなところで……」

「誰も来ぬわ。この湯は、わしが借り切っておるでな」

「お体に障《さわ》りましょう」

女は嫌々をするように、男の腕から逃れようとした。

だが、幸全は離さない。

「なに、七日一《ひと》めぐりの湯治で、胃の腑の痛みはすっかり癒えた。そろそろ、城へ戻ろうかと思うておったところよ」

「さようでございましたか」

「のう、よかろう。人目に立つのが嫌なら、今宵、わが寝所へ忍んでまいれ」

「わたくしが禰津《ねつ》の巫女頭と知っても、お抱きになりとうございますか」

「なに、禰津の……」

幸全の手が止まった。

羽尾幸全入道は、滋野三家のひとつ海野氏の流れを汲んでいる。真田氏も海野の一族ゆえ、羽尾と真田は親類といっていい。

家紋も真田氏と同じ、

――六連銭《むつれんせん》
を用いている。

真田幸隆が海野平の戦いに敗れ、上州に亡命したさい、最初に逃げ込んだのが羽尾幸全入道の羽根尾城であった。

滋野一門は信濃だけでなく、国ざかいをへだてた上野の吾妻郡にも広く勢力を伸ばしてきた。

すなわち、古くより上信国境地帯の流通経済を掌握し、繁栄をほこったのが滋野一門なのである。

滋野三家につらなる禰津氏もまた、その遠祖は羽尾氏と同じで、両者は浅からぬ因縁で結ばれていた。

「禰津の巫女頭が、なにゆえここに……」

やや興ざめしたような顔で、幸全入道が女に聞いた。

「花千代と申しまする」

「花千代か」

「じつは、同族のよしみで、入道さまのお耳に入れたき儀があってまいりました」

ひたりと湯帷子の貼《は》りついた豊かな胸を隠そうともせず、千代が唇に微笑を含みながら言った。

「何じゃ」

「耳をお貸し下さいませ」

「こうか」

幸全入道が胸毛の生えた裸形を、花千代のほうへ傾けた。その幸全の肉厚な耳に、花千代が紅い唇を近づける。

「よく聞こえぬ」

「まだ、何も言っておりませぬもの」

「何やら、耳がこそばゆいぞ」

幸全入道の目の前に、湯に濡れた女の白いうなじがあった。一度は萎《な》えかけた情欲が、下腹のあたりからふたたび疼《うず》いてくる。

「もったいぶらず、早く申せ」

「やめました」

「なに……」

「今日ではなく、明日の夜、思い切って申し上げます」

「なぜ今夜ではならぬのだ」

「明晩、またこの湯屋で」

謎《なぞ》めいた笑いを残すと、花千代は男の腕を擦り抜けて湯から上がった。

翌日の晩、そのまた次の晩と、羽尾幸全入道は女に焦《じ》らされつづけた。

禰津の巫女頭の花千代は、

——お耳に入れたい話がある……。

と言うが、

（じっさい、たいした話ではあるまい。思わせぶりな素振りをして、わしに気を持たせているだけであろう）

幸全入道はそう解釈した。

さもなければ、女がわざわざ湯屋へ通ってくる理由がわからない。

触れなば落ちん女の風情に、幸全入道はしだいに夢中になり、長逗留の暇つぶしにきわどい遊びを娯《たの》しむようになっていった。

日頃、茜《あかね》色の派手な小袖を着て剛勇をもって鳴らす幸全入道が、女のこと以外、目に入らなくなっている。

あるじの変わりようを、

「入道さまはどうなさったのか」

と、家臣たちは訝《いぶか》しんだが、それだけ花千代の誘いが巧みで、男を惑わす手練手管に長《た》けていたということである。

幸全入道は巫女頭の花千代に翻弄されるまま、それからさらに七日間を、万座ノ湯の湯宿で過ごした。

八日めの明け方――。

幸全入道は、ときならぬ騒然とした物音で目覚めた。

「一大事にございますッ!」

部屋の外で、近習の声がした。

「何じゃ、騒々しい」

幸全入道はまだ、まどろみの夢のなかにある。

昨夜、例のごとく湯屋にあらわれた千代と星を眺めながら湯浴《ゆあ》みをし、いま一歩で閨《ねや》に誘い込むところまでいった。

寸前でするりと逃げられたが、

(いよいよ、明晩こそは……)

と、甘い夢をむさぼっていたところである。

それを途中で起こされた。

しぜんと、声が不機嫌になっている。

「何ごとか知らぬが、あとにせよ。わしはもう一眠りする」

「それどころではございませぬ。羽根尾の城が……」

「城がどうしたのだ」

「乗っ取られてございます」

「何ッ！」

眠気も何も、いっぺんに吹き飛んだ。

幸全入道は床の上にがばりと身を起こした。

二

羽尾幸全入道の本拠、上州吾妻郡の羽根尾城に異変が起きたのは、天に雷鳴のとどろく昨日夜半のことであった。

幸全入道が留守にしている羽根尾城を、同じ吾妻郡内の領主、

——鎌原《かんばら》宮内少輔
が襲った。

鎌原氏は、羽尾氏、真田氏と同様、六連銭を家紋に用いる海野一族の流れを引いている。

鎌原宮内少輔はなかなか目端のきく男で、上州における武田信玄の影響力が強まったと見るや、同族の真田幸隆を通じて武田麾下《きか》に属するようになっていた。

一方、宮内少輔の鎌原城と谷をへだてた目と鼻の先に城を構える羽尾幸全入道は、武田信玄にも、越後の上杉にも色目を使い、中立の立場をとっている。領地の境を接する鎌原氏と羽尾氏の

あいだには、長年、古森《ふるもり》与喜屋《よきや》の両村の領有をめぐって、深刻な土地争いが起きていた。なまじ同族なだけに、両者の対立はかえって根深いものとなっている。

業を煮やした鎌原宮内少輔は、

「羽尾幸全入道と土地争いがつづいております。お屋形さまのお力で、よしなに裁いて下さいませ」

と、頼みとする武田信玄に泣きついた。

依頼を受けた信玄は、昨年春、家臣の三枝《さえぐさ》土佐守《とさのかみ》を上野へつかわし、土地争いの裁定をおこなわせた。

むろん、上州の土豪のなかでもっとも早く武田に従っている鎌原宮内少輔に、不利な裁定が下るはずがない。

「古森村、与喜屋村の領有権は、羽尾幸全入道ではなく、鎌原宮内少輔にこそあり」

三枝土佐守は言い渡した。

しかし、これに羽尾幸全入道が猛反発した。

「かような理不尽な裁定、受け入れられるものかッ！」

幸全入道は、吾妻郡の地侍最大の実力者である岩櫃《いわびつ》城の斎藤憲広《さいとうのりひろ》に援助をもとめ、相謀《あいはか》ってともに鎌原城へ攻め寄せた。

鎌原宮内少輔は一族郎党を連れて隣国信濃へ逃亡。同族の禰津氏のもとに身を寄せ、武田信玄の庇護《ひご》下で虎視眈々《こしたんたん》と吾妻郡復帰の機会をうかがっていた。幸全入道の万座ノ湯の湯治は、宮内少輔に宿願を果たすまたとない好機を与えたのである。

事態の急変を知った羽尾幸全入道は、山を駆け下り羽根尾城へ馳せもどった。

しかし、時すでに遅しである。

城を奪った鎌原方は城門を閉じ、守りを固めている。背後に武田の影がちらついているとあっては、おいそれと手出しもできない。

（うかつであったわ……）

幸全入道はとりあえず、国ざかいを越えて信州高井《たかい》へ逃げ、そこで態勢を立て直すこととした。

ほどなく、上州吾妻郡へもどった幸全は、上杉方についている斎藤憲広を頼り、岩櫃城へ転がり込んだのである。

「幸全入道も、とんだ災難であったな」

信濃国と上野国を分かつ鳥居《とりい》峠から、岩櫃城の方角を見はるかし、真田幸隆はふてぶてしい表情でつぶやいた。

「災難などと……」

禰津の巫女頭の花千代が、煙るように目を細めて笑った。

「私を入道さまのもとへ差し向け、万座ノ湯に足止めさせたのは、どこのどなたでありましょう」

「女は魔性とは、よう言うたものよの。羽尾幸全入道ほどの剛の者が、そなたの色香に迷ってわが城を失った」

「人聞きの悪い。それではまるで、私がみずからすすんで入道さまをたぶらかしたようではございませぬか」

「ちがうか」

「仮にも羽尾家は、禰津家の同族。好いたお方の頼みでなければ、かような真似《まね》はいたしませぬ」

「ふむ……」

「あなたさまがなさったのは、一族への裏切りでございますぞ。鎌原と羽尾、どちらも真田と同じ海野氏につらなる者たちを内部分裂させ、相争うように仕向けておられる。かつて、あなたさまが衰亡の危機にある滋野一門を再興したいと申されていたのは、あれは真っ赤な嘘《うそ》?」

花千代が咎《とが》めるようなまなざしを幸隆に向けた。

「嘘ではない」

幸隆は言った。

「鎌原、羽尾を踏み台にし、風雲に乗じてわが真田家が力を手に入れる。それこそが、滋野一門の名を天下に刻みつける早道ではないか。世は刻々と変わっている。いつまでも同族のしがらみに縛られていては、望むものを攫《つか》めぬわ」

幸隆の太い笑いが、初秋の峠に響き渡った。

三

「羽尾幸全入道が岩櫃城へ逃げ込んだとな」

躑躅ケ崎館で真田幸隆から報告を受けた信玄は、形のいい口髭《くちひげ》を撫《な》でた。

「城主の斎藤憲広は、上杉方に心を寄せておる。ここで一気に岩櫃城を攻め落とし、吾妻郡進出の足掛かりとなす」

信玄は言った。

「岩櫃城は近国無双の要害堅固な山城にございます。正面から力攻めに攻めても、なかなかに手を焼くものと思われまする」

幸隆は底光りのする目で信玄を見た。

「思案はあるか」

「それがしの肚に、いささか」

「よかろう」

信玄がうなずいた。

「岩櫃城攻めの大将は、幸隆、そなたがつとめよ」

「謹んでお受けいたします」

「吾妻郡攻略の成否はそなたの肩にかかっておる。せいぜい、励むがよい」

「ははッ」

幸隆は平伏した。

「出陣にあたり、お屋形さまにひとつ願いの儀がございます」

「申してみよ」

「それがし、出家しとうござります」

「なに」

信玄が眉をひそめた。

「それは、なにゆえじゃ」

「お屋形さまも信玄と号され、さながら不動明王《ふどうみょうおう》のごときお姿で戦っておられます。それがしも後生《ごしょう》に悔いなきよう、このあたりで覚悟を定めようと存じます」

「そなたの嫡男信綱は、何歳になった」

「二十七にございます」

「行く末たのもしき跡取りがおるならば、何ごともそなたの好きにするがよい。ただし、命は粗末にしてはならぬぞ」

「もったいなきお言葉」

「人は生きておればこその果報よ。死ねばただ、無に帰るだけだ」

「まことに」

幸隆は信玄の許しを得るや、髪を剃って入道となった。

以後、

——一徳斎《いっとくさい》
と号することになる。

秋になり、一徳斎こと幸隆は、岩櫃城攻めに向けて動きはじめた。

四

出陣に先立ち、幸隆は真田氏本貫《ほんがん》の地である真田本城に一族を集結させた。

弟の矢沢頼綱、嫡男信綱、次男昌輝《まさてる》、それに躑躅ケ崎館へ出されている三男の昌幸《まさゆき》と四男信尹《のぶただ》も、このたびは揃って呼び集められている。

みな、幸隆の入道頭を見馴れていない。

「よもや、兄者が出家なされるとは」

この兄が、神仏の力など頼りにしない現実主義者であることをよく知っている頼綱が、信じられぬといったように目を見張った。

「似合わぬか」

幸隆は剃ったばかりの頭をつるりと撫でた。

「似合う、似合わぬといったことではござらぬ。いよいよわが一族が、本格的に上州進出へ乗り出すというこのときに」

頼綱は兄の行動を訝《いぶか》しんでいる。

「さればこそ、覚悟のほどを定めたのよ。今後は、信濃小県《ちいさがた》郡の支配を信綱にまかせる。わしは上州の地に骨を埋めるつもりじゃ」

「何を申されます。父上あってこその真田ではございませぬか。それがしにはまだ、さほどの力は……」

信綱の言葉に、

「馬鹿めが」

幸隆は目を剝いた。

「真田の惣領《そうりょう》が、そのような弱腰で何とする。わしもはや、五十一じゃ。一度は上州へ追い出された身が、真田郷を取りもどし、砥石城を奪って、信濃の地での足場を固めた。あとは、好きにやらせてもらう」

「父上……」

「死ぬほどの覚悟でかからねば、上州の切り取りは難しかろう。わしの屍《しかばね》の上を、そなたらが乗り越えてゆけ」

幸隆は、信綱、昌輝、昌幸、信尹と、息子たちの顔を順々に見すえた。

昌幸と目が合ったとき、

「父上は小そうございますな」

思いがけぬ一言が、頬を皮肉にゆがめた三男昌幸の唇から洩《も》れた。

「昌幸、そなた何を言う」

信綱が弟を咎《とが》めた。

「父上の命の値は、それほどのものかと申し上げたのです。死ぬほどの覚悟でかかっても、盗《と》れるのはせいぜい、上州の一城か、二城。武田の走狗《そうく》として使われるだけではござらぬか」

「これはよい」

肉厚の手を打つと、父幸隆が腹を揺すって呵々大笑《かかたいしょう》した。

「そなた、わが一族が、信州、上州の国ざかいに根を張るだけでは不足か」

「いかにも」

昌幸はうなずいた。白目が冷たく青ずんでいる。

「されば、そなたの望みは」

「わかりませぬ」

「わからぬとな」

「ただ、同じ命を懸けるなら、天下を相手に喧嘩をするほどの大勝負がしたい。それでこそ、この乱世に生をうけた意味がありまする」

「昌幸……」

長兄の信綱が弟を止めようとしたが、父幸隆はそれを手でさえぎり、

「ならば、やってみるがよい」

唇に微笑を含んだ。ただし、その目は笑っていない。

「そなたの申すとおり、わしは――いや、いまの真田は小さい。躑躅ケ崎のお屋形さまの走狗と見られても、致し方ないかもしれぬ。しかし、小さき者にも誇りはある」

「………」

「わしはその誇りのためにこそ戦うのだ。たんに一城、二城を掠《かす》め取るだけの、狡辛《こすから》い領土欲のためではない」

「言いわけにすぎませぬ」

昌幸は言った。

「何とでも申すがよい。そなたはまだ若いから、人の世の厳しさがわかっておらぬ。わしは今《こん》生《じょう》で、おのれのなすべき役目を果たすだけよ」

幸隆は背筋をのばし、土器《かわらけ》の酒をあおった。

永禄六年九月下旬――。
真田幸隆は真田本城に嫡男信綱を残し、次男昌輝、弟矢沢頼綱ら一族郎党をひきつれ、上州へ向けて出陣した。

海野、禰津ら、信濃国の滋野一門も、この軍勢に加わる。武田軍団で着実に力をたくわえた幸隆は、いまや滋野一門の実質的な指揮権を握るようになっている。

真田勢は六連銭の旗をなびかせて進軍。鳥居峠を越え、上野国へ入ると、鎌原、湯本《ゆもと》、西窪《さいくぼ》、横谷《よこたに》ら、幸隆の調略で武田方についた地侍たちが、続々と軍勢に加わった。

斎藤憲広、羽尾一族らが立て籠もる岩櫃城へせまったとき、真田軍の総勢は三千人まで膨らんでいる。

五

岩櫃城は、関東屈指の堅城である。

城は吾妻渓谷に面した岩山の上に築かれており、そそり立つ岩壁が防塁の代わりとなって、容易なことでは外敵を寄せつけない屈強な構えをみせていた。山上には草木が生い茂り、水も豊富で長期の籠城に耐え得る備えができている。

城主の斎藤憲広が、攻め寄せる真田勢に対し、強気の姿勢を崩していないのは、その居城の堅牢さゆえであった。

だが、

「いかな要害堅固な城でも、それを守るのは人よ。人の心ほど、脆《もろ》く、移ろいやすいものはない」

入道頭に裹頭頭巾《かとうずきん》をつけた幸隆は、余裕たっぷりにうそぶいた。

じつは、上州入りの前に根回しがしてある。

幸隆はかねてより顔見知りの西上州の地侍たちに声をかけ、利をもって彼らを誘い、得意の調略戦によってこれを切り崩していた。

また、岩櫃城内にいる羽尾幸全入道、その弟の海野幸光《うんのゆきみつ》、海野輝幸《てるゆき》にも、四阿山《あずまやさん》の山伏をひそかに遣わし、

「信玄公が討伐されたいと考えているのは、城主の斎藤憲広だけだ。いまのうちに武田方に寝返れば、そなたらの本領は安堵されるばかりか、新たに恩賞も与えられるであろう」

と、離反の誘いをかけた。

羽根尾城を奪われた長兄の幸全入道は頑としてこれを拒んだが、二弟の海野幸光、三弟の海野輝幸は、

「さような条件ならば」

として、誘いに色気をみせた。

（邪魔なのは幸全入道じゃな……）

幸隆の懸念は、思わぬ形で決着がついた。

上州入りに先立ち、幸隆は吾妻郡の長野原《ながのはら》城に弟の常田隆家《ときだたかいえ》を入れ、兵糧を用意させていたが、その補給基地とも言うべき前線の城を幸全入道が急襲してきたのである。

常田隆家は、城の周囲の渓谷にかかる須川橋と琴橋を焼き落とし、防戦につとめた。これに対し、幸全入道は付近の山から伐り出した大木を渓谷に渡して城内へ侵入。

激しい攻防戦のすえ、常田隆家の息子俊綱《としつな》が討ち死にし、幸全入道自身も深手を負って、その傷がもとで落命している。

幸全入道の死により、海野兄弟の内応をさまたげる者はなくなった。

幸隆は三千の兵を大手、搦手の二手に分け、
大戸《おおど》城
雁ケ沢《かりがさわ》城
の二つの城を前線基地として、岩櫃城に攻めかかった。

城方は主将斎藤憲広以下、一族の中山《なかやま》、尻高《しったか》、植栗《うえぐり》、荒牧《あらまき》らの諸氏、塩谷《しおのや》、蜷川《にながわ》、唐沢《からさわ》、富沢《とみざわ》、佐藤《さとう》、割田《わりた》といった地侍、さらに上杉方の白井長尾氏からの援軍を加えた総勢二千が応戦する。

上杉の支援を背景に、岩壁に守られた城の備えに自信を持っているとあって、城将たちの戦意はすこぶる高い。

真田勢は青銅砲を放ち、鉄壁の守りを突き崩そうと試みるものの、砲弾はそそり立つ断崖にむなしく撥ね返されるばかりである。

だが、幸隆はいささかも意気阻喪していない。

「城攻めをあきらめたと見せかけて、いったん和議をまとめ、国ざかい近くまで退却する。すぐに準備にかかれ」

幸隆は弟の矢沢頼綱に命じた。

「退却してどうしようというのだ」

頼綱が聞いた。

「城方は小うるさい敵を追い払ったと思うであろう」

「うむ」

「されば、心に隙が生じる」

「そこに付け込むというわけか」

「ここからが、まことの知恵の使いどころよ」

幸隆は笑った。

さっそく、岩櫃城に講和の使者が差し向けられた。

「そもそもこの戦いは、羽尾、鎌原両家の争いから発したものなり。たがいに遺恨を持たぬわれらが、それに巻き込まれて血を流すはあまりに愚か。和議がまとまれば、当方はただちに信濃に兵を引き揚げる」

この申し出に、岩櫃城主の斎藤憲広は渡りに舟とばかり乗ってきた。上杉方を頼ってはいるものの、本音では強勢をほこる武田と真正面から争いたくはない。

紛争の原因となった鎌原宮内少輔から人質を取ることを条件に、斎藤憲広は和議に応じた。

「よし、引き揚げじゃ」

幸隆ひきいる真田勢は、信濃との国ざかいに近い三原《みはら》の地まで撤退した。

しかし――。

それこそ、幸隆の策謀であった。

六

三原に引き揚げた真田幸隆は、陣中にひとりの男を呼んだ。

名を、

――海野《うんの》左馬允《さまのじょう》

という。

羽尾の一族で、早い時期から幸隆に通じていた。

顔は鉄色といっていいほどの色黒である。口もとからのぞく乱杭歯《らんぐいば》がやや卑しさを感じさせるが、小才がきき、利をかぎ分ける独特の嗅覚《きゅうかく》を持っている。

心から信用できるわけではないが、

（使いようによっては、ものの役に立つ……）

幸隆はこの日のため、海野左馬允に過分なほどの金銭を与えていた。

「わしがお屋形さまに願い、そなたが武田の直臣に加えられるよう、口利きをしてやってもよいぞ」

「まことでござるか」

海野左馬允が瞳を黄色っぽく光らせた。

「武士に二言はない」

「あ、ありがたき幸せ」

「ただし、その前に一汗かいてもらわねばならぬがの」

「何なりと仰せつけくださりませ」

「さほど難しい仕事ではない」

幸隆は庭の掃除でも頼むように言った。

「岩櫃城内におる海野幸光、輝幸兄弟のもとへ使いに行ってもらいたい」

「岩櫃城へ入れと申されますか」

「さよう」

幸隆はうなずいた。

「和議がととのったいま、そなたが城中へ入っても人に怪しまれることはない」

「して、両人に何をお伝えすればよいのでござるか」

「耳を貸せ」

「はッ」

左馬允が幸隆のそばに身を寄せてきた。

「わしは間もなく、ふたたび岩櫃城へ攻め寄せる」

「それでは、さきの和議の約束が」

「和議は方便よ」

幸隆は低くささやいた。

「海野幸光、輝幸兄弟には、わが真田勢の動きと呼応し、城内で兵を挙げるようにと申し伝えるのだ」

目で笑い、幸隆は突き放すように左馬允の肩をたたいた。

幸隆よりの密旨を受けた海野左馬允は、ただちに岩櫃城へおもむき、海野幸光、輝幸兄弟に面会した。

「われらに、兵を挙げよとな」

兄弟は顔をこわばらせた。

真田の調略に色気をみせてはいるが、はっきりと言質《げんち》を与えたおぼえはない。城内で謀叛を起こすとなれば、彼らにとっても重大過ぎる決断であった。

「岩櫃城陥落のあかつきには、羽根尾城がお手前がたに下されるよう、取りはからうと仰せられております」

「羽根尾城をわれらの手に……」

海野幸光と輝幸は、思わず生唾《なまつば》を飲んだ。

「しッ。お声が高うございます」

左馬允が警戒するように、あたりを見まわした。

羽根尾城はもともと、海野幸光、輝幸兄弟の兄、亡き羽尾幸全入道の本拠だった城である。それを取りもどすことは、彼らの悲願といってもいい。

「口からの出まかせではなかろうな」

兄の幸光が念を押した。

「真田一徳斎《いっとくさい》（幸隆）どのは、しかと申されております」

「ふむ……」

「げんにそれがしも、一徳斎どのから武田の直臣《じきしん》に推挙いただく約束を貰《もら》っておりまする」

得々とした左馬允の言葉に、

「どうする、輝幸」

幸光が弟を見た。

海野輝幸は、新当流《しんとうりゅう》の剣の達人で、馬術、弓術にもすぐれた剛の者である。山のような巨躯《きょく》で、百人力とも称せられている。

「このようなところにくすぶっていても、仕方ありますまい。ここはひとつ、真田どのに賭けてみられてはいかがか」

「されば、やるか」

「はい」

輝幸がえらの張った顎《あご》を引いてうなずいた。

兄の幸光が、左馬允に向き直り、

「真田どのにお伝えしてくれ。仰せの向き、しかと承ったとな」

低く押し殺した声で言った。

左馬允が岩櫃城を去ったあと、海野兄弟は城主斎藤憲広の甥《おい》で、伯父とは不仲だった憲実《のりざね》に声をかけ、離反の仲間に誘った。

幸隆の分断策は、水面下で着々と進行している。


岩櫃城は静けさのなかにある。

一雨降るごとに、山々の紅葉があざやかになり、秋が深まってゆく。

その静けさとは裏腹に、岩櫃城の内部では、斎藤憲広の一族の植栗氏、地侍の唐沢、富沢氏が、ひそかに真田方への協力を約束するなど、動きが激しくなっている。

「そろそろ、機が熟したか」

頃合いを見はからった幸隆は、軍勢とともに三原の陣を発し、ふたたび岩櫃城へ攻め寄せた。

「それッ。皆の者、攻めかかれッ！」

幸隆は采配《さいはい》を振った。

それを合図に、六連銭の旗指物を背負った兵たちが梯子《はしご》をかけ、我先に岩壁をよじ登っていく。

これに呼応して、城内の海野兄弟、斎藤憲実、植栗、唐沢、富沢の諸氏が挙兵。予想外の味方の離反に、城方は大混乱におちいった。

城中の炭蔵、焔硝《えんしょう》蔵に、次々と火が放たれた。海野兄弟の手の者によって、内から城門が開け放たれる。

難攻不落をうたわれた岩櫃城もこうなっては、ただの裸城も同然である。半刻《はんとき》（一時間）も経たぬうちに、三ノ丸、つづいて二ノ丸が落ち、やがて本丸の櫓にも火がかかった。

ことここにおよび、城主斎藤憲広は、

「無念なり」

と抵抗をあきらめ、嫡子憲宗《のりむね》とともに搦手の抜け道を通って城外へ脱出した。憲広父子は、山伝いに越後へ逃れ、春日山城の上杉輝虎を頼った。

武田信玄は岩櫃城の城代に、戦いに大功のあった幸隆ではなく、

——三枝土佐守
を入れた。土佐守は、吾妻郡攻略の軍勢につけられた軍監《ぐんかん》である。

「なにゆえ、お屋形さまはわれらに岩櫃城をお与え下されぬ」

矢沢頼綱がつい愚痴《ぐち》を言った。

「これしきの働きでは、まだまだ不足ということであろう」

幸隆は少しも焦っていない。

「われらの目的は、吾妻郡をこの手につかみ取ることよ」

「して、次なる目標は？」

「嵩山《たけやま》城じゃ」

弓懸《ゆがけ》をつけた指先で、幸隆は差図を指さした。

七

岩櫃城陥落の知らせを、真田昌幸は甲斐の躑躅ケ崎館で聞いた。柿《かき》の実が朱色の宝玉のように色づいている。泡雲を浮かべた空が高い。

その空のもと、昌幸は三枝新十郎を相手に杖術《じょうじゅつ》の稽古《けいこ》をしていた。

「すまぬな」

昌幸の杖の打ち込みを受け止めつつ、三枝新十郎が言った。

「何をあやまる」

「岩櫃城のことよ。おぬしの親父どのではなく、わしの父が城をあずかった」

「お屋形さまのお申しつけであろう。わが父に否《いな》やがあろうはずがない」

昌幸は杖の先端をくるりと回転させ、相手の小手《こて》を狙って打ちかかった。新十郎が後ろへ身を引き、すんでのところで一撃をかわす。

「おぬし、わずかのうちに腕を上げたのう」

「なんの。杖では新十郎にかなわぬ」

「うかうかしておれぬな。わしも鍛練せねば、じきにおぬしにたたき伏せられることになろう」

言いながら、今度は新十郎が昌幸の足元を薙《な》ぎはらってきた。

パッと昌幸は跳んだ。

ムササビのように敏捷な動きである。

このところ、昌幸はひそかに館を抜け出し、裏山で武芸の修練を積んでいる。

真田本城で上州出陣前の父幸隆と会って以来、昌幸のなかで何かが変わりはじめていた。

(今生でなすべきおのれの仕事……)

昌幸は父の言葉を胸のうちで反芻《はんすう》した。

幸隆はおのれの戦いを、一城、二城を掠め取るだけの、狡辛い戦いではないと言っていた。それは、小さき者の誇りを守る戦い。山間の弱小勢力にすぎない真田一族が、天下に存在感をしめす戦いでもある、と。

——言いわけに過ぎぬ。

と、昌幸は父に言った。

武田の走狗と化したおのが立場をごまかすため、父がそのような詭弁《きべん》を弄していると思ったのである。

だが、時が経つにつれ、幸隆の言葉がしだいに胸に沁みてきた。

(小さき者の誇りか)

昌幸は新十郎の激しい杖の打ち込みを顔の前で受けた。

腕がしびれた。


新十郎の実家三枝氏は、武田家よりも古い甲斐の古豪族である。

大和朝廷の時代に郡司《ぐんじ》をつとめた由緒ある家柄で、在庁官人として甲斐国に根を張ってきた。

戦国の世になり、三枝宗家は一度断絶したが、信玄の父武田信虎がこれを惜しんで、一族の石原《いしはら》守綱《もりつな》に名跡を継がせた。岩櫃城代となった三枝土佐守虎吉《とらよし》は、この守綱の息子である。

真田昌幸の同僚の新十郎は三枝土佐守の三男で、長兄に信玄の奥近習衆から同心衆三十騎、さらには七十人持ちの足軽大将に出世した勘解由左衛門守友《かげゆざえもんもりとも》がいる。

三枝家はその家格ゆえに重んじられ、真田家は〝格〟のなさゆえに、苦労して取った城を人にゆずらざるを得ない。

昌幸は、恵まれた立場に生まれた新十郎を羨《うらや》むわけではない。

ただ、

（おのれの誇りを、どこに見つけよというのか……）

行くべき道を、いまだ探しあぐねていた。

四半刻あまりも激しい打ち込みをつづけると、若い昌幸と三枝新十郎もさすがに息が上がってきた。

二人とも、小袖の襟元が汗でぐっしょりとなっている。

「一休みするか」

新十郎が上気した顔で言った。

「ああ」

昌幸も杖を置き、二人して裏庭の井戸端へ行った。

もろ肌脱ぎになり、井戸水を浴びて汗を流す。水は冷たいが、稽古で火照った体には心地よい。

「そういえば、おぬし、あの女人とはどうなっておるのだ」

顔を洗う手を止めて、新十郎が言った。

「女人とは？」

「駿河御寮人さまの侍女の……。名は、何といったかのう」

「美月《みづき》どのか」

昌幸は表情を変えない。

「そうそう、美月どの」

新十郎がからかうような目をした。

「いつぞや、曽根市丸らの一党に絡まれていたところをおぬしが助けたのであろう。向こうはおぬしに惚れておるようだが」

「ばかを言うな」

昌幸は麻布を握る手に力を込め、顎からしたたり落ちる水滴を拭った。

八

真田昌幸と、武田義信の正室駿河御寮人に仕える侍女の美月が人目をしのぶ仲になったのは、昌幸が信濃川中島で初陣を果たして、しばらくのちのことだった。

主君信玄に従って躑躅ケ崎館へ凱旋《がいせん》した昌幸のもとへ、美月のほうから会いにきた。

「ご無事で何よりでございました」

少し会わぬ間に、美月は昌幸が息を呑むほど美しくなっていた。

「お礼を申し上げねばと思っておりますうちに、にわかなご陣触れ……。陰ながら、ご武運をお祈り申し上げておりました」

「そうか」

昌幸は娘から目をそらした。

釜無川《かまなしがわ》の渡し場で出会ったときは、さほど強く意識しなかったが、曽根市丸が執心するだけあって、深山《みやま》に咲く花を思わせる清雅な顔立ちをしている。

美月の父は尾藤頼忠《びとうよりただ》（のちの宇多《うだ》頼忠）といい、遠江国に所領を持つ侍であるという。母は今川氏を頼って駿河へ下ってきた公家の娘で、美月はその縁から駿河御寮人の側近く仕えるようになった。

横笛、舞はもとより、和歌、茶の湯と、京風の洗練された素養を身につけており、駿河御寮人の信頼も篤い。しかも、市丸をはじめ、美月に思いを寄せる男は多く、本来であれば、昌幸など手のとどかぬ存在であった。

（欲しい……）

と、喉がひりひりするような思いで昌幸が渇望したのは、まさにその、美月が手のとどかぬ高《たか》嶺《ね》の花であったからかもしれない。

数日後、昌幸は人気のない破《や》れ寺に娘を呼び出し、犯すようにして我が物とした。はじめ、美月はあらがったが、やがてあきらめたように昌幸を受け入れた。

二度、三度と密会を重ねたあと、昌幸は草のしとねの上で美月に聞いた。

「後悔しているか」

「何をでございます」

美月はいま夢から醒《さ》めたばかりのような目を、昌幸に向けた。

「おれとこうなったことだ」

「いいえ、少しも」

昌幸の胸に、美月は顔を埋めた。

「宿命《さだめ》のような気がいたします」

「宿命か」

「あなたさまはなぜ、そのように淋《さび》しい目をしておられるのです」

美月が言った。

「はじめてお会いしたときから、ずっと気にかかっておりました。昌幸さまの目は、どこかこう、遠いかなたばかりを見つめておられる」

「そなたの知ったことではなかろう」

昌幸は冷たく顔をそむけた。

「いいえ」

と、美月はかぶりを振り、

「あなたさまのことを、もっと知りたい。できることなら、あなたさまの淋しさを少しでもわかって差し上げたい」

勁《つよ》いまなざしで昌幸を見上げた。

かよわそうに見えるが、芯の強い娘である。たんなる受け身の立場ではなく、みずから必死に相手を理解しようとしている。

「いらぬことだ」

昌幸は草を嚙んだ。

「誰にわかってもらおうとも思わぬ、おれは、天涯一人だ」

「ご一族がおられるではありませぬか」

「ふん……」

と鼻をならし、昌幸は返事をしなかった。

胸の底に、

(おのれは真田一族のはぐれ者だ……)

という思いがある。

父幸隆は西上野への進出に命を懸け、兄の信綱、昌輝も、それぞれ一族の将来の担い手として重要な役目を与えられている。

ひるがえって、自分はどうか。

何のために戦い、この先、何をめざして生きてゆくのか——その果てに行き着くところが見えない。

美月は、昌幸の心の奥に吹きすさぶ木枯らしのような孤独を、肌を合わせるうちに自然と感じ取っていたのであろう。

「美月」

「はい」

「おれについて来てくれるか」

さきほどとは打って変わった、昌幸のひどく真剣なまなざしに、

(あ……)

と、戸惑いをおぼえながらも美月はこくりと顎を引いてうなずいていた。

「お供しとうございます、どこまでも」

「どこへ行くかわからぬ。このまま、何もできず朽ち果ててゆくだけかもしれぬ」

「それでもいい……」

美月が昌幸の胸に強くしがみついてきた。

九

上野国吾妻郡の岩櫃城を陥落させた真田幸隆が、次の目標に定めたのは、
――嵩山城
である。
嵩山城は、岩櫃城と利根《とね》郡の沼田を結ぶ交通の要衝にある。
岩櫃落城後、斎藤氏の被官だった池田佐渡守《いけださどのかみ》が、主君憲広の子息城虎丸《じょうこまる》を擁して嵩山城に立て籠もった。
岩櫃城と同じく、嵩山城も岩山の上に築かれた城である。規模こそ小さいが、そそり立つ岩壁は険しく、天険の要害という意味では、こちらのほうが攻めるに難い。
中之条《なかのじょう》盆地を見下ろす山は、全山、奇岩奇石の塊といってよく、もともと修験者の行場として知られた場所であった。
大天狗《だいてんぐ》
中天狗《ちゅうてんぐ》
小天狗《しょうてんぐ》
男岩《おとこいわ》
といった岩峰が屹立《きつりつ》し、
骨穴《こつあな》

無城平《むじょうだいら》など、奇怪な地名の岩窟や山上の平地が点在している。

籠城方からすれば、これほど遊撃戦を行なうのに適した地形はない。逆に、攻める真田勢には、どこから何が飛び出してくるかわからない、魑魅魍魎《ちみもうりょう》の住処《すみか》のような城であった。

さすがの幸隆も、嵩山城の攻略には手を焼いた。城兵の結束は固く、得意の調略戦もまったく通用しない。

「隙《すき》がありませぬな」

四阿山の山伏たちとともに、斥候に出かけていた矢沢頼綱が、困惑した表情で幸隆に報告した。

「あきらめてはならぬ」

幸隆は煎《い》ったクルミの実をかじりながら言った。

「打つ手はあるはずだ。必ずどこかに、付け入る隙はある」

やがて——。

上州の山々に早い冬がおとずれた。

あざやかに色づいた樹林に初雪が降り積もるころ、幸隆は嵩山城の囲みを解き、いったん岩櫃城へ引き揚げた。

翌永禄七年になると、戦況は一変した。


春、三月——。

雪解けを待ちかねたように、上州にいる上杉輝虎が満を持して動きはじめた。

輝虎は越後へ逃亡していた斎藤憲広の嫡男憲宗を上野へ呼びもどし、末弟城虎丸と池田佐渡守の籠もる嵩山城へ入城させた。
のみならず、麾下《きか》の河田重親《かわだしげちか》、栗林政頼《くりばやしまさより》を清水《しみず》峠越えで沼田城へ入れ、嵩山城を後方から支援させたのである。
これに力を得た斎藤憲広は、四万《しま》川東岸の、
内山《うちやま》城
城峯《じょうみね》城
などに手勢を送り込んで、岩櫃城の真田勢に対抗する構えをみせた。
「上杉が乗り出して来おったか」
幸隆は目を血走らせ、北の空を睨んだ。
「やっかいなことになりましたな、兄上」
矢沢頼綱が言った。
このころ、上野国は、
北条
武田
上杉
の三大勢力が火花を散らす、戦いの最前線と化している。
東上野の邑楽《おうら》郡、山田《やまだ》郡、新田《にった》郡、佐位《さい》郡、那波《なわ》郡には北条氏の支配がおよび、その北条と同盟関係にある武田信玄は、西上野の碓氷《うすい》郡、甘楽《かんら》郡、吾妻《あがつま》郡に進出しつつあった。
一方、北条、武田と対立する上杉輝虎は、両者の圧迫に追い詰められた地侍たちの要請に応じる形で、越後が雪に閉ざされる冬季に上州出陣を繰り返していた。

上杉輝虎の拠点は、群馬《ぐんま》郡と勢多《せた》郡の郡境に位置する厩橋《まやばし》城。

この永禄六年から七年にかけて、輝虎は厩橋城で越年している。輝虎が嵩山城の攻防を重視したのは、ここを奪われれば、厩橋と越後を結ぶ道筋にあたる沼田に武田方の脅威がおよぶことを懸念したからにほかならない。

「輝虎みずからが出陣することもあり得ましょうぞ」

頼綱のみならず、真田勢の誰もが、川中島で信玄をいま一歩のところまで追い詰めた上杉輝虎の強さを骨身に沁みて知っている。事実、沼田城に上杉の援軍が入ったとの情報が流れてから、兵たちのあいだに少なからぬ動揺が走っていた。

「それはあるまい」

幸隆は冷静である。

「いまのところ、嵩山城の守りは鉄壁だ。口惜《くちお》しいが、われらも手出しができぬ。裏を返せば、大将の上杉輝虎自身がわざわざ吾妻郡まで出張ってくる必要もないということだ」

明快な論理である。

幸隆は、武田信玄と並び、戦国最強の武将と目される輝虎のことを、

——実よりも名を取る男。

と分析している。

名よりも実を取り、着実に領土を拡大する信玄と比べれば、その違いは歴然としている。もし信玄が輝虎の立場であれば、この機にすかさず出陣し、吾妻郡を火のごとく攻め取っていたところであろう。

しかし、

(輝虎は、そのようなまねはせぬ。なぜなら、やつは誇りが高すぎる。斎藤家の加勢にことよせて領土を掠め取るなど、卑しき振る舞いと侮蔑《ぶべつ》しておる。その見栄坊《みえぼう》なところこそ、輝虎の最大の弱点よ……)

幸隆は思った。

自分を頼ってきた斎藤憲広の嫡男憲宗を嵩山城に入れたことで、上杉輝虎は十分に大義が立ったと思っている。おのが行動の筋目の正しさに満足し、肝心の詰めが甘い。

だからこそ、

(われらにも戦いようがある……)

幸隆は諸方に四阿山の山伏を放ち、情報収集につとめた。

幸隆の睨んだとおり——。

厩橋城の上杉輝虎は、吾妻郡方面にはそれ以上の関心を払わなかった。

代わりに上杉軍の標的となったのが、群馬郡にある武田方の、

——和田《わだ》城

である。

和田城はもともと、箕輪衆の和田業繁《わだなりしげ》が城主をつとめていたが、いまから二年前の永禄五年、内山《うちやま》峠を越えて甘楽郡から侵攻した武田軍本隊によって攻め落とされていた。

上杉輝虎は、白井長尾氏、箕輪の長野氏、新田金山《にったかなやま》の横瀬《よこせ》氏ら上野衆、さらに下野の宇都宮氏、足利長尾氏、常陸の佐竹氏にも号令をかけ、大軍をもって和田城へ攻め寄せた。

しかし、武田方も和田城に人数を入れて防戦し、一歩もゆずらない。

その年四月、上杉輝虎は厩橋城に守将の北条高広《きたじょうたかひろ》を残し、越後へ引き揚げていった。

第六章　青　嵐

一

爽やかな薫風が、甲斐の盆地を吹きわたっている。

昨夜来の雨が上がり、水ですすがれた山々の新緑が笑うようにさざめく朝、躑躅ケ崎館にほど近い真田家の屋敷で、一組の婚儀が執《と》りおこなわれていた。

花婿は武藤喜兵衛《きべえ》昌幸《まさゆき》。

この春、あるじ武田信玄の周旋《しゅうせん》で、信玄の母大井《おおい》夫人ゆかりの武藤《むとう》家を継ぎ、真田から武藤に姓をあらためた。

花嫁は、遠江国人尾藤頼忠《びとうただより》の娘の美月《みづき》である。美月はすでに昌幸の子をみごもっており、武藤の名跡《みょうせき》を与えられたのを機に、昌幸は主君信玄に願って正式に美月を妻に迎える運びとなった。

信玄は、昌幸の将来性を高くかっている。

まだ十八歳と若く、合戦の場数をさほど踏んでいるわけではないが、

「父一徳斎《いっとくさい》（幸隆）の謀才をもっとも濃く受け継ぐのは、あの者やもしれぬ。兄信綱、昌輝も武勇の士だが、昌幸はいずれわが耳目《じもく》ともなろう」

として、信玄は昌幸の武藤家相続と同時に、城下の真田屋敷の近くに土地を与え、新たに居を構えることを許した。破格の厚遇と言える。

婚礼にあたっては、信玄をはじめ、嫡子義信《よしのぶ》夫妻、美月の実家の尾藤家、父幸隆と親交のある武田の家臣たちから祝儀の品々が届けられ、信州の砥石《といし》城から母の菖蒲ノ前《しょうぶのまえ》、兄信綱《のぶつな》ら一族が祝いに駆けつけた。

ただし、上州の最前線で嵩山《たけやま》城攻めに従事している幸隆の姿は、この場にはない。

「ほんに、昌幸どのもご立派になったもの。このお姿、父上がご覧になったら、どれほどお喜びになられましょう」

菖蒲ノ前がふと目に涙を滲ませた。

昌幸は、武田家に人質《ひとじち》に出した息子である。生涯、会えぬ覚悟も固めていただけに、母の胸にも迫るものがあったのであろう。

「美月どの。昌幸のこと、よしなに頼みますぞ」

白絹の打ち掛けに身をつつんだ初々しい花嫁に、菖蒲ノ前が頭を下げた。

かすかに微笑み、美月が会釈を返す。

「おぬし、わしらには知らぬ素振りを見せて、その実、うまうまと三国一の花嫁を射止めていたとはのう」

朋輩の三枝新十郎らが浮かれるなかで、昌幸ひとりは石でも呑んだように硬い顔をしている。

婚礼の宴が果て、昌幸と美月が寝間で二人きりになったのは、その日、深夜になってからだった。

「疲れたか」

昌幸は身重の新妻を気遣った。

腹はまだ目立つというほどではないが、今日は一日、厠《かわや》にさえろくに立つこともできずにいた。

「いいえ」

美月が小さく首を振った。

「それよりも……」

「何だ」

「あなたさまにとって、わたくしは重荷でございますか」

「なにゆえ、そのようなことを言う」

「婚儀のあいだじゅう、あなたさまは硬い顔をなされておいででした」

「そのことか」

昌幸は燭台《しょくだい》の明かりに照らされた、妻のかすかに上気した顔を見つめた。

「考えていたことがある」

「何をでございます」

「うむ……」

「今日より、あなたさまとわたくしは夫婦《めおと》にございます。どうぞ、お心のうちを何なりと打ち明けて下さいませ」

「夫婦か」

「はい。たとえ、世のすべてを敵に回すことがあろうとも、わたくしだけは昌幸さまのお味方にございます」

美月のまなざしは真剣である。

その生まじめな顔に、昌幸の表情がふとゆるんだ。

「なに、それほど大袈裟《おおげさ》なものではない」

「では……」

「武藤の名跡を継ぎ、おれは真田家を離れた。父上の跡は信綱兄上が継ぎ、立派に家をもり立てていくだろう。それでは、このおれはいかに生きるか」

「お屋形さまに、ご忠義を励まれればよろしいでしょう」

「たしかに、お屋形さまには恩を感じている。だが、ただ武田に忠勤を励むだけでよいのか。それだけで、おのれが真に生きたと言えるのか。おれも乱世に生まれた男だ。もっと大きな野望を持ちたい」

「野望……」

美月の瞳がかすかに脅《おび》えている。

「野望とは、どのような」

息を詰めるようにして、美月が夫となった昌幸に聞いた。

「夢、といってもいい」

「夢でございますか」

「うむ」

昌幸は遠い目をし、

「それはまだ、雲のごとくもやもやとして形をなしていない。しかし、夢はかなわぬのではない。夢をかなえるための努力が辛いから、みな途中であきらめてしまうのだ」

美月にではなく、おのれ自身に言い聞かせるようにつぶやいた。

「おれは夢をあきらめぬ。それはおそらく、平坦《へいたん》な道ではあるまい。そなたや、生まれてくる子に、いらざる苦労を負わせることもあるだろう」

「いまさら、何を仰せられます」

「いや、いまだからこそ、そなたに言っておかねばならぬと思った。おれは平穏無事な人生か、野望に満ちた人生か、どちらかを選べと言われたら、迷わず後者を選ぶ男だ」

「そのようなこと、最初からわかっておりました」

美月が言った。

「あなたさまが、女よりも一国、いえ天下すら望みかねない、油断ならぬお方だということ……」

「…………」

「されど、そういうあなたさまに、わたくしは魅《ひ》かれてしまった」

「美月……」

「さすれば、これも宿命《さだめ》」

美月は唇に微笑を含み、

「生涯、あなたさまに付いてまいります。なにとぞ、同じ夢を見させて下さいませ」

昌幸の前に三つ指をつき、深々と頭を下げた。やがて、燭台の明かりが消えた。

青い月明かりが射す屋敷の庭に、男と女のひめやかな息遣いが、秘曲をかなでるように嫋々《じょうじょう》と流れてゆく。

二

翌永禄八年（一五六五）、五月――。

武田信玄は満を持して、上州へ出陣した。

懸案であった西上野の攻略に総力を挙げて取り組むためである。

真田あらため武藤昌幸も、兵三十をひきいて信玄に従った。

碓氷《うすい》峠を越え、上州へ入った武田信玄は、東山道（中山道）を進軍。倉賀野直行《くらがのなおゆき》が立て籠もる、群馬郡の倉賀野城を囲んだ。

倉賀野直行は、まだ二十歳前の青年武将である。

しかし、上杉輝虎《てるとら》の後ろ楯を背景に、

――倉賀野十六騎
と称される勇猛な家臣団が、一致団結して若い城主を補佐。たび重なる武田、北条の攻撃を耐えしのいできた。

城は、烏《からす》川北岸の河岸段丘の上に築かれている。前面の川を天然の堀に見立て、断崖上に築かれた本丸を二ノ丸、三ノ丸が取り巻いている。さらに、三ノ丸の外には馬出《うまだし》がもうけられており、自在に出撃する遊軍が、背後の北東側から押し寄せる敵を寄せつけなかった。

「手ごわき城よ」

信玄がつぶやいた。

去る永禄六年にも、信玄は木部《きべ》に布陣して倉賀野城へせまっているが、倉賀野十六騎の前に撤退を余儀なくされている。

「そのほうらなら、どのように攻める」

かたわらに控えていた奥近習の若者たちに、信玄が言葉を投げた。

信玄には教育癖がある。

平素から若者たちに、自身が戦場で経験したさまざまな成功談、失敗談を語るのは無論だが、ときに禅門の公案《こうあん》のように難解な問いを発することもある。

その場には、信玄気に入りの曽根市丸のほか、三枝新十郎、武藤喜兵衛昌幸もいた。

「どうだ」

信玄は重ねて問うたが、誰も返答する者はいなかった。

信玄自身でさえ、攻めあぐねている城である。いかに知恵を絞っても、明確な答えが見つかるはずがない。

「何でもよい。恐れずに、思ったことを申してみよ」

「されば、申し上げます」

沈黙を破ったのは、色々縅《いろいろおどし》の具足に身をかためた昌幸だった。鎧下着《よろいしたぎ》の襟の裏に、美月がつくった守り袋が縫い込んである。

「金井秀景《かないひでかげ》をお使いになってはいかがでございましょう」

「金井か」

信玄が、顔のまわりにまとわりつく羽虫をはらった。

金井秀景は、倉賀野十六騎のうちの一人である。鉄の結束をほこる十六騎のなかで、唯一、早くから武田方に参じ、今回も寄せ手の軍勢に加わっている男だった。

城方からは、

——寝返り者
と謗《そし》られ、憎悪の対象となっている。

「金井秀景をして、敵の離間《りかん》をはからせるのです。かの者ならば、城内の者たちに顔が利きましょう」

昌幸の言葉に、

「お屋形さまの御前で、何を言い出すかと思えば……。とんだ浅知恵ではないか」

曽根市丸が色白の顔をゆがめて冷笑した。

「浅知恵とは聞き捨てならぬ」

昌幸は市丸を睨んだ。

「おうさ、浅知恵も浅知恵よ。城中で裏切り者呼ばわりされている金井の誘いに乗る者など、誰一人あるものか。お屋形さま、かような愚か者に意見を聞くだけ無駄というものにございます」

市丸が、同意をもとめるように信玄のほうへ目を向けた。

朱い唇の端に、媚《こび》を含んだ淫靡な翳がある。市丸は美月をさらわれたことを遺恨に思い、以前にも増して昌幸を激しく憎むようになっていた。

「お屋形さま」

昌幸も信玄を見た。鳶《とび》色がかった目である。

「人は利に弱いものにございます。一枚岩のように見えても、倉賀野十六騎には、おのおのの胸のうちにさまざまな思惑があるはず。ましてや、かの者どもは上州におけるお屋形さまの勢威が日増しに強まりつつあることを十分に心得ております。金井秀景を通じ、武田に付くことの利を説かせれば、城方の結束にも必ずや綻《ほころ》びが生じましょう」

「利をもって誘い、敵の足並みを乱す。真田の父の教えか」

信玄が言った。

「いえ……」

「よかろう。わしも、そなたと同じ策を考えていた。わずかな綻びでも、それがもとで堤《つつみ》が決壊することもある」

昌幸の進言を容れた信玄は、金井秀景に調略を命じ、倉賀野十六騎からさらに五騎を切り崩させた。

倉賀野城の総攻撃がはじまったのは、六月はじめのことである。

三

「かかれッ！」

信玄の号令のもと、武田軍は倉賀野城へ攻めかかった。

倉賀野十六騎の結束が崩れたことで、城方の兵たちに動揺が広がっている。

敵の足並みの乱れを衝いた武田軍は、惣構えを突破。城下になだれ込むや、武家屋敷、町家に火を点けてまわった。

城のまわりは、たちまち火の海となった。

おりからの風に煽《あお》られて火の粉が飛び、三ノ丸の大手門に燃え移って炎上する。

その火のなかをかいくぐって、三ノ丸へ突入しながら、

（いくさは城ではなく、人がするものだ……）

昌幸はあらためてその思いを深くした。

難攻不落をうたわれる城塞でも、それを守る人の心に動揺が走れば、いかなる堡塁《ほるい》も、ものの役には立たない。裏を返せば、人の心理を巧みに衝くことで、戦いを有利にすすめることができる。

三ノ丸、つづいて二ノ丸があっけなく落ちた。残すは本丸のみである。

本丸の櫓に立て籠もった城主の倉賀野直行は、血の涙をこぼし、

「もはや、これまで」

と、自刃を決意した。

しかし、

「あきらめてはなりませぬ。越後の上杉輝虎を頼れば、必ずや、捲土重来《けんどちょうらい》の機会が巡ってまいりましょう」

直行は老臣たちに説得され、夜中、闇にまぎれて烏川に舟を出し、城を落ちのびて越後へ逃れた。

長く抵抗をつづけていた倉賀野城の落城により、西上野の盟主である長野氏の箕輪《みのわ》城は、完全に孤立することになる。

——倉賀野落城
の知らせは、嵩山城攻めの陣中にある真田幸隆のもとへも、早足の山伏によってもたらされた。

「そうか、倉賀野が落ちたか」

入道頭の幸隆は、複雑な表情をみせた。

信玄の西上野攻略が順調にすすんでいることは、武田軍に属する幸隆にとって慶賀すべきことではある。

（しかし、のう……）

四年前に世を去った長野業政《なりまさ》の顔が、ふと脳裡《のうり》に浮かんだ。

四

真田幸隆が最後に長野業政に会ったのは、業政が病死する少し前だった。

――箕輪城が攻め滅ぼされても、わしはそなたを恨まぬ……。

病床の業政は、そう言って幸隆の手を握った。箕輪城の後事を託す息子の業盛《なりもり》には、西上野の土豪たちを束ねて、武田に伍《ご》してゆくだけの力がない。そのことを、長野業政は冷静に見抜いていた。

（業盛どのは、たしか昌幸より一つ年下であったか……）

十八歳の業盛が、戦国最強の騎馬軍団をひきいる武田信玄を向こうにまわし、箕輪城を守りきれるとはとうてい思われない。

いや、たとえ長野業政自身が存命していたとしても、うなりを上げて押し寄せる時の勢いに、どこまで抗することができたか――。

（それでも、あの漢《おとこ》は戦いつづけたであろう。小さき者の誇りを守らんがため……。わしも、心は同じじゃ）

幸隆に感傷はない。人に同情するよりも、信玄本隊の箕輪城攻略に先駆けて、吾妻郡の平定を仕上げておかねばならない。これもまた、真田の誇りを懸けた生き残りの戦いである。

嵩山城の包囲がはじまって、すでに一年――。

幸隆は、城からの抜け道を虱潰《しらみつぶ》しに探し出して兵糧を断つ一方、得意の調略によって敵の内部分裂を誘うことにした。

狙いを定めたのは、斎藤家の重臣池田佐渡守《さどのかみ》である。

もともと嵩山城は池田佐渡守の持ち城で、岩櫃《いわびつ》落城後、佐渡守が幼主城虎丸《じょうこまる》を擁して立て籠もっていた。そこへ、あとから乗り込んできたのが、城虎丸の兄で、上杉輝虎の支援を受けた斎藤憲宗《のりむね》である。

憲宗は主筋にはちがいないが、おのが城で我が物顔に振る舞われることが、池田佐渡守にはおもしろくない。

「佐渡守が誘いに乗ってまいりましたぞ」

矢沢頼綱《よりつな》が、草ノ者を通じて届けられた密書を兄幸隆に差し出した。

「来たか」

幸隆は密書をひらいた。

池田佐渡守が提示した内応の条件は、本領の山田郷百五十貫の安堵に加え、新領五十貫が欲しいとある。

「吹っかけてきおったな」

幸隆は苦い表情でつぶやいた。

「いままでさんざん、手こずらせてきたのだ。命だけでも救ってもらえば冥加《みょうが》と思え、と言いたいところだ」

密書を投げ出し、真田幸隆は椎《しい》の葉に盛った干し肉に手をのばした。鹿や猪の干し肉は、陣中では貴重なタンパク源である。

「応じられぬと言ってやりますか」

矢沢頼綱が兄の顔をうかがった。

「いや、撥ねつけてしまっては身もふたもない」

「されば……」

「本領安堵の件はしかと承知した。さらなる知行は、佐渡守どののお働き次第でつかわされるものなり。これで、どうだ」

「加増の言質を与えぬのですな」

「池田佐渡守が欲心深い男ならば、五十貫、あわよくば百貫の恩賞にあずかろうと、こちらの思惑以上に働いてくれるだろう」

幸隆は唇を皮肉にゆがめ、強靱な歯で干し肉を嚙みしだいた。

池田佐渡守から返事があったのは、それから二日後のことである。佐渡守もさるもの、幸隆の口約束だけでは心もとないとして、

——信玄公のお墨付《すみつき》を頂戴したい。

と、要求してきた。

（わしを信用しておらぬか……。まあ、よいわ）

幸隆はすぐに矢沢頼綱を、甲斐府中へもどっていた信玄のもとへ差し向け、本領安堵のお墨付を手に入れた。

これにより、池田佐渡守はようやく幸隆を信用し、家臣たちを引き連れ、夜中ひそかに城を抜け出て真田陣へ投降した。

嵩山城防衛のかなめであった池田佐渡守の投降は、長期の籠城戦を耐えていた城内の兵たちに大きな動揺を与えた。

城方に厭戦《えんせん》気分が広がり、五人、十人と櫛の歯が欠けるように逃亡者が出はじめると、

「この期を逃すなッ！」

幸隆は、嵩山城総攻めを命じた。

真田勢は吾妻衆を先鋒として、大手口の一ノ木戸を破り、嵩山城へ攻めのぼった。

攻防戦は熾烈をきわめた。

死を覚悟した城方の苛烈な抵抗に、吾妻衆の唐沢杢之助《もくのすけ》、富沢六郎三郎《ろくろうさぶろう》らが相次いで討ち死に。真田本隊からも数多くの死傷者が出た。

だが、時の勢いは真田にある。

追い詰められた斎藤憲宗は、無城平で切腹。弟の城虎丸も、大天狗の岩峰の上から身をおどらせて命を断った。

五

嵩山城の陥落により、吾妻郡のほぼ全域が武田の支配下に入った。

信玄は、

「真田一徳斎の戦功、大なり」

として、幸隆に岩櫃城を与えると同時に、郡代に任じて吾妻郡の経営をまかせた。浦野《うらの》、湯本、鎌原《かんばら》、横谷、西窪、植栗、池田ら、吾妻郡の地侍たちは、信玄の命によって正式に幸隆の家臣となり、以後、岩櫃城は上野における真田氏の拠点の役割を果たすことになる。

いまや、滋野一門の棟梁《とうりょう》の地位を確立した父幸隆の得意絶頂とは別に――。

武藤喜兵衛昌幸も、甲斐府中の屋敷でささやかな幸せを嚙みしめている。

この春、妻の美月が女の子を生んだ。

昌幸にとって、はじめての子である。

――お国《くに》
と名付けられた、母親似の優しい目をした娘は、長じてのち小山田壱岐守茂誠《おやまだいきのかみしげまさ》に嫁ぎ、村松殿《むらまつどの》と称されることになる。

美月とお国、おのれが守るべき者たちを得たことで、

（自分は天涯一人……）

と、世を拗《す》ねていた昌幸の心に微妙な変化が生じた。

父が流寓の身から、才覚ひとつで現在の地位を築き上げてきたように、

（おれは、やる）

昌幸は、明かりを灯《とも》したような紅い実を鈴なりにつける庭の柿の木を見つめた。

「あの、おまえさま……」

お国を寝かしつけた美月が、昌幸の背中に遠慮がちに声をかけてきた。

昌幸同様、美月も母となった喜びは深い。

しかし、近ごろ、その表情はどこか沈みがちである。

「噂はまことでございましょうか」

「噂とな?」

昌幸は振り返った。

「はい」

「太郎さまのことか」

「ご廃嫡の噂が、しきりに耳に入ってまいります」

「人の噂など、軽々しく信じてはならぬ」

「されど……。奥方さまのことが心配でございます」

美月が顔をくもらせた。


名実ともに、信玄の後継者と目されていた武田家の嫡男、

――太郎《たろう》義信
の身辺に暗雲が立ち込めはじめたのは、ここ一年ほどのことである。

原因は、駿河今川氏の弱体化にある。

武田、北条、今川の三国同盟により、義信は妻を今川家から迎えていた。武田家は、今川家との結びつきを深め、越後の上杉輝虎と対抗してゆく路線をすすめた。

今川家の先代義元が存命中は、父の信玄もこの路線を曲げなかった。

しかし、織田信長の桶狭間の奇襲によって、義元が不慮の死を遂げると、信玄の外交政策に変化があらわれだした。

すなわち、数度にわたる川中島合戦でも、労に見合う結果が出せなかった上杉との対決姿勢を

転換し、逆に義元の死後、衰退への坂道をころがりはじめた今川に、その狙いをさだめたのである。

信玄の野望は、

——上洛

にある。そのため、信玄は京へつづく西上の道を求めていた。その道を日本海側ではなく、太平洋側に求めようと信玄は方針を転換したのである。

上洛という大望の前では、

（同盟を破棄するなど、造作もないこと……）

信玄は今川氏を見限った。

信玄の強さの源泉は、その乾いた合理主義、政治家としての非情さにこそある。

しかし、息子の義信はそうではない。

義信と妻の駿河御寮人の夫婦仲は、戦国の政略結婚にはめずらしく、きわめて良好だった。

その妻に、

「わが兄氏真をお見捨て下さいますな」

と泣きつかれ、若い義信は義侠心《ぎきょうしん》に燃えた。父信玄が今川に矛先を向けようとしていることを知るや、

「人には、やって良いことと悪いことがございますぞ」

義信は信玄に面と向かって意見した。

そんな息子を、

「甘いのう」

信玄は冷めた目で見た。

公然と同盟を破ろうとする信玄に、義信は不信感を抱き、父子のあいだには次第に隙間風が吹くようになっていった。

――義信廃嫡
の風聞が流れたのは、そうした折りも折りである。

「お屋形さまは、義信さまの弟君四郎勝頼《しろうかつより》さまのご正室を、尾張織田家より迎えるとお取り決めなされたとのよし。織田と申せば、今川家にとっては憎い仇《かたき》。お屋形さまは、織田と結んで今川のお家を攻め滅ぼすご所存でありましょうか」

美月が案ずるのも無理はない。

信玄は、嫡男義信との仲が疎遠になるのと反比例して、側室諏訪御寮人《すわごりょうにん》の生んだ四男の、

――勝頼
を偏愛するようになっている。

義信廃嫡の噂はいやがうえにも信憑性《しんぴょうせい》を帯び、美月の旧主駿河御寮人や、周辺の人々の不安は増していた。

「そなたが気をまわすことではない」

昌幸はそっけなく言った。

「もしや……。おまえさまは、何かご存じなのではございませぬか」

「この件は二度と口にしてはならぬ。よいな」

厳しい口調で美月に命じると、昌幸は身支度をととのえ、躑躅ケ崎館の信玄のもとへ出仕し

た。

信玄は夕食をすませたあとであった。

つね日ごろ、就寝の早い信玄が、夜分、人に会うのはめずらしい。

「飯富虎昌《おぶとらまさ》のようすはどうだ」

縁側に片膝をついた昌幸に、信玄が言葉を投げた。

「いまのところ、目立った動きはみせておりませぬ」

「ふむ……」

「しかしながら、義信さまのもとへ日に一度は参上し、人払いをして何やら長いこと話し込んでおる模様」

「虎昌め、義信と謀ってわしを追い出す腹積もりか」

信玄は苦い表情でつぶやいた。

飯富虎昌は、武田家の重臣である。信玄の家督相続においては、板垣信方《のぶかた》とともに中心的な役割を果たした。上田原《うえだはら》の合戦で板垣が戦死してからは、名実ともに武田家の筆頭家老として重きをなしている。

同時に、虎昌は武田家次期後継者の義信の傅役《もりやく》も仰せつかっており、これを補佐する立場にあった。

その飯富虎昌に、

「近づけ」

と、昌幸が信玄から命じられたのは、半年ほど前のことだった。

「飯富虎昌のふところに飛び込み、動かぬ謀叛の証拠をつかむのだ」

「それは……」

信玄から密命を受けたとき、昌幸はさすがに息を呑んだ。

飯富兵部少輔虎昌といえば、武田家第一の功臣ではないか。先代信虎追放事件の立役者でもあり、信玄が篤い信頼を寄せているものとばかり思っていた。

「一度あることは、二度あるという。わしを担いで、わが父信虎を追い出したように、虎昌はわが子義信と結んで、いつわしの寝首を掻くやも知れぬ」

「まさか、飯富どのにかぎってさようなことが」

「人は信じぬことだ」

信玄は言った。

「いまは、血を分けた親子であっても憎み合い、相争う世。ましてや、臣下が主君に取って代わるなど、日常茶飯事よ。そなたもこの乱世で生き残っていこうと思うなら、人の心の裏おもてまで見とおす目を持つことだ」

「飯富どののご謀叛ということになれば、義信さまはいかが相成ります」

昌幸が聞くと、信玄は一瞬、瞳の奥の翳を深くした。

「義信は若い。若さゆえに、くだらぬ情に引きずられ、世の趨勢《すうせい》が見えておらぬ」

「されば……」

「わがゆく道に立ち塞がるというなら、切り捨てるしかあるまい」

信玄の声に揺らぎはなかった。

昌幸は、太郎義信を立てる飯富虎昌一派への接近をはかった。

さほど難しい仕事ではない。

妻美月の縁で、昌幸は駿河御寮人と義信夫妻につらなる人脈のもとに出入りしても、あやしまれる気遣いはなかった。

義信の周囲を取り巻くのは、飯富虎昌とその弟の飯富昌景（のちの山県《やまがた》昌景）、長坂虎房《ながさかとらふさ》（釣閑斎《ちょうかんさい》）の子源五郎《げんごろう》ら。それに、義信の乳母の実家である曽根氏の一族もいる。

昌幸は彼らの動きを内偵し、そこで得た情報を逐一、信玄に報告した。

あとで知ったことだが、飯富虎昌の弟昌景も兄を裏切り、信玄の内意を受けて一派の動向に目を光らせていた。

六

躑躅ケ崎館には、

——山《やま》
と呼ばれる、信玄のための閑所《かんじょ》があった。閑所、すなわち厠《かわや》である。

ただし、ただの厠ではない。

京間六畳敷《きょうまろくじょうじき》の広さで、床《ゆか》にはすがすがしい青畳を敷き、風呂屋をもうけて、その下水で不浄を流すようになっている。唐渡《からわた》りの青磁の香炉が置かれており、当番の奥仕えの者が朝、昼、晩と、これに沈香《じんこう》をくべて薫りを絶やさなかった。

信玄はしばしば〝山〟に閉じ籠もり、書状に目を通したり、密謀を練ったりするのをならいとした。

信玄が、

「飯富虎昌成敗《せいばい》」

の断を下したのは、まさにこの〝山〟に籠もっているときであった。

罪状は、

――謀叛
である。

若い義信をそそのかし、

「逆心を企てさせた」

として、信玄は飯富虎昌の屋敷に軍勢を差し向けた。

申し開きは許されない。

謀叛の実否そのものよりも、信玄の駿河侵攻策に嫡男義信が邪魔になった――義信傅役の飯富虎昌は、父子の路線対立の巻き添えを食ったようなものである。

虎昌は捕縛され、切腹を命じられた。

義信の乳母子であった曽根周防守も、同罪として切腹。そのほか、義信直属の八十騎も成敗、もしくは国外追放。

むろん、信玄の寵愛篤かった奥近習衆の曽根市丸も例外ではない。

「お屋形さまッ！　それがしは、何もあずかり知らぬことでございます」

閑所の杉戸に取りすがり、哀れっぽい声で訴える市丸を、信玄の家臣たちが取り押さえて引きずり出していくのを、昌幸は菊の籬《まがき》の陰から見ていた。

その姿を目ざとくみとめた市丸が、

「おぬしであろう、お屋形さまにあらぬ讒言をなしたのは……。許さぬ……」

喉から絞り出した血を吐くような声が、いつまでも昌幸の耳に残った。
市丸をはじめ、曽根一族の多くは、のちに隣国駿河へと移り住んでいる。

七

武田義信の謀叛事件は、飯富虎昌らの切腹、および府中東光寺《ふちゅうとうこうじ》への義信幽閉という形で決着がついた。
その後、永禄十年（一五六七）十月、義信は東光寺で自害。妻の駿河御寮人は、実家の今川家へ帰され、駿府で出家する。
義信問題を片づけたことで、信玄の戦略は明確になった。
「まずは、箕輪城を攻略し、西上野を平定する。しかるのち、駿河へ兵を向け、上洛への道を切り拓く」
——風林火山《ふうりんかざん》
の旗を押し立てた信玄は、大軍勢をひきいて西上野へ攻め入った。永禄九年九月のことである。
〔先陣〕　小宮山昌友《こみやままさとも》
〔第二陣〕　馬場信春、山県昌景
〔第三陣〕　武田勝頼、内藤昌秀、原昌胤、浅利信種《あさりのぶたね》
〔遊撃隊〕　小幡憲重《おばたのりしげ》
〔別働隊〕　小山田信茂《のぶしげ》、穴山信君（梅雪）、真田一徳斎（幸隆）

〔本陣〕　武田信玄、市川梅隠斎《いちかわばいいんさい》、城伊庵《じょういあん》

武田軍の顔触れは、第四次川中島合戦、義信事件をへて、かつてとは大きく様変わりしている。

太郎義信に代わり、武田家の跡継ぎとなった勝頼が、原加賀守《かがのかみ》を介添え役として出陣。また、飯富源四郎は兄虎昌の切腹を機に、飯富の姓を捨てて、武田家譜代の山県氏の名跡を継承し、山県三郎兵衛尉昌景と名を変えている。

一徳斎こと真田幸隆も、配下の吾妻衆をひきいて参陣し、箕輪城攻めの一手に加わった。また、武藤喜兵衛昌幸も信玄の旗本隊として出陣。

武田軍は、総勢二万。

これに対し、城に立て籠もる長野勢はわずか一千五百。先代業政存命中は、数度にわたって武田軍を撃退した長野勢であるが、年月のあいだに西上野の一揆衆はあらかた信玄に切り従えられており、加勢のあてもない。

武田軍は支城の鷹留《たかとめ》城を落とし、箕輪城に総攻撃をしかけた。

このとき、勇み立った武田勝頼は、みずから先頭に立って椿山《つばきやま》方面から城中へ突入。しかし、長野氏の筆頭家老藤井豊後守に組み伏せられ、あわや首を掻かれそうになった。介添え役の原加賀守が駆けつけ、すんでのところで勝頼は難を逃れている。

武田軍は、

稲荷曲輪

水ノ手曲輪

通仲曲輪

と、箕輪城の諸曲輪を火のごとく攻め落とし、三ノ丸、つづいて二ノ丸を占拠した。

かつて、あれほど武田勢を悩ませた難攻不落の城が、砂で出来た楼閣のごとく、もろくも崩れ落ちていく。

城方は、なお数日、広い空堀に守られた本丸に立て籠もって抵抗をみせた。だが、寄せ手が矢弾の雨を楯でしのいで堀を突破するにおよび、上州武士の誇りをつらぬいてきた長野家の兵たちの精根も尽き果てた。

十九歳の城主長野業盛は、本丸の奥にある御前《ごぜん》曲輪の持仏堂に入り、亡き父業政の位牌《いはい》の前で、

春風に梅も桜も散り果てて
　名のみぞ残る箕輪の郷かな

と、辞世を詠んで自害して果てた。

陥落した箕輪城には、信玄の命により、重臣の内藤昌秀が入った。

信玄は念願の西上野を手に入れ、以後、駿河今川領の攻略作戦に全力をかたむけることになる。

八

甲斐府中へ凱旋した信玄は、すこぶる機嫌がいい。

「胸のつかえが下りたようじゃ」

満足げにつぶやき、朴《ほお》の湯をうまそうに飲み干した。

朴の湯は僧侶がよく飲むものだが、信玄もこれを好む。じんわりと胃の腑が温まり、体の凝りがほぐれてゆく。

「お屋形さまがはじめて上州へ兵を送り込まれてから、足かけ十年。長い戦いでございましたな」

入道頭を上げたのは、真田一徳斎幸隆である。この日は、信玄が幸隆とその息子たちを館へまねき、上州攻めの功をねぎらう小宴をひらいていた。

嫡男信綱、次男昌輝、三男の武藤昌幸、加津野《かづの》家へ養子に入った四男信尹《のぶただ》も顔をそろえている。

「三十なかばであったわしも、はや四十六よ。一徳斎、そなたは何歳になった」

「五十四歳にございます」

「どうりで皺がふえたはずじゃ」

信玄がかるく笑った。

「たしかに、それがしも年をとりました」

真田幸隆は言った。

「そろそろ隠居いたし、これなる信綱に家督をゆずりたいとも存じますが」

「それはならぬぞ、一徳斎」

信玄が眉をひそめた。

「西上野の平定はなったが、上野全体を見渡せば、わが武田家と、上杉、北条が三つ巴《どもえ》の様相を呈しておる。そなたには、まだまだ新たな戦場で働いてもらわねばならぬ」

「もったいなきお言葉」

「さしあたって、白井城《しろい》はどうじゃ」

「白井城……」

幸隆の顔つきが変わった。

――白井城
といえば、利根川と吾妻川の合流点に築かれた、白井長尾氏の居城である。越後から関東へ抜ける、ちょうど喉首に位置しており、戦略上の要地といっていい。

ここを足場に上杉輝虎が関東出陣を繰り返していることから、信玄としても押さえておきたい城であった。

「それがしに、おまかせ下されますか」

幸隆はずいと身を乗り出した。

「そのほう以外に、誰がおる。信濃海津《かいづ》城の高坂昌信《こうさかまさのぶ》らと連携をとり、上杉の動きを押さえよ。さすれば、わしは後顧の憂いなく、今川攻めに専念できようというもの」

「駿河攻略ののちは、いよいよご上洛でございますな」

真田家の長男信綱が意気込んで言った。

「まだ、気が早かろう」

言いつつも、信玄の瞳は、

――爛《らん》
と燃えている。

「信綱、昌輝」

「はッ」

「そのほうら、一丸となり、父を支えよ」

「承知つかまつりましてございます」

兄弟が平伏するのを、信玄は頼もしげな目で見下ろし、さらに、

「昌幸」

と、兄たちの後ろにひかえていた武藤昌幸に声をかけた。

「そなたにも役目がある」

「どのようなお役目でござりましょうや」

「後日、話す。今日は久々に、父や兄たちとゆっくり杯をかわすがよい」

九

信濃小県《ちいさがた》郡を根拠地に、上野吾妻郡へ進出した真田氏の存在感は、武田軍団のなかで着実に重みを増している。

一族を離れ、武藤の名跡を継いだ昌幸もまた、父や兄たちとは別の意味で、あるじ信玄に重用されるようになっていた。

「そなたに引き合わせたき者がいる」

いつもの〝山〟に昌幸を呼び、信玄が言った。

「どなたでござりましょうや」

「はばかりがあるゆえ、ここでは申せぬ。下諏訪ノ湯《しもすわのゆ》へ行け」

「下諏訪ノ湯……」

「その者が湯治に行っている。扇屋《おうぎや》なる宿をたずねよ」

「承知いたしました」

昌幸は信玄に多くを聞かない。

一を聞いて十を知り、信玄の耳目となるのが、いまのおのが役割だと思っている。

妻の美月には、

「しばらく旅に出る」

とだけ、言い置いた。

美月とのあいだには、長女のお国につづいて、この年、嫡男源三郎《げんざぶろう》が生まれた。のちに信濃松代《まつしろ》藩主となる信幸《のぶゆき》（信之）にほかならない。

美月は頭のよい女である。夫が義信事件でいかなる役目を果たしたか、うすうす察しているらしい。旧主を不幸に陥れた事件ゆえ、色々と思うこともあるだろうが、昌幸には何も言わない。

（このお方についてゆく……）

と決めた以上、陰の部分も陽の部分も含めて、いっさいを受け入れる覚悟をしているのであろう。

昌幸もまた、そうした妻に心の底で感謝した。

わずかな供廻りだけを連れ、昌幸は信濃へ向かった。

季節は晩秋である。枯れ葉が道を埋めている。木枯らしが吹くと、糸で引かれるように乾いた葉が足元をつらなり動いていく。

雲ひとつなく澄み渡った空を背景に、かなたの八ヶ岳の連峰が白雪をいただいているのが見えた。
藁を巻いた馬蹄で枯れ葉を踏み散らし、昌幸は北へひた走った。
国ざかいを越え、信濃の下諏訪へ着いたのは翌朝のことであった。
信濃の下諏訪は、
――諏訪《すわ》大社《たいしゃ》下社《しもしゃ》
の鳥居前町である。
諏訪大社の創建は古い。古代より諏訪地方の氏神《うじがみ》として信仰を集め、諏訪湖の南に上社、北に下社が相対して祀《まつ》られている。
祭神は、建御名方神《たけみなかたのみこと》と、その后《きさき》の八坂刀売神《やさかとめのみこと》。
冬季、湖が結氷すると、上下両社のあいだに氷の亀裂が走る霊妙な自然現象が起こり、これを、男神の建御名方神が女神の八坂刀売神のもとへ通う、
――御神渡《おみわたり》
と呼んで、長く人々にあがめられてきた。
下社のある下諏訪の地は、畿内と東国とを結ぶ東山道（中山道）が通り、和田《わだ》峠、塩尻《しおじり》峠の難所に挟まれた宿場町として、賑わいをみせている。
また、諏訪湖に面しているため、風光はすこぶる明媚《めいび》で、
綿之湯《わたのゆ》
小湯《こゆ》
旦過之湯《たんがのゆ》
など、温泉がこんこんと湧き出す湯治場でもある。

昌幸がたずねた扇屋は、綿之湯の湯小屋のすぐ前にあった。

綿之湯は肌ざわりが綿のごとくやわらかい、清澄な湯である。温泉のよい匂いが湯小屋の外まででただよい流れ、昌幸の鼻腔《びこう》を心地よくくすぐった。

その日、綿之湯は留《と》め湯になっていた。

宿の者に聞くと、三日ほど前から貴人が湯を貸し切りにし、扇屋の離れ座敷に逗留しているという。

「貴人とは？」

昌幸は、人のよさそうな顔をした扇屋のあるじに聞いた。

「女人にございます」

「女人……」

「はい」

あるじはうなずき、

「川中島のいくさでお討ち死になされた、望月盛時《もりとき》さまのご後室にござりますよ」

と、小声で言った。

（望月盛時……）

その名は、昌幸も知っている。

望月盛時は、滋野一門につらなる佐久の望月本家の当主であった。

武勇をうたわれた猛将であったが、永禄四年の第四次川中島合戦のさい、上杉方の簗田外記《やなだげき》なる武士に槍で刺し貫かれて壮烈な討ち死にを遂げた。

その盛時の、

（後室か……）

昌幸は眉をひそめた。

望月盛時には跡取りの男子がなく、先妻とのあいだに生まれた娘に、同じく川中島で戦死した典厩信繁の次男信雅《のぶまさ》を婿に迎えて家を継がせたと聞いている。

昌幸が望月家について得ている知識といえば、その程度のものであった。

望月盛時の後室は、

――千代女《ちよめ》
という。

近江甲賀の望月家から、佐久望月家へ嫁いできた千代女は、夫亡きあと、昌幸の父幸隆とゆかりの深い千代からその座をゆずられ、禰津《ねつ》のノノウを統率する巫女頭となった。

のみならず、千代女は武田信玄じきじきに朱印状《しゅいんじょう》を与えられ、

「ノノウを駆使して諸国の情勢を探索し、われに報告せよ」

との密命を受けていた。

上洛をめざす信玄にとって、いま何よりも欲しているのは、

――情報
である。

真田幸隆が先代巫女頭の花千代を使って次々と城を取っていったように、信玄もまた、七道往《しちどう》来自由のノノウの力をおのが戦略に利用しようとしていた。

むろん、昌幸は信玄の深謀遠慮までは聞かされていない。

千代女のことも、

（お屋形さまは、なにゆえその女をわしに会わせようとなさるのか……）

幼いころから一族と離れて育っただけに、不覚にも真田氏とゆかりの深い禰津の歩き巫女についで多くを知らなかった。

とはいえ、昌幸は用心深い。

すぐには望月盛時の後室に会いにゆかず、その日は、扇屋のとなりにある鶴屋《つるや》に宿をもとめた。

十

盆地の諏訪は厳寒の地である。

北東につらなる八ヶ岳には、すでに冬の気配が立ち込め、闇に沈む湖に冷たいさざ波が立っている。

深夜――。

昌幸は目覚めた。

軒を吹き過ぎる寂しい風の音が聞こえる。

（寒いな……）

寝床のなかで寝返りをうった。

厚手の搔巻《かいまき》を羽織ってはいたが、手足の先が冷えきっている。いったん目が覚めてしまうと、昔の嫌な思い出や、戦場で手にかけた敵の大きく見開いた眼などが次々と頭に浮かび、どうにも寝つかれそうになかった。

(湯で体を温めてくるか)

昌幸は思った。

今宵、宿の外の綿之湯は留め湯になっている。しかし、

(このような真夜中だ。湯に浸かったとて、人が入ってくる気遣いはあるまい)

思い立つが早いか、搔巻を撥ねのけ、昌幸はむくりと身を起こした。

外へ出ると、満天の星である。雲ひとつなく澄みわたった夜空に、貝殻を散らしたように星が冷たくまたたきながら輝いている。

青い月明かりが落ちた道を歩き、檜皮葺《ひわだぶき》の屋根に杉板の壁をめぐらした綿之湯の湯小屋へ飛び込んだ。

脱衣所で袴と小袖を脱ぎ捨てる間ももどかしく、昌幸は湯に身を沈めた。

檜《ひのき》の大きな湯船である。

透明な湯が湯船のふちから溢れ、もうもうと立ち込める白い湯気が、湖に面した高窓から霧のように渦を巻いて外へ流れてゆく。

しばらく浸かっていると、体の芯までじんわりとあたたまってきた。

昌幸はあるじ信玄の供をして、甲斐の下部ノ湯《しもべのゆ》へ何度か湯治に行ったことがある。刀槍の疵に卓効があるとかで、信玄はこの湯をことのほか好んでいる。湯の温度が低く、夏でも胴震いするほどに冷たいが、濃い成分のおかげで、上がったあとに内側から体が熱くなってくる。

それに比べ、綿之湯はほどよい温かさで、泉質が肌にまとわりつくようにやわらかい。

(同じ湯でも、いろいろあるものだ……)

昌幸がゆったりと手足を伸ばしたとき、湯気の向こうに人の気配がした。

湯煙のせいか、入ってきた者は昌幸に気がつかぬらしい。

湯気を透かして白いつま先が見え、つづいて象牙《ぞうげ》を磨き上げたような女の脛《すね》が、ゆっくりと湯船に沈んでいく。

（これは……）

柄にもなく、昌幸はうろたえた。

女は扇屋に逗留している望月家の後室にちがいない。留め湯に無断で入ったのは、自分のほうである。湯治場では、男女混浴は珍しいものではないが、この場合、おのれの立場を何と説明すればよいものか。

ようやく女も先客の存在に気づいたらしく、湯船のなかで、

――はッ
と、身を固くする気配がした。

女の肌の匂いであろうか。

湯のかおりにまじって、深山に咲く百合を思わせる、そこはかとなく甘い芳香がただよい流れてくる。

（ままよ）

昌幸は開き直った。

へたな言いわけは、かえって相手の誤解を招くだけである。

あくまで堂々と、

（自然体をつらぬけばよい……）

風に吹き払われ、しだいに昌幸と女のあいだをへだてる湯気が薄れてきた。

「望月の千代女どのか」

高窓の向こうに浮かぶ冴えた三日月を見上げて、昌幸は言った。

返答はない。

やむなく、昌幸は月に向かって語りかけるように、

「そなたはお屋形さまより、甲信二ケ国の巫女頭に任ずる旨の朱印状を与えられているそうだな」

「………」

「口寄せなどを行なうこともあるのか」

「時と場合によりましては」

はじめて、声が返ってきた。

思いのほか明るい、翳りのない声だった。

「おれは幼いころ、巫女の口寄せを見たことがある。年若く美しい巫女だったが、外法箱《げほうばこ》に両肘《りょうひじ》をついて呪文《じゅもん》を唱えると、その身に死者の霊がのりうつり、人を喰《く》う鬼かと思うほど恐ろしい形相に変じたのをおぼえている」

「わたくしを恐れておいでなのですか、武藤昌幸さま」

「そなた、わしを……」

昌幸は驚いて振り返った。

「存じております」

にっこりと笑った湯壺《ゆつぼ》の中の美女と目が合った。

「躑躅ケ崎のお屋形さまより、かの者にわれらノノウの秘技を伝授せよと命を受けておりますれ

ば」

「ノノウの秘技だと……」

「あなたさまの父上一徳斎（幸隆）さまも、お若いころ、先代の巫女頭からその技を授かっております。無一物で上州へ逃れた一徳斎さまが、信濃へ返り咲いて今日の地位を築き上げたのは、その霊験の賜物でありましょう」

「どのような技だ」

昌幸は唾を飲んだ。

女の肌からただよう芳香は、ますます濃密になっている。酒に酔ったように、頭の芯がくらくらとした。

「お知りになりとうございますか」

「わが父も、それを存じているのだな」

「はい。そして、躑躅ケ崎のお屋形さまも……。天下取りのためには、ノノウの秘技は欠かせぬものだと仰せられました」

千代女の声は、神の託宣のごとくおごそかだった。

「主命とあらば、伝授を受けよう」

昌幸はことさら生真面目な顔をつくって言った。

「それでは、こちらへ」

千代女の白い手が手招きした。

昌幸は湯のなかを泳ぐようにして、女のそばに近づいた。

「もそっと」

「こうか」

「肌を……。寄せて下さいませ」

浅黒く引き締まった昌幸の肌と、ぬめりを帯びたような女の肌がかすかに触れ合った。

「もそっと」

強い口調で千代女が命じた。上から見下ろすような女の態度に、昌幸は少し腹が立った。

「かようなことをせよと、お屋形さまはまこと、そなたにお命じになったのか」

「いいえ」

と、千代女が笑って首を横に振った。

「あなたさまがどのようなお方か、少しためしてみたかっただけ」

「愚弄《ぐろう》するか」

昌幸は身を引いた。

望月千代女は謎めいた女である。

高雅でおかしがたい気品があるかと思えば、どこか無邪気で子供っぽくもあり、それでいて男を魔道に堕《お》としかねない危うい色香を身にそなえている。

このような女に惚れ込んだら、

(間違いなく、身を滅ぼすであろう……)

昌幸は、ともすれば〝魔〟に魅《ひ》き込まれそうになる気持ちを引き締めた。

「秘技の伝授とは、真っ赤な嘘だな」

「さあ……」

千代女が微笑した。

「そなたの戯《ざ》れごとに付き合っている暇はない。甲斐へもどる」

昌幸はざばりとしぶきを上げて湯から立ち上がり、背を向けた。

「お待ちなされませ」

「まだ何か、言いたいことがあるか」

「躑躅ケ崎のお屋形さまは、まことは、かように仰せられました」

「…………」

「武藤昌幸に、この乱世をわたってゆく知恵を授けよと」

「知恵とな」

「いくさに勝ちつづけるための技と申してもよいでしょう」

「さようなこと、巫女頭のそなたが知るはずもなかろう」

「われらノノウを侮ってはなりませぬ。わたくしと昌幸さま、同じ滋野一門の血を引く者の力で、国を盗ることもできるのです」

「国を盗るだと」

昌幸は千代女を凝視した。

「いかがでございます」

「馬鹿ばかしい」

昌幸は眉をひそめたが、女は玲瓏《れいろう》たる美貌を毛すじほども崩さない。

「まずは、駿河を」

「駿河……」

「東海の太守とうたわれた今川氏の土台を、一兵も使わずに揺るがしてみるのです。おもしろいとは思われませぬか」

月が雲に翳ったらしい。湯小屋が闇に包まれた。

「今川の調略か」

「戦場で刀槍を合わせるだけがいくさではございませぬ。戦いはだましあい。その技を、ご伝授つかまつりましょう」

遠くで、フクロウの鳴く声が聞こえた。

第七章　西　へ

一

武田信玄が駿河今川領への侵攻を画策しているころ――。

尾張の織田信長も活発に動いていた。

このころ、諸国に群雄割拠する戦国大名たちの宿願は、

――京
に旗を樹《た》てることにある。

信玄が西へ向かう道を模索しているように、信長もまた、上洛をめざしていた。

信長がほかの諸将と異なるのは、比較的京に近い東海圏の尾張という地の利にめぐまれ、彼自身、上洛に向けた明確な意志と大胆な行動力、あくなき執念を持っていたことであろう。

永禄十年（一五六七）八月、隣国美濃《みの》の国人、稲葉良道《いなばよしみち》、氏家卜全《うじいえぼくぜん》、安藤守就《あんどうもりなり》の、いわゆる美濃三人衆を味方につけた信長は、斎藤竜興《さいとうたつおき》の稲葉山《いなばやま》城を急襲し、これを陥落させた。

信長は、西周《せいしゅう》の文王、武王が岐山《きざん》から発して天下統一を成し遂げたという中国の故事にならい、稲葉山を、

——岐阜《ぎふ》
と、改名した。

その知恵をさずけたのは、信長の学問の師にして陰の参謀、沢彦宗恩《たくげんそうおん》であった。沢彦は、武田信玄に「風林火山」の軍旗を与えた快川紹喜《かいせんじょうき》と同門の、臨済宗妙心寺派《りんざいしゅうみょうしんじは》の禅僧である。東国の大名には、今川義元の太原雪斎、伊達政宗《だてまさむね》の虎哉宗乙《こさいそういつ》など、妙心寺派の僧侶が知恵袋として背後についている例が多い。

小牧山《こまきやま》から岐阜に居城を移した信長は、以後、沢彦が撰《せん》した、

——天下布武《てんかふぶ》
の朱印を用いるようになる。

行く手に立ちはだかっていた美濃を平定したことにより、上洛に向けた信長の視野は大きくひらけた。

一方、信玄も上洛への足掛かりとなる駿河進出の手を着々と打っている。

同年十月十九日、太郎義信《よしのぶ》が幽閉先の東光寺で自害。その翌月、五女松《まつ》姫と、信長の嫡男信忠《のぶただ》の婚約がととのった。

この時点で、信玄は信長をまだ甘く見ている。

(美濃を盗《と》ったとて、近江には浅井《あざい》、越前には朝倉《あさくら》氏がおる。そう易々《やすやす》と、京に乗り込めはすまい……)

信玄は今川氏攻略のために、信長と手を結び、織田家の同盟者である三河の徳川家康《とくがわいえやす》と連携して駿河を切り取る密約をかわした。

同じ年――。

武藤昌幸《むとうまさゆき》の妻美月が、長男源三郎（信幸《のぶゆき》）につづく二人目の男子を生んだ。

幼名源次郎《げんじろう》、のちの、

――幸村《ゆきむら》
である。

長じてのち、日本一《ひのもと》の兵《つわもの》と天下に名を轟かせることになる幸村は、「信繁《のぶしげ》」が正式な名だが、講談などで流布して一般的になっているため、この小説では俗称の幸村で通すことにする。

雄々しく跳ね上がった眉、形よく引き締まった口元など、どちらかと言えば父よりも、祖父幸隆の面影を受け継いでいるが、鳶《とび》色がかった知恵深そうな目だけは昌幸に生き写しである。

だが、当の昌幸は生まれたわが子を腕に抱く暇もなく、仕事に忙殺されている。

このころ、昌幸の姿は甲斐から遠く離れた三河国岡崎《おかざき》の城下にあった。

二

岡崎城――。

三河国主徳川家康の城である。

東海道が通り、舟運でさかえる矢作川《やはぎ》に近く、城下はおおいに賑わっている。

甲斐府中も、甲信地方の政治経済、文化の中心だが、京と東国を結ぶ幹線の宿駅でもある岡崎は、

（やはり、山国に較べて土地が広々とひらけておるな）

頭にかぶった編笠《あみがさ》の縁を親指で押し上げ、昌幸は思った。

三河国を治める徳川家康は、二十六歳。昌幸よりも、五つ年長である。

家康と昌幸には、いくつかの共通点がある。

第一に、幼くして親と別れ、他家で人質《ひとじち》暮らしを送った苦労人であること。昌幸は父幸隆《ゆきたか》が信玄への忠誠をしめすため、武田家へ差し出されたが、家康の場合はもっと悲惨である。

幼名を竹千代といった家康は、織田、今川と、二つの家をたらい回しにされ、ようやく独立を果たしたのは、桶狭間合戦で今川義元が織田信長に討たれたあとだった。

そして第二に、弱小勢力の生まれであること。家康の父松平広忠《ひろただ》は家臣に暗殺され、以来、松平家は衰退いちじるしく、領国の三河は一時、今川家のものとなった。

いまは隣国尾張の信長と同盟を結ぶことで力を蓄えているが、強国の狭間でしぶとく生き抜いているという点で、どこか真田と立場が似ている。

（どのような男だ……）

昌幸は、岡崎城のぬしである徳川家康に強く興味をひかれた。

それは年齢が近く、境遇が似ているゆえなのか。あるいは、昌幸の天性のするどい勘が、生涯にわたる家康との深い因縁を予感させたのかもしれない。

後年、宿敵として眼前に大きく立ちはだかることになる徳川家康と、昌幸は岡崎城の大台所脇の一室で初めて会った。

「貴殿が信玄どののお使者か」

パチパチと薪《たきぎ》がはじける囲炉裏《いろり》を前にして、家康が言った。

大きな金壺眼《かなつぼまなこ》が印象的である。

昌幸も眼窩《がんか》が深く落ち窪《くぼ》み、年より老成して見えるほうだが、目の前の男はその昌幸から見ても、

（老《ふ》けておる……）

風邪でもひいているのか、家康がかるく鼻をすすり上げた。

「武藤昌幸と申しまする」

昌幸は頭を下げた。

「武藤……。甲斐の名家じゃな」

打てば響くように家康が言った。

「よくご存じでございます」

「わしは、駿河今川家で人質暮らしを送っていたころから、信玄どのの強さに憧《あこが》れていた。いかようにすれば、信玄どののごとく不敗の武将になれるのかと、よく寝ずに考えたものよ」

「お屋形さまは、不敗の武将というわけではございませぬ。上田原《うえだはら》の敗戦、砥石《といし》崩れなど、何度か負けいくさを経験しておいでです」

「いかにも、局所の戦いでは負けたように見える。だが、大局的に見れば、失敗を糧《かて》にして最後には実利を得ている」

「それを、お屋形さまは後途《ごど》の勝ちと呼んでおられます」

昌幸が目を上げると、

「後途の勝ちか」

家康は納得したように深くうなずいた。

「信玄どのには、今後とも、いろいろと教えを乞うてゆきたい。ともに手をたずさえて今川に当たることができること、わしにとって、これほどの喜びはない」

嘘か真《まこと》か、家康が双眸《そうぼう》を初々しく輝かせて言った。

（なかなか……）

腹の底が見えぬ相手だと、昌幸は思った。

「ときに、駿河出兵の時期だが……」

家康が火箸《ひばし》の先で囲炉裏の灰を掻き、眠そうな重い瞼《まぶた》をしばたたかせた。

「信玄どのは、どのような腹積もりでおられる」

「年が明け、雪が解けましたらすぐにでも」

昌幸は即答した。家康にはそのように言っておけと、あるじ信玄から命じられている。

「それはまた、急な」

「ここだけの話でございますが、今川家臣団の切り崩しも着々とすすんでおります。重臣の朝比《あさひ》奈信置《なのぶおき》、葛山氏元《かつらやまうじもと》らは、すでにわが武田に内応の意思を明らかにしておりますれば」

「何と……」

家康が驚いた顔をした。

「先代義元どの在世中には、考えられもせなんだことだ」

駿府での人質暮らしが長かった家康は、今川家の全盛期をよく知っている。それだけに、ひとしおの感慨があるのだろう。

「いかに強大な勢力でも、ひとたび力が弱まれば、崩れるときはあっけないもの。それがしが誘いをかけるまでもなく、今川の家臣たちの心は主家から離れはじめておりました」

「ほう。かの者どもの調略を行なったのは、そなたか」

家康が興味ありげに、昌幸の顔をまじまじと見つめた。

「その若さで今川の調略をまかされるとは、よほど信玄どのの信を得ていると見た」

「恐れ入りましてございます」

「武藤昌幸とやら」

「は……」

「そなた、わが家をどう見る」

「と、申されますと？」

「万が一」

と、家康は前置きし、

「武田と徳川がいくさとなったとき、わが家中は切り崩せそうか」

昌幸をためすように言った。

「さて」

「遠慮なく、申してみるがよい」

「切り崩すまでもございませぬな」

「なに……」

「それがし同様、あなたさまはお若い。その未熟さで、甲斐のお屋形さまに立ち向かうなど愚の骨頂。つまらぬ考えは持たれぬことです」

「おのれは……」

肉づきのいい家康の顔が、みるみる朱に染まった。

後年、

——律義者《りちぎもの》
と言われ、まれに見る忍耐力と人格でついには天下人にまでのぼりつめてゆく家康だが、このころはまだ十分に若い。

昌幸の不遜《ふそん》な物言いに、ついカッとなった。

「わしを未熟と申すか」

「さよう」

「どこが足りぬ」

「わがあるじに比べれば、すべてが劣っておりましょう」

ぬけぬけと昌幸は言う。

「今川より独立を果たしたとはいえ、徳川どのは、今度は織田に媚を売ってその属将のごとくなっておられる」

「わしと織田どのは、義兄弟の契りを結んでいる。属将などとは……」

「つまるところ、ご貴殿は、織田どのにいいように利用されているだけではござらぬか」

「おぬし、喧嘩を売っておるのか」

家康が、怒気をはらんだ大きな目で昌幸を睨んだ。

「いえ」

昌幸は首を横に振った。

「わがあるじ信玄も、目下のところ、織田どのとは手を結んでおりまする。さりながら、世の中はいつ、どのように変転するか知れぬもの。さきほど、徳川どのは武田といくさと申されましたが、万が一、織田と武田が刃《やいば》を交えざるを得ぬ仕儀に至ったとき、徳川どのはあくまで、織田に義理立てするご所存か」

「そのようなこと、そなたに申す必要はあるまい」

相手をためしているつもりが、逆に自分が揺さぶりをかけられていると気づいたか、家康が顔から表情を消した。

「まことに」

昌幸はうなずき、

「つい、出過ぎたことを申し上げました。ひらにご容赦を」

感情のない声で言い、目を伏せて深々と頭を下げた。

その後、昌幸は淡々と、

——今川氏滅亡後は、大井《おおい》川を境に東を武田領、西を徳川領となしたい。

との信玄の意向を伝え、家康も異存なくこれを了承した。

三

（いささか、挑発しすぎたか……）

三河岡崎城下から引き揚げる道々、昌幸は編笠の下で顔をしかめた。

あるじ信玄からは、

——織田と徳川のあいだに、抜かりなく楔《くさび》を打ち込んでおけ。

と、命じられている。

信玄はすでに駿河攻略のみならず、その先にある戦いを視野に入れはじめている。

「武田と徳川で、今川領を折半しようではないか」

とは戦略上の方便で、信玄はいずれ、徳川の三河も版図のうちに呑み込む腹積もりでいた。

信玄の意を受けた昌幸は、武田に味方することの理をそれとなく説くつもりであったが、武田に対しても、織田に対しても、卑屈なまでに気を遣っている家康を見ているうちに、つい腹が立ってきた。

「ご貴殿は、織田どのにいいように利用されているだけではござらぬか」

家康に向かって放った言葉は、そっくりそのまま、

(真田は、お屋形さまにいいように使われているだけではないのか……)

おのが一族への問いかけになった。

いずれにせよ、

(徳川家康……)

昌幸にとって、妙に気になる男であった。

今川家臣団の調略は、その後も順調にすすんだ。

禰津の巫女頭の千代女《ちよめ》は、蜘蛛《くも》の巣のごとく地下に張りめぐらした人脈と情報網を握っている。

——今川家中の誰それに会いたい。

と、昌幸が千代女配下の歩き巫女にひとこと伝えれば、たちどころにその筋につてができ、いかなる屋敷にも入り込むことができた。

ひとつには、このころ、今川家の箍《たが》が緩みきっていたこともあろう。今川の家臣たちは、滅び

の予感におびえ、沈みゆく船から我先にと逃げ出そうとしている。

年が明けた永禄十一年――。

信玄は上杉輝虎封じ込めのため、上杉領への侵攻を開始した。おりしも、揚北衆《あがきた》の本庄繁長《ほんじょうしげなが》が、越中出陣の留守を狙って輝虎に叛旗《はんき》をひるがえしている。

繁長を支援して輝虎を越後へ足止めする一方、信玄は駿河侵攻に向け、最後の一手を打った。


このころ、諸国に噂が流れた。

今川氏真が、ひそかに越後の上杉輝虎と密約を結び、

――信玄討滅
をたくらんでいるというものである。

じっさい、義信事件からつづく武田信玄の駿河侵攻の動きに危機感を抱いた今川氏真は、武田と敵対する越後の上杉と連絡を取り、共同して信玄に対抗する動きをみせていた。

これは、相模北条氏、駿河今川氏、甲斐武田氏のあいだで結ばれた三国同盟に反する行為である。

よって、

「武田軍の今川への軍事行動はやむなし」

と、信玄の駿河侵攻を正当化する空気が形成されていった。

噂を流したのは、信玄の意を受けた禰津のノノウたちである。

上杉輝虎に頼らざるを得ないほどに今川氏真を追い込んだのは、ほかならぬ武田信玄自身だが、信玄は何食わぬ顔でそれを逆手《さかて》に取り、侵略の口実に利用しようとしている。

（これが政《まつりごと》か……）

信玄の手足として動きながら、昌幸は背筋が慄然《りつぜん》とするのをおぼえた。

たとえ形だけでも、行動に、

——大義
がなければ、世の人を納得させることはできない。家臣が主君を弑《しい》し、親が子を、子が親を殺す下克上《げこくじょう》の乱世ではあるが、いやしくも天下を狙うからには、欲望に満ちた野心を正義の綺羅《きら》で飾る理論武装が必要だった。

信玄はいつもの〝山〟に、今川家臣団の調略に奔走している昌幸を呼び、その耳元でささやいた。

「葛山氏元、朝比奈信置ら、わが方に内応の意をしめしている駿河の国人どもにこう伝えよ」

「は……」

「国ざかいを越え、武田軍が駿河へ攻め入ったとき、そのほうらは無理をして軍勢に加わる必要はない。いずれにも与《くみ》せず、ようす見をしておればそれでよいとな」

「それは、どのようなお考えあって？」

「主家を裏切るとは心苦しきものよ。われらにとっては、かの者どもは動かねばそれで十分。万の味方にも値する」

四

永禄十一年十二月六日——。

武田信玄は一万二千の軍勢をひきいて、甲斐府中を発した。めざすは、今川領の駿河国である。

これに対し、駿河府中の今川氏真は、重臣の庵原忠胤《いはらただたね》に一万五千の軍勢をつけて、国ざかいで迎撃する策に出た。

しかし――。

武田軍が目前にせまると、庵原忠胤ひきいる今川勢は、決戦にのぞむことなく退却をはじめた。

腹心の武藤昌幸や禰津の千代女、駿河に亡命していた父信虎《のぶとら》を巧みに動かした、信玄の事前の調略が功を奏したのである。

今川方で誘いに応じたのは、

庵原忠胤
葛山氏元
朝比奈信置
瀬名信輝《せなのぶてる》
三浦義鏡《みうらよしかね》

ほか、二十一名。

彼らは前線から兵を引き、駿河府中西方の瀬名《せな》谷に集結して、信玄に抵抗する意思のないことをしめした。

「裏切り者めらがッ！」

今川氏真は扇を床にたたきつけて悔しがったが、家臣団が内部から崩壊しては、もはや戦う前から勝負は決している。
氏真は取るものも取りあえず、駿河府中を脱出して遠州《えんしゅう》掛川城《かけがわ》へ逃亡。このとき、氏真夫人（北条氏康《うじやす》の娘）とその侍女たちは、輿《こし》の用意が間に合わず、家財道具を積んだ荷車や雑兵の群れにまじって徒歩《かち》で逃れるという悲惨なありさまとなった。
同月十三日、武田信玄は戦わずして駿河府中へ入った。
一方、信玄と領土分割の密約をかわした徳川家康も、武田軍の動きと呼応するように、遠江の今川領へ西から軍勢をすすめている。
徳川軍は、
井伊谷《いいのや》
白須賀《しらすか》
引馬《ひきま》（浜松《はままつ》）
などの諸城を次々と陥落させ、今川氏真の籠もる掛川城を包囲した。
進退窮まった氏真は、相州《そうしゅう》小田原の北条氏政《うじまさ》に助けをもとめた。

今川氏真に泣きつかれた北条氏政は、

「信玄め、やりおったな」

鼻筋のとおった端正な顔をゆがめた。

氏政にかぎらず、北条家累代には、目鼻立ちのととのった風采《ふうさい》のよい者が多い。氏政の異母弟三郎《さぶろう》（のちの上杉景虎《うえすぎかげとら》）などは、

――関東一の美少年

といわれ、女はもとより、鬼のごとき荒武者まで、その花のごとき顔容《かんばせ》に心を奪われるほどの美貌の持ち主だった。

また、氏政は押し出しのよい外見とうらはらに、情にもろいところがある。人間的ではあるが武将としての果断さに欠ける側面を持っている。

その氏政の素顔を伝える逸話が、『本阿弥行状記《ほんあみぎょうじょうき》』にしるされている。

あるとき氏政は、北条家の三代当主で名君のほまれ高い父氏康と昼食を共にした。

氏康は、氏政が飯に汁を二度かけて食べたのを見て、

「関八州の北条家の所領も、氏政の代になって失われるであろう。わずか、飯椀《めしわん》のなかに入れる汁を加減できぬ程度の器量で、どうして関八州の人々の善悪を見きわめることができようか」

と、落涙したという。

当時は、飯に汁をかける食べ方が普通だった。その分量を一度で決められず、二度に分けて加減するところに、息子氏政の器量があらわれているというのである。

いささか手厳しい評価であるが、氏康は日常の一挙一動に目を配り、息子の資質を見定めていたのであろう。

その氏政——。

今川氏真夫人になっているおのが妹が、侵攻する武田軍に追われ、みじめにも徒歩での逃亡を余儀なくされた話を聞いて激怒した。

「断じて許すまじッ！」

氏政は信玄への不信感をあらわにした。

じつは、信玄は駿河侵攻に先立ち、今川領の分割を三河の徳川家康だけでなく、北条氏にも持

ちかけていた。

しかし、氏政の生母が今川氏親（氏真の祖父）の娘であったことから、氏政は、

「さようなことはできぬ」

と、提案を拒否。信玄は家康とのみ密約を結んだという経緯がある。

氏政は隠居の父氏康と相談のうえ、武田軍一掃のため、駿河へ出兵することを決めた。


年が明けた、永禄十二年正月——。

北条軍は伊豆、駿河の国ざかいを越え、富士川を押し渡って、東海道の難所、

——薩埵《さった》峠
に進軍した。

これに対し、武田信玄は駿河府中から東へ三里の興津《おきつ》へ軍勢をすすめて対陣。北に白く雪化粧した富士の秀峰、南に駿河灘《するがなだ》を臨みながら睨み合った。

北条軍の四万五千に対し、駿河遠征の武田軍は、新たに加わった今川旧臣の軍勢をあわせても一万八千にすぎない。

数のうえでは、北条方が圧倒的に有利だが、

「いくさ巧者の信玄のことだ。うかつに攻めかかっては、どのような奇策を使ってくるやも知れぬ。ここは、じっくりと腰をすえ、相手の出方を待つとしよう」

北条氏政は力攻めをせず、長期戦の構えをとった。

北条方は吉原湊《よしわらみなと》を補給基地にし、海路、兵糧、武器弾薬を運び入れる兵站線《へいたんせん》を確保した。

一方、甲斐から遠征している武田軍の兵站は延びきっている。山越えでは、運搬できる物資の

量はかぎられており、興津の陣はほどなく兵糧不足におちいった。

この間、北条方は氏政の弟の三郎を越後へ人質に差し出し、長らく敵対していた上杉輝虎と同盟を結んでいる。

この、

――越相《えつそう》同盟
により、信玄は駿河に留まりつづけることが難しくなった。

「いまは撤退するしかあるまい」

皺を刻んだ眉間に悔しさを滲ませつつ、信玄が低くつぶやいた。

「しかし、わしは必ずや、この海を手に入れてみせる」

目の前に広がる大海原は、はるか京へと通じている。

そして、その京には、前年九月、織田信長が足利義昭《よしあき》を奉じて電光石火の上洛を果たしていた。

「お屋形さま」

かたわらに控えていた昌幸は、軍配を握る信玄の拳が小刻みに震えるのを見た。

駿河の江尻《えじり》城に一門衆の穴山信君《あなやまのぶぎみ》（梅雪《ばいせつ》）を残し、信玄はいったん甲斐へ帰還した。

武田軍の撤退を見届けると、北条氏政も相州小田原へ軍勢を引き揚げた。

北条は西に野心はない。

あくまで関東の王たることが、鎌倉幕府執権北条氏の後継者を名乗る、後北条《ごほうじょう》氏代々の家訓である。

この武田、北条が去った間隙《かんげき》を衝き、無人となった駿河府中を奪ったのが、徳川家康であった。

信玄との密約では、遠江の国を徳川、駿河の国を武田という取り決めがなされている。しかし、

「領地は取れるときに取っておくことだ。甲相駿の三国同盟が何の用もなさなかったことを見れば、その場かぎりの信玄の口約束などあてにはできぬ」

この時期、家康も次第にしたたかな外交術を身につけはじめている。

駿河府中を占拠した家康は、包囲中の遠州掛川城への圧迫を強め、今川氏真を降伏させることに成功した。

これにより、戦国大名今川氏は滅亡。氏真は北条氏を頼って伊豆へ落ちのびている。

「小わっぱが……」

密約にそむいた家康の行動を、信玄は歯牙《しが》にもかけていない。

北の上杉、東の北条さえ封じ込むことができれば、

「あのような小僧、いつなりとも蹴散らせる」

と、満々たる自信を抱いている。

再度の駿河侵攻に向けて、信玄はいくつかの手を打った。

まず、京の将軍足利義昭、その後ろ盾となっている織田信長に使者を送り、越後の上杉輝虎との和議の仲介を依頼した。

輝虎は足利幕府の権威に畏敬《いけい》の念を持っている。将軍の仲立ちで、和平交渉をすすめれば、

(輝虎の動きは押さえることができる……)

その一方、信玄は常陸の佐竹義重《よししげ》に声をかけ、北条氏を背後から牽制するための布石を打っていった。

徳川家康のもとへは、武藤昌幸が使者として送られた。

「三河の小わっぱを脅しつけてまいれ」

信玄は昌幸に命じた。

「約定にそむき駿河へ攻め入ったこと、いま兵を引けば、見逃してつかわす。従わぬときは、容赦なく討ち滅ぼすとな」

五

昌幸は駿河府中で、ふたたび徳川家康に会った。

もとの今川館は武田軍侵攻のさいに焼けたため、その跡地に信玄が建てた仮御殿に家康は入っている。

「お屋形さまはお怒りにございます」

相手に侮られぬよう、ことさら表情を厳しくして昌幸は言った。

「申し合わせをたがえ、駿河へ兵をすすめたること、何と申し開きなされるおつもりか」

「先に約定を破ったのは、そちらのほうではないか」

上段ノ間にすわった家康に代わって、言葉を返したのは、徳川家の家老酒井忠次《さかいただつぐ》である。

忠次のほかに、もう一人の家老の石川数正《いしかわかずまさ》も顔をそろえている。両人とも、家康の今川家人質時代から陰になり、日なたになって主君をささえてきた股肱《ここう》の臣である。

「われらが掛川城を攻めておったころ、武田の家臣秋山虎繁《とらしげ》（信友）が信州の伊那口から遠江へ侵入し、見付《みつけ》の地まですすんでわが軍の背後を衝こうとしたではないか。申し開きせねばならぬのは、そちらのほうぞ」

「背後を衝かんとしたなどとは、言いがかりもはなはだしい」

昌幸は顔色ひとつ変えない。

「秋山虎繁どのは、掛川城包囲のようすを見にまいったまで。もし、助けが必要ならば、盟約にもとづいて徳川軍に加勢いたしたでありましょう」

「異なことを申す」

石川数正が口を出した。

「斥候の鳥居元忠《とりいもとただ》が秋山虎繁の陣に近づいたところ、秋山の兵は弓矢、鉄砲を放ったという。これが加勢にやって来た者のなすことか」

「何かの手違いでござろう」

「あくまでしらを切る気かッ！」

激高した石川数正を、

「まあ、待て」

家康が制した。

「ともあれ、信玄どのが秋山虎繁の兵を遠江国にすすめたのは、まぎれもなき事実。これにより、遠江、駿河分割の約定は反古になったと当方は解釈した」

「それは、お屋形さまへの挑戦状でございますかな」

昌幸は家康の金壺眼を強く見つめた。

「そのように受け取ってもらっても構わぬ」

家康がかすかに笑った。

昌幸の目に、それはとてつもなく不敵に映った。

「徳川どのは、わが武田を敵にまわされますか」

「わしにも誇りがあるでな」

「誇り……」

「信玄どのはたしかに強い。武田家の勢威は、徳川をはるかにしのぐ。武田を東国屈指の強国に仕立て上げた信玄どのの手腕に、敬意を抱いてもおる。しかし、強い者に媚《こ》びへつらい、尻尾を振っておるだけでよいのか。理不尽な申し条に異を唱えずして、独立した大名としての誇りが守れるか」

「…………」

「これより、駿河国はたがいの切り取り次第としよう。信玄どのに、さようお伝えあれ」

「かまえて、後悔なされませぬな」

「せぬ」

「承知つかまつりました」

昌幸はうなずいた。

「そなた、なぜ笑うておる」

酒井忠次が、昌幸の口辺に浮かんだ微笑を見とがめて言った。

「いえ……」

「無礼ではないか」

「徳川どののお言葉、そのまま、それがしの手本にしたいと思いましたゆえ」

「こやつ、わが殿を愚弄《ぐろう》する気か」

腰を浮かせた酒井忠次、石川数正、両人の機先を制するように、

「愚弄などいたしておりませぬ。本心を申したまで」

昌幸は言った。

「されば、いずれ合戦場にて」

上段ノ間に向かって頭を下げると、昌幸は対面所を退出した。

こののち――。

徳川家康は武田信玄と対抗すべく、北条氏と同盟を結んだ。

一方、信玄が将軍足利義昭を介してすすめていた、越後上杉輝虎との和睦工作は不調におわり、

北条
上杉
徳川
の三者による武田包囲網がしかれることとなった。

上野国吾妻《あがつま》郡、岩櫃《いわびつ》城――。

吐息のごとき淡い川霧につつまれた、吾妻川を見下ろす櫓の上に僧形の男が立っている。

「どうも……。近ごろのお屋形さまは、焦っておられるような気がしてならぬ」

眉間に皺を寄せ、苦い顔でつぶやいたのは、真田一徳斎《いっとくさい》こと幸隆である。

「なぜ、そのように思われます」

幸隆のかたわらに寄り添うように、つややかな長い黒髪を垂らした女の姿がある。初老の幸隆から見れば、孫娘のごとく若い。

「わしにはな、お屋形さまのお気持ちが痛いほどわかるのだ、千代女どの」

幸隆が女を振り返った。

「わしはすでに齢《よわい》六十に近く、お屋形さまもじきに五十の坂を越えられようとしている。そなたの先代の巫女頭であった、昔なじみの花千代も、先年のはやり病であの世とやらへ旅立った。わしにも、お屋形さまにも、すでに人生の終末が見えはじめている」

いかなる瞬間も前向きに生き、一時は滅亡の危機に瀕《ひん》していた真田氏を、滋野一門を背負って立つ地位に引き上げた幸隆にも、さすがに老いの翳が濃い。

このとき、幸隆は五十七歳。信玄は四十九歳になっている。人生五十年と言われたこの時代、たしかに、残された時間は多くはない。

「お屋形さまの望みは天下じゃ。しかし、京に旗を樹《た》てるには、越えねばならぬ山があまりに多い。取るに足らぬ相手と思っていた信長が、地の利をもって一足先に上洛を果たし、焦りをつのらせておられるはず」

「その焦り、滋野一門に吉と出ましょうか、凶と出ましょうか」

「わからぬわい」

幸隆はめっきり白いものが目立ちはじめた顎鬚《あごひげ》を撫でた。

「あやつはどうしておる」

ふと思い出したように、幸隆は聞いた。

「昌幸どのでございますか」

「お屋形さまのもとで、昌幸は何を見ておるか」

「すえ頼もしきお方にございます」

「あやつが……」

「近ごろ、めっきり悪うなってまいられました。そこがまた、男子として好もしい」

「惚れたかな」

幸隆の問いには答えず、千代女が目を細めて笑った。

六

永禄十二年八月――。

真田一族に出陣命令が下された。

駿河攻略のさまたげとなっている北条氏を脅かすため、

「西上野より関東へ攻め入る」

信玄は真田一族のほか、山県昌景、内藤昌秀、馬場信春、小幡憲重《おばたのりしげ》ら、麾下の諸将に動員をかけた。

真田家では嫡男信綱、次男昌輝が、信濃、西上野の兵力を糾合して参陣。三男の武藤昌幸もまた、信玄の旗本隊として遠征軍に加わった。

八月二十四日、甲斐府中を発した信玄は、韮崎《にらさき》佐久《さく》を通り、碓氷《うすい》峠を越えて西上野へ進軍。吾妻衆らと合流して軍勢を膨らませ、北条領の武蔵国へ攻め込んだ。

北条氏邦《うじくに》の籠もる鉢形《はちがた》城、つづいて氏照《うじてる》の籠もる滝山《たきやま》城を攻撃したあと、武田軍二万一千は北条氏本拠のある相州小田原をめざして南下。十月一日、小田原城を包囲した。

小田原城は、初代北条早雲によって築かれて以来、氏綱《うじつな》、氏康、氏政と、四代にわたってつづいてきた城である。

眼前に相模湾、背後に箱根の連山をひかえる小田原の地は、北条氏代々の城下であると同時に、唐船が出入りする湊町としても栄え、商都として賑わいをみせていた。

その繁栄ぶりを、『小田原記《おだわらき》』は、

——津々浦々の町人、職人、西国、北国よりむらがり来る。昔の鎌倉もいかで是程あらんやと覚ゆるばかりに見えにけり。

と、しるしている。

当時の小田原の人口、十万人。これは海外貿易で栄える泉州堺の八万人をしのぎ、日本の首都たる京の都に匹敵する。

「おう、昌幸」

小田原包囲の陣中で、昌幸は久々に兄の信綱と再会した。

同じ遠征軍に加わっているとはいえ、真田勢の指揮をとる信綱と、信玄の旗本隊に属している昌幸がじかに顔を合わせる機会は少ない。

「壮健そうで何よりじゃ」

「兄者も」

「うむ」

「父上は参陣なされておらぬのでございますか」

「この夏、風邪をこじらせてのう。父上もさすがにお年じゃ」

信綱が笑った。

「ときに、昌幸」

と、真田信綱が陣中に煌々《こうこう》と焚かれた篝火《かがりび》に目をやりながら言った。

「そなた、お屋形さまより何か聞いておらぬか」

「何かとは？」

「この城攻めのことよ。わしにはどうも、腑《ふ》に落ちぬ。お屋形さまは、本気で小田原を攻め落とすおつもりなのだろうか」

信綱が疑問を抱くのも道理であろう。

小田原城は、上杉輝虎でさえ落とせなかった難攻不落の巨城である。いまから八年前の永禄四年、輝虎は管領上杉憲政《のりまさ》の要請を受けて関東へ出陣し、小田原城を包囲した。だが、北条一門の結束と、城の堅い守りにはばまれて攻め口を見いだせず、撤退を余儀なくされている。

ただでさえ手ごわい城であるうえに、信玄が小田原到着を急いだために、鉢形城、滝山城の北条勢は兵力を温存して背後に残されており、城内の兵としめし合わせて挟撃を仕掛けてくる危険があった。

「お屋形さまは、ここ二、三日のうちに、兵を引かれましょうな」

昌幸は言った。

「それは、まことか」

「はい」

兄の目を見て、昌幸はうなずいた。

「兄者の仰せのとおり、このいくさ、お屋形さまは最初から本気ではござらぬ。北条の主力が小田原をあけて駿河へ向かえば、いつなりとも関東方面から武田が攻め入ると見せつけておくのが狙い。とすれば、遠征の目的は達せられたも同然。もはや、敵地に長居は無用でござりましょう」

「さよう、お屋形さまが仰せられたのか」

「いいえ。兵法の常道に照らせば、おのずと答えは見えてまいります」

「そなた……」

一瞬、信綱が鼻白《はなじろ》んだ顔をした。

「父上に似てきたな」

「父上に……」

「そう迷惑そうな顔をするな。よく知恵が回るようになったと褒《ほ》めたまでよ」

「………」

「お屋形さまの狙いは、あくまで西か。となると、われらも忙しくなるのう」

弟の肩を抱くようにたたき、信綱が空を見上げた。

信玄が全軍に撤退を命じたのは、その翌々日のことである。

小田原城の城下を焼き払った武田信玄は、城の囲みを解き、甲斐府中をめざして退却をはじめた。

小田原から東へすすみ、相模川に出たところで方向を転じて川沿いに北上。愛甲郡《あいこう》、津久井郡《つくい》境の、

――三増峠《みませ》

を越え、甲斐へもどる進路をとった。

ところがここで、思わぬ事態が起きた。

武田軍の撤退をいち早く察知した武蔵鉢形城の北条氏邦、同滝山城の氏照が、二万の軍勢で三増峠へ押し出し、退路をふさぐように待ち構えていたのである。

斥候がその事実を告げたとき、

「出てきおったか」

信玄は諏訪法性兜《すわほっしょうのかぶと》の下の眉を、わずかに動かした。

「敵はわれらを挟み撃ちにする所存にちがいありませぬ、父上」

跡取り息子の四郎勝頼《かつより》が声をうわずらせた。

「行く手を氏邦、氏照兄弟にはばまれ、そこへ背後から小田原の北条本隊が追撃してまいれば、われらに逃げ場はございませぬッ！」

「うろたえるなッ」

信玄は勝頼を一喝した。

「かようなときこそ、落ち着きが肝要じゃ」

「されど……」

「道はひとつしかあるまい。小田原からの追撃軍が到着する前に、一気に押しかかり、三増峠を突破する」

信玄はぎょろりと目を剝き、遠征軍に従っている歴戦の諸将を見渡した。

「まずは、小幡尾張守《おわりのかみ》」

「はッ」

「そのほうは北条方の津久井城へおもむき、敵の動きを牽制せよ」

「承知」

小幡尾張守信定《のぶさだ》が面貌に闘気をみなぎらせてうなずく。

「山県三郎兵衛尉」

「御前に」

「そなたの一隊は、三増峠南西の志田峠へ向かえ」

信玄は矢継ぎばやに指示を下し、軍勢を三手に分けた。

中央の主力部隊には武田勝頼、馬場信春、浅利信種が、右翼には信玄自身と旗本隊、左翼に赤備えの山県三郎兵衛尉、および真田信綱、昌輝兄弟が配置された。

武藤昌幸は検使《けんし》の旗本として、馬場信春の隊についている。
検使の旗本は一軍の将が戦死、あるいは負傷したさい、その代役として部隊の指揮をとる副将的存在である。信玄は各部隊に、昌幸のような奥近習出身の旗本を配置し、みずからの意思を全軍のすみずみにまで伝達させる役割を担わせていた。昌幸とともに奥近習をつとめた三枝《さえぐさ》新十郎も、今回の遠征では武田勝頼の部隊の検使役を命じられている。
中央主力部隊は、
先鋒　馬場信春

二陣　武田勝頼
三陣　内藤昌秀
四陣　浅利信種
という編成で、敵の待ち受ける三増峠をめざして進軍した。

道端にススキの穂が揺れている。紅葉した山陵《さんりょう》の向こうに空の青さが目に沁みた。

(厳しい戦いになろう……)

馬場隊とともに全軍の先頭をゆく昌幸は、ふと甲斐にいる妻の美月と子らのことを思った。

二度と生きて、妻子のもとには戻れぬかもしれない。だが、死を恐れていては、活路を切り拓くことはできない。

「進め、進めッ」

昌幸は兵たちを叱咤しながら、秋草のあいだにつづく一筋の山道をすすんだ。

先鋒の馬場隊が敵に遭遇したのは、峠の頂上に近い、道の両側に岩壁がせまった狭隘《きょうあい》な地点であった。

樹間に身をひそめていた北条勢が、つるべ撃ちに銃撃をしかけてきた。

昌幸の兜の錣《しころ》を銃弾がかすめ、すぐ後ろを行軍していた馬場隊の物頭《ものがしら》が流れ弾を浴びて落馬した。

兵たちのあいだに動揺が走る。

「ひるむなッ！　こちらも火縄銃で応酬せよッ」

昌幸は馬上で叫んだ。

薩南の種子島に火縄銃が伝来してから四半世紀あまり、南蛮の新兵器は諸国の戦国大名のあいだに急速に広まりつつある。信玄も火縄銃の導入には積極的で、すでに二百挺《ちょう》以上を堺の鉄砲商人から買い入れていた。

峠の上から撃ち下ろされる不利はあるが、北条軍よりも武田軍のほうが火器の物量においてはまさっている。

敵の勢いがしだいに鈍り、後退しはじめた。

鉄砲の応酬の後は、両軍入り乱れての烈しい白兵戦となった。

一時は押していた武田勢だが、戦国最強をうたわれる騎馬軍団が山間部では十分に機能せず、思ったような戦いができない。

逆に北条勢が崖の上から大岩を落とし、石つぶてを投げつけるなど、地の利を生かして反撃に転じた。

(峠でわれらを足止めし、小田原から駆けつけてくる後詰めの到着を待って、前後から挟み撃ちにする腹づもりだろう……)

昌幸は、横合いから繰り出された雑兵の槍を刀で払った。

倒しても、倒しても、新手の敵が峠の向こうから次々と湧き出してくる。後続の武田勝頼隊、内藤昌秀隊も参戦しているが、厚い壁にはばまれたように三増峠に展開する北条方の防衛線を突破することはできない。

「山県三郎兵衛尉らの別働隊はまだかッ！」

日ごろは重厚沈毅《じゅうこうちんき》な馬場信春が、苛立ったように叫んだ。

武田の武者たちは、一騎当千のつわもの揃いである。それが、この軍団の強さのみなもとだが、おのが武勇を誇るあまり、すすんで敵中に突っ込んでゆくきらいがある。

ために、上田原合戦では板垣信方、甘利虎泰という剛勇の士が、川中島合戦でも武田信繁、山本勘助らの名だたる武将が次々と命を落とした。

このときも、二陣の武田勝頼、三陣の内藤昌秀、四陣の浅利信種が、必要以上に敵陣深く突っ込んでいるようすが昌幸の目に見て取れた。

(あれでは、無駄に命を捨てるようなものだ)

昌幸は思った。

中央をすすんだ武田の主力部隊は、無理をして峠を突破する必要はない。敵の注意を引きつけるだけ引きつけておき、あとは左翼から回り込んだ山県三郎兵衛尉らの別働隊が、敵の横合いから奇襲をかけるのを待てばよい。

昌幸は、混戦のなかにある武田勝頼らに、

「ご無理はなされませぬよう」

と、伝令を送った。

だが、その心配もむなしく、自軍の真っ先を駆けていた浅利信種が、銃弾に額を撃ち抜かれて落命した。

四半刻後――。

志田峠を迂回した山県三郎兵衛尉、真田信綱、昌輝らの別働隊が、ようやく戦場に姿をあらわした。

赤備えの山県隊が敵陣になだれ込み、局面は一気に武田方有利に傾いた。

あざやかな茜染めに、金泥《きんでい》で六連銭《むつれんせん》が描かれた真田の旗も、おどるように風にたなびいている。

（兄者……）

日ごろは、肉親の情などあまり信じないようにしている昌幸だが、このときは兄たちがかかげる六連銭の旗が痛いほど目に沁みた。

「それ、いまぞッ！　一息に敵を追い散らすのだッ」

昌幸は声をかぎりに叫んだ。

思わぬ伏兵の出現に、算を乱した北条氏邦、氏照の軍勢は、峠を下りて撤退。荻野《おぎの》の地まで押し出していた北条氏政の本隊も、三増峠での味方の敗戦を知り、戦わずして軍勢を小田原へ引き揚げた。

この激戦による北条方の死者は、三千二百名あまり。武田方の死者、九百。

敵地で退路をふさがれる不利を、冷静沈着な現場の判断で、敵の虚を衝《つ》く奇襲戦につなげた信玄の知略の勝利である。

峠を越えた武田軍は、津久井の道志《どうし》川上流にたどり着き、そこで負傷者の手当などをおこなって夜営したのち、国ざかいを越えて甲斐へ凱旋を果たした。

駿河攻略に執念を燃やす信玄は、この年十一月下旬、ふたたび出陣。

本栖《もとす》街道を南下した軍勢は、岩淵《いわぶち》の宿を焼き払い、北条新三郎《ほうじょうしんざぶろう》兄弟が立て籠もる、

――蒲原城《かんばらじょう》

へ攻めかかった。

嫡男勝頼らの奮戦で、蒲原城は包囲からわずか五日足らずで落城。

信玄はおおいに喜び、今回は上野にとどまっている真田信綱と、一徳斎幸隆の父子にあてて、戦いの詳細をしたためた書状を送った。

「お屋形さまの眼中には、もはや駿河攻略しかないようじゃな」

書状から目を上げ、幸隆は低くつぶやいた。

「はい」

と、かたわらに座した信綱がうなずく。

「そして、その先には上洛戦が待っております」

「ふむ……」

「お屋形さまをお助けするためにも、われらは上野の最前線で、上杉の南進を食い止めねばなりませぬ」

七

真田信綱の面貌には、武田の武将としての使命感と、はるかにひらけた将来への期待があらわれている。

武田信玄が京に旗を樹てることになれば、その麾下《きか》にある信綱たちにも、それぞれ大封《たいほう》が与えられるであろう。むろん、国持ち大名も夢ではない。

このころの武田家中には、天下という坂道を駆けのぼってゆく集団の熱気が満ちあふれている。

「あまり気負うでないぞ」

幸隆は、息子に声をかけた。

「われらは、父祖代々の武田の臣ではない。あくまで、信濃国小県郡に発した真田一族よ。この先、そなたの行く手に何が待っておろうが、その根っ子を忘れてはならぬ」

「父上のお考えは、いささか古うございます」

信綱が肩をそびやかした。

「織田信長の上洛以来、世は熱くたぎっております。山間の領地にしがみつくばかりでは、流れに乗り遅れましょうぞ」

「うかうかと流れに乗って、大事なものを見失うこともある」

「失うことを恐れていては、何ごともなし得ますまい」

「そうか……。わしはすでに、老いたかの」

めっきり皺の増えた顔に孤独の翳を刻み、幸隆はほうッと太くため息をついた。

「ともあれ、いまは目の前の戦いじゃ。わしは上野白井《しらい》城攻めに専念する」

「さればこそ、わが父上」

「いかに時代遅れと言われようと、わしはわしのやり方をつらぬくだけよ」

幸隆は笑った。

翌元亀《げんき》元年（一五七〇）、春——。

真田幸隆、信綱父子は軍勢を二手に分けて、吾妻川の南岸、北岸を進軍。

南岸をすすんだ一隊は、柏原《かしわばら》城を落とし、伊香保《いかほ》、渋川《しぶかわ》へ至った。

一方、北岸をゆく部隊は、岩井堂《いわいどう》砦を攻略。杢《もく》付近で、川を渡ってきた南岸部隊と合流し、一路、白井城をめざした。

幸隆は得意の調略で、白井城を守る白井長尾家の八人の重臣のうち、事前に五人を切り崩している。

城主の長尾憲景《のりかげ》は、城外へ出て真田勢を迎撃しようとしたが、兵の多くが動かず、やむなく利根川対岸の八崎《はっさき》城へ逃れた。

懸案であった白井城攻略を成功させた幸隆は、

(これで、今生で成すべきわが仕事も果たしおえたか……)

嫡男信綱に家督をゆずり、第一線を退くことを決めた。

八

このころ——。

武田信玄は、駿河への侵入を執拗《しつよう》に繰り返している。

志太《しだ》郡焼津《やいづ》の花沢《はなざわ》城を攻略すると、清水《しみず》湊を扼《やく》する、

——江尻《えじり》城
を築き、ただちに水軍の編成に着手した。

信玄は旧今川水軍の岡部貞綱《おかべさだつな》を登用。甲斐で由緒ある土屋《つちや》姓を与えて、武田水軍の総司令官に抜擢《ばってき》した。

土屋貞綱は信玄の期待に応え、伊勢水軍の小浜景隆《おばまかげたか》、向井正重《むかいまさしげ》を次々と傘下におさめ、さらに北条水軍の間宮武兵衛《まみやぶへえ》、間宮造酒丞《みきのじょう》を味方に引き入れて、強力な水軍を育て上げていくことになる。

信玄がかくも水軍を重視したのは、駿河湾一帯の制海権を握り、上方と北条氏の海上交通を遮断するためである。また、いざ上洛となったときの兵站の補給基地として、太平洋岸の主要な湊

を押さえておく必要があった。

信玄は、新たに手に入れた駿河の領地の一部を、織田信長との確執が噂される京の足利義昭に寄進。幕府との関係を、ぬかりなくつないでおくことも忘れない。

「海じゃ。この広々とひらけた海が、わしの天下を決める」

上洛へのあくなき執念が、この時期の信玄を休みなく動かしつづけている。

五月、吉原《よしわら》、沼津《ぬまづ》で北条勢と一戦を交えた信玄は、次なる狙いを、
興国寺《こうこくじ》城
韮山《にらやま》城
に定めた。いずれも、初代早雲以来の北条氏の重要拠点である。

沼津の興国寺城は、北条早雲が今川氏の家督争いを鎮《しず》めたおり、今川氏よりもらい受け、最初に城主として入った城である。また、韮山城は早雲が堀越公方茶々丸《ほりごえくぼうちゃちゃまる》を滅ぼし、伊豆平定を果たしたさいに築いた城であった。

両城を奪えば、北条氏の首根っ子を押さえたにひとしい。

信玄は軍勢を強化するため、信濃から高坂昌信を呼び寄せ、代わりに真田信綱を海津城に入れた。

第八章　天　下

一

武藤昌幸《むとうまさゆき》はひとり、駿河から遠く離れた京の都にいる。

「そのほう、上方《かみがた》の情勢をとくと見てまいれ」

と、あるじ武田信玄から秘命を受けたためであった。

（なにゆえ、わしが……）

と、不満を抱かぬではない。

三枝《さえぐさ》新十郎ら奥近習衆出身の朋輩たちは、みな駿河、伊豆攻めの最前線で戦っている。彼らには、それだけ功名の機会があり、華やかな活躍の場にめぐまれているということだった。

しかし、信玄は、

「道具にも使いどころがあるように、人にはそれぞれ役割がある。戦場で槍働きをするだけが、いくさではなかろう」

と、突き放すように言った。

「されど、お屋形さま……」

「わがまことの敵は、小田原の北条でも、越後の上杉でもない。京に乗り込みおった、織田の小わっぱよ」

武田信玄は、早い段階から織田信長の動きに注目していた。

『信長公記《しんちょうこうき》』に、こんな話が残っている。

尾張天永寺《てんえいじ》の僧侶、天沢《てんたく》なる者が関東下向のおり、途中、信玄の招きを受けて甲斐の躑躅ケ崎館へ立ち寄った。

信玄は、天沢に尾張の国情などをたずねたのち、

「信長とは、どのような男であるか」

と、聞いた。

天永寺は、信長が少年時代を過ごした那古屋《なごや》城にほど近い場所にある。天沢は信玄に問われるまま、信長に関して自分が知っているかぎりのことを語った。

「信長どのは、毎朝、馬に乗られます。また、鉄砲、弓術、刀術の稽古を欠かさず、鷹《たか》狩《が》りにはことのほかご熱心にござります」

「ほかにたしなむものはあるか」

「幸若舞《こうわかまい》と小唄《こうた》をお好みになられます。それも、人間五十年下天《げてん》のうちをくらぶれば夢幻《ゆめまぼろし》の如くなり、ひとたび生をうけ滅せぬ者のあるべきか、という『敦盛《あつもり》』の一番しか舞われませぬ。唄もただひとつ、死のうは一定しのび草には何をしよぞ、一定かたりおこすよの、と同じ節を繰り返し口ずさむのみ」

「異なものを好むやつだ」

信玄はあきれた。

二

(信長は、変わった死生観《しせいかん》の持ち主であるらしい……)

洛中の春日通《かすがどおり》(丸太町通《まるたまちどおり》)を西へ歩きながら、武藤昌幸は思った。

浅葱《あさぎ》色の小袖に袖無し羽織、鹿革をなめした革袴をはき、浅黒く戦場灼《や》けした顔を深編笠で隠している。

京の町はしんしんと底冷えがしている。

元亀二年(一五七一)の正月が明けたばかりとあって、寒さのなかにも、町ゆく人々の表情はどことなく華やいでいた。

織田軍が京へ入って三年——。

打ちつづく戦乱によって荒廃していた内裏《だいり》は、信長によって修復され、将軍足利義昭《よしあき》の住まいである二条御所《にじょうごしょ》も新造されている。

はじめて上洛した昌幸の目に、信長の京都支配はまずまず順調であるように見えた。

だが、

(ものごとは、表から眺めただけではわからぬもの……)

昌幸は遠国からのぼってきた廻国《かいこく》の兵法者《へいほうしゃ》のふうをよそおい、内裏や築地塀《ついじべい》に囲われた二条御所のようす、信長が京滞在中に宿所としている本能寺《ほんのうじ》などの法華《ほっけ》寺院を見てまわった。

夕暮れが近づくと、はらはらと北山《きたやま》のほうから時雨《しぐ》れてきた。冷たい雨にまじって小雪も舞いはじめている。

その時雨に追われるように、昌幸は新町通《しんまちどおり》を南へ下がり、矢田《やた》地蔵で名高い矢田寺のわきの辻を左へ折れた。

道の少し奥まったところに、玄関に豪壮な唐破風《からはふ》をかかげた、白漆喰《しっくい》塗り二階建ての風呂屋がある。

名を、

――念仏風呂
という。

当時、庶民の家には風呂というものがなく、せいぜい井戸端で汚れた体を洗い清めるのが一般的であった。それが、いくばくかの湯銭を払えば、誰もが手軽に沐浴《もくよく》でき、ちょっとした遊山気分を味わえるとあって、京の都では湯屋、風呂屋が大流行《はやり》りしている。

洛中だけでも、高倉《たかくら》風呂、五条堀川《ごじょうほりかわ》風呂、一条西洞院《いちじょうにしのとういん》風呂、藤井《ふじい》風呂と、三十を超える店が乱立し、多くの客で賑わっていた。

そのなかで念仏風呂は、他所《よそ》とはいっぷう変わったもてなしをするというので、京の町衆のあいだに人気がある。

武藤昌幸は、念仏風呂の玄関に下がった濃紺の暖簾《のれん》をくぐった。

足を踏み入れるとすぐに、

――つん
と、独特の芳香が鼻をつく。

この念仏風呂のあるじは、薬草の産地として名高い近江国飯道《はんどう》山のふもとの生まれだとかで、山で採れた当帰《とうき》、芍薬《しゃくやく》、地黄《じおう》、甘草《かんぞう》といった薬効のある草を簀《す》の子の床に敷きつめ、下から蒸気を上げて蒸し風呂にしている。

それが、えもいわれぬ香気とともに毛穴から体に沁み入り、

「まことに心気爽やかじゃ」

と、評判になっている。

念仏風呂の趣向はそれだけでなく、白絹の衣に緋《ひ》の切袴《きりばかま》をはいた妙齢の女が、飯道山のもぐさで灸《きゅう》をすえてくれる。

最初は熱いが、我慢しぬいて節々の凝りが薄らいでゆくときの心地よさ、

「さながら、極楽にあるごとし」

と随喜《ずいき》の涙を流し、念仏を唱える者もあるという。

昌幸を出迎えたのも、髪を肩までの切り下げ髪にした、年のころ十二、三の、あどけない顔立ちをした若い娘だった。

「いらせられませ。湯浴《ゆあ》みにございまするか、それとも灸をなされまするか」

「客ではない。人をたずねて、はるばる東国からのぼって来た」

「東国のお方……」

「木猿《きざる》どのはおられるか」

「あの、お武家さまは?」

娘が少し警戒するような目をした。

「初めて会うのだ。名を名乗ったとて、木猿どのにはわかるまい」

「でも……」

「望月の姫ゆかりの者がまいったと、さよう申し伝えよ」

「姫さまの」

娘はあッと息を呑み、あわてて奥へ引っ込んでいった。

待つほどもなく、髪を揺らしてもどってくると、

「ご案内つかまつりまする。どうぞ、こちらへ」

ひどく神妙な顔つきで頭を下げた。

昌幸が通されたのは、風呂屋の裏庭にある白壁の蔵だった。おもての店は賑やかだが、こちらは人気もなく静まり返っている。

蔵の一階は什器《じゅうき》や調度の入った木箱が置かれているが、階段をのぼって二階へ出ると、そこは板敷きの部屋になっている。

火の気のない冷えびえとした部屋のすみに、朽葉《くちば》色の胴服を着た小柄な男がすわっていた。

「木猿どのか」

かぶっていた深編笠をはずし、昌幸は男を見つめた。

「武藤喜兵衛昌幸さまにございますな」

「うむ」

「それがしのことは、木猿とお呼び捨て下されませ。あなたさまの手足となって働くようにと、姫さまより申しつかっております」

「さようか」

昌幸は男と向かい合って、円座の上にあぐらをかいた。

奇妙な男である。

顔が鉄色といっていいほどに黒く、表情がつかみにくい。年は三十五、六とおぼしいが、目尻

や口元の皺が深いために七十過ぎの老人のようにも見え、笑うと意外に人なつこい愛嬌《あいきょう》のある表情になった。

「甲賀望月家の老臣が風呂屋のあるじとは、恐れ入った話だ」

「かような浮世離れした場所では、人の口も軽うなるものにござります。苦労して方々の屋敷に忍び込むよりも、女どもに汗を流させながら人の噂を聞き出すほうが、よほど手間がかからぬというもの」

「ここで働く女たちも、みな甲賀の忍びなのか」

昌幸が聞くと、

「さあて」

木猿は口をすぼめて笑った。

甲信二ケ国の巫女頭をつとめる千代女《ちよめ》は、近江甲賀の上忍、望月家の出である。木猿はその望月家に仕える中忍で、兵学、薬学、天文学などに通じており、遁甲《とんこう》の術を身につけた下忍たちを駆使して諜報活動をおこなっていた。

金で雇われれば、どのような大名の仕事も引き受けるが、望月家への忠誠心は絶対で、その血筋である千代女を、

——姫さま
とあがめている。

当然、武田家とのゆかりも深く、甲斐の信玄のもとへもたらされる上方の情報の多くは、この木猿から発せられていた。

「京洛での信長の評判はどうだ」

昌幸は、甲賀の木猿がすすめる香煎《こうせん》をすすった。

香煎は米を煎《い》った粉に、陳皮《ちんぴ》、山椒《さんしょう》といった薬種をまぜたもので、体が芯から温まり、口中がさわやかになる。

「存外、悪うはございませぬ」

「ほう……」

「上洛した当初こそ、どうなるものやらと京の町衆は戦々兢々《せんせんきょうきょう》としておりましたが、軍勢の規律がことのほか厳しく、洛中に住まう者から一銭でも奪ったら、即座に首を斬ると触れを出しております。おかげで、京の治安は見違えるように良くなった次第で」

「しかし、将軍さまとの仲は険悪になっているらしいが」

「信長も、将軍義昭さまも、最初から相手を利用することしか頭にありませぬでな。早晩、対立は決定的になりましょう」

木猿が喉の奥で声もなく笑った。

「甲斐のお屋形さまのもとへも、上洛をうながす御内書《ごないしょ》がしきりに届いておるようだ」

「顔で笑いながら、腹の底では刃物を突きつけあっている。それが、いまの信長と将軍さまとの御仲でございましょう」

「織田家に人物はいるか」

昌幸はからになった香煎の茶碗《ちゃわん》を膝もとに置いた。

「いま一杯、進ぜましょう」

「いや」

「されば、イモリの黒焼きを漬け込んだ薬酒でも」

「毛穴から薬の臭いがしそうだ。おまえたちは、人に毒を盛ることもあるのであろう」

「時と場合によりましては」

木猿はぬけぬけと言い、

「そう、人物と申せば一人おりまするぞ」

と、膝をたたいた。

「誰だ、それは」

「木下藤吉郎秀吉《きのしたとうきちろうひでよし》」

「秀吉……」

「織田家でめきめき頭角をあらわしてきた男でございましてな。信長に才覚をかわれ、京奉行に抜擢されました」

「名だけは聞いたことがある。聞くところによれば、もとは尾張の百姓の小倅《こせがれ》であったとか」

「身分にかかわらず、才によって大胆に人を登用する。それが、織田家の強さの秘密でございましょう」

三

昌幸は木猿が営む念仏風呂の離れに滞在し、情報収集を行なった。

木猿が言うとおり、京での信長の評判はまずまずといったところだが、如何《いかん》せん足利義昭という大きな火種を抱えている。

信長の力で将軍位に就いたものの、その後の路線対立で不満をつのらせる義昭は、

越前　朝倉義景《あさくらよしかげ》
近江　浅井長政《あざいながまさ》
摂津《せっつ》　石山本願寺《いしやまほんがんじ》
阿波《あわ》　三好三人衆《みよしさんにんしゅう》

ら へ打倒信長をうながす御内書を送り、彼らをあおって、

――信長包囲網

を成立させた。

去る元亀元年から、この二年にかけては、信長にとってきわめて苦しい時期である。浅井、朝倉連合軍を、近江姉川《あねがわ》で破ったものの、本願寺顕如《けんにょ》の命を受けた諸国の門徒衆が、各地で蜂起。このうち、長島一向一揆《ながしまいっこういっき》では弟の信興《のぶおき》が命を落とした。

東では、武田信玄が着々と旧今川領の実効支配を確かなものにしている。

遠江の高天神城《たかてんじん》を攻めた信玄は、さらに三河へ侵攻。足助《あすけ》城を奪取し、勢いに乗って吉田《よしだ》城を包囲。救援に駆けつけた徳川家康の軍勢を、二連木《にれんぎ》の地で撃破した。

（お屋形さまの、ご上洛の日は近い……）

この間、昌幸は足利義昭側近の一色藤長《いっしきふじなが》と密会をかさねている。

一色家は、室町幕府の三管領《さんかんれい》につぐ四職《しき》の家柄である。一色藤長は義昭の流浪時代もつねにかたわらに付き従っており、将軍の信任がことのほか厚い。

信玄は、この藤長に駿河の所領を与えて味方につけ、将軍とのあいだを取り持つ窓口としている。

「信長は、いよいよ追い詰められておる。この機に、信玄どのが一気に西へ攻めのぼってくれれ

ば、やつめの息の根はたちどころに止まるであろう」

色白の品のよい顔をした一色藤長が、目の奥を暗く光らせて言った。

「して、信玄どのはいつごろ上洛の途につかれる」

「それはまだ、何とも申せませぬ」

昌幸は相手に言質《げんち》を与えぬよう、慎重に言葉を選んで返答した。

「そのような曖昧《あいまい》な答えでは困る」

一色藤長が昌幸に詰め寄った。

「すべては、信玄どのの動きひとつにかかっておるのだ。一日も早い上洛を、将軍さまはお望みになっておられる」

「さりながら、軍勢をひきいての上洛には大義名分が要《い》りましょう」

昌幸は、藤長に挑戦的な目を向けた。

「いまのように、信長の目を盗んでこそこそと御内書を下されるだけでは、お屋形さまも動くに動けぬというもの」

「陪臣《ばいしん》の身分でさような物言い、将軍家に対して無礼であろう」

藤長が声を高くした。

「この期《ご》におよんで、ご体面をお気になされますか」

昌幸はあくまでも冷静である。

「む……」

一色藤長が膝の上に置いた拳を握りしめた。

「上洛を命ずる、おおやけの御教書《みぎょうしょ》を出せということか」

「さすれば、立派に大義は立ちます」

「そなた、若いに似合わず、なかなかのくせ者じゃな」

「恐れ入りましてございます」

昌幸は表情を変えずに頭を下げた。

「わかった。御教書を発せられるよう、将軍さまにご進言申し上げてみる。ただし、ことが信長に知れれば、ただではすまぬ。くれぐれも、外へ洩らすことなきよう」

一色藤長の目に一瞬、恐怖の色が走ったのを、昌幸は見逃さなかった。よほど、信長を恐れているのだろう。

信長をおとしいれる策謀を語りながら、その女のように薄く形のいい唇が小刻みに震えている。

「されば、それがしはこれにて」

昌幸は二条御所の藤長のもとを辞去し、隠れ家の念仏風呂へもどるべく、新町通を南へ歩きだした。すでに明け方近くになっている。

途中、神明社《しんめいしゃ》の森まで来たとき、不意に横合いから腕をつかむ者があった。振り向くと、闇のなかに木猿の顔がある。

「どうした、木猿」

「えらいことでございます」

「何かあったか」

「信長が、比叡山《ひえいざん》焼き討ちの軍令を発しましてございます」

甲賀者の癖で、めったなことでは感情をおもてにあらわさない木猿が、いつになく切迫した口調で言った。

「焼き討ちだと……」

「はい」

「鎮護国家の霊場に手を出すか」

カッと目を大きく見開き、昌幸は京の鬼門《きもん》の方角を睨んだ。

比叡山延暦寺《えんりゃくじ》は、延暦七年（七八八）、伝教大師《でんぎょうだいし》最澄《さいちょう》が開いて以来、不滅の法灯《ほうとう》を守ってきた天台宗の総本山である。

その伽藍《がらん》は、横川《よかわ》、東塔、西塔の三塔十六谷に広がり、一千を超える塔頭《たっちゅう》、堂舎があった。

多くの学僧、修行僧が研鑽《けんさん》を積む一大霊場である一方、比叡山には、

——山法師《やまほうし》
すなわち僧兵がおり、大名なみの軍事力を有していた。

比叡山の守護神、日吉山王権現《ひえさんのうごんげん》の神威を背景にした彼らの横暴ぶりには、歴代の為政者たちも手を焼き、院政期に権力をほこった白河《しらかわ》法皇も、おのが意のままにならぬものとして、

「賀茂《かも》川の水」

「双六《すごろく》の賽《さい》」

「山法師」

の三つをあげている。

時代が下ると、比叡山の僧侶たちは祠堂銭《しどうせん》（寺に寄進された金）を元手に金貸しをはじめ、莫大《ばくだい》な財力をたくわえるようになった。戦国の世には、京の金貸しの大半が比叡山の出身者で占められるというありさまになっていた。

比叡山は、浅井、朝倉氏に多大な融資をしており、もし彼らが敗れれば、巨額の損失をこうむることから、信長に敵対する姿勢をとっている。

もとより、信長は俗に堕した比叡山の僧侶たちを蛇蝎《だかつ》のごとく憎んでいたが、いまここで実力行使に踏み切る背景には、浅井、朝倉氏の資金源を断つという現実的な狙いがあった。

「行くぞ」

「行くとは……。まさか、これからお山へ」

木猿が目を丸くした。

「信長の所業を、この目でたしかめてくる」

言うが早いか、昌幸は夜の道を走りだしている。

四

元亀二年九月十二日、払暁――。

織田軍総勢三万は比叡山の東麓《とうろく》、坂本《さかもと》の町に迫った。

本来であれば、天台密教の行道《ぎょうどう》に生きる者は、比叡山で厳しい修行を積まねばならないが、僧侶たちの多くは、

――論《ろん》、湿《しつ》、寒《かん》、貧《びん》
といわれる山上での厳しい生活を嫌い、ふもとの坂本に里坊《さとぼう》をかまえて、俗人と変わらぬ奢侈《しゃし》な暮らしを送っている。

信長は焼き討ちをためらう明智光秀《あけちみつひで》や、佐久間信盛《さくまのぶもり》ら麾下《きか》の諸将に、

「仏罰を恐れるとは、笑止なり。どうせ売僧《まいす》の巣ではないか。一人残らず根切りにしてしまえッ！」

目を吊り上げて叫んだ。

総門を打ち破り、坂本の町へ乱入した織田軍の兵たちは、逃げまどう僧侶たちを追いまわし、次々と首を斬っては、里坊に火をつけてまわった。

法螺貝《ほらがい》の音が響き渡り、鬨《とき》の声とともに兵たちが山上へと攻めのぼった。

「お山が燃えておるようでございますな」

木猿が東の空を見上げたのは、比叡山への京側の上り口にあたる、赤山禅院《せきざんぜんいん》の近くまで来たときだった。

「うむ」

明け方から降りだした小雨が、足を止めた昌幸の頬を濡らす。

木猿の急報で変事を知った昌幸は、織田軍が侵攻している近江側ではなく、京側から比叡山をめざした。

赤山禅院は行者の住む寺で、あたりは阿鼻叫喚《あびきょうかん》の炎熱地獄と化した坂本の町とは対照的に、ひっそりと静まり返っている。

「山から立ちのぼる煙が見えまする。はや、根本中堂《こんぽんちゅうどう》にも火がかかりましたかのう。いかがなされます。これから山上へゆかれても、いくさに巻き込まれるだけでございますぞ」

「それでも、見ておかねばならぬ」

昌幸がつま先上がりの道を十町ほど登っていくと、斜面のクマザサが揺れ、転がるように飛び出してきた者がいる。

若い僧侶だった。

墨染の衣が血と泥に染まり、目ばかりが獣のようにぎらぎらと光っている。

「お、お助け下され」

僧侶が昌幸の腕に取りすがってきた。

「山上から逃れてきたのか」

昌幸は、いまにも崩れそうになる僧侶の肩を抱き起こした。

「は、はい」

男の眼には恐怖の色が濃い。

山を下りる途中に転びでもしたのか、衣の膝のあたりが破れ、顔や腕に無数の擦り傷が走っていた。

「お山の上は目も当てられぬ惨状にございます。織田の兵は、衆徒《しゅうと》（僧兵）ばかりか、武器を持たぬ尊き上人《しょうにん》さま、われらのごとき学僧、稚児《ちご》ども、里坊の町衆から、女、赤子にいたるまで、ことごとく引っ捕らえて裸に剝き、首を刎《は》ねてまわっております」

「女子供までか」

「はい」

男は血の気の失せた唇を震わせ、

「まさしく、鬼畜の所業……。信長は、悪鬼天魔にございます」

無我夢中で口走ってから、自分がすがっている相手が侍であることに気づき、

「ぎゃッ」

と喚《わめ》いて、跳びのいた。

「安心せよ。わしは、織田の手の者ではない」

昌幸は相手の気を鎮めるように言った。

「そなたのほか、生き残っている者はおらぬのか」

「御坊さまが……」

「御坊さまとは？」

「わが師、正覚院僧正豪盛《しょうかくいんそうじょうごうせい》さまにございます。火に追われ、ともに山を下ってまいったのですが、途中で老師が足を挫《くじ》かれ、やむなく椿《つばき》ノ岩屋に身をお隠しいただきました。必ず、助けを呼んでまいりますと、お約束申し上げたのですが」

「椿ノ岩屋とは、どのあたりだ」

「ここより道を二町ほどのぼったところにございます」

「織田の兵に見つかれば、命はないな」

昌幸はつぶやき、

「そなたはこのまま逃げよ。矢田地蔵近くの念仏風呂へ駆け込め。店の者が匿《かくま》ってくれるであろう」

「あ、ありがたや……」

男が昌幸に向かって両手を合わせた。

「おれは行く。おまえは好きにしてよいぞ、木猿」

「乗りかかった船にございます」

木猿がニヤリと笑った。

昌幸は山道を駆け上がった。

後ろから、足音もたてずに木猿がついてくる。さらに二町ほど山道をのぼると、切り立った岩壁の前につやつやと緑の葉を茂らせる椿の大木が見えてきた。

岩壁に、シダにおおわれるようにして、大人がやっと一人通れるほどの岩の裂け目がある。

「椿ノ岩屋とは、あれのことでございますかな」

木猿がささやいた。

「そのようだ」

昌幸が身を低くして岩屋に近づこうとしたとき、

「お待ちあれ」

袖を引き、木猿が昌幸を引きとめた。

「ようすがおかしゅうございます」

「なに……」

言われて耳を澄ますと、なるほど岩屋の奥のほうから人の騒ぐ声がする。複数の足音と、草摺《くさずり》の響きも聞こえた。

「一足遅かったようにございますな」

「織田の兵どもが踏み込んだか」

「そのようにござる」

岩屋の奥から人が出てくる気配に、二人は椿の大木のかげに身を寄せた。

ほどなく、四、五人の兵に槍の柄で小突かれながら、高僧とおぼしき卑しからぬ風貌をした壮年の男が岩屋の外に引き出されてきた。

さきほどの僧侶が言っていた、正覚院僧正豪盛であろう。右足を引きずっている。

もう一人、豪盛に付き従っていたと思われる、年のころ十二、三ほどの稚児が、震えながら這いずり出てきた。

「お許し下さいませ。なにとぞ、僧正さまのお命ばかりは……」

稚児が両手を合わせ、兵たちに懇願した。

男たちは鼻で笑い、

「ならぬわ。上様より、坊主どもの首はひとつ残らず刎ねよと厳命されておる。まずは、おまえの素ッ首から刎ねてやるか」

「ひッ」

と、および腰になった稚児の腕を、両側から兵たちがつかんだ。

「それ、首を前へ差し伸べよ」

身をよじってもがく稚児の背中を、別の男が押さえつけ、右手に握った刀を後ろ首に近づけた。

と、そのときである。椿の大木から、ひらりと影が舞い下りた。

「何奴《なにやつ》ッ！」

織田軍の兵たちが椿の大木のほうを振り返った。

地面に片膝をつき、不敵に笑ったのは、甲賀の木猿である。

「お手前がた、地獄へ堕ちまするぞ。手向かいもできぬ者を寄ってたかって嬲《なぶ》り殺しにするのが、侍のやることですかな」

「きさま、どこの手の者だ」

「さあて」

「さだめし、浅井、朝倉あたりの諜者《ちょうじゃ》であろうがッ！」

早朝からの殺戮《さつりく》で、兵たちは殺気立っている。口辺に小馬鹿にしたような微笑を浮かべる木猿めがけ、槍を繰り出してきた。

突き出された槍の柄を、

——ひょい

と、木猿がつかんだ。

そのまま軽くねじると、具足をつけた大柄な兵がもんどりうって倒れる。

「おのれッ！」

兵たちが刀の切っ先を木猿に向けた。

瞬間、木猿の手が懐に伸び、丸い玉のようなものをつかみ出して投げつける。

玉が岩壁に当たって割れ、パッと灰神楽《はいかぐら》が舞い上がった。

男たちが顔を押さえた。

木猿が投げつけたのは、トウガラシの粉、硫黄《いおう》、灰、ヒイラギの刺を混ぜ合わせたものを油紙でつつんで作った甲賀者秘伝の忍び玉である。

木の陰に身をひそめていた昌幸は、正覚院豪盛のもとへ駆け寄り、

「さあ、いまのうちに」

と、腕をつかんだ。

「そなたは」

豪盛が昌幸を見た。

「お味方にござる」

「だが、わしは足を……」

「おぶって進ぜる」

昌幸が正覚院豪盛を背負おうとしたとき、

「逃すかやッ！」

忍び玉の刺激で目を血走らせた織田の兵が、刀を振りかざし、体ごとぶつかってきた。

が、そのときすでに、抜き放った昌幸の刀の切っ先が、具足におおわれていない相手の腋の下を刺し貫いている。

「このようなところに、長居は無用でござる」

わずかのあいだに忍刀《にんとう》で二人を屠《ほふ》った木猿が、あたりを油断なく見まわして言った。

五

武藤昌幸が、比叡山から救出した正覚院僧正豪盛らの僧侶をともない、甲斐国へ帰還したのは、元亀三年正月のことである。

昌幸が甲斐を留守にしているあいだに、東国でも大きな政情の変化があった。

——甲相同盟
の復活である。

信玄はたびたび関東へ出陣し、武蔵国の御岳《みたけ》城などを北条方から奪っていたが、それらの城を返還する代わりに、

「北条は武田の駿河支配を容認する」

との取り決めを結んだのである。

北条氏との抗争で西上戦に専念できずにいた信玄にとって、上洛に向けた大きな一歩であった。

「お屋形さま、ただいまもどりましてございます」

帰国早々、昌幸は信玄のもとへ挨拶に出向いた。

久しぶりに会う信玄は、以前より痩せたようであった。肌の色つやも、思いなしかくすんで見える。

じつは、このころ、信玄は体の不調をおぼえはじめており、板坂法印《いたさかほういん》ら侍医団の治療を受けていた。

だが、その双眸は炯々《けいけい》と輝き、

——天下
という大目標へのあくなき執念を滲ませている。

「ご苦労であった」

平伏した昌幸の上に、張りのある信玄の声が降ってきた。

「比叡山の焼き討ちを見てまいったか」

「はッ」

「いかがであった」

「信長の仕打ちは、人のなす業にあらず。あれぞ天魔の所業なりと、京の者どもは恐れおののいております。人心も、すでに信長より離れはじめたかと」

「やつめ、手を出してはならぬものに手を出しおったな」

信玄は虚空《こくう》を睨んで低くつぶやいた。

「しかし、これで上洛の大義名分ができた」

「は……」

「京の将軍義昭さまより、信長追討の御教書も届いておる。もはや、わしの上洛をさまたげるものはない」

信玄は、昌幸が連れ帰った正覚院僧正豪盛や満蔵院《まんぞういん》権僧正《ごんのそうじょう》亮信《りょうしん》を保護し、領内に比叡山延暦寺を再興することを約束した。

具体的には、法華宗の総本山である身延山《みのぶさん》久遠寺《くおんじ》を信濃国高井郡の中野《なかの》に移し、久遠寺のあとに比叡山を再興しようとくわだてている。

しかし、この案の実現にあたっては、当然のことながら諸国の法華宗徒の猛反発が予想された。

とりわけ、京の豪商のほとんどは日蓮《にちれん》を開祖とする法華宗の熱心な信者であり、近い将来の上洛を視野に入れると、上方経済を握る商人たちを敵にまわすことはけっして得策とはいえない。

「お屋形さまは、本気で久遠寺を信州へ移すおつもりであろうか」

久々に甲斐へもどった昌幸と囲炉裏端で酒を酌みかわしながら、三枝《さえぐさ》新十郎が言った。

「本気のはずがあるまい。比叡山の再興は、信長を攻めるための口実よ。お屋形さまは、仏敵信長を滅ぼすという大義が天下にしめせれば、それでよいと思っておられる」

昌幸は、串に刺して囲炉裏の火であぶった猪の肉を、強靱な歯で嚙みしだいた。香ばしい匂いが口中に広がり、肉汁が頬から顎にしたたり落ちる。

「おぬしの見たところ、わが武田は織田に勝てそうか」

三枝新十郎がきいた。

「勝てるか、勝てぬかの問題ではない」

昌幸は囲炉裏の火を睨んだ。

「おれは信長という男が嫌いだ」

「それは、お屋形さまの上洛の前に立ちはだかる大きな敵であるからのう」

「そういうことではない」

昌幸は酒を喉に流し込み、

「やつは比叡山を焼いた。それは、それでいい。おれが信長の立場でも、俗に堕した僧侶どもを根切りにしたいと思ったやも知れぬ」

「ならば、何だ」

「信長は、刀、槍を持たぬ者、女子供まで手にかけた。力のある者が、力なき者を理不尽に踏みつぶす。おれは、それだけは許せぬ。比叡山の焼け跡に積み重なった屍《しかばね》の山を見て、不覚にも涙がこぼれた」

「昌幸……」

「信長のごとき男は、何としても滅ぼさねばならぬ。これはお屋形さまの天下のためと言うより、おのれの意地をつらぬくための戦いよ」

六

武田信玄は上洛戦のために、次々と手を打った。背後の北条氏との和睦はその第一歩であったが、北方の越後には最大の脅威である上杉謙信《けんしん》（元亀元年出家、輝虎より改名）がいる。謙信を足止めするため、信玄は一向宗門徒との連携をはかった。

一向宗の総本山、石山本願寺の門主顕如《けんにょ》には、信玄の正夫人三条氏の妹が嫁いでいる。また、本願寺も対信長戦で、信玄と利害が一致しており、協力関係の構築に否やはなかった。

信玄のもくろみどおり、加賀国で一向一揆が勃発《ぼっぱつ》。越後との国境をおかしはじめたため、上杉軍の大半は、一揆鎮圧にまわされることとなった。

「いまぞ、天の時よ」

信玄は満を持して動きだした。

元亀三年、秋――。

蒼く玲瓏《れいろう》と澄みわたる空のもと、先発隊の山県三郎兵衛尉昌景が甲斐府中を進発。それにつづき、信玄ひきいる二万五千の本隊が国ざかいを越えて信濃へ入り、遠山《とおやま》郷から兵《ひょう》越《こし》峠越えで遠江国へ攻め入った。迎え撃つのは、信長と同盟を結ぶ徳川家康の先鋒、本多《ほんだ》忠勝《ただかつ》らである。本多軍は奮戦したが、戦国最強をうたわれる武田騎馬軍団の前に蹴散らされ、家康が籠もる浜松《はままつ》城へ撤退した。

一方、武田軍先発隊の山県昌景は、信州伊那谷《いなだに》から奥三河へ侵入。別働隊の秋山虎繁も東三河へ侵攻し、織田方の岩村《いわむら》城を攻め落とした。

「向かうところ敵なしじゃな」

ともに信玄の本隊に従っている三枝新十郎が、頬を紅潮させて言った。

「このぶんでは、正月には京の都で雑煮を食っておるかのう」

「京への道のりは遠い。いくさは、そう生やさしいものではあるまい」

兜の目庇《まびさし》の下で顔を厳しく引きしめたが、昌幸も気分が高揚している。

それほど、このときの武田軍には、大将信玄の覇気が乗り移っており、兵たちのあいだに溌剌《はつらつ》たる気概が満ちている。

緒戦の勝利で勢いに乗る信玄本隊は、さらに遠州二俣《ふたまた》城へ進軍。

それを見た遠江の地侍たちは、次々と家康から離反し、信玄に帰服しはじめた。遠江の地侍のうち、徳川方から武田に寝返った者は、じつに全体の七割を超えた。

武田軍が入った二俣城から、徳川家康の浜松城までは、わずか四里（約十六キロ）しか離れていない。

（次なる標的は、浜松城か……）

昌幸は、今川領分割の交渉のさいに会った家康の大きな金壺眼《かなつぼまなこ》を思い出し、やや複雑な心境になった。

あのとき、昌幸は、

――あなたさまの未熟さで、お屋形さまに立ち向かうなど愚の骨頂。

と、家康に揺さぶりをかけた。

家康をして武田方へ寝返らせるための布石であったが、家康はあくまで信長との信義を守り、信玄に立ち向かう道を選んだ。

（思いのほか、気骨がある……）

昌幸はあらためて、家康という男を見直した。

たとえ、大勢力の狭間で生きねばならぬ運命を背負ったとしても、

——これだけは譲れぬ。

という矜持《きょうじ》を持たなければ、いずれは大きな流れのなかに飲み込まれていくだけである。

しかし、現状では、武田の本隊二万五千に対し、浜松城の徳川軍は八千。信長が派遣した織田の援兵三千をあわせても、その兵力は武田方の半分に満たない。

（籠城してお屋形さまを足止めしたとて、しょせん、信長の捨て石となるだけか……）

昌幸は家康を憐れんだ。

だが、信玄は浜松城へは向かわなかった。

「浜松城は素通りして、このまま西へ向かう」

戦陣の疲れからか、めっきり皮膚の色つやが失せてきた信玄が、将士を前にして宣言した。

じつは、軍勢に帯同している侍医の板坂法印、一部の奥近習、小姓しか知らぬことだが、この遠征に出てから、信玄はほとんど食事が喉を通らなくなっている。

この年、信玄は五十二歳。

本国の甲斐を中心に、信濃、西上野、駿河、さらには北飛騨《ひだ》まで力で切り従えてきた希代の英雄の体を、宿痾《しゅくあ》の病が着実に蝕《むしば》んでいた。

それでも、将たちの前でみずからの衰えを見せるような信玄ではない。

痩せた体を気取《けど》られぬよう、鎧の下に綿入れの衣を幾重にも着込み、

「徳川の小わっぱなど、取るに足らず。信長めと決戦じゃ」

喉の奥から声を振り絞った。

七

武田軍の来襲にそなえ、浜松城で籠城態勢をかためていた徳川家康は、

――信玄西進
の報に愕然とした。

「城を囲みもせず、目の前を素通りしていくとは……。この家康など、相手にもならぬということかッ！」

家康は床几を蹴って立ち上がった。

後年、石橋をたたいても渡らぬ慎重さで知られる家康だが、このときはまだ若い。前後の見境もなくなるほど、カッと頭に血がのぼった。

「このまま、信玄を行かせてはならぬ。城に閉じこもり、領内を敵が行軍するのを黙って見過ごしたとあっては、武門の名折れ。義兄弟の契りを結んだ織田どのにも申しわけが立たぬ」

家康は頬をこわばらせて叫ぶと、軍勢をひきいて浜松城から打って出た。

家康出陣の知らせは、浜松城近辺に留め置いた斥候《せっこう》によって、ほどなく浜松の北西、三方ケ原《みかたがはら》の台地上に展開していた武田の陣へもたらされた。

「釣られおったか」

血の気の失せた信玄の口もとに、かすかな笑みが刻まれた。

「これを待っていた」

よろめくように立ち上がった信玄を、

「お屋形さま……」

かたわらに侍《はべ》っていた昌幸と三枝新十郎が左右からささえた。

「家康め、まんまと罠に嵌《は》まりおったわ。浜松城を黙殺すると見せかければ、血気にはやって出てくると思うておった」

昌幸らの手を振り払い、軍配をつかんで仁王立ちになると、

「先陣は小山田信茂、山県昌景に申しつける。二陣は四郎勝頼、ならびに馬場信春。後陣は、穴山信君（梅雪）がつとめよッ」

と下知《げち》した。

かなたを見つめる信玄の双眸《そうぼう》は、昌幸がかつて目にしたことのない、凄まじい鬼気をはらんでいる。

浜松城から出撃した徳川勢は、三方ヶ原の台地を駆けのぼりはじめた。

家康は、西へ向かう武田勢を背後から襲おうとしたのである。

しかし、敵が接近するや、武田の軍勢はくるりと方向を転じた。逆に、徳川勢を押しつつみ、騎馬軍団の機動力を活かして猛攻を開始する。

三方ケ原のような広闊《こうかつ》とひらけた地理的条件での戦闘は、武田騎馬軍団のもっとも得意とするところである。しかも、台地の下から駆けのぼってくる敵を、上から見おろす形で戦いがすすめられる。

全軍を魚鱗《ぎょりん》の陣形に展開させた武田勢は、枯れ草と砂礫《されき》を蹴散らし、霜柱を踏み砕き、馬蹄の音を響かせて進撃した。

徳川軍は、右翼に家老の酒井忠次。
そこに、信長から派遣された、
佐久間信盛
平手《ひらて》汎秀《ひろひで》
滝川《たきがわ》一益《かずます》
らの織田軍が加わっている。
左翼には、
石川数正《かずまさ》
小笠原《おがさわら》長忠《ながただ》
松平《まつだいら》家忠《いえただ》
本多忠勝
ら歴戦の将が顔をそろえていた。
まず仕掛けたのは、武田の先鋒、小山田信茂である。
小山田隊の先頭には、異形の者たちがいた。平素は武田領内の金山で金掘りをしている、黒鍬《くろくわ》者《もの》である。
その黒鍬者が、わらわらと前線へ駆け出て、徳川方右翼の佐久間信盛隊に石つぶてを投げつけはじめた。
隠れる物陰とてない場所で、頭上から石の雨が降ってくるのだから、たまったものではない。
たちまち、佐久間隊の足並みが乱れ、動きが鈍った。
そこへ、

「いまだーッ！」

小山田信茂の本隊が、喊声《かんせい》を上げて襲いかかった。

佐久間隊はたちまち散り散りになり、退却をはじめた。

激闘のなかで、平手汎秀が討ち死に。武田騎馬隊の突進の凄まじさを目の当たりにした滝川一益も、勢いに押されるように後方へ退いてゆく。織田の援軍は下がったものの、徳川譜代の酒井忠次、本多忠勝、松平家忠らは、決死の形相で歯を食いしばって奮戦する。

次々と新手の騎馬隊を繰り出す武田軍の波状攻撃の前に、徳川方の敗色はしだいに濃厚になりはじめた。

八

あたりはすでに、暮色がたちこめている。

三方ケ原の台地を吹きわたる冬の風は、ひとしお冷たく、徳川方の兵たちの身に沁みる。

完膚なきまでの大敗を喫した家康は、浜松城をめざし、敗走をはじめた。

途中、夏目《なつめ》吉信《よしのぶ》、鈴木《すずき》久三郎《きゅうざぶろう》が主君の身代わりとなって戦死。そのほか、本多忠真《ただざね》、成瀬《なるせ》正義《まさよし》、松平康純《やすずみ》、米津政信《よねきつまさのぶ》ら、三河以来の譜代の家臣が次々と討ち死にし、徳川方の死者は一千余人にもおよんだ。

家臣たちの犠牲で、家康は命からがら浜松城へ逃げ込んだ。

このとき、家康は恐怖のあまり脱糞《だっぷん》したとの言い伝えもある。真偽のほどはさだかでないが、それほど生死の瀬戸際の地獄を見たということであろう。

城へもどって人心地つく暇もなく、

「城門はすべて、開け放っておけッ！　敵に臆病者《おくびょうもの》と思われてはならぬ。あかあかと篝火を焚き、まだ手向かいの意志ありとこちらの戦意をしめすのだ」

家康は家臣の鳥居元忠に命じた。

城北の玄黙口《げんもくぐち》まで追撃してきた武田軍の山県昌景、馬場信春らは、挑発するように開け放たれた城門を見て、

「うかつに近づけば、城方にどのような謀《はかりごと》があるやもしれぬ」

と警戒し、それ以上の深追いをしない。

山県隊、馬場隊は付近に放火してまわり、浜松城から退却した。

翌朝――。

信玄は三方ケ原の陣中において、敵の首級を実検した。

前日の戦いでめざましい働きをした小山田信茂、山県昌景、馬場信春らは、おおいに意気が揚がっている。

「昨日の大敗で、徳川は意気消沈いたしておりましょう。ここは一気に浜松城をたたき、家康の息の根を止めておくべきかと」

山県昌景が進言した。

多くの者がこの意見に賛成するなかで、ただ一人、高坂昌信のみが浜松城攻めに反対した。

「いまの家康は、手負いの獅子《しし》となっておりまする。二十日、三十日と、時をかければ城は落ちましょうが、それだけ味方に無益な損害が生じ、織田がさらなる援軍を差し向ける暇を与えるようなもの」

高坂昌信は、通常は海津城将として、越後の上杉謙信対策にあたっている。

しかし、上洛戦に賭ける信玄の強い要請を受け、今回の遠征軍に加わっていた。これに代わり、上杉対策と北信濃の経営の重責をまかされているのは、昌幸の長兄真田信綱と、次兄の昌輝である。

「長陣となれば、兵站《へいたん》の心配も生じてまいります。加えて上杉の動向が気がかりなうえ、北条が盟約を破って背後を衝いて来ぬともかぎりませぬ」

高坂昌信の言葉に、

「弾正忠の申すこと、いちいちもっともなり」

信玄は我が意を得たりとばかりに深くうなずいた。

「浜松城は捨て置く」

「おお、されば……」

将たちの底光りする目が、床几に腰をすえた信玄にそそがれた。

「全軍、西へッ！」

信玄は采配を京の方角へ向けた。

九

——京に風林火山の旗を樹てる。

それは、信玄の長年の宿願であった。そのあるじの執念は、武田軍そのものに乗り移り、侍大将、足軽大将から、徒士《かち》の一兵卒にいたるまで、熱気を帯びたひとつの夢にうかされたようになっている。

三方ケ原の大勝で勢いづく武田軍は、さらに西進。遠江国から三河国へ入った。

そのまま陣中で年を越し、明くる天正《てんしょう》元年（一五七三）、菅沼定盈《すがぬまさだみつ》の籠もる三河野田《のだ》城を包囲。野田城は豊川に面した河岸段丘に築かれた城である。まわりは急崖となっていて人を寄せつけない。武田軍は一ケ月の攻城戦ののち、二月二十一日、城を陥落させた。

その後、長篠《ながしの》城に入った信玄は、そこでつかの間の休息をとった。

このころ、武藤昌幸は三枝新十郎とともに、あるじの側近くを去らず、ほとんど昼夜交替でかたわらに侍っている。

昌幸が宿直《とのい》をつとめていた晩、信玄が大量の吐血をした。そのおびただしい血の量に、さすがの昌幸も度を失った。

「お屋形さまッ」

「うろたえるでない」

信玄の痩せて骨ばった手が、昌幸の腕をつかんだ。

「板坂法印を呼べ」

「は……」

昌幸が小姓に命じると、すぐに侍医が駆けつけた。

三河野田城の御殿の一室で、信玄は侍医の板坂法印の診立《みた》てを受けた。

板坂法印は手首をつかんで脈を調べたあと、白絹の帷子《かたびら》の上から、喉、胸、鳩尾《みぞおち》、臍《へそ》の下の丹田《たんでん》と、指の腹で順々にさぐっていった。

信玄の症状は、いっときよりも落ち着いている。しとねに横たわり、またたきの少ない目で天井を見上げ、眉間にかすかな皺を寄せていた。

「痛みはございまするか」

板坂法印が聞いた。

「胃の腑のあたりに、ときおり痛みが走る」

「どのような痛みにございますか」

「錐《きり》を揉み込まれるような、強い痛みじゃ」

「この寒さのなか、長い戦陣のお暮らしにて、胃の腑がいささかお疲れなのでございましょう。神農霊命丸《じんのうれいめいがん》を処方しておきまする」

「気休めはよい」

虚空を見つめたまま、信玄が言った。

「ただの疲れで、あのように血を吐くことはあるまい」

「あ、いや……」

「やはり、隔病《かくびょう》か」

信玄の瞳に翳が走った。

——隔病
とは、今日の慢性胃腸カタル、幽門狭窄《ゆうもんきょうさく》、および胃癌《がん》、食道癌などを総称した呼び方である。

当時は内視鏡で臓器を検査するなどという技術がなかったため、胃腸カタルのような軽度の胃腸病から、胃癌や食道癌のような重度の病まで、隔病の名でひとくくりにしていた。

信玄の場合、その症状から、末期の胃癌であったと思われる。

「わが寿命は、あとどれほどじゃ」

「な、何を、お気の弱いことを仰せられます」

当惑する板坂法印に、

「ありていに申せ。人はいつか、死すべきものじゃ。残された時間が短いならば、命あるうちにやり残した仕事を片づけるまでのこと」

信玄は言葉を投げつけた。

「勝頼」

「はッ」

部屋の隅に控えていた武田勝頼は、信玄の枕頭《ちんとう》へ膝をにじり寄せた。

「出陣の準備をととのえよッ。京へ旗を樹てる日は目前じゃ。かようなところで休んでいる暇はない」

十

武田信玄の深刻な病状は、嫡男勝頼や一部の重臣をのぞき、全軍に伏せられた。

一度は、

「死しても京をめざすべし」

と、無理をおして立ち上がった信玄であったが、もはや気力ではおぎないきれぬほど、病は進行している。

侍医たちは灸《きゅう》を用い、京、堺から、異国渡りの高価な薬種を早馬で取り寄せるなど、さまざまな手を尽くしたが、病の身を養いながらの行軍は、事実上、不可能であった。

武田軍は三河野田城を引き払い、撤退をはじめた。

「悔しいのう」

山々の木々が芽吹きはじめた峠道に馬をすすめながら、三枝新十郎が言った。

「いま少しで、織田の領国尾張へ迫るところだったものを」

「仕方あるまい。世の中はつねに、思ったとおりにゆくとはかぎらぬものだ」

昌幸は淡々と言った。

「おぬし、悔しゅうはないのか」

「悔しがったとて、どうなるものでもあるまい。それで、お屋形さまの病が癒えるのなら話は別だが」

「冷めておるのう」

「生まれながらの気性よ」

「おぬしは昔から、感情をあまりおもてにあらわさぬ男であったな」

「………」

「しかし、お屋形さまの御身に万が一のことがあれば、武田家はどうなることかのう」

三枝新十郎がふと表情をくもらせた。

「声が高いぞ、新十郎」

「すまぬ」

「われらはこれまで、お屋形さまと同じ夢を追いつづけてきた。もし、それが叶《かな》わぬのなら、今度はおのれ自身の夢を探すだけではないか」

「おのれの夢？」

「そうだ」

「そのようなもの、わしには考えられもせぬ」

「それを追いはじめたときから、漢《おとこ》としての、まことの人生がはじまるのではないか」

昌幸は顔を上げ、花曇りの空を見上げた。

その年、四月十二日——。

甲斐の虎とうたわれた武田信玄は甲斐府中へ帰還することなく、信濃駒場《こまば》の地で没した。享年、五十三であった。

第九章　風　雪

一

武田信玄の死は、天下の情勢に大きな波紋を投げかけた。

信玄は死の床で、

「向こう三年のあいだ、わが死を伏せよ」

と、遺言を残していた。

近隣の諸大名に与える影響の大きさと、家臣団をまだ完全には掌握しきっていない跡継ぎの勝頼の身を案じてのことである。

遺言に従い、信玄の亡きがらは躑躅ケ崎館に安置され、三年後の天正四年（一五七六）四月十六日になって、ようやく盛大な葬儀がいとなまれることになる。

事実を隠そうとしたにもかかわらず、

──信玄死す
の噂は、たちまち諸国に広まった。

信玄の死去から半月も経《た》たない四月二十五日、飛騨国の江馬《えま》家の家臣河上富信《かわかみとみのぶ》が、越後上杉家

中の河田長親《かわだながちか》にあてて、

「信玄が病をわずらい、世を去ったのではないかとの風聞がある」

と書状を送っている。

その後、忍びの軒猿《のきざる》を放って事実をたしかめた河田長親からの急報で、上杉謙信は長年の宿敵の死を知ることになる。

謙信は、

「あれほどの名将を失うとは、何とも惜しいことだ」

と、惜別の涙を流したという。

これより少し遅れて、岐阜城にいた織田信長も同じ情報をつかんだ。

「信玄が死におったか」

信長はうすい唇に、会心の笑みを浮かべた。

信玄の死により、信長を追いつめていた包囲網の一画が崩れた。人生最大の危機を、信長はたぐいまれな強運で脱したことになる。

包囲網の綻《ほころ》びが見えたとたん、早くも信長は行動を開始している。

武田軍が甲斐へ引きあげるや、疾風のごとく上方へのぼり、洛東知恩院《ちおんいん》に本陣をおいて、粟田《あわた》口《ぐち》、清水《きよみず》、六波羅《ろくはら》、鳥羽《とば》に兵を配置。京の町を隙間なく囲んだ。

震え上がったのは、二条御所の将軍足利義昭である。

義昭は、生前の信玄や浅井、朝倉氏、石山本願寺らに蜂起《ほうき》をうながし、信長包囲網を陰で演出していた。信長は早くからその事実に気づいていたが、みずからが将軍にかつぎ上げた経緯もあり、これまでは見て見ぬふりをしていた。

武田信玄という最大の脅威が無くなった信長は、

「もはや、容赦はせぬ」

断固たる態度で将軍義昭にのぞんだ。

織田軍は上京《かみぎょう》の町を焼き、義昭の二条御所に攻めかかった。

追いつめられた義昭は、朝廷に泣きつき、その仲立ちで信長に全面降伏し、二条御所を退去した。その後、義昭は宇治《うじ》の槙島《まきしま》城で再挙するものの、ふたたび信長に敗れ、京より追放される。

ここに、十五代にわたってつづいた室町幕府は滅亡した。

信長は時をおかずして、越前朝倉攻めの軍勢を起こし、八月二十日、朝倉義景を一乗谷《いちじょうだに》で自刃させる。さらに同月二十八日、朝倉氏と同盟を結んでいた浅井長政を、近江小谷《おだに》城に攻め滅ぼした。

このとき信長は、

「小谷城下の者は、善悪、老若男女にかかわらず、ことごとく斬り捨てるべし」

と、無差別殺戮《さつりく》の命令を下している。

翌天正二年の正月、信長は岐阜城での新年の宴で異様なものを披露したと『信長公記』はしるしている。

——古今に承り及ばざる珍奇の御肴《さかな》出で候て、又、御酒あり。去る年、北国にて討ちとらせられ候、
一、朝倉左京大夫《さきょうのだいぶ》義景首
一、浅井下野《しもつけ》首

一、浅井備前首《びぜん》

以上三ツ、薄濃《はくだみ》にして、公饗《くぎょう》にすえ置き、御肴に出だされ候て、御酒宴。おのおの御謡、御遊興。

信長は、昨年討ち取った越前の朝倉義景、近江の浅井久政《ひさまさ》、長政父子の髑髏《どくろ》を薄濃（漆塗りの上に金粉をかけたもの）にし、公饗（白木の台）にすえて、これを眺めながら新年の宴に興じたという。

いくさの勝敗は時の運である。今日、勝利した者が、明日は敗者となるかもしれない。そうした定めなき世を生きているからこそ、戦国武将たちは、力及ばず敗れ去った死者への尊厳を忘れない。

信長は、その戦国の世の掟《おきて》を破った。

そして、信長の攻撃の矛先は、信玄という支柱を失った武田家へ向けられようとしている。

二

「世が激しく移り変わることよ」

信濃砥石城《といし》の月見櫓から、上田盆地を眺め下ろしながら真田幸隆《ゆきたか》はつぶやいた。

この天正二年の正月で、幸隆は六十二歳になった。

一時は存亡の危機にあった真田家を、知謀と胆力で立て直し、

砥石城

尼巌《あまかざり》城
岩櫃《いわびつ》城
嵩山《たけやま》城
白井城
と、信濃から上野《こうづけ》の諸城を次々と攻略して、今日の地位を築き上げたこの男も、めっきり老いた。
言葉にすることはないが、信玄の死が身にこたえている。思えば幸隆の興隆は、つねに信玄の勢力拡大とともにあった。
幸隆自身には、
——上洛
に対する思い入れは皆無《かいむ》だった。とはいうものの、
（お屋形さまが天下人となれば、わが真田家は信濃か上野一ケ国の国主となれるやもしれぬ……）
と、ひそかな野望に胸を躍らせた。
だが、その野望は信玄の死とともに潰《つい》えた。
信玄の跡を継ぎ、新たに武田家の当主となったのは、息子の四郎勝頼《かつより》である。この勝頼の人物を、幸隆は信玄ほどには評価していない。勝頼が凡庸というわけではない。乱世でなければ、瑕《か》瑾《きん》なく家中を統率していける器であろう。
しかし、如何せん、父の信玄の存在が大きすぎた。
戦国は厳しい時代である。

いささかでも実力の劣る当主があらわれれば、たちまち周囲の勢力に領土を食い荒らされかねない。それゆえ、相続は重要である。

武田家では、信玄の長子太郎義信《よしのぶ》が長く後継者と目されてきたが、今川家をめぐる外交路線の対立で自刃に追い込まれ、代わって側室諏訪氏腹の勝頼が家督を継ぐことになった。

経緯が経緯であっただけに、そこにはどうしても無理が生じる。

信玄の死後も、

――勝頼さまの相続は認められぬ……。

という意見を持つ者がおり、内紛の火種になりかねない危険をはらんでいた。

上田盆地に、はらはらと風花が舞っている。新春とは名ばかりの、寒々とした景色を見つめる幸隆の背中に、

「何を考えておられる、兄者」

弟の矢沢頼綱《よりつな》が声をかけてきた。

幸隆は振り返らず、

「今年はことのほか、寒さが身に沁みると思うてのう」

と、首をすくめた。

「誰かに申しつけて、綿入れを持って来させようか」

「ばかめ。それほどの年寄りではない」

「武田家の行く末を案じておられたのではないか」

頼綱が兄と肩を並べた。

「いや」

「されば……」

「わしの頭にあるのは、わが真田一門のことだけよ」

「それならば、何も心配することはあるまい。兄者はよき息子たちに恵まれた。惣領の信綱《のぶつな》、それを支える昌輝《まさてる》、他家に養子に行ったとはいえ、昌幸《まさゆき》、信尹《のぶただ》も、立派な武者ばらに成長しておる。一族の将来は安泰じゃ」

「ふむ……」

そのとき、賑やかな声が響き、櫓の階段をバタバタと駆けのぼってくる足音がした。

月見櫓に姿をあらわしたのは、少年が二人。九歳になったばかりの武藤昌幸の嫡男源三郎と、そのひとつ違いの弟、源次郎であった。のちの信幸（信之）、幸村兄弟にほかならない。

「おお、源三郎。源次郎もおるか」

幸隆は相好《そうごう》を崩した。

数ある孫たちのなかで、幸隆はこの武藤家の兄弟を、偏愛と言っていいほどかわいがっていた。

父の昌幸が幼いころには、幸隆自身が真田家を立て直す勃興期で多忙であったこともあり、その存在をさほど気にとめなかったが、孫ともなるとにわかに愛情が濃くなってくるから不思議である。ひとつには、二人の母で、昌幸の嫁の美月を、幸隆が気に入っていることもあろう。

ことに、次男の源次郎（幸村）は、切れ長に吊り上がった涼しい目や、端正に引き締まった口もとが祖父幸隆の若いころに生き写しで、真田家の当主の座を信綱にゆずってから、幸隆はこの孫の顔見たさに、甲斐府中の武藤家の屋敷をたずねることがしばしばであった。

「こちらへまいれ、二人とも」

　幸隆は月見櫓の板床にあぐらをかいた。

　源三郎（信幸）と源次郎（幸村）が、祖父のもとへ駆け寄ってゆく。

　幼いながら、兄弟の個性のちがいは際立っている。兄の源三郎はしっかりとした気性で、はきはきと明晰《めいせき》にものを言う。また、負けん気が強く、大人相手の相撲で土俵に転がされても、そのたびに歯を食いしばって立ち上がり、果敢に向かってゆくようなところがあった。

　それに比べ、弟源次郎は口数が少ない。武芸の鍛練に励むよりも、家に籠もって書物を読みふけるのを好み、どちらかと言えば内向的な、武将の子らしくない性格だった。

　だが、祖父の幸隆は、

「源三郎の勇と源次郎の智、この兄弟の両輪が合わさってこそ、家をもり立てることができる。無理をして不得手な道で、おのれの身を撓《たわ》めることはない。おのおの、人よりすぐれているところを伸ばしてゆけばそれでよい」

　と、目をほそめた。

　この正月は、上野の最前線で上杉軍の動向に目を光らせている信綱をのぞき、めずらしく一族が一堂に会している。主君の信玄を失った心寂しさはあるが、幸隆にとっては、おのれが蒔《ま》いた種が枝を伸ばし、葉を茂らせるのを目の当たりにする春でもあった。

「源三郎、源次郎、両人ともよく聞け」

　二人の孫を左右に置き、幸隆はおもしろい物語でも語り聞かせるように言った。

「おまえたちも、この乱世に生きる男子《おのこ》ならば、ひとつ心得ておかねばならぬことがある」

「それは何でございます、祖父《じい》さま」

　兄の源三郎が神妙な顔つきでたずねた。

「人は利に弱い。利に誘われれば、忠義の心も色あせ、死の危険も忘れるということよ」

「利……」

源三郎が小首をひねった。

「はは……。おまえたちには、まだ難し過ぎるかのう」

幸隆は笑い、

「だが、いずれわしの言ったことがわかる日が来る。われらのごとき弱小の一族は、人の欲望のありかを冷静に見定め、それを利用して人を動かし、戦いに勝つしか、生き残る術《すべ》はない。わしも、これにおる頼綱も、そしておまえたちの父も、みな同じ宿命を背負っておる」

と、ふと遠くを見るような目をしてつぶやいた。

「それゆえ、うかつに人を信じるな。いくさは騙《だま》し合いじゃ。ゆえに力があっても弱いように見せかけ、欲しいと思っても要《い》らぬふりをし、近くにいても遠くにあるように敵に思わせ、遠くにあっても近くにあるように思い込ませねばならぬ」

幸隆は言った。

「それは孫子《そんし》の兵法にござりますな、祖父さま」

八歳の源次郎（幸村）が祖父を見上げた。

「そなた、孫子を読んでおるのか」

「はい」

源次郎はいきいきと瞳を輝かせ、

「兵は詭道《きどう》なり。故に能なるもこれに不能を示し、用なるもこれに不用を示し、近くともこれに遠きを示し、遠くともこれに近きを示し、利にしてこれを誘い、乱にしてこれを取り、実にしてこれを備え、強にしてこれを避け……」

と、澱《よど》みなくそらんじてみせた。

「おお……。聞いたか、頼綱。こやつ、たいしたものぞ」

「まことに」

そばにいた矢沢頼綱が、唇に微笑を含んだ。

「それがしなど、源次郎と同じ年のころには、勉学を嫌って、野山を駆けまわってばかりいたものでしたが」

「まさに、その孫子の兵法のなかにこそ、われら一族が生きるための知恵が詰まっておる」

幸隆は孫たちの肩を抱きしめた。

「兵法とは、強者のためにあるのではない。われらのような弱小の勢力のためにこそ、編み出されたものだ。強者は知恵を使わずとも、勝利を得るはたやすい。なぜなら、兵力にものを言わせ、力攻めに攻めればよいからじゃ。だが、いくさはつねに強者が勝つとはかぎらぬ。小さき者が強大なる者を倒す知恵、それが兵法にほかならぬ」

「兵法を用いれば、天下を取ることもできるのでございますか」

源三郎が聞いた。

「はッはは……。それはちと、難しいかもしれぬ」

「なにゆえでございます」

「みずから欲心を抱いた者に、天が味方するとはかぎらぬからじゃ。躑躅ケ崎のお屋形さまも、あれほどのお知恵と力を持ちながら、ついに天運を引き寄せることが叶わなんだ。人の世とは、わからぬものだ」

幸隆はしみじみとつぶやいた。

三

真田幸隆が世を去ったのは、天正二年、五月十九日のことである。

享年六十二。

法名は、笑傲院殿月峯良心大庵主《しょうごういんでんげっぽうりょうしんだいあんじゅ》。

幸隆の死にともない、長男信綱が正式に真田家の家督を継いだ。

このころ――。

武田家の当主となった四郎勝頼は、ほとんど甲斐府中にとどまることなく、積極的に遠征をおこなっていた。

信玄という偉大なカリスマは世を去ったが、武田家が本国甲斐を中心に、駿河、信濃、西上野、飛騨にまで大きく版図を広げ、天下の諸将を畏怖させる最強の騎馬軍団を有していることに変わりはない。

信玄の死去に乗ずる形で三河長篠《ながしの》城を奪った徳川家康に対し、勝頼は遠州にある東海道筋の交通の要衝、

――高天神《たかてんじん》城
を奪取。

父信玄も陥とすことができなかった城を落城させたことで、

「おのれも、父に劣らぬ力量の持ち主である」

と、信玄以来の譜代の家臣たちにしめしてみせた。

武田家中は、義信事件の疵を引きずりながら家督を継いだ勝頼のもと、必ずしも一枚岩にまとまっているわけではない。

『甲陽軍鑑』に、次のような話が載っている。

甲斐府中の躑躅ケ崎館で祝儀があったさい、内藤昌月《まさあき》と高坂昌信が、

「勝頼さまは、わずかのあいだに幾つもの城を攻略し、亡き信玄公も手を焼いた高天神城をも奪ってしまわれた。ここまで華々しい成功をおさめたからには、必ずや慢心し、われら老臣どもの意見に耳を傾けなくなるにちがいない。三年以内に、当家は滅亡するであろう」

と、語り合ったという。

武田の家臣たちは、それぞれが百戦錬磨のつわものだけに、若い勝頼への侮りの気持ちがどこかにあり、それが日ごろのちょっとした言動の端々にあらわれていた。

（家中をまとめるには、積極策しかない……）

武田勝頼は外へ向かって攻めつづけることで、ともすれば崩れそうになる、みずからへの求心力を保とうとしている。

翌天正三年になり、

「次は、長篠城を奪い返すぞッ！」

勝頼は遠征の軍令を発した。

三河長篠城は、寒狭《かんさ》川と三輪《みわ》川が合流する地点にある。

北側をのぞき、南東西の三方が川へ向かって落ち込む断崖に囲まれた、要害堅固な城塞であった。

この地は三河の山間部ではあるが、古くより、
遠江
信濃
美濃
を結ぶ交通の要衝として、軍事的、経済的に重要な意味を持っていた。

長篠城を守るのは、徳川方の城将奥平信昌《おくだいらのぶまさ》。城内に立て籠もる兵は、わずか五百にすぎない。

勝頼ひきいる一万五千の武田勢は、長篠城北方の大通寺《だいつうじ》、医王寺《いおうじ》の丘陵地帯に展開。一部は寒狭川、三輪川をへだてた対岸に陣を置いて、周囲を隙間なく取り囲んだ。

城北の大通寺山には、武田信豊《のぶとよ》、馬場信春、小山田昌行《まさゆき》など二千人。

北西には、一条信竜《いちじょうのぶたつ》、真田信綱、昌輝兄弟、土屋昌次《まさつぐ》など二千人。

西に、内藤昌秀、小幡信定《のぶさだ》以下、二千人。

南に、武田信廉《のぶかど》、穴山信君、原昌胤、菅沼定直《すがぬまさだなお》など千五百人。

遊軍として、山県昌景、高坂昌澄《まさずみ》など千人。

武田勝頼の本隊三千は医王寺山の本陣におり、ほかに甘利信康《のぶやす》、小山田信茂、跡部《あとべ》大炊助勝資《おおいのすけかつすけ》らが、後軍に控えていた。

武藤昌幸は兄たちとは行動を別にし、三枝新十郎とともに勝頼の本隊に従っている。

甲斐を発つとき、昌幸は二人の兄と、真田の里で採れたクルミを肴にして濁り酒を酌みかわした。

「そなたもそろそろ、よい歳じゃ。父上の後生《ごしょう》を弔うためにも、よき武功を挙げよ」

次兄の昌輝が言った。

「わかっております」

昌幸はうなずいた。

「たがいに武運を」

戦場灼けした顔をかすかにほころばせた長兄信綱の笑いが、昌幸の目に沁みた。

四

五月八日——。

降りしきる五月雨《さみだれ》のなか、

「総攻めじゃーッ！」

武田家伝来の富士山形前立六十二間兜をつけた勝頼は、雄叫びとともに、金色の采配を振った。

北西の大手方面から、一条信竜、真田信綱、昌輝兄弟、土屋昌次の隊が、城門を打ち破らんものと喊声を上げてせまった。

だが、城の守りは堅い。

城壁の狭間から一斉に矢が放たれ、武田勢を容易に近づけない。

「ええい、何をもたもたしておるッ！　敵はわずか五百の寡兵ではないか」

勝頼は苛立ちをつのらせるが、連日の猛攻にも、城方はしぶとく耐えつづける。

攻撃開始から四日目の夕刻、寒狭川の対岸に陣取った穴山信君が、川に筏《いかだ》を並べて長篠城の野牛門に押し渡ろうとした。

だが、城方が断崖上から雨あられと石礫《つぶて》を投げ、矢を放ってきたため、穴山隊は撤退を余儀なくされる。

さらに、武田方は金掘り人夫の黒鍬者《くろくわもの》を使って地下に坑道を掘り、城内への侵入をはかるも、これを奥平信昌に察知され、城内から掘りすすめた穴をつたって逆襲された。

（埒《らち》が明かぬ……）

勝頼の旗本隊に属している武藤昌幸は、味方の不甲斐なさに唇を噛んだ。

「勝頼さまに、ご進言申し上げねばならぬ」

昌幸は、朋輩の三枝新十郎に言った。

「何を進言するつもりだ」

「これ以上の力攻めは、いたずらに味方の兵を損ずるだけよ」

「されば、おぬしに何かよい策でもあるのか」

「無理攻めをせず、持久戦に持ち込めばよい。敵の兵糧は、そう長くはもつまい。向こうが音を上げるのを待てばよいのだ」

「しかし、それを勝頼さまがお聞き入れになるかのう」

新十郎が首をひねった。

「なにしろ、勝頼さまは血気さかんなる御大将じゃ。そのうえ、まわりには跡部大炊助ら、勝頼さまに追従しか言わぬ取り巻きがいるときている」

「それでも言わねばなるまい。このままでは、城は陥ちぬ」

昌幸は勝頼のもとへ出向き、兵糧攻めの策を強く進言した。

しかし、新十郎が危惧したとおり、

「このわしに差し出口を申すか」

勝頼はあからさまに不快な表情をみせた。

「まこと、不埒《ふらち》な男にございますのう」

貧相な薄い口髭を生やした跡部大炊助勝資が、これみよがしに勝頼の肩を持った。

跡部大炊助勝資は、勝頼の側近として、近ごろにわかに力を持つようになった男である。

先代信玄のころから取次役をつとめていたが、勝頼の代になって、つねにその傍らに侍るようになった。

むろん、武田家には跡部以上に経験豊富な老臣たちが数多くいる。

だが、彼らを差し置き、跡部が寵用《ちょうよう》されるようになった背景には、

（わしには、わしのやり方がある。何かといえば、先代以来のしきたりを持ち出す老臣どもは、少々、小うるさい……）

という、勝頼自身の微妙な気持ちがあった。

その結果、

「跡部大炊助を通さなければ、一門、重臣といえども、何ごとも言上することができぬ」

という有りさまとなった。

この跡部、勝頼の顔色をうかがう以外には何の取り柄もない、絵に描いたような小人物である。

上の者には媚びへつらい、下の者には尊大ぶって威張《いば》り散らす。そのうえ、金に対する執着が強く、取り次ぎを頼む相手には、あからさまに賄賂《わいろ》を要求してきた。

当然、真田家から差し出された人質だった昌幸のことも、見下してかかっている。

「そのほう、何様のつもりじゃ」

跡部大炊助が皮肉たっぷりの口調で言った。

「城攻めの策は、御大将がお決めになることぞ。勝頼さまの命に従えぬとでも申すか」

「そういうことではござりませぬ」

「ならば、どういうことか」

「それがしは、これ以上の力攻めは、お味方を消耗させるだけと、ものごとの理を説いておるまで……」

「黙れいッ!」

跡部が口髭をふるわせて、昌幸を一喝した。

「一家臣の分際で、御大将に意見するとは、はなはだ増上慢《ぞうじょうまん》なり。下がるがよいぞ、武藤昌幸ッ」

「下がりませぬ」

昌幸は跡部ではなく、勝頼その人をまっすぐに見つめた。

「糧道を断ち、持久戦を行なえば、長篠城は労せずして落ちるのでございます。なにとぞご決断を……」

「ただ、待てと申すか」

勝頼が冷たく昌幸を見返した。

「それはできぬ」

武田勝頼が言った。

「なにゆえでございます」

昌幸は食い下がった。

「徳川家康はいま、織田軍の来援を待っている。信長が到着次第、徳川、織田の連合軍が、この長篠の地へ後詰《ごづ》めにやって来よう。それまでに、何としても城を陥とさねばならぬ」

「焦りは禁物です。亡きお屋形さまなれば、かようなときこそ山の如く動かず、敵がみずから音《ね》を上げるのをお待ちになられたはず」

「父は父、わしはわしじゃ」

「されど……」

「そのほう、わしの采配《さいはい》が父に及ばぬとでも申すか」

勝頼の顔色が変わった。

「けっして、さようなことは……」

「誰もかれも、申すことはみな同じじゃ。二言目には、父上の在世中にはそのようにはせなんだと抜かす。武田家の当主は、このわしぞ。わが命に従えぬ者は、どこへなりとも去るがよかろう」

勝頼が床几から立ち上がった。

目がすわっている。

(おのれを、亡きお屋形さま以上の器と信じたい……。いや、信じねば、精神の均衡を保つことができぬのだ)

昌幸は思った。

一代の英雄がいたとして、その子も同じ英雄になれるとはかぎらない。そもそも信玄とて、生まれながらに不敗の将であったわけではない。経験を積み重ね、幾多の失敗のなかから多くを学んで、みずからの方法論を確立した。

しかるに勝頼は、家督を継いだ瞬間から、信玄と同じか、あるいはそれ以上の実績を残すことを期待されている。

（勇むな、と言うほうが無理なのか……）

昌幸はふと、信玄の後を追うようにして世を去った父幸隆のことを思い出した。

（このようなとき、あの父なら何としたことか）

何もできぬおのれに、昌幸は泥田の底を足の指で掻くような言いしれぬ無力感をおぼえた。武田勝頼は、その後もあの手この手で長篠城を攻め立てた。しかし、城の守りを崩すことはできない。

ついには勝頼も強硬路線を変えざるを得ず、城のまわりに鹿垣《ししがき》をめぐらして兵糧攻めの構えをとった。

五

長篠城の後詰めに向かうため、織田信長が岐阜を出陣したのは、五月十三日のことである。翌日、三河岡崎城に入り、徳川家康と会見。十五日には、長篠城の使者鳥居強右衛門《すねえもん》から現地の戦況を聞き、今後の方策を練った。

信長は、合戦における、

――情報
の重要性を明確に認識している男である。

今川義元を撃破した桶狭間合戦においても、奇跡とも言える奇襲が成功した陰には、細心にして綿密な情報収集があった。

信長は、三方ケ原で武田軍と直接対決した経験のある徳川家康や、義信事件をきっかけに甲斐を放逐され、家康に仕えるようになった武田の旧臣たちに、

「武田騎馬隊の弱点は何か」

ということを執拗に聞いた。

「弱点はござらぬ」

家康は言った。

「武田の馬は長駆によく耐え、わずかな戦況の変化にも迅速に対応する機動力をそなえておりまする。高度に訓練された騎馬隊の動きは、まさしく変幻自在。逃れたかと思えば、すぐ間近に迫っている武田騎馬隊の恐ろしさ、いまも忘れられませぬ」

「それでも、どこかに隙はあるはずだ」

信長は、その青ずんだ光を溜《た》めた怜悧《れいり》な目を、武田旧臣の曽根市兵衛《いちべえ》に向けた。

曽根市兵衛は幼名を市丸といい、義信事件に連座して一族の多くを追放され、武田家に対して深い恨みを抱いている。市兵衛自身、今川家に身を寄せ、今川滅亡ののちは徳川家康に仕えていた。

「しいて申し上げれば、隙がないのが武田騎馬隊の最大の弱点でござりましょう」

「どういうことだ」

信長は興味をそそられたように、ずいと身を乗り出した。

「なるほど、武田の騎馬隊は強うござります。それぞれの将が一騎当千のつわもので、われこそはと武勇に絶対の自信を抱いておりまする。裏を返せば、その自信のあまり、ときに突出して敵

を深追いしすぎるという弱みにもなるのです」

曽根市兵衛が言った。

「おもしろい。もっと語れ」

「はッ」

武田騎馬隊の弱点については、典型的な実例がある。

それは、若き日の信玄が村上義清に大敗した、

——上田原合戦
でのことである。

村上義清は武田騎馬隊の先鋒と一戦して敗れ、あっけなく退却をはじめた。だが、じつはそれこそ、義清が用意した罠であった。

つわもの揃いの武田の騎馬武者たちは、ここぞとばかりに村上勢を深追いした。それぞれが、おのれの力を過信しているために、軍団としての統制がきかなくなり、伏兵を置いて待ち伏せしていた村上義清の前に、見るも無残な大敗北を喫する結果となった。

武田信玄は、このときの敗戦を教訓にして、個々の武勇に走りがちな騎馬武者たちを、みずからの強力な指揮権のもとに置き、一糸乱れぬ組織としての戦いが可能な鉄の軍団を造り上げた。

かつて信玄のもとに奥近習衆として近侍し、その戦略を直伝された曽根市兵衛の説明に、

「なるほどな」

信長は深くうなずいた。

「さりながら、信玄はもはやこの世の人ではありませぬ」

曽根市兵衛は、目の奥を暗く光らせ、

「それがしの知るかぎり、四郎勝頼は武田の家臣どもに全幅の信頼を寄せられているわけではござらぬ。最強の騎馬隊といえども、それを手足のごとく使役する頭がなければ、烏合《うごう》の衆と同じ」

「そこに、付け入る隙があるというわけじゃな」

「御意」

「相わかった」

信長は床几から腰を上げ、

「信忠（信長の嫡男）をこれへッ！　林秀貞《はやしひでさだ》、柴田勝家《しばたかついえ》、佐久間信盛、丹羽長秀《にわながひで》、明智光秀、滝川一益らも呼び集めよ。おのおの持ち場を申しつけるッ」

特徴のある甲高い声で叫んだ。

五月十六日、織田、徳川連合軍三万八千は岡崎城を発した。

同日、牛久保《うしくぼ》の地に到着。

さらに進んで野田《のだ》で野営したのち、長篠城の手前一里のところにある、

――設楽原《したらがはら》

に布陣した。

この情報は、武田方の斥候《せっこう》によって、ただちに長篠城を包囲していた勝頼のもとへもたらされた。

六

「信長め、来おったか」
武田勝頼は目もとに、さっと血の色を立ちのぼらせた。
斥候の報告によれば、織田軍は設楽原を西から見下ろす、
極楽寺山《ごくらくじ》（織田信長、柴田勝家）
天神山《てんじん》（織田信忠、河尻秀隆《かわじりひでたか》）
御堂山《みどう》（北畠信雄《きたばたけのぶかつ》、稲葉一鉄《いってつ》）
茶磨山《ちゃすり》（佐久間信盛、丹羽長秀、滝川一益）
に展開。
また、徳川家康とその息子信康《のぶやす》は、それよりやや東方の松尾山《まつお》、弾正山《だんじょう》に、それぞれ着陣したという。
後詰めにあらわれたものの、織田、徳川連合軍は長篠城を包囲する武田軍に攻撃を仕掛けるでもなく、後巻にしたまま動かない。
「われらを恐れておるのか」
勝頼はあざけりの笑いを色白の頬に浮かべた。
本陣に老臣たちが呼び集められ、織田、徳川連合軍への対応を決める軍議がひらかれた。
その軍議の冒頭で、勝頼側近の跡部大炊助が、一通の密書を披露した。
「これなるは、織田家重臣佐久間信盛が、勝頼さまに内通を願ってきた書状にござる」

跡部大炊助が脂《あぶら》の浮いた小鼻を膨らませ、諸将を得意げに見渡した。

「このなかで、佐久間はかようなことを申しております。信長は武田勢が城の囲みを解き、設楽原へ押し出してくるのを何よりも恐れている。かの地で武田騎馬隊に正面から決戦を挑まれれば、織田方に勝ち目はなし。おのれも戦場で信長に叛旗をひるがえし、背後から味方に攻撃を仕掛ける所存なれば、武田方勝利のあかつきには、なにとぞご家来衆のはしにお加えいただきたし」

「佐久間信盛が、われらの側に寝返ると申すのか」

重臣の馬場信春が、するどい目つきで跡部を見た。

「さようにござります」

「話が出来すぎておる。敵の仕掛けた罠ではないのか」

「これは異なことを申されまする」

跡部大炊助が、鼻の穴をますます大きくした。

「馬場どのは、これを偽書とでも？」

「われらを設楽原へ誘い出さんがため、わざと佐久間の名でかような密書を送らせたということもある」

「武勇をもって鳴る馬場どのとも思われませぬな。そこまで深くお疑いになるのは、ご自身が臆しておいでだからではございませぬか」

皮肉めいた跡部大炊助の言葉に、

「わしが臆しておるだと……。聞き捨てならぬ」

馬場信春が目をいからせた。

「われらは先代信玄公以来、幾多の厳しい戦いを重ねてまいった。その経験から、いくさが言葉で言うほど生易しいものでないことを体でわかっておる。そもそも、たいした実戦経験もないそなたに、いくさの何がわかろうかやッ！」

「言葉に気をつけられよ、馬場どの。それがしを愚弄するは、御大将勝頼さまを愚弄するも同じでございますぞ」

「何ッ……」

「佐久間信盛よりの密書、ほかならぬ勝頼さまも、まことのものと断じておられる」

「言わせておけば、おのれの思い込みで勝手なる虚言を」

「虚言ではない」

馬場信春と跡部大炊助の言い争いを聞いていた武田勝頼が、おもむろに口をひらいた。

「大炊助の申すとおり、佐久間信盛の内応を疑う理由はない。さだめし、わが武田騎馬隊の襲来に脅えて、織田軍の内部は混乱をきたしているのであろう」

「勝頼さま……」

「敵の足並みが乱れているというなら、この機を逃す手はない。ただちに進撃を開始し、決戦を挑むべし。亡き父上の上洛戦のおりには、信長、家康とも命を拾ったが、こたびはそうはいかぬ。一兵残らず掃討し、完膚なきまでにたたき潰してくれようぞ」

勝頼は顔を紅潮させて言った。

おのれでおのれの言葉に酔っている。勇み立ち、冷静さを失ったその姿に、

（危うい……）

馬場信春はじめ、山県昌景、内藤昌秀、小山田信茂、原昌胤ら歴戦のつわものたちは、みな不

安をおぼえた。

「頭を冷やされませ、勝頼さま。設楽原西方に展開する敵の兵数は三万八千。対する当方は、相手の半分にも満たぬ一万五千。正面からぶつかっては、衆寡《しゅうか》敵《てき》し難うございます。ここはいったん兵を退かれたほうが得策かと……」

山県昌景が諫言《かんげん》したが、勝頼は、

「敵に背中を見せるなど、わが軍法にはなし」

として、決戦の方針をかためた。

七

新羅三郎《しんらさぶろう》源《みなもとの》義光《よしみつ》の流れを引く清和源氏《せいわげんじ》の名門武田家には、先祖代々、継承されてきた二つの重宝がある。

日の丸の御旗《みはた》

楯無鎧《たてなしよろい》

が、それである。

日の丸の御旗は、白絹の地に赤く日の丸を染め出したもので、天喜《てんぎ》四年（一〇五六）、新羅三郎の父源頼義《よりよし》が後冷泉《ごれいぜい》天皇より下賜されたとの由緒を持つ。また、新羅三郎所用と伝わる楯無鎧は、鉄一枚張八間黒漆塗りの厳星兜《いがぼしかぶと》に、小桜韋黄返縅《こざくらがわきがえしおどし》の鎧という、平安の世の古風をとどめるものである。

ともに武田宗家を継ぐ嫡流のあかしとして累代の当主に受け継がれ、平素は甲斐府中の御旗屋に安置されている。

このたびの出陣にあたり、武田勝頼は二つの重宝を御旗屋ごと携行し、陣中の守りとしていた。

織田、徳川連合軍との決戦を前にして、勝頼は、

「わがいくさ、御旗も楯無も照覧あれッ！」

と、家宝の前で祈りをささげた。

日の丸の御旗、楯無鎧の前で誓いを立てた以上、もはや後には退かぬというのが、名門武田家の軍法である。

その夜――。

武藤昌幸は立ちこめる深い川霧のなか、長篠城の大手門外に陣する二人の兄、真田信綱、昌輝のもとへ向かった。

「おお、昌幸」

長兄の信綱が、篝火に照らされた精悍《せいかん》な顔を弟に向けた。

「ちょうど、そなたを呼びに使いを遣ろうと思うておったところよ。いささか、気がかりなことがあってな」

「兄上も……」

「まあ、すわれ」

信綱が草の上に敷かれた鹿革を目でしめした。兄弟は、たがいの顔を突き合わせるほどの近さに車座になってすわった。

「じつは先刻、敵陣近くに放っていた四阿山の山伏から知らせがあった」

信綱が言った。

「何と？」

「信長は連子《れんご》川の向こう側に、馬防柵《ばぼうさく》を張りめぐらせておるそうじゃ。それも、一重ではない。二重、三重に築いているらしい」

「その話、それがしの耳にも入っております」

昌幸は声をひそめるようにして言った。

「三重の馬防柵は、全長半里（約二キロ）。おのおの五町ほどの間隔をあけて、もうけられているとの由」

「ずいぶんと、早耳じゃな」

次兄昌輝の言葉に、

「禰津家ゆかりの甲賀の忍びが、それがしの耳目として働いておりますれば」

暗がりのなかで、昌幸は鳶色がかった目をちらりと光らせた。

京で風呂屋のあるじとなっていた、

——木猿《きざる》
が、配下の下忍たちをひきいて昌幸のもとで働くようになっている。

故信玄より甲信二ケ国の巫女頭に任じられた禰津《ねっ》の千代女《ちよめ》が、対織田戦にそなえて呼び寄せたものである。甲賀の忍びたちを配下に置いたことで、昌幸の情報収集能力は飛躍的に上昇した。

「馬防柵の内側には、足軽鉄砲隊が配されております。織田方が設楽原に持ち込んだ鉄砲は、その数三千挺」

「三千とな……」

信綱と昌輝が、その膨大な数に息を飲んだ。南蛮渡来の新兵器、――鉄砲

は、このころすでに諸大名の多くが装備している。

むろん、武田軍も例外ではないが、その数はせいぜい数百といったところである。

しかるに、織田軍は三千挺という桁外《けたはず》れの鉄砲を有し、それを足軽隊に装備させているという。

「馬防柵を三重にめぐらせているのは、武田の騎馬隊の勢いを殺ぎ、三千挺の鉄砲の火力を最大限に活かすための備えか」

信綱がうめいた。

「おそらくは」

昌幸は表情を厳しくしてうなずいた。

「このままでは、敵の仕掛けた罠の真っ只中に、みずから突っ込んでいくようなものでございましょう」

「このこと、勝頼さまには？」

「申し上げました」

「して……」

「すでに日の丸の御旗、楯無鎧に祈りをささげた。もはや、引き下がることはできぬと勇み立ち、聞く耳を持たれませぬ」

「やんぬるかな」

真田信綱は天を仰ぎ、

「勝頼さまは勇ある御大将なれど、哀しいかな、いくさの潮目を見る目がそなわっていない。亡き信玄公は攻めるべきときは攻め、退くべきときは退くことのできる、硬軟自在の御大将であられた」

と、ため息をついた。

「ほかに、勝頼さまに諫言できる者はおらぬのか」

次兄の昌輝が、昌幸を見た。

長男信綱のごとき一族の上に立つ度量や、弟昌幸のような才気こそないが、いざとなれば大勢の敵を向こうにまわして一歩も後へは退かぬ、どっしりと肚のすわった兄である。

「そのようなお方がおれば、兄上たちのもとへご相談にまいってはおりませぬ」

「道理じゃ」

「決戦は避けがたいとして、あと二、三日、せめて空模様が変わるまで、設楽原へ打って出るのを止めることはできぬものでしょうか」

昌幸は言った。

「どういうことだ」

信綱が、いぶかしげな目をした。

「雨を待つのです」

「雨を？」

「雨さえ降れば、火縄が湿気《しけ》り、三千挺の鉄砲といえども、ものの役に立たぬただの鉄の塊と化しまする。そこを狙って攻めかかれば、わが方にも勝機は十分に」

「兄上」

次兄の昌輝が腰を上げた。

「それがしこれより、馬場美濃守どののもとへ行ってまいります。昌幸の策を打ち明け、出撃を先へ延ばしていただけるよう、美濃守どのにお口添え願おうかと」

「わしも、山県三郎兵衛尉どのに掛け合いに行ってこよう。何もせず、座して出陣の時を待つわけにはいかぬ」

「されば、それがしも小山田どののところへ……」

真田家の兄弟は、それぞれ武田軍の中核をなす宿老たちのもとへ散った。

だが――。

時はすでに遅かった。

昌幸らに動かされた宿老たちの説得もむなしく、武田勝頼は全軍に、敵が待ち受ける設楽原への出撃の命を下した。

八

乳色の靄《もや》につつまれた設楽原に武田軍が姿をあらわしたのは、五月二十一日、早朝のことである。
武田軍は、設楽原を見下ろす東の丘陵地に布陣。鶴が左右に羽を大きく広げるのに似た、鶴翼の陣をとった。
〔右翼〕穴山信君、馬場信春、真田信綱、同昌輝、土屋昌次、一条信竜
〔中央〕武田信廉、内藤昌秀、原昌胤、安中景繁《あんなかかげしげ》、和田業繁《なりしげ》

〔左翼〕武田信豊、山県昌景、小笠原信嶺《のぶみね》、松岡右京《まつおかうきょう》、菅沼定直、小山田信茂、跡部大炊助、甘利信康、小幡信定、同信秀《のぶひで》

総大将の武田勝頼は、清井田《きよいだ》に陣する中央部隊の後方に本営を置いた。武藤昌幸は旗本隊として勝頼の陣にいる。

本営は谷底にあるため、前線のようすを直接目にすることができない。

（大将が全軍の状況を把握せずして、戦いになるのか……）

昌幸は不安をおぼえた。

即刻、勝頼のもとへ行き、

「丘の上へ本陣を移すべきでございます。このような谷底では、諸隊に対して的確なご命令が下せますまい」

と、訴えた。

「このわしに、指図をするか」

勝頼が冷たい目で昌幸を見た。

「けっして、さようなことは……」

「よいか」

勝頼は小鼻をふくらませ、

「名門武田家の大将たる者が、そのような軽々しい行動を取っては、世の笑い者になる。わしは本陣にどっしりと腰を据え、いざ勝負というとき前線へすすむ」

「いくさは体面を気にしてするものではございませぬ。なにとぞ、本陣を前へ……」

「ならぬものは、ならぬッ！」

勝頼が苛立ったように声を荒らげた。

「ならばせめて、それがしの隊が前へすすむことをお許しくださいませ。戦況を見定め、本陣へご報告いたしますれば」

昌幸は必死に食い下がり、ようやく勝頼の許可を得た。

昌幸は手勢二百をひきいて、清井田近くの山にのぼった。

濃い靄《もや》がしだいに晴れてくると、眼下に視界がひらけた。

すぐ足もとに、武田軍の中央部隊が展開している。右手の浅木《あさき》村付近には、右翼部隊がひしめいており、そのなかに昌幸の兄信綱、昌輝ひきいる真田隊の六連銭の旗がひるがえっているのが見えた。

左手に目を転ずれば、山県昌景配下の精強部隊が、ひときわ目立つ真っ赤な旗指物をはためかせている。

先夜の軍議の席で、昌景は、

「もはや、決戦を止めはいたしませぬ。ただし、わが願い、ひとつだけお聞き入れ下さいませ。むやみに攻めかからず、頃合《ころあい》を待って、行動を起こされますよう」

と、最後の最後まで主君勝頼の軽挙を諫めた。しかし、

「そのほう、幾つになっても命は惜しいか」

臆病者めと言わんばかりに、勝頼にあざ笑われたため、山県昌景は激怒。

「お屋形さまの心底、ただいまの一言で骨身に沁みてわかり申した。この戦いで、それがしは討ち死にして果てる所存。お屋形さまも命惜しみをなさらぬならば、さだめし見事な死に花を咲かせることでござろう」

痛烈な皮肉を言って退出し、討ち死にの覚悟をかためていた。

山県昌景のみならず、武田方の武将の多くが、それぞれ複雑な感情を抱いての出陣だった。部下たちの意志を統率しきれていない時点で、武田勝頼はすでに、万軍をひきいる大将の資格を失っていたことになる。

もっとも、それは勝頼個人の資質のせいとばかりも言い切れない。

勝頼の父信玄は、その晩年に、嫡子義信を自刃に追い込み、強引ともいえる領土拡張政策を実施した。信玄自身は、その卓越した軍略と圧倒的なカリスマ性で、快進撃をつづけたが、息子の勝頼は父ほどの実力と人望がないまま、拡張政策のみを背負わされることになった。そこに、武田勝頼という男の悲劇がある。

むろん、戦いの場に身を置いている昌幸には、そこまで客観的にものごとを眺めている余裕などあるはずもない。

（敵は……）

と、かなたに目をやると、設楽原を糸のように横切る連子川の向こうに、馬防柵が張りめぐらされているのが見えた。

最前線の連子川近くの弾正山に、

――厭離穢土欣求浄土《えんりえどごんぐじょうど》
の旗印と金扇《きんせん》の大馬印《おおうまじるし》をかかげた、徳川家康の本陣がおかれている。

そこから二町ほど後方の茶磨山に、永楽銭《えいらくせん》を三つ黒く染め出した旗印と、金の傘の大馬印を遠望することができる。

（あれが、信長の本陣か……）

大きく身を乗り出す昌幸の背中に、

「向こうは、戦況に応じていかなる対処もできるよう、前線を見下ろす丘の上に本陣を置いておりまする。それに引きかえ、武田の御大将は、いかにも鷹揚におわしますなあ」

いつのまにあらわれたのか、鎖帷子を着込んだ、甲賀の木猿が声をかけてきた。

「木猿」

「はい」

「おれは今日ほど、亡き信玄公を恨めしく思ったことはない」

「とは？」

「信玄公はなにゆえ、われら奥近習、小姓衆を仕込んだごとく、おのが息子にもう少しましな知恵を授けておかれなんだのか」

「は……」

「このいくさ、武田は勝てぬ」

昌幸はひどく乾いた声でつぶやいた。

「浅木村にいる兄上たちのもとへ走ってくれ。伝えねばならぬことがある」

「何と申し上げればよろしいので」

「端《はな》から負けが見えているいくさのため、無駄に命をお捨て下さるな、と」

「それでは、武田の軍令にそむくことになりましょうな」

木猿が顔から表情を消してささやいた。

「もとより、われらは武田の譜代ではない。臣下の言に耳を傾けようともせぬあるじに、何の義理があろうか」

「命にそむいたとて、裏切りではないと……」

「急げ、木猿」

「承知」

軽捷な身ごなしで、木猿が斜面を駆け下りていった。

その後ろ姿が林間に消えるのとほとんど同時に、山の下から喊声が湧き上がった。

武田軍左翼の先鋒山県昌景の槍隊が、長柄の穂先を揃えながら突進していく。そのあとに、馬蹄の音を響かせて、赤備えの騎馬隊がつづいた。

九

織田、徳川の先鋒は、張りめぐらされた馬防柵の前に進み出ている。

織田軍の先鋒は滝川一益。徳川軍の先鋒をつとめるのは、石川数正《かずまさ》、本多忠勝の隊である。

その先鋒がわざわざ柵の前へ出るのは、武田軍をみずからのふところへ誘い込むための、

——罠
であった。

このときすでに、死を覚悟していた武田の先鋒山県昌景は、

「ものども、命惜しみするなッ。進めや、進めーッ！」

鬼の形相で喚《おめ》き、配下の騎馬隊とともにまっしぐらに突き進んだ。

決死の軍勢ほど強いものはない。

数のうえでは織田、徳川連合軍がまさっているにもかかわらず、山県隊は互角以上の戦いを演

じ、半刻《はんとき》（一時間）も経つころには、敵先鋒を馬防柵のうちへ追い込んだ。

「それッ、敵は浮足立っておるぞ。追え、追えーッ！」

勢いにのる山県昌景の騎馬隊は、馬防柵まで、わずか半町の距離にせまった。

その瞬間――。

突如、銃声がとどろいた。

馬防柵の内側で待機していた織田の足軽隊の鉄砲が、地を揺るがす轟音とともに火を噴いたのである。

ダダーンッ
ダダーンッ
ダダーンッ
と、千挺の鉄砲が突進する騎馬軍団を正面から狙い撃ちした。

五人、十人と、甲冑武者が馬上でのけぞり、血しぶきを撒き散らしながら斃《たお》れてゆく。馬の腹を撃たれ、つんのめりながら地面へ落下してゆく者もいた。

その間も、馬防柵のうちから織田軍の容赦ない銃撃がつづく。

一撃目が放たれると、後ろに控えていた足軽隊が入れ替わって二撃目を発射。さらに三撃目が、武田騎馬隊を襲った。

織田信長は、銃弾の装塡に時間がかかるという火縄銃の欠点を補うため、三千人の鉄砲足軽隊を千人ずつ三列に並べ、一発撃つごとにしゃがんで弾を込めさせ、そのあいだに次の列が立射するという、鉄砲三段攻撃を考案していた。

武田騎馬隊の最大の武器は、

――機動性にある。

織田軍の鉄砲三段撃ちは、その機動力を完全に封じた。

武田軍は左翼の山県隊の動きに合わせ、中央から武田信廉、内藤昌秀、原昌胤らの諸隊が競うように馬防柵にせまったが、いずれも烈しい銃火にさらされ、それ以上先へ進むことができない。

一方、右翼の先鋒馬場信春は、織田方左翼の佐久間信盛隊を烈しく攻め立て、馬防柵の後ろへ追い込んだ。

むろん、佐久間隊が逃げたのは見せかけで、深追いする武田勢を、織田の鉄砲足軽隊が虎視眈々と待ち受けている。

「兄上ッ」

馬場隊につづき、右翼の二陣を駆けてきた真田昌輝が、馬を並べてすぐ横をゆく兄の信綱に声をかけた。

「馬場どのから、わしはここにとどまるゆえ、そなたらが先へ進んで功名を上げよと使いが来た。このまま突っ込んでは、いたずらに鉄砲の餌食《えじき》になることをご存じなのではないか」

「人の肚《はら》のうちはわからぬ」

「どうする、兄上。馬防柵の向こうには、敵の銃口が待ち構えておりまするぞ」

「恐ろしいか、昌輝」

信綱が兜の下でちらりと弟を見た。

「なんの」

「わしもじゃ」

信綱は向かい風に目を細め、

「人には、不利とわかっていても先へ進まねばならぬ時がある。ここで退いては、わが真田家が末代まで卑怯者《ひきょうもの》と罵《ののし》られよう」

「父上が生きておわせば、卑怯者と呼びたいやつには呼ばせておけと、高笑いされたでありましような」

「ちがいない。しかし、父上の時代と真田家は変わった。われらが生き抜くには、真田ここにありと天下に名を轟かせねばならぬ」

「いかにも」

「銃弾をしのぎ、馬防柵を突破すれば勝機は見えてくる。行くぞ、昌輝ッ！」

「おうさ」

真田信綱、昌輝兄弟は馬の尻にピシリと鞭をくれた。

真田隊の勢いは凄まじかった。

真田信綱、昌輝、それに土屋昌次の隊が、競うように右翼を突き進み、馬防柵にせまった。

織田の鉄砲がいっせいに火を噴くが、信綱らはひるまない。一隊の足が鈍れば、別の一隊が突撃をはじめ、つづいて次の一隊と、入れ替わりながら波状攻撃をかけた。

織田軍の火器の前に、累々たる屍の山が築かれてゆく。その山を乗り越え、踏み越え、真田、土屋隊は馬防柵の間近まで肉薄した。

あわてたのが、織田方の佐久間信盛である。

「このままでは、柵が突破される。上様に使いをッ！　援軍を願いたてまつるのじゃッ」

信盛は顔を引きつらせて叫んだ。

一方、真田信綱、昌輝兄弟は勢いに乗っている。

「それッ、いま一歩ぞ。敵はひるんでおる。柵を破れーッ！」

命知らずに突っ込んでくる騎馬隊の気迫に恐れをなし、馬防柵のうちに整列していた鉄砲足軽たちが動揺をきたしはじめた。

あと一息で馬防柵が破られようとしたそのとき、北の森長《もりなが》村を迂回してやって来た織田方の柴田勝家隊、羽柴《はしば》秀吉隊が、真田、土屋隊を横合いから衝いた。

たちまち、形勢は逆転した。

真田、土屋隊は次第に苦境に追い込まれ、やがて総崩れとなって敗走をはじめる。

そのようすを、武藤昌幸は丘の上から拳を握りしめて見ていた。

（兄上……）

喉がカラカラになった。

「死んではならぬ。こんなところで、死んではなるまいぞッ」

叫ぶや、手綱をつかんで馬の背に飛び乗り、武田勝頼の本陣へ急行した。

「お屋形さまッ」

転ぶように馬を下りるや、昌幸は勝頼の足元にひざまずいた。

「すぐに退却の命をお下しくださいませ。もはや、負けいくさは如何ともしがたし。このうえは、味方の被害を最小限にとどめ、再起をはかるよりほか……」

昌幸が息をついだとき、前線から飛び込んで来た使い番が、

「山県昌景どの、お討ち死にッ！」

「真田信綱、昌輝どのお討ち死にッ！」

相次いで悲報をつたえた。

設楽原では、武田軍の名だたる勇将たちが次々と戦死を遂げていく。

陣形は崩れ、兵たちは混乱状態におちいっている。

織田信長は、それを見すまし、

「法螺貝《ほらがい》を吹けーッ！」

脳天を破るような大音声を発した。

それが、総攻撃の合図であった。

馬防柵のうちにいた織田、徳川連合軍の本隊が、連子川を越えて一気に押し出し、武田軍に襲いかかった。

苛烈な白兵戦がはじまった。

武田の兵たちは奮戦するが、指揮系統の乱れた軍勢は一方的に押しまくられていく。

武田勝頼の本陣には、

「原昌胤どののお討ち死にッ！」

「土屋昌次どのお討ち死にッ！」

「安中景繁どの、お討ち死にッ！」

重臣たちの戦死の報が、悲鳴のごとく響きわたった。

「お屋形さま、撤退の命をッ」

茫然自失の態の勝頼の腕をつかみ、武藤昌幸は涙を流しながら叫んだ。

同日、午後——。

壊滅状態となった武田軍は、敗走をはじめた。馬場信春が殿《しんがり》として織田、徳川勢の追撃を防いでいるあいだに、大将の勝頼は甲斐をめざして落ちのびていった。

馬場信春、内藤昌秀も、勝頼を退去させるために、みずからの命を投げ出して壮烈な討ち死にを遂げた。

武田方の死傷者、一万人。

勝利した織田、徳川連合軍の死傷者も、あわせて六千人を超えた。

世にいう、

――長篠合戦

は、その戦死者の数だけ見ても、史上稀《まれ》に見る激戦だったことがわかる。

『松平記《まつだいらき》』は、

――今朝卯《う》ノ刻（午前六時）より未《ひつじ》ノ刻の半ば（午後三時）までの合戦に、甲州衆ここを先途と防ぎしかども、叶わずして悉《ことごと》く敗軍す。

と、記《しる》している。

この合戦以降、富強を誇った武田家は急速にその力を失い、坂を転げ落ちるように衰亡の一途をたどることになる。

第十章　変転

一

人の世は、わからぬものである。

天正元年（一五七三）からのわずか三年のあいだに、武藤昌幸は主君の武田信玄、父幸隆を立てつづけに失い、そして信綱、昌輝と、二人の有能な兄を長篠《ながしの》合戦で失った。

（あたら、散らさずともよい命だった……）

兄たちの死に、昌幸は悔やんでも悔やみきれぬ思いを抱いている。彼らはなぜ、死ななければならなかったのか。それは、

（自在な心の働きを失っていたからだ）

いまにして、昌幸は思う。

そもそも真田は、武田家には何の恩も義理もない。父幸隆の代に、本貫の地の領有権を守るため、便宜的に武田信玄の麾下《きか》に属したはずであった。

なるほど、形は武田の信濃先方衆ではあるが、その精神は、由緒ある滋野一門としての矜持を持ち、あくまで独立をつらぬいていく――。

そうあるべきであったし、少なくとも父幸隆は、冷厳なまでに武田家とのあいだに明確な一線を引いていた。

だが、兄たちは心を縛られ過ぎた。

主から恩を与えられるからこそ、武士は奉公を尽くす。しかるに、命を投げ出すほどの働きに報いるほど、武田勝頼は真田に恩をほどこしているのか。

（人は裏切るものだ……）

織田軍の銃弾にさらされる真田勢や山県勢を置き去りにし、我先に逃げ出す武田の一門衆を見ていて、昌幸は痛烈にそう思った。

人間は裏切る。

口先では綺麗事を言っても、わが身に命の危険が迫れば容赦なく仲間を見捨て、目の前に甘い餌をぶら下げられれば、必ず食らいついてくる。

（人とは、そういうものだ）

だからこそ、心の働きを自由自在にし、相手の欲望のありかを冷静に見定めて、それを戦いに利用しなければならない。

二人の兄の死により、昌幸は真田家を継ぐこととなった。

真田昌幸――。

旧姓に復した昌幸は、山間の弱小勢力真田家の宿命をその双肩に背負い、

（生き残りのために、おのれはどうあるべきか……）

寝る間も惜しんで考えつづけている。

二

両岸に高い絶壁がつらなる渓谷に、爽やかな水音が響いている。

谷底には奇岩、奇石が転がり、その岩を嚙むように川が流れていた。奔湍《ほんたん》は白く泡立ち、流れのゆるやかになったところは、底に沈む小石の一粒、一粒がはっきり見えるほど水が青く透きとおっている。

信濃国小県郡、角間《かくま》渓谷——。

真田の里を横切るように流れる神川の支流、角間川をさかのぼったところに位置する渓谷である。

あたりは深山幽谷といっていい風情だが、川沿いの道は角間峠をへて、上州の大笹《おおざさ》村に通じており、上信を結ぶ交通の要地であった。

また、渓谷内には、大小の洞窟や、

鬼ケ城《おにがじょう》

鬼の門

天狗《てんぐ》の欄干《らんかん》

獅子の牢

鞍外《くらはず》しの岩

など、奇怪な名がつけられた岩場が各所に点在しており、古来、修験者たちの修行の場として知られている。

坂上田村麻呂《さかのうえのたむらまろ》が堂宇を建てたという由緒を持つ岩屋観音《いわやかんのん》の下には、霊験あらたかな鉱泉が湧き出し、心の臓や胃の腑の病《やまい》に卓効があるとして土地の人々に親しまれている。

長篠合戦から三年の歳月が流れた、天正六年の盛夏。

その角間渓谷の岩から岩を、ムササビのごとく跳び渡っていく、大小の二つの影があった。

「遅れてはならぬぞ、源次郎」

「はい」

「それ、いま一息……」

先をゆくのは、初老の男である。

白い浄衣を身につけ、手には金剛杖《こんごうづえ》を握っている。

老いてはいるが、足腰がしっかりとし、長年の修練の積み重ねを感じさせる軽やかな身ごなしをしていた。

その後ろに、遅れじと付いていくのは、年のころ十二、三の若者である。切れ長な目もとが清々しく、手足がすらりと長い。

行者姿の男は、真田幸隆、信綱、昌輝らが亡きいま、真田一族の重鎮として当主昌幸を補佐する矢沢頼綱。

あとにつづく若者は、昌幸の次男源次郎、すなわち後の幸村であった。

半刻《はんとき》（一時間）ほど渓谷を駈けめぐったのち、矢沢頼綱と真田源次郎（幸村）は、断崖上の平らな大岩にのぼりついた。

川から吹き上げる風は涼しい。

頭上に枝をのばすカエデの巨樹が、そこだけ別世界のような緑陰をつくっている。

「一休みいたそうか」

さすがに息が切れてきたのか、頼綱が首筋にしたたる汗を手の甲で押しぬぐい、大岩の上にどっかとあぐらをかいた。

「佐助《さすけ》の姿が見当たりませぬが」

源次郎があたりを見まわした。

こちらは若さのせいか息ひとつ乱さず、たいして汗もかいていない。

頼綱はかすかに苦笑いし、

「あれは放っておいても、大事なかろう。何といっても木猿《きざる》の子じゃ」

と、汗まみれになった浄衣の衿元《えりもと》をくつろげた。

「佐助は幼きころより、父の木猿から甲賀の体術を仕込まれたと申しておりました。佐助らの術は、大叔父御《おおおじご》の使われる鞍馬山伏《くらまやまぶし》直伝の早業《はやわざ》とは異なるものなのですか」

真田源次郎の澄んだ双眸は、おのれの知らぬものは何でも吸収しようという、みずみずしい好奇心に満ちている。

「甲賀の忍びも、もとをたどれば比叡山延暦寺の流れを汲む近江七峰のひとつ、甲賀飯道山《はんどう》の山伏じゃ。そのなかで、体術、遁術《とん》にすぐれた者が、諸国の大名に雇われ、神出鬼没の働きをするようになったと聞く」

「さすれば、鞍馬の山伏、飯道山の山伏、そして四阿山《あずまやさん》の山伏も根は同じと」

「まあ、そういうことだ」

矢沢頼綱は、腰にぶら下げた瓢簞《ひょうたん》の栓をあけ、なかに汲み入れてきた冷たい泉の水を喉を鳴らして飲んだ。

「そなたも飲むか」

「いえ」

源次郎は首を横に振った。

「近ごろ、父上（昌幸）のもとには、諸国の山伏はもとより、念仏聖《ひじり》、ワタリの商人、連歌《れんが》師《し》、放下師《ほうかし》、虚無僧《こむそう》など、うろんな目つきをした者どもがしきりに出入りしております」

「うろんな目つきか」

「はい」

「これはよい」

頼綱は声を立てて笑ったが、途中でふと真顔になった。

「そなた、おのれの父が山伏やワタリの商人どもを使って、何をやっているか存じておるか」

矢沢頼綱が物柔らかな口調で聞いた。

真田源次郎は、この祖父幸隆の弟にあたる大叔父が好きである。

若いころ、鞍馬山の山伏から早業を習ったという武芸の達人で、戦場働きで多忙な合間を縫っては、今日のように源次郎を馬や槍、体術の稽古に連れ出してくれる。

もともと書物が好きで、武張った刀槍の術にはあまり興味をしめさぬ源次郎であったが、頼綱に鍛え上げられ、真田家の腕自慢の家臣の子らと立ち合っても、めったなことでは遅れをとらぬまでになった。

頼綱と源次郎が遠出をするとき、決まって供についてくるのが、甲賀の忍び木猿の子で、源次郎より二つ年下の佐助である。

父親の木猿は昌幸の命で京にもどっているが、佐助のみは信濃に残され砥石《といし》城で育てられている。

「諸国の情勢を探っているのでござりましょう。この春、北国で睨みをきかせていた上杉謙信が病で没し、安土の織田信長の勢力がとみに強まっております。天下の情勢には、武田家も、そしてわが真田も無縁ではおられませぬ」

「そのとおりじゃ」

頼綱がうなずいた。

「そなたの祖父が家を興した時代には、われらは近隣の大名、小名の動きに目配りをしているだけで事足りた。そもそも真田家そのものが、小県郡真田郷を根城とする、吹けば飛ぶような小土豪に過ぎなんだのだからのう。しかし、世は大きく変わった」

「真田家も変わらねばならぬと、わが父はつねづね申しております」

「たしかに、時のうつろいに応じて変えねばならぬことはある。しかし、その一方で、守りつづけねばならぬものもある」

「それは……」

「一族の絆《きずな》だ」

矢沢頼綱がつぶやいたとき、頭上のカエデの枝が大きく揺れた。と、思うと、二人の前にトンと下り立った者がある。

「佐助……。どこへ行っていた」

「源次郎さま、これを」

歯を剝き出してニヤッと笑い、子猿のような少年が源次郎によく熟れたスモモの実を差し出した。

三

矢沢頼綱は源次郎と佐助を連れ、砥石城へもどった。

城では、真田家の当主となった昌幸と会うことになっている。

「ずいぶんと汗をかいてきた。昌幸どのに会う前に、井戸端で身を清めさせていただくとしましょうか」

矢沢頼綱は、城の大台所で出迎えた昌幸の妻美月《みづき》に言った。

夫が真田の家督を継いでから、美月は、

——山之手殿《やまのてどの》
と呼ばれるようになっている。

城内の住まいが山の手側にあったからだが、合戦で不在がちな夫に代わって、留守居の家臣、下働きの者たちをよく取りまとめ、台所で使う薪炭《しんたん》や灯明《とうみょう》に明かりをともすための油、蔵の米、味噌の出し入れにまでこまやかな目配りをしている。

「よう出来た奥方さまじゃ」

家臣たちは山之手殿を敬い、彼女自身の立ち居振る舞いにも、城主の奥方らしい重みと品格がそなわってきている。

「源次郎が世話を焼かせて……。頼綱さまも、ご迷惑なのではござりませぬか」

「なんの。近ごろではこちらのほうが、源次郎らに、老いぼれの暇つぶしの相手をしてもらっているような気がする」

頼綱は笑うと、大台所の裏手にある井戸のところへ行き、汗にまみれた体を洗い流した。

その横では、衣服を脱いで素っ裸になった源次郎と佐助が、顎から果汁をしたたらせてスモモを齧《かじ》っている。

「これ、二人とも行儀の悪い」

頼綱の着替えの小袖を持ってきた山之手殿が、子供たちを叱った。

「来い、佐助。向こうで、六郎《ろくろう》や甚八《じんぱち》たちと相撲を取るぞ」

疲れを知らぬように、源次郎が佐助を従えて裏山のほうへ駆け去っていった。

「威勢のよいことじゃ」

麻布で首筋をぬぐった矢沢頼綱が、少年たちの後ろ姿に目を細めた。

「昌幸どのは、この砥石城内に家運の衰えた滋野一門の子らを引き取り、手元で育てておるそうじゃな」

「はい。年が近いせいか、みな源次郎の家来のようになって、川遊びや相撲をいたしておりまする」

「源次郎は子供ながら、なかなかに人遣いがうまい。兄の源三郎（信幸）も、行くすえ頼もしげな、よき武者の面構えをしておる。若い者どもが育てば、昌幸どののよき助けともなろう。この老骨がいつ倒れても、真田家は安泰じゃな」

「頼綱さま」

山之手殿がふと憂わしげな目をして、一族の長老格ともいうべき矢沢頼綱を見た。

「近ごろの昌幸さまのこと、どのように思われまする」

「どのように、とは？」

「真田の家督を継いでから、あの方は人変わりなされたようです」

「そうかのう。いささか口数が少のうなったやもしれぬが、わしには以前とたいして変わりのう見えるが」

「身近にいる女房なればこそわかるのです。何かこう、人を見る目が冷たくなったと申すか……」

「他人を信じなくなったということか」

「はい」

山之手殿はうなずいた。

「他人ばかりでなく、女房のわたくしにさえ、まことの心のうちをお見せにならぬような気がするのです。ひとりの胸のうちに、重いものをすべて抱え込んでいるような……」

「無理もあるまい。二人の兄を、あのような形で失うたのだ。頼るものは武田家でも何でもない。おのれ自身の力のみと考えるのが当然であろう」

頼綱が言った。

「それでも……」

「それが、一族を背負うということだ。他人にもおのれにも厳しく、ときに峻烈《しゅんれつ》にして非情な貌《かお》を持たねば、守るべきものを守っていくことはできぬ」

「淋しゅうはないのでしょうか」

「山之手どの」

と、頼綱が口もとをほころばせて微笑した。

「漢《おとこ》というものは誰もみな、さまざまな思いを奥歯で嚙み殺しながら、孤独に耐えておるものよ。そなたはそれを、ただ黙って見守ってやってはくれぬか」

「わたくしにできることが、そのことのみというのであれば」

「おう、噂をすれば、亭主どのじゃ」

頼綱が戸口のほうを振り返った。

四

真田昌幸は叔父の矢沢頼綱を、城内の地炉ノ間《じろのま》に招き入れた。

地炉ノ間はまわりを厚い土壁でおおわれているため、人に聞かれたくない密談をするにはすこぶる都合がよい。

妻の山之手殿を、

――人に心のうちを見せぬようになった……。

と嘆かせている昌幸だが、この叔父にだけは、折りにふれて込み入った相談ごとをする。

それだけ頼綱が、この下克上の乱世にしては私心の少ない人柄で、一族興隆のためには身を粉にして働く男であることを知り抜いているからであった。

「ひとつ、叔父御に力をお貸し願いたいことがござる」

昌幸は樺《かば》の小枝を折って、囲炉裏に投げ込んだ。

信州の山里では、日が暮れ落ちれば急に冷え込んでくる。真夏であっても、囲炉裏の火は絶やしたことがない。

「何かな」

「沼田《ぬまた》を奪おうと考えております」

「沼田じゃと」

矢沢頼綱が、白髪《しらが》まじりの眉を動かした。

「さよう」

昌幸はうなずいた。

上野国、沼田城――。

越後と関東を結ぶ要所に位置するこの城は、戦略的にきわめて重要な意味をもっている。

かつて、上杉謙信は関東出兵のさい、峠越えで上野国へ入ると、沼田城で軍備、兵站《へいたん》をととのえ、戦いにのぞんだ。上杉氏と小田原北条氏が一時、同盟を結んださい、人質に差し出された北条氏康の七男三郎景虎《かげとら》を、謙信がみずから出迎えたのも、この沼田城である。厩橋《まやばし》城と並び、関東における、上杉方の一大拠点の城であったといっていい。

しかし、この春、謙信が病で急死すると、上杉家は大混乱におちいった。

軍神毘沙門天《びしゃもんてん》に誓いを立て、生涯不女犯《ふにょぼん》をつらぬいた謙信には、みずからの血を分けた実子の跡取りがいなかった。

謙信が遺言を残さず世を去ったため、二人の養子――謙信の姉仙桃院《せんとういん》の子喜平次景勝《きへいじかげかつ》と、北条氏から迎えられた三郎景虎のあいだに、深刻な相続争いが勃発した。

いわゆる、御館《おたて》の乱である。

越後で内乱が起きると、沼田城に駐留していた上杉家臣の河田重親《しげちか》は三郎景虎方についた。

また、厩橋城の北条《きたじょう》高広・景広《かげひろ》父子、館林《たてばやし》城の長尾新五郎《ながおしんごろう》、白井城の長尾憲景《のりかげ》など、有力武将たちも、河田重親と足並みを揃えたため、上野国内の上杉方の武将たちは、そのほとんどが三郎景虎に与することとなった。

これに対し、景勝方についた者は、小川《おがわ》城の小川可遊斎《かゆうさい》、宮野《みやの》城の尻高左馬助《しったかさまのすけ》などごくわずかに過ぎない。

当時、上野国内は、謙信の死によってパワーバランスが崩れたがために、北条、武田の勢力が強くなっていた。上野の最前線にとどまっている上杉の武将たちは、

「北条家出身の三郎景虎さまに味方したほうが得策であろう」

と、判断したのである。

じっさい、相州小田原の北条氏政《うじまさ》は、御館の乱が起きるや上野国へ軍勢を送り、実弟三郎景虎を支援する動きに出た。

また、氏政は同盟者である甲斐の武田勝頼に対しても、

「上野国内の景勝与党を討ち果たしたのち、三国《みくに》峠を越えて越後へ軍勢を差し向けるつもりでいる。勝頼どのもわれらに呼応して越後へ攻め入り、わが弟三郎景虎にご加勢下されたし」

と、援軍を要請した。

勝頼はこれに応じ、信濃路を通って越後へ進軍。上杉景勝が腰をすえる春日山《かすがやま》城の目と鼻の先まで迫った。

しかし――。

武田軍が春日山城へ攻めかかることはなかった。

勝頼は、連動して越後へ攻め込むと約束しておきながら、いっこうに行動を起こさない北条氏政に不審をおぼえていた。そこへ、春日山城の上杉景勝から、同盟を呼びかける使者が来た。同

盟の条件は、春日山城にある謙信の遺金一万両と、信濃および上野国内の上杉領を武田方に割譲するという破格のものであった。

　勝頼はこの条件を受け入れ、越後から軍勢を撤退させると同時に、北条氏との同盟を破棄する肚《はら》をかためた。

「沼田城を奪え」

　と、勝頼から真田昌幸に密命が下ったのは、ちょうどそのころのことである。


「そうか、あの沼田城をな」

　矢沢頼綱が感慨深げにつぶやいた。

　頼綱の兄幸隆は、武田氏の力を背景に上州入りし、岩櫃城、嵩山城、白井城を、持てる知略のかぎりを尽くして陥落させ、吾妻《あがつま》郡の郡代《ぐんだい》ともなった。

　だが、その幸隆でも、死ぬまで手をつけることができなかったのが沼田城である。

　生前、幸隆は、

　——沼田城さえ奪えば、わが真田氏の力は、何倍にも増すであろうものを……。

　繰りごとのように言っていた。

　それも道理であろう。沼田城は、越後と上州を結ぶ軍事上の要地であると同時に、日本海側と太平洋側の物流の結節点でもある。

　当時、最大の輸送能力を誇った交通機関は、

　——舟運《しゅううん》
　であった。一度に多くの荷が積載可能な船は、馬を使った陸上交通にくらべて、はるかに輸送

効率がいい。

上方と、加賀《かが》、能登《のと》、越中《えっちゅう》、越後《えちご》など北陸の湊々のあいだには、古くより北国《ほっこく》船の舟運によって海の道がひらけている。このうち、越後の新潟湊で下ろされた荷は、川船に積み替えられ、信濃川、さらには魚野川をさかのぼって上流へ運ばれる。その舟運の終着点が、魚沼郡の六日町《むいかまち》である。

物流の道は、そこで終わりではない。

六日町で馬の背に荷を積み替え、国境の清水《しみず》峠、あるいは三国峠を越えて下ったところが沼田である。

荷は、沼田でふたたび川船に積み込まれ、利根川を下って関東各地へ流通していく。むろん、逆に関東の物資が、峠越えで日本海側へ運ばれる経路もある。いずれにせよ、越後と関東を往き来する荷は、必ず沼田を通ることになる。

日本海側と太平洋側を結ぶ流通の道は、ほかにもある。信濃川（長野県内では千曲《ちくま》川）をさかのぼり、松代、あるいは上田で荷を積み替えたのち、鳥居《とりい》峠を越えて吾妻郡の中之条《なかのじょう》を経由し、利根川の舟運に通じるルートである。また、上田から碓氷《うすい》峠越えで、倉賀野《くらがの》付近で利根川舟運に通じるルートもある。

吾妻郡に進出した真田幸隆は、この信濃と上野を結ぶ流通路を押さえ、今日の真田氏発展の経済的な原動力とした。

これに加え、沼田を押さえれば、真田氏は上信越国境の物流の道を完全に掌握することになる。

——欲しいのう、沼田が……。

真田幸隆は最後まで、沼田奪取に執念を滲ませていた。

その夢を果たすことなく幸隆は世を去ったが、上杉謙信の死によって、上野の領有をめぐる情勢が混沌としてきたいまこそ、沼田を奪う千載一遇の好機といえる。

「沼田城には上杉の臣、河田重親が城将として入っております」

真田昌幸が、その鳶《とび》色がかった目で叔父矢沢頼綱を見つめた。

「河田重親は三郎景虎側についておったな。すなわち、北条氏に近い」

「お屋形さまが北条との同盟を破棄する肚をかためたからには、沼田城を攻め取るのに何の障害もなし」

「そなたの亡き父以来の、宿願を果たすときが来たか」

頼綱は頬に逞《たくま》しい笑いを刻んだ。鍛え上げられた身のうちには、老いてなお闘志が燃えている。

「しかし、城を陥とすのは容易ではなかろうぞ。なにしろ、河田重親の背後には北条勢がついておる」

「むろん、それは百も承知。身の丈《たけ》より高い壁に、いきなり正面から挑みかかる馬鹿はおりませぬ。まずは……」

「調略か」

頼綱の問いかけに、昌幸はかすかに顎を引いてうなずいた。

「手はじめに、上州では数少ない喜平次景勝方、小川《おがわ》城の小川可遊斎《かゆうさい》に声をかけて、これを味方に引き入れまする。いまのところ、景勝方は孤立しておりますれば、渡りに船と話に乗ってまいりましょう」

「小川可遊斎ならば、まんざら知らぬ仲ではない。以前、武芸の教授をしたことがあり、その縁で交誼《こうぎ》を結んでおる」

「旧知にござるか」

「なかなかに、骨のある男よ。味方につければ、頼りになろう」

小川可遊斎はもともと上州の人間ではない。播磨の赤松氏の末裔と称する牢人者で、兵法に通じ、その才覚が小川城主の小川秀康《ひでやす》に認められて軍議にも加わるようになった。

小川秀康の死後、家中で内乱が起きた際、これを鎮めた可遊斎が侍達に推されて城主となった。合戦上手として知られている。

昌幸もその噂は耳にしている。

「されば、小川可遊斎の調略は叔父上に」

「よかろう。わしにまかせておけ。ほかにも使えそうな者がおれば、抜かりなく声をかけておく」

その日のうちに、矢沢頼綱は上野岩櫃城へ向かった。

真田昌幸は沼田攻略に向けて、ひそかに動きだした。

五

世の移り変わりは激しい。

さまざまな武将たちの野心と思惑が入り乱れ、潮流渦巻くように刻々と変化をつづけている。

武田勝頼が北条氏と手を切り、越後春日山城の喜平次景勝方についたことにより、上杉家で起きた相続争いの流れが変わった。
当初、優勢であった三郎景虎方がしだいに窮地におちいり、立てこもった御館を景勝勢に包囲されて逃亡。実家の北条氏を頼って、相州小田原へ向かう途中、鮫ケ尾《さめがお》城で自刃して果てた。天正七年、三月二十四日のことである。
戦いに勝利し、越後国主となった上杉景勝は、武田家と正式に同盟を結び、勝頼の妹菊《きく》姫を妻に迎えた。
そのころ――。
沼田をめぐる情勢も変わっている。
御館の乱の混乱のなかで、沼田城は北条方の手に落ち、北条の重臣猪股邦憲《いのまたくにのり》が城代に任じられ、
用土新左衛門重連《ようどしんざえもんしげつら》
金子美濃守泰清《かねこみののかみやすきよ》
の両名が、副将として実質的な城の守備にあたった。
用土新左衛門は本姓を、
――藤田《ふじた》
という。
武蔵国大里《おおさと》郡藤田郷を本貫の地とし、鎌倉幕府御家人畠山重忠《はたけやましげただ》の末裔《まつえい》にあたる名族である。
この名を珍重した北条氏康が、息子氏邦《うじくに》に藤田家を継がせたため、新左衛門は北条氏から与えられた用土城の名にちなんで、用土姓を名乗っていた。

「叔父御にまかせた小川城の小川可遊斎、それに名胡桃《なぐるみ》城の鈴木主水正重則《すずきもんどのしょうしげのり》の調略は別として、沼田城を守る用土、金子の二人を内部から切り崩す手はないものか」

沼田城を利根川の対岸から遠望する雑木林のなかで、真田昌幸がつぶやいた。人目につかぬよう、柿色の衣をまとった山伏姿に身をやつしている。

林の暗がりから、

「相手は人でございます。動かす手など、いくらでもございましょう」

透きとおった女の声がかえってきた。

黒漆塗りの笠をかぶり、首から水晶の数珠を下げた巫女《みこ》である。笠の下からのぞく顔が、象牙《ぞうげ》を磨いたように白く美しい。

昌幸は、三十をいくつか越えたいまになっても、

「女」

というものを、いまひとつ掴みきれていない。男はわかる。

世の男を動かしているのは野心と欲、それに時として、

——理想
のために命を懸けることもある。理想、すなわち夢といってもいい。

そのことさえ理解しておれば、敵であれ味方であれ、相手の出方を見透かし、思いのままに操るのはたやすい。

だが、女は違う。

昌幸から見て、別世界の生き物といっていい。欲望のありかや心の成り立ちが、男とは根本から異なっている。

たとえば、はや十年以上の歳月を連れ添っている妻の山之手殿にしてもそうである。

真田家の当主となる以前から、昌幸は山之手殿のほかに、何人か情を通じた女があった。多くは、情報収集のために用いている禰津《ねつ》のノノウだが、そうした者たちが生んだ子を山之手殿は嫌な顔ひとつ見せず手元に引き取り、自分が腹を痛めた子ら同然に育てている。それでいて、ふとした拍子に見せる、おのが妻の底知れぬ瞳の色に、昌幸は時折りはっとさせられることがある。

わからぬと言えば、昌幸とともに沼田城を眺めに来た、

——望月千代女《ちよめ》
こそ、その美しい横顔に、もっとも深い謎を秘めた女人であった。

「用土新左衛門も、金子美濃守も、本性は利にさとい者たちです。もの惜しみせず、金をお配りなされ」

塗り笠の縁を細い指先で押し上げ、千代女が言った。

「昌幸どのは、近ごろ、領内の菅平《すがだいら》で牧場をいとなみ、たいそうな財をたくわえておるそうな。かと思えば、大黄《だいおう》、人参《にんじん》などの薬草を育て薬を調合して、四阿山の山伏どもに振り売りさせていると聞きました」

「よくご存じだ」

昌幸は林の下草を草鞋《わらじ》の底で踏み、女にゆっくりと歩み寄った。

いきなり抱き寄せ、地面に押し倒したが、千代女は顔色も変えない。口もとに、冷たい微笑を浮かべている。

川中島合戦で夫の望月盛時《もりとき》を失った千代女には、

——亡き信玄公の寵愛を受けていたのではないか……。

との噂が、武田家中でまことしやかに囁かれている。

独り身になってますます磨きがかかった千代女の美貌、甲信二ケ国の巫女頭の朱印状を与えられるなど、生前の信玄より受けた破格の厚遇から憶測が流れたものだが、じっさいのところは誰も知る者がない。

ただし、信玄の子勝頼の代になっても、千代女の特異な地位は揺らがず、かえって神聖視されるようにさえなっていた。

ひとつには、長篠合戦以来、武田の外交が大きく様変わりし、これまで以上に関東、畿内の情勢に神経をとがらせる必要が生じたこともあろう。七道往来自由の禰津のノノウたちがもたらす諸国の情報は、武田家にとって、いまや必要欠くべからざるものとなっていた。

出会いのときから強く心惹《ひ》かれ、またそのような機会が何度もありながら、昌幸は千代女と男女の関係を持ったことがない。

(いっそ、抱いてしまおうか……)

と思う一方で、千代女の冷たく冴えた黒い瞳が、昌幸を現実に立ち返らせるのである。

この瞬間も、そうだった。

「策を用いれば、沼田は遠からず、真田家のものとなりましょう。それよりも、あなたさまにはもっとほかに、目を向けねばならぬものがございます」

「何だ」

「天下です」

「…………」

「ここ数年のあいだに、織田信長が近江安土《あづち》の地に巨城を築き、天下布武の地固めをしていることと、ご存じないわけではありますまい」

「そなたに言われるまでもない」

にわかに興がさめ、昌幸は千代女から身を離した。

千代女は草の上に身を横たえたまま、神の託宣を告げるかのように言葉をつづける。

「織田家中では、羽柴筑前守《ちくぜんのかみ》秀吉が中国筋の毛利《もうり》攻めをすすめております」

「知っている。信長が九鬼嘉隆《くきよしたか》に新造させた織田の鉄甲船《てっこうせん》が、木津《きづ》川河口で毛利水軍を撃破し、石山本願寺への兵糧入れを阻止したそうだな」

天正三年の長篠合戦以降、織田信長の目は西へ向けられた。

越後の上杉謙信、大坂の石山本願寺と結んだ毛利氏が、織田軍との対決姿勢を鮮明にしたためである。

毛利氏は中国筋の雄である。

周防山口《すおうやまぐち》の大内《おおうち》氏の傘下に属していた毛利元就《もとなり》の代に、主家を滅ぼして急速に勢力を拡大。出雲《いずも》の尼子《あまご》氏を倒し、安芸《あき》、周防、長門《ながと》、出雲、因幡《いなば》、備後《びんご》などを領する西国随一の大大名にのし上がった。現在の当主は元就の孫輝元《てるもと》で、安芸吉田《よしだ》郡山《こおりやま》城を本拠に、中国筋十一ケ国にまでその勢力を伸ばしている。

瀬戸内海舟運を掌握する毛利氏は、天正四年の第一次木津川口合戦で織田水軍を撃破。信長と徹底抗戦する石山本願寺への兵糧入れを成功させた。

しかし、その後、上杉謙信が世を去ると、形成はしだいに逆転。

昨年、天正六年の十一月六日、信長はふたたび石山本願寺への兵糧入れを敢行しようとした毛利水軍を、九鬼嘉隆ひきいる鉄甲船団によって打ち破った。この第二次木津川口合戦の勝利により、信長は瀬戸内海の制海権を奪った。

織田軍の毛利攻めをまかされた司令官は、羽柴筑前守秀吉である。秀吉は毛利方の別所長治《べっしょながはる》が立てこもる播磨《はりま》三木《みき》城を囲み、軍師竹中半兵衛《たけなかはんべえ》の献策によって兵糧攻めをおこなっている最中である。

信長は、琵琶《びわ》湖をのぞむ安土城に天下制覇の拠点を置き、そのもとで、
羽柴秀吉（対毛利氏）

柴田勝家（対上杉氏）

ら、各方面司令官が領土拡大の戦いに奔走していた。

千代女の言うとおり、それははるか遠国の話ではない。信長の快進撃は、武田家にも大きな影響をおよぼしている。

「織田家中は、重臣ですらつねに信長の顔色をうかがい、その言葉のひとつひとつに戦々兢々としているそうにございます。これまで、信長と水も洩らさぬ仲と見えた徳川家康も、嫡男信康の武田内通を疑われ……」

「信康とその母築山殿《つきやまどの》に死を命じたのだったな」

「われらにとって、まことに恐れるべきは、じつは信長より、家康なのやもしれませぬ」

千代女が切袴から草をはらって立ち上がった。

「家康こそ恐れるべき敵とは……。そなた、なぜそう思う」

真田昌幸は反射的に問い返していた。

本音を言えば、昌幸もいまの千代女と同じことを考えていたからである。

「いかに同盟を結ぶ相手とはいえ、主君でもない信長に妻子を殺せと強要され、それをそのまま

実行に移す男がどこにおるでしょうか。そのような者がいるとすれば、よほどの腑抜《ふぬ》けか、さもなくば内に恐ろしいほどの情念を秘めている冷徹な野心家」

昌幸に押し倒されたときに外れた塗り笠を拾い上げ、千代女が言った。

「家康を野心家と見るか」

「この乱世、大なり小なり、野心を持たぬ男は、漢《おとこ》とは呼べますまい」

「…………」

「もっとも、家康の息子が武田家に内通していたという噂、あれはたんなる噂ではありませぬ」

「なに……」

「日増しに勢力を増していく信長に対抗せんがため、勝頼さまが一計を案じられたのです」

と、微笑を含んで昌幸を振り返り、千代女は驚くべきことを言った。

織田信長の東進に脅威をおぼえた武田勝頼が、御館の乱を制して春日山城の主となったばかりの上杉景勝、英邁《えいまい》と聞こえの高い徳川家康の嫡男信康――すなわち、次世代を担う若手たちに、ひそかに声をかけ、武田、上杉、徳川による、

――三国同盟
の形成をはかったというのである。

先代信玄、謙信の時代に、戦国の両雄とうたわれた武田、上杉、それに東海筋で着実に力をたくわえる徳川が加われば、信長にとって大きな脅威となるのは間違いない。

信長と義兄弟の契りを結び、よき同盟者として幾多の戦いに協力してきた徳川家康だが、信長の天下が近づくにつれ、その扱いはしだいに織田の一家臣同然のものとなり、それが若い信康に不満を抱かせるもととなっていた。

「信長に唯々《いい》諾々《だくだく》と従う父親の姿に、信康どのは怒りを感じていたのでしょう。勝頼さまの誘いに、たやすく乗ってまいりました。されど……」

「敵が一枚上手だったか」

「勝頼さまも御運のないお方です」

「惜しい運を逃したな」

「そろそろ、武田に見切りをつける潮時《しおどき》かも知れませぬな」

六

それから、昌幸は上州の岩櫃城に腰をすえ、沼田攻略に心血をそそいだ。

天下に目を向けるのはむろんだが、いまは目の前の仕事に全力を上げて取り組まねばならない。

(かつては織田、今川の人質《ひとじち》であった家康ですら、いまでは堂々たる大名だ。このおれが、武田を離れ、独立した大名として世に名をなせぬことがあろうか……)

その野望を果たすには、信濃から上野にかけての経済の流通を押さえ、足元をしっかりと固めていくことが重要だった。

上杉謙信没後に起きた越後騒乱の影響で、北上野の地侍たちは混乱におちいっていた。

利根川の東部、沼田を中心とする川東地方の地侍は、北条氏が沼田を占拠して以来、ほぼその影響下に入っている。

一方、利根川をへだてた川西地方にある、

名胡桃城
小川城
下川田《しもかわだ》城
諏訪ノ木城
宮野城
などの地侍たちは、上杉方に属していた。
昌幸は、叔父矢沢頼綱とともに、まずは川西地方の地侍たちを調略した。
手はじめは、名胡桃城の鈴木主水正重則である。
名胡桃城は利根川右岸の河岸段丘上に築かれており、左岸の段丘の上にある沼田城とは、川をへだてて一里あまりしか離れていない。沼田攻略のためには、何としても押さえておかねばならない重要拠点であった。
昌幸はわずかな供廻りのみを従え、名胡桃城へ乗り込んだ。
城主の鈴木重則は、首の太い剛毅な風貌の男である。先代謙信以来、上杉家への恩義を感じ、ひたひたと忍び寄る北条方の圧迫にも、一歩も引かぬ構えを見せていた。
鈴木重則を相手に、昌幸は隙のない弁舌で道理を説いた。
「先に結んだ盟約により、上州の上杉領は武田方に割譲されることが取り決められている。お手前がたも、筋からいえば武田に従うのが当然であろう」
「たしかに、筋はそうかも知れぬ。だが、われらにも意地がある。上杉から武田へと、すぐに手のひらを返すのは居心地が悪い」
重則はなかなか、首を縦に振らない。

「ならば、どうだ。武田ではなく、このわしに従ってみては」

昌幸は言った。

「貴殿に……」

鈴木主水正重則が戸惑った顔をした。

「そうだ」

昌幸はうなずき、

「ついこの前まで宿敵だった武田に従うと思うから、お手前がたも寝覚めが悪い。その点、わが真田につくと考えれば、気持ちもずんと軽くなろう」

「それは、詭弁《きべん》ではないか」

「川の向こうでは、北条方の者たちが、川西の諸城を攻め取る機会をてぐすね引いて待っておるのだぞ。上杉への恩義というが、跡目争いの内紛で弱体化したいまの上杉では、いざというとき頼りにならぬ」

「ふむ……」

鈴木重則は顎鬚を撫で、考え込んだ。

その膝元へ、

「これを」

と、昌幸はずしりと重い革袋を差し出した。

「何かな」

「開けてみられるがよい」

すすめられるままに、革袋の口紐をとき、中身をのぞき込んだ重則の顔色が変わった。

「こ、これは、甲州金ではないか」

「わしが武田家中の者たちに、菅平の牧で育てた馬を売って稼いだ金だ。かたく考えることはない。上杉だ、武田だといっても、われらは譜代の家臣とはちがう。むしろ、彼らの名と力を利用し、おのが身をおのれの手で守っていかねばのう」

「………」

鈴木重則は唇を引き結んで黙り込み、甲州金の放つまばゆい黄金の輝きに、魅せられたように見入った。


名胡桃城の鈴木重則は、昌幸の説得に応じた。それにつづき、小川城の小川可遊斎も、矢沢頼綱の調略によって真田につくことを約束。川西の諸城の切り崩しは順調にすすんだ。

だが、これを知った北条方も、黙ってはいない。天正七年十月下旬、利根川を越えて来襲し、名胡桃、小川の両城を攻めつけた。

鈴木重則、小川可遊斎は、真田昌幸の協力を得て防戦につとめ、激闘のすえ、北条勢を撃退した。

――真田は頼りになる。

という評判が、上州の地侍たちのあいだにひろまった。

（それこそを……）

昌幸は待っていた。

いままで帰趨《きすう》を迷っていた地侍たちも、これをきっかけに武田方につくことを決断。昌幸は労せずして、下川田城、つづいて諏訪ノ木城の調略に成功した。

天正八年正月、昌幸ひきいる真田勢は名胡桃城に入城し、最大の目的である利根川対岸の沼田城攻めに着手した。

城攻めに先立ち、昌幸は軍議をひらいた。

名胡桃城の広間に車座にすわったのは、昌幸の叔父矢沢頼綱と、その息子三十郎頼幸《さんじゅうろうよりゆき》、加津野家へ養子に入っている弟の信尹である。

また、このたびのいくさには、昨年元服を果たし、武田勝頼の嫡男信勝《のぶかつ》の〝信〟の一字をたまわって、

——信幸《のぶゆき》
と名乗るようになった、昌幸の長男源三郎も加わっている。父に似たのか、年のわりに落ち着きがあり、切れ長な双眸に肚のすわった野太い光を秘めていた。

時をへて、一族の顔ぶれは若い世代に移り変わっているが、沼田城奪取という幸隆以来の宿願は変わっていない。

「沼田城は、利根川、薄根《うすね》川の合流点の断崖上に築かれた要害堅固な城じゃ。これを力攻めに攻め落とすのは、いまのわれらの戦力からいって難しいと言わざるを得ない」

昌幸が一同を見渡した。

「無理をして攻めれば、いたずらに味方が消耗するばかり。それよりも」

と、昌幸は床の上に広げた絵図の一点をさし、

「対岸の明徳寺《みょうとくじ》城をまずは攻め取り、沼田への圧迫をじわじわと強めてゆく。しかるのち、調略をもって沼田城を内部から切り崩す」

「異存はない」

長老の矢沢頼綱が、ゆっくりと顎を引いてうなずいた。

「わしの耳には、沼田城将の用土新左衛門が北条氏のやり方に不満を持っているという風聞が届いておる。用土はもともと、由緒ある藤田姓であったのを、北条氏邦に奪われておるでのう。新左衛門の弟信吉《のぶよし》は、兄にも増して北条を嫌うておるという」

「つけ入る隙は、十分にござるな」

昌幸は目の奥を底光りさせた。

七

天正八年春――。

沼田城内で事件が起きた。

城将のひとり、用土新左衛門重連が急死したのである。『管窺武鑑《かんきぶかん》』には、かねてより重連に含むところのあった北条氏邦が、はかりごとをめぐらして毒殺したとしるされている。

真偽のほどは不明である。

しかし、氏邦と重連のあいだに、藤田家の家名継承をめぐる確執が以前からあったことは間違いない。

重連の死により、弟信吉が跡を継いだ。

草ノ者（諜者）からの報告で沼田城内の一連の騒動を知った真田昌幸は、

（いまこそ、揺さぶりをかける好機……）

と見て、用土信吉に内応をうながす密使を送った。

それと同時に、沼田城のもうひとりの将、金子美濃守ひきいる沼田七人衆の調略をすすめていく。

金子美濃守以下の沼田七人衆は、もとをたどれば上杉氏由縁《ゆかり》の者たちである。便宜上、北条氏に従っているだけで、さほどの忠誠心はない。

「武田に味方すれば、勝頼さまより多大な恩賞が下されようぞ」

昌幸は彼らに甘い餌をちらつかせ、支度金と称して少なからぬ甲州金を届けさせた。

その結果、
金子美濃守
渡辺左近《わたなべさこん》
西山市之丞《にしやまいちのじょう》
の三名が、沼田を脱して名胡桃城へ投降してきた。

沼田城内に大きな動揺が走った。

その折りも折り、昌幸の意を受けた矢沢頼綱の一隊が、利根川を渡って明徳寺城を奇襲。城将の矢部豊後守《やべぶんごのかみ》らを破ってこれを占拠した。

(あと一息じゃ……)

内部の結束の乱れに加え、明徳寺落城という外からの圧力が加わったことで、沼田城の土台は根元から大きく揺らぎだしている。

ここで昌幸は、用土信吉に思い切った条件の提示をした。

「勝頼さまからは、貴殿に望み次第の恩賞を与えてよいとのお許しを得ている。沼田周辺に、知行五千貫。それで手を打たぬか」

昌幸が密使に破格の条件をのべさせると、
「承《うけたまわ》った」
信吉は真田勢に城を明け渡すことに同意した。
沼田城が無血開城したのは、天正八年五月中旬のことである。この功により、昌幸は吾妻、利根二郡の支配を武田勝頼からまかされることになる。
昌幸は、先々代幸隆のときから真田氏に従ってきた吾妻海野《うんの》（羽尾《はねお》）一族で、羽尾幸全入道の弟たちである、
海野幸光《ゆきみつ》
同輝幸《てるゆき》
の兄弟に沼田城本丸の城代をまかせた。
また二ノ丸の城代には、早くに投降した、
金子美濃守
渡辺左近
をもって、その任にあたらせる。
新任の城代たちに対し、昌幸は次のような軍規を発布した。
一、敵地の者に対し狼藉《ろうぜき》すまじきこと。むしろ、懇切にすべし。
一、二ノ曲輪《くるわ》より内は、地侍たちの出入りを停止すること。
一、受け持ちの曲輪の見張りは、油断なくおこなうこと。ことに忍びの侵入に留意し、夜の番は念を入れるべし。

一、城の当番は昼夜交替で、休みなく任に当たるべし。非番の城代といえども、他宿を禁ずること。

沼田城を海野幸光らにまかせたものの、昌幸はじつに細かな指示を下している。北条氏の巻き返しに対する用心である。

また、昌幸は甲斐の勝頼にはかって、用土信吉に、

——藤田

の名乗りを用いることを許し、沼田の南方にある沼須《ぬます》城に封じて、五千七百貫の所領を与えた。姓をあらためた藤田信吉は、のち、武田勝頼のはからいで故信玄の次男海野竜宝《りゅうほう》の娘を妻に迎えている。

勝頼が藤田信吉を厚く遇したのは、

「かの者はもともと武蔵国が本貫の地ゆえ、関東攻略の先鋒として使える」

と、踏んだためだが、これに不満を抱いた海野幸光、輝幸兄弟が叛旗をひるがえした。

滋野一門の盟主は真田昌幸だが、もともとは自分たちのほうが本家筋だという意識が拭い去れない。羽尾幸全入道の弟たちだけあって我も強い。

昌幸は岩櫃城下の屋敷に引き揚げた幸光を誅殺《ちゅうさつ》、沼田へ刺客を送って弟輝幸とその一族を討ち果たした。

しかし——。

そのころ、はるか西方では、武田家崩壊に向けた不気味な足音が響きはじめている。

第十一章　乱れ雲

一

このころ——。

織田信長は快進撃をつづけている。

二度にわたる信長包囲網をくぐり抜け、琵琶湖を見下ろす近江の、

——安土《あづち》城
を拠点に、着々と諸方へ勢力を拡大させてきた信長にとって、天正八年（一五八〇）という年は、長年の懸案がつぎつぎと解消されていった年である。

正月十七日、対毛利戦司令官の羽柴秀吉が、二年近い歳月をかけて兵糧《ひょうろう》攻めをおこなってきた播磨三木《はりまみき》城を陥落させた。これにより、播磨一国はほぼ平定され、勢いづく羽柴軍はそのまま隣国但馬《たじま》へ兵をすすめ、同年五月には早くも但馬平定を成し遂げている。

この功により、秀吉は従来の北近江十二万石に加えて、播磨五十一万石、但馬《たじま》十三万五千石を信長から与えられ、あわせて七十六万五千石の堂々たる大名となった。

畿内では、足かけ十年にわたって頑強な抵抗をつづけてきた摂津大坂の石山本願寺が、朝廷の

仲立ちで信長に降伏している。四月九日、法主の顕如《けんにょ》は本願寺を退去。紀州《きしゅう》の鷺森《さぎのもり》へ移った。

しかし、顕如の息子教如《きょうにょ》のみは講和に反対。紀州、淡路の門徒とともに本願寺に立て籠もって抗戦したが、織田軍の圧力に抗しきれず、八月二日に寺を明け渡している。そのさい、教如がみずから伽藍《がらん》に火を放ったため、隆盛をほこった石山本願寺とその寺内町《じないまち》は、ことごとく灰燼《かいじん》に帰した。

目の上の瘤《こぶ》だった石山本願寺との戦いに決着をつけた信長は、本願寺攻めを担当していた重臣の佐久間信盛《のぶもり》を追放している。

「そのほう、七ケ国もの与力をつけられながら、石山本願寺攻略に手間取りおった。この役立たずめがッ！」

信長は短気な男である。

家臣に対しては、つねに目に見える結果をもとめ、地位にあぐらをかいて実績のない者を嫌った。信長は佐久間信盛に十九ケ条におよぶ譴責状《けんせきじょう》を突きつけ、その所領を没収した。信盛は大和の秘境十津川《とつかわ》郷に逼塞《ひっそく》し、そこで寂しく生涯を閉じている。

そして――。

東国の対武田戦では、信長の同盟者徳川家康が、遠江高天神城《たかてんじん》で熾烈な攻城戦を繰り広げていた。

高天神城は、武田、徳川両氏の争奪戦の地である。

遠江国小笠《おがさ》郡の中央に位置する標高百三十二メートルの鶴翁《かくおう》山に築かれたこの城は、周囲を急峻な斜面と絶壁に囲まれており、まさしく天然の要害といっていい。

北に東海道、南に遠州灘《えんしゅうなだ》を扼《やく》する要衝に位置しており、

——高天神を制する者は遠州を制す。
とも言われた。
徳川家康の本拠地浜松城とも、海岸づたいに結ばれている。
元亀二年（一五七一）、西上をめざしていた武田信玄が、内藤昌秀に二万余の軍勢をもってこの城を攻めさせたが、鉄壁の守りにはばまれ、撤退を余儀なくされた。
当時、城を守っていたのは、徳川家康に属する小笠原長忠《ながただ》。
信玄没後、跡を継いだ武田勝頼がふたたび高天神城を攻めつけ、城将小笠原長忠に開城をせまった。長忠は、徳川、織田連合軍の後詰めを期待し、必死の防戦を行なったが、ついに援軍はあらわれることなく、武田の軍門に屈した。長篠合戦の一年前、天正二年六月十七日のことである。
その後、勝頼は高天神城に駿河先方衆の岡部《おかべ》丹波守《たんばのかみ》真幸《まさゆき》、軍監の横田《よこた》尹松《ただとし》を配置。対徳川、織田戦におけるこの城の意味合いを重要視した勝頼は、もともと堅固な要害にさらに手を加え、防備をかためた。
従来から築かれていたのは山の東峰の諸曲輪《くるわ》だが、武田方はその尾根つづきの西峰に、
丹波曲輪
堂ノ尾曲輪
井戸曲輪
といった諸曲輪、武田流の馬出し、尾根沿いに馬場などを新設。長大な横堀、堀切をもうけ、敵の侵入への備えを万全にした。
東峰の曲輪に加え、西峰の曲輪が築かれたことにより、断崖にかこまれた高天神城は難攻不落

の要塞と化した。

その高天神城の奪回に執念を燃やしたのが、徳川家康である。

家康はしばしば兵を差し向け、高天神城を攻めたが、そのたびに堅い守りにはばまれて失敗している。一進一退の攻防が、すでに六年にわたってつづいていた。

二

浜松城の徳川家康は、浜納豆《はまなっとう》を噛んでいる。

浜納豆は遠州につたわる珍味で、煮大豆を麹菌《こうじきん》で発酵させ、数ケ月寝かせて天日干ししたのちにサンショウをまぶしたものだ。

家康は、やや塩辛いが、噛めば噛むほど口中に滋味が滲み出る浜納豆が好きで、遠征先にも小壺に入れて必ず携行する。

それほどの好物を食っているにもかかわらず、この日の家康は、眉間に憂鬱そうな翳をためている。

「いかがなされた、殿。さような浮かぬ顔をなされて」

あるじをまじまじと見つめて言ったのは、徳川譜代の臣、本多平八郎《へいはちろう》忠勝である。

木彫りの不動明王のごとき魁偉《かいい》な顔つきをしているが、その性格は竹を割ったようにまっすぐで、主君への熱い忠誠心にあふれている。

もし、家康が、

「閻魔《えんま》の首を取って来い」

と命ずれば、忠勝は愛用の蜻蛉切《とんぼきり》の槍を脇にたばさみ、鹿角《かづの》の兜に肩から金色の大数珠を襷《たすき》掛《が》けして、地獄へなりとも喜んで突っ込んでいくだろう。

本多忠勝は、酒井忠次、榊原康政《さかきばらやすまさ》、井伊直政《いいなおまさ》とならぶ徳川四天王のひとりである。

永禄三年（一五六〇）の大高城《おおだか》兵糧入れのとき、十三歳で初陣を飾って以来、家康の合戦のほとんどに先鋒や殿軍《しんがり》をつとめながら、これまで一度として不覚を取ったことがない。

三方ケ原の戦いの前哨戦《ぜんしょうせん》、一言坂《ひとことざか》の戦いでの奮戦ぶりはことに名高く、

――家康に過ぎたるものが二つあり、唐《から》の頭《かしら》に本多平八（平八郎忠勝）。

と、つわもの揃いの武田の将たちに言わしめている。

同じ四天王の井伊直政が、戦場で負った怪我で全身傷だらけだったのに対し、忠勝の体にはかすり傷ひとつない。

甲冑を身にまとった忠勝の画像が残っているが、潰れたような鼻は異様に大きく、髭面のなかに炯炯《けいけい》と輝く双眸は威圧感に満ちている。こんな男と戦場で遭遇したら、間違いなく命はあるまいと思わせるほどの圧倒的な迫力である。

「わしは、さほどに浮かぬ顔をしておるか」

家康は苦笑いし、

浜納豆の入った小壺を、忠勝のほうへ押しやった。

「そなたも食え」

「されば、頂戴つかまつりまする」

本多忠勝は神妙な顔つきで浜納豆を手のひらにのせ、目の前で一度押しいただいてから、口のなかへ放り込んだ。

「どうじゃ、平八」

家康が聞いた。

「それがし不調法者にて、うまいまずいはわかりませぬが、大豆を使うておれば、体によいでありましょう」

「そちの申すとおりだ。腥《なまぐさ》ものを口にできぬ寺の坊主どもは、大豆で作った豆腐や味噌を食って滋養をつけておる」

「経をよむ坊主ならば、豆腐や味噌で身も養えましょうが、それがしにはいささか」

「物足りぬか」

「殿の御ため、存分の槍働きをするには、屁《へ》の足しにもなりませぬ」

「これはよい」

家康は肉厚の膝をたたいて笑った。

尾張織田家や駿河今川家での人質暮らしが長かったため、家康自身は性格にやや屈折したところがある。

思っていることがあっても、容易には他人に心中を明かさず、肚の底をさらけ出すことがない。それが、この男の微妙な暗さにもつながっているのだが、反面、家康は忠勝のごとき底の割れた武士らしい個性を愛し、直情径行な彼らの言動を笑って許す度量も持っていた。

「高天神城攻めに取りかかってから、はや六年になるかのう」

「さきほどの、殿の浮かぬ顔の原因はそれでござるか」

「ふむ……」

とうなずき、家康は脂ののった二重顎を撫でた。

「先日、安土の信長どのより使者がまいった」

「今度はどのような用向きでございますか」

信長の命で、嫡男信康を失ったあるじの心中を痛いほど知っている忠勝は、剛直な顔をこわばらせた。

「高天神城攻めの陣に、検使を遣わされるそうじゃ」

「検使を……」

「城ひとつ落とすのに、いつまで時間をかけておるのか。手ぬるくやっているようなら、断じて許さぬとの、信長どのの無言の圧力であろう」

「石山本願寺攻めに十年あまりかかった佐久間信盛どのは、厳しい処分をお受けになられましたな」

本多忠勝が言った。

「いかにも、厳しい」

「いくさに負けたならばいざ知らず、戦功をあげた当人が咎めを受けるとは、道理に合いませぬ」

「その道理が通用せぬのが、信長どのというお方よ」

家康は浜納豆を噛んだ。

「これ以上、高天神城ひとつに手間取るようなら、このわしにも佐久間信盛と同じ運命が待っていよう」

「殿は織田どのの家臣ではござるまい。信康さまの一件も、そもそも織田どのにどうこう言われる筋合いのことでは……」

「それを申すな」

家康の顔がこわばった。

「ともかく、いまは高天神城攻めに全力をそそがねばならぬ」

「御意」

「わしにとって、これはおのれが生きるための戦いよ」

天正八年十月——。
徳川家康は浜松城を発して、ふたたび高天神城にせまった。
城の周囲に、
小笠山
中村
熊ケ坂
火ケ峰
獅子ケ鼻
三井山
と六ケ所の砦を築き、濠を深くめぐらし、鹿垣《ししがき》を結いまわして外部との連絡を遮断。みずからは馬伏塚《まむしづか》の陣に腰をすえて、持久戦の構えをとった。
年が明けて天正九年になると、万全の包囲網がしかれた高天神城は、しだいに兵糧不足に苦しむようになった。
城将岡部真幸は、武田勝頼に救援をもとめたが、勝頼は伊豆の三島《みしま》で北条軍と対陣中で、援軍を差し向ける余裕がない。

三月二十二日、家康は満を持して、

「総攻めじゃーッ！」

全軍に総攻撃を命じた。

三

真田昌幸が、

――高天神落城
の一報を聞いたのは、上州岩櫃城で息子二人と飯を食っているときであった。

長男の源三郎信幸は十六歳。十五歳になった次男源次郎もこの春、元服し、幸村《ゆきむら》（信繁）と呼ばれるようになっている。

「やんぬるかな」

その瞬間、昌幸の脳裡を駆けめぐったのは、主家の武田氏に垂れ込めはじめた暗雲を案ずるよりも、

（これで、上州方面でも北条氏が勢いづいてくるであろう……）

という、きわめて現実的で冷静な考えであった。

高天神城を攻略した徳川家康と小田原北条氏のあいだでは、二年前の天正七年、同盟関係が成立している。

駿河、遠江まで進出していた武田氏を、東海道の東西から圧迫するためだが、高天神落城によ

る武田、徳川、北条の力関係の変化が、上州の情勢にも影響を与えるのは必至だった。

「高天神城が落ちたとなれば、織田も次の一手を打ってまいりましょうな」

かき込んでいた野蒜雑炊《のびるぞうすい》の椀を置き、信幸が考え深げな目をして言った。

幼いころは兄のほうが活発で、弟は書物ばかり読みふけっているような兄弟であったが、近ごろは信幸が思慮深く抑えた言動をするようになり、幸村は木猿の子の佐助らを引き連れて、野山を駆けめぐることが多くなっている。

「世が動くぞ」

昌幸は息子たちにではなく、おのれに言い聞かせるようにつぶやいた。

恐れているのではない。

騒乱を前にして、かえって血が騒いでいる。

「武田領に天下の奔流がなだれ込んだとき、わが真田家はいかに身を処すか」

「もがけばかえって溺《おぼ》れますぞ、父上」

この話題には興味なさげに汁を飲んでいた弟の幸村が、湖のごとく澄んだ灰色の目を上げて言った。

「小僧に言われずとも、わかっておるわ」

「ならばよろしいが」

颪のように飄々《ひょうひょう》としているが、どこか人を食ったところのある若者である。

「お屋形さまのところへ行ってまいる」

昌幸は立ち上がった。

四

甲斐府中の躑躅ケ崎館にも、騒然たる空気が流れている。

武田家にとって、高天神落城はそれほど衝撃的な出来事であった。

「来てくれたか、安房《あわ》」

駆けつけた昌幸の顔を見て、武田勝頼は色白の細おもてに喜色を浮かべた。

以前には、考えられもしなかったことである。長篠の合戦で、山県三郎兵衛昌景、馬場美濃守信春、内藤修理亮昌秀ら、有力武将の大半を失った勝頼のまわりには、このころ頼りにできる家臣がほとんどいない。父信玄時代から武田家に絶対の忠誠を誓う信濃海津城将、高坂昌信がかろうじて生き残っていたが、その昌信も天正六年、武田家の行くすえに心を残しながら病で世を去った。

跡部大炊助《おおいのすけ》や長坂釣閑斎《ちょうかんさい》ら、勝頼に耳触りのよい追従《ついしょう》しか言わぬ、口先だけの取り巻きたちもいるにはいるが、

(かの者どもには、この難局を乗り切るだけの知恵も力もない。誰かほかに、わしの支えとなってくれる者はおらぬものか……)

勝頼は痛切に考えるようになっていた。

父信玄ほどの軍才はないが、勝頼も凡夫ではない。

——武田
という、屋台骨の揺らぎかけた名家を立て直すため、つまらぬ意地や誇りを捨てる覚悟をかた

めている。

その勝頼が、

(この男こそは……)

と、見込んだのが、名胡桃城、沼田城奪取など、このところ上州方面でめざましい実績を上げている真田昌幸である。

かつての真田氏に対する冷淡さが嘘のように、

「昌幸、昌幸」

と、何かにつけて頼みにし、つい先ごろは京の朝廷に奏請して、

——従五位下《じゅごいのげ》安房守《あわのかみ》
の官位官職を昌幸のために貰ってやっている。

いまや信濃先方衆の真田氏を頼らねばならぬほど、武田家臣団の層が薄くなっているということであろう。

「わしはこの甲斐府中の城を捨てて、新城を築こうと思う。躑躅ケ崎館は領内の統治にはよいが、いくさには不向きな城館であるからな」

「して、新たな城はいずれに?」

「韮崎《にらさき》じゃ」

勝頼が、昌幸の目を見て言った。

「韮崎でございますか」

真田昌幸は聞き返した。

「韮崎の北に、七里岩なる地がある。これに城を築けば、五万、十万の敵の襲来にも十分に耐え

ることができよう」

勝頼が言った。

韮崎は、甲斐府中から北西へ三里（約一二キロ）。信濃と甲斐を結ぶ信州往還の宿駅である。その韮崎の地を流れる釜無《かまなし》川の左岸に、八ヶ岳の火砕《かさい》流によって形成された帯状の岩塊がある。全長七里にわたって、切り立った断崖がつづくため、

——七里岩
と呼ばれていた。

釜無川沿いに通る信州往還からは、はるかに仰ぎ見るほどの高さで、この崖上に城を築けば要害堅固このうえない。

勝頼に、この新城の築城を提案したのは、信玄の次女を妻に迎えている武田一門衆の穴山梅雪《あなやまばいせつ》（信君改め）であった。

梅雪は丸顔で、ぎょろりと目が大きく、どこか油断のならぬ面相をしている。長く駿河の江尻《えじり》城主として、対北条、徳川の外交にあたっているだけに、諸国の情勢に明るく、弁舌も巧みであった。

「わが武田領と境を接する織田、徳川、北条は、いずれも攻勢を強めております。このままでは、甲斐へ兵を進めてまいる日も、そう遠くはござるまい。早急に新城をお築きになり、守りをかためる必要がございます」

七里岩の台上には、梅雪の父祖伝来の所領がある。

地理上の条件が揃っていたこともあるが、梅雪は武田氏の本拠をみずからの影響が強い土地に置くことで、本宗家に対する発言力を強めようとしたのである。

育ちのよい勝頼は、相手の意図をそこまで深読みはしない。梅雪の強いすすめに、もっともなりとうなずき、新城の築城を決意した。

「諜者の知らせでは、安土の信長は家康の戦勝報告の上洛を断り、引きつづき武田攻めに専念するよう、強く要請したという。築城は急がねばならぬ」

勝頼は切迫した口調で言い、

「普請奉行はそなたにまかせる。年のうちに、城を完成させよ」

と、昌幸に城造りを命じた。

五

築城の技術については、真田昌幸は先代信玄に奥近習衆として付いていたころ、軍師の山本勘《かん》助《すけ》から実地に学んだことがある。

城造りはまず、

――地選《ちせん》

にはじまる。

読んで字のごとく、築城地を選ぶことにほかならない。

地選の次は、地取である。

漠然とした候補地のどこに城を築けばよいか、そこからが普請奉行をまかされた昌幸の知恵がためされるところであった。

昌幸は数人の家臣をともない、韮崎の北方、七里岩の台地を検分に出た。

「わしも連れていってくだされ」

と、息子の幸村が黒鹿毛《くろかげ》の馬を駆ってあとを追ってきた。

兄の信幸は矢沢頼綱らとともに上州にとどまっているが、この風のごとく自由な気質の若者は、おのれが興味を抱いた場所ならどこへでもあらわれる。

「好きにせよ」

はじめての大がかりな城造りに興奮をおぼえている昌幸は、息子のことなどほとんど眼中にない。

断崖上を三日がかりで丹念に探査し、その結果、のちに、

――城山《しろやま》
と呼ばれる丘陵に、本丸を築くことを決めた。その地点は、七里岩の台地のなかでもっとも見晴らしがよく、目の前に八ヶ岳の眺めが広がっている。

最大の防御線に想定されるのが、西側の釜無川に向かって落ち込む断崖である。

高さは、ゆうに百メートル以上はあろう。

ほとんど直角といっていいほどに切り立っており、崖をのぼって敵が近づくことは不可能である。

本丸を中心に、二ノ丸、三ノ丸などの諸曲輪を配置し、北、東、南に、ぐるりと深い空堀《からぼり》をめぐらせば、鉄壁の守りが完成する。

馬を下りた昌幸は、拾い上げた枝の先で、頭に浮かんだ城の縄張図《なわばり》を地面に詳細に描きだした。

「どうじゃ」

昌幸は職人がおのれの仕事を誇るように、息子を振り返った。

「隙のない、みごとな城にございますな」

灌木《かんぼく》につないだ黒鹿毛の首を撫でながら、幸村が言った。

「そのとおりだ。この城の守りには、一点の隙もない」

昌幸は手にした枝の先を動かし、

「南を大手、北を搦手《からめて》とする。二ノ丸を本丸の横に築き、そこから南へ下りたところに、大手口の守りとして三ノ丸を二つ配置する。大手口には武田流の三日月堀《みかづき》をもうけ、丸馬出《まるうまだし》を築く」

「敵が総力をあげて攻めかかってくるのは、本丸に近い空堀でございましょう。そこの守りはいかに？」

幸村はまだ、本格的な実戦経験こそないが、幼いころから好んで兵書を読みふけってきただけに、机上の知識は豊富に持っている。

「出構《でがまえ》をもうける」

「出構……。それは何でございます」

「空堀に杭のごとく突き出した、細長い曲輪のことじゃ。ここに兵を配置し、堀を乗り越えて城の塀に取りつかんとする敵兵を、弓矢、鉄砲で、横から狙い撃ちする」

「敵はひとたまりもありませぬな」

「いくさは兵の数でするものではない。ここでするものよ」

昌幸はおのが頭を指さしてみせた。

「なるほど」

幸村が感心したようにうなずき、

「しかし、父上。いかに難攻不落の巨城を築いたとて、それを守るのは人。人の和が乱れては、鉄壁の守りにも綻《ほころ》びが生じるのではありませぬか」

「そなたの目にも、武田家の和は乱れているように映るか」

「父上は、どのように見ておられます」

「わしか」

「はい」

息子の問いに、昌幸は答えず、木の枝を崖下に投げ捨てて立ち上がった。

「そろそろ、次の一手を考えておかねばならぬやも知れぬ」

「次の一手？」

「囲碁《いご》でも将棋でも、十手先、二十手先、いや百手先まで見とおす目を持たぬ者は勝負に勝てぬという。この城、はたして武田の命運をささえ得るか」

昌幸が仰いだ西の空に、茜《あかね》色に染まった雲が、千切れながら乱れ飛んでゆくのが見えた。

六

七里岩の新城、

――新府《しんぷ》城
が完成したのは、その年、天正九年の暮れである。

古府中《こふちゅう》（現、山梨県甲府市）に対して、新たな府中という意味で、この名がつけられた。

武田勝頼は妻子一族とともに新府城へ引き移り、譜代の家臣たちも古府中の屋敷を打ち壊して、慌《あわただ》しくこれに同道した。

同じころ、安土の織田信長は、来春早々にも武田攻めを敢行することを決め、遠征にそなえて大量の兵糧米を、徳川家康の領国三河へ送り込んでいる。

「武田を滅ぼす」

それが、かつて信玄の影におびえ、その死によって僥倖《ぎょうこう》を拾った信長の最大の命題となっていた。

天正十年正月——。

武田勝頼とその家臣たちは、激動の年のはじまりを、まだ真新しい木の香りがする新府城で迎えた。

だが、屠蘇《とそ》気分も抜け切らぬ新年早々、

「木曽《きそ》どの謀叛ッ！」

の衝撃的な一報が、勝頼のもとへ飛び込んできた。

「なにッ、義昌《よしまさ》が……」

勝頼は愕然とした。

木曽福島《ふくしま》城主の木曽義昌は、勝頼の姉婿にあたる武田一門衆である。

木曽領は信長の領国美濃と接しており、織田軍との熾烈な緒戦が予想される最前線であった。

このため、信長方が早くから調略の手をのばし、美濃苗木《なえぎ》城の遠山友政《とおやまともまさ》を通じて、水面下で活発な切り崩し工作がおこなわれていた。

その木曽義昌が内通の誘いに応じ、敵に寝返った。

激怒した勝頼は、人質に取っていた義昌の母、嫡男と三人の娘を処刑。木曽討伐のため、軍勢をひきいて新府城を発し、諏訪の上原《うえはら》城へ入った。

これに対し、木曽義昌は木曽郡の鳥居《とりい》峠を封鎖して防備をかため、

「ご来援を仰ぎたてまつる」

と、近江安土《あづち》へ急使を送った。

義昌の要請を受けた信長は、待っていたとばかりに、薄い唇に笑みを浮かべ、

「時は到れり」

武田攻めの陣触れを発した。

まだ山々に雪が残る二月三日のことである。

安土の織田信長は、
伊那《いな》口
駿河《するが》口
飛騨口
関東口
の四口に攻め手を分けた。

武田領の甲斐、信濃、駿河、上野を四方から押しつつむ戦略である。

武田攻めの総大将は、信長の嫡男織田信忠。

信忠ひきいる本隊は信濃の伊那口から、遠州浜松城主の徳川家康は駿河口、越前大野城主の金《かな》森長近《もりながちか》は飛騨口、また信長と同盟を結んだ相州小田原の北条氏政が関東口と、それぞれ攻め入る手筈がととのえられる。

それに対し武田方の同盟者は、わずかに越後の上杉景勝のみ。

だが、その上杉も、信長の誘いに乗って叛旗をひるがえした揚北衆《あがきたしゅう》の新発田重家《しばたしげいえ》対策と、織田軍の先鋒佐々成政《さっさなりまさ》が迫る越中方面の防備を固めるのに手一杯で、景勝みずから軍勢をひきいて武田の加勢に向かうほどの余裕はない。

こうした緊迫した状況のなか、寝返り者の木曽義昌の先導により、永楽銭《えいらくせん》を三つ黒く染めだした旗印を押し立てた織田信忠の主力部隊が伊那谷への侵入を開始した。

「織田勢は、山に囲まれた甲斐の地形に不慣れだ。地の利を生かして戦えば、十分に勝機はある」

新府城の武田勝頼は、父信玄以来の武田軍の底力を信じていた。

しかし、木曽義昌につづき、伊那軍飯田《いいだ》の将で高遠《たかとお》城に入っていた保科正直《ほしなまさなお》、大島城将の武田逍遥軒《しょうようけん》（信玄の弟）らが、織田軍の勢いには抗しがたしと見て、次々と逃亡。武田方の防衛線は、戦わずして崩れだした。

駿河口でも事情は同じである。

武田一門で、駿河一門の責任者だった江尻城主の穴山梅雪が寝返り、徳川家康を領内に引き入れるという背信行為をおこなった。

このため、田中城、用宗《もちむね》城、久能《くのう》城、沼津城、興国寺《こうこくじ》城などの武田方拠点が次々と陥落し、駿河口は破られた。

（まことの敵は、織田や徳川ではない。武田家はみずからの内なる敵の前に崩れ去ろうとしている……）

上州岩櫃城の真田昌幸は、武田軍団の崩壊を冷静な目で見つめている。

伊那口、駿河口を破られた武田軍は、その後も雪が溶け崩れるように、味方の裏切り、逃亡が相次いだ。

みな、主家のことよりも、

――おのれが今日、明日をいかに生きのびるか……。

という個々の目的に心を奪われ、もはや組織としての態をなしていない。

唯一、意地をしめしたのが、勝頼の異腹の弟で、信濃高遠城主の仁科盛信《にしなもりのぶ》である。

高遠城を織田信忠軍に包囲された盛信は、黄金百枚（千両）を与えるという条件で降伏をすすめられた。

だが、盛信は織田方から打ち込まれた勧降の矢文《やぶみ》を破り捨て、

「信長という男は信用できぬ。甘言をもって味方を切り崩し、ひとたび目的を達したあとは、平然と約束を違えるであろう。黄金百枚ごときで、武田武者の心が買えるかやッ！」

憤怒の形相で叫び、徹底抗戦の道を選んだ。

三月二日、高遠城は織田軍の総攻撃を受けた。激戦のすえ、城は陥落。仁科盛信をはじめとする城兵は、ほぼ全員が城を枕に壮烈な討ち死にを遂げた。

武田勝頼は諏訪の上原まで出陣していたが、高遠陥落の報を聞き、血の涙を流しながら新府城へ撤退している。

すでにこのとき、勝頼に付き従うのは、わずか千人ほどの近臣のみとなっていた。上洛をめざしていた父信玄の最盛期を思うと、その凋落《ちょうらく》ぶりは、無残としか言いようがない。

名のある武将のなかで、勝頼のもとに残ったのは、
武田信豊《のぶとよ》（勝頼のいとこ）

内藤昌月《まさあき》

小山田信茂《おやまだのぶしげ》
真田昌幸
ら、織田軍がまだ侵攻していない、東信濃から上野、甲斐に所領を持つ者たちだけであった。
勝頼は新府城中の本丸御殿に彼らを呼び集め、軍議をひらいた。
一座にただよう雰囲気は重苦しい。
あからさまに口には出さないが、男たちの誰もが忍び寄る、
——滅び
を予感している。
そのなかで、ひとり昌幸のみは、するどく切れ上がった目を爛々《らんらん》と光らせている。

七

軍議は紛糾した。

そもそも武田家は攻めには強いが、守りには馴れていない。外へ外へと、積極的に領国を拡大してきたのが武田の流儀である。ゆえに、守備ということには意外と無頓着《むとんちゃく》であった。

他国勢に領地を侵されるというはじめての事態に、武田の将たちは混乱していた。この絶望的な状況をいかにして打開すればよいのか、その明確な答えを知る者はいない。

「やはりここは、北条に助けを請うべきではないか」

一同を見渡して言ったのは、父信有《のぶあり》の代から小田原北条氏との取次役をつとめてきた小山田信茂である。

「北条は、信長より関東口の攻め手をまかされながら、いまだ目立った動きをみせておらぬ。いまは織田と同盟を結んではいるが、信長の力が増大し過ぎれば、それはやがて北条にとって、大きな脅威となるは必定《ひつじょう》。何より、北条家は奥方さまのご実家。その縁を頼り、北条氏政に加勢を願ってはいかがでござろうか」

　小山田信茂が、上座の勝頼に視線を向けた。武田勝頼は憔悴《しょうすい》しきっている。美貌をうたわれた母親の諏訪御寮人《ごりょうにん》に似て、色白の品のいい顔立ちだが、しばらく剃刀《かみそり》を当てていないのか、頬が無精髭《ぶしょうひげ》におおわれている。瞳に生気がなく、顔色も悪かった。

「それはできぬ。いまさら、北条に頭を下げたとて詮方《せんかた》なきことよ」

「生きるか死ぬかの瀬戸際でござります。誇りをお捨てなされませ、お屋形さま」

　小山田信茂が詰め寄った。

「上野一国を譲るとでも条件を出せば、相手は二つ返事で話に乗ってまいりましょう。それでも足りぬと申すなら、蔵に眠る信玄公以来の甲州金をくれてやるもよし。かつて、上杉景勝がわれらに和議をもとめて来たときと同じ手を使うのでござる」

「何を言い出すかと思えば、たわけたことを。上野を北条に譲るだと……」

　信茂の言葉を聞きとがめ、内藤昌月が浅黒く精悍な顔をこわばらせた。

　もともと勝頼の側近だった内藤昌月は、上野国箕輪《みのわ》城代をつとめ、西上野の支配をまかされている。その領地を割譲せよと言われても、とうてい受け入れられるはずがない。

　事情は、辛苦のすえに沼田城を奪取した真田昌幸も同じだった。

「小山田どのは、東甲斐の岩殿《いわどの》城の城主でございますからな。われらがいかに血と汗を流して上州領を切り取っていったか、その苦労をお分かりになってはおられぬ。そこまで北条に媚《こび》を売りたいなら、いっそ小山田どののご領地でも差し出されてはいかがか」

真田昌幸は皮肉たっぷりに言った。

「何をッ！」

小山田信茂が顔面に怒気をみなぎらせた。

「きさま、言わせておけば……。お屋形さまをお守りするより、おのが領地を守るが大事か」

「さようなことは申しておりませぬ。小山田どのが、われらが上州領を差し出せなどと、理不尽を申されるゆえ、つい意地になったまで。それに北条は、先代謙信より義に篤《あつ》い上杉とちがい、さように甘うはございませぬぞ。領地だけせしめて、あとは素知らぬ顔ということにもなりかねず。そうなったとき、小山田どのはお屋形さまに、いかに申しひらきなされるおつもりか」

「わしを愚弄するか」

「ものの道理のわからぬお方とは、話になりませぬな」

「おのれは……」

小山田信茂と昌幸のあいだに、一触即発の空気が流れた。

そのとき、

「両人とも、いい加減にせよ。お屋形さまの御前ではないか」

二人をたしなめたのは、勝頼の三歳年下のいとこ、信濃小諸《こもろ》城主の武田信豊であった。

離反や逃亡が相次ぐ一門のなかにあって、いまも変わらず勝頼をささえつづけている武田家の副将的存在である。

「北条との同盟を頭ごなしに否定するというなら、そなた、ほかに何かよい思案でも持っておるのか」

武田信豊が昌幸に問うた。

「ござります。たったひとつだけ」

「ほう、それは……」

信豊のみならず、一座の男たちの視線が昌幸に強くそそがれた。

「お屋形さまのご下命にて、それがしが縄張した城ではありますが、まずはこの新府城をお捨てになることでございますな」

「新府城を捨てよと」

「さようにございます」

昌幸はうなずいた。

迫り来る危機を前に、心を乱している諸将に対し、昌幸の表情はふてぶてしいまでの自信に満ちている。

むしろ、この危機を、

(逆手に取ってくれよう……)

と、心ひそかに期するところがある。

「新府城は古府中の躑躅ケ崎館に代わり、武田家の新たな根拠地となすべく築いたもの。よって、万を超える大軍なりとも拠《よ》ることができるよう、それにふさわしい壮大な縄張となっておりまする」

昌幸の弁舌は、あくまでさわやかである。

「しかるに、寝返り者、逃亡者が続出し、軍勢わずか千あまりとなったいまとなっては、かような大きな構えの城は夏の火鉢《ひばち》、冬の団扇《うちわ》も同然。ものの役に立たぬどころか、かえって邪魔となりましょう」

「されば、そなたは元の古府中にもどれと申すか」

武田信豊が眉間に皺を寄せて言った。

「さにあらず」

昌幸は唇に微笑を含んだ。

「兵法では、敵の勢いさかんなるときは戦いを挑まず、勢い衰えたるときにすかさず戦いを仕かけよと申します。いまの織田軍に真正面から当たるは、愚の骨頂《こっちょう》。むしろいくさを避けて兵力を温存し、時運が当方に傾くを待つのが上策と存じます」

「さようなことができるのか」

いままで黙っていた勝頼が、わずかに身を乗り出した。

「新府城を引き揚げ、わが領する上州の岩櫃城に入っていただきます」

勝頼の目を見つめて昌幸は言った。

「岩櫃に……」

「さよう。岩櫃城は新府城にくらべ、規模は小なりといえども、周囲を断崖絶壁にかこまれた嶮《けん》岨《そ》な山城。ここに立て籠もれば、峠をへだてた上杉の領地に近く、加勢もあおぎ易うございます。織田の大軍が攻め寄せたとて、上杉領に通じる兵站《へいたん》の道がござれば、一年や二年の籠城は十分に可能。そのあいだに、世の中はどちらへ転ぶかわかりませせぬ」

一座が、しんと静まった。昌幸の理論には隙がない。

だが、一座の沈黙を、

「ばかばかしい」

小山田信茂の豪傑笑いが破った。

「お屋形さま、こやつに騙《だま》されてはなりませぬぞ」

小山田信茂が昌幸を憎々しげに睨んだ。

「騙すとは、どういうことでございますかな」

昌幸も負けずに信茂を睨み返す。

「そうではないか。そのほう、さまざまな口説《くぜつ》を用いておるが、つまるところお屋形さまをおのが城に取り込み、取引の具として利用せんとしているだけであろうが。成り上がり者の卑しい魂胆が透けて見えるわ」

「成り上がり者で、おおいに結構。余計なしがらみを持たぬからこそ、見えてくるものもござる。さきほど小山田どのは、お屋形さまに誇りをお捨てなされよと申された。それがしから見れば、小山田どののほうこそ、一文にもならぬ見栄《みえ》にとらわれておいでなのでは」

「言わせておけば……」

小山田信茂が顔面を朱に染めた。

こうなれば売り言葉に買い言葉である。

もっとも、小山田信茂の発言は感情に走っているようで、じつは昌幸のもっとも痛いところを衝いている。

武田勝頼を岩櫃城に迎え、山岳ゲリラ戦で織田勢と対抗しようというのが昌幸の立てた秘策だが、信茂の言うとおり、そこにはしたたかな計算もある。

（遅かれ早かれ、武田は滅びるしかあるまい。となれば、善人づらして忠義の臣を気取ることはない。とりあえず、勝頼さまの御身さえ押さえておけば、北条、上杉、あるいは織田とも、対等に外交をすすめることができる……）

このころからすでに、昌幸は一個の独立した大名としての意識を、その身のうちに強烈に育てはじめている。

昌幸と小山田信茂の言い争いを皮切りに、軍議はたがいの利害がからみ合い、おさまりのつかぬものとなった。

その場の殺気立った雰囲気を鎮めたのは、凜然《りんぜん》とした勝頼のひとことだった。

「みな、やめよ。武田家のすすむべき道は、亡き父上より風林火山の旗をゆだねられた、このわしが決める」

「お屋形さま……」

はっと我に返ったように、男たちが上座の勝頼を見た。

その顔はやや蒼ざめているが、名門武田家の血を引く者ならではの、おかしがたい気品に満ちていた。

八

「小山田信茂、真田昌幸、両人の申すこと、いずれももっともなり。わが身の行くすえを案じてくれるそのほうどもの忠心、まことにありがたく思う」

勝頼は感に堪えかねたように言うと、

「みなが言い争うのも、このわしに力なきゆえじゃ。赦《ゆる》せ」

はらはらと涙をこぼした。

「さようなことはございませぬ、お屋形さま」

武田信豊がなだめるように言った。

「かような仕儀にいたったのは、誰のせいでもございますまい。しいて申せば、天がわが武田家を見放したとしか……」

「いや、そうではない」

涙を振りはらい、勝頼はきっぱりと首を横に振った。

「人が離れてゆくは、上に立つ者に徳なきゆえじゃ。亡き父上より家督《かとく》を継ぎ、無我夢中で走っていたときは不覚にも気づかなんだが、多くの家臣どもに背《そむ》かれてみて、いまようやくそのことが身に沁みてわかった。いささか、遅すぎたかもしれぬがな……」

勝頼は自嘲するように笑い、一同を見渡した。

「かくなるうえは、わしに残された道はひとつしかない。おのが意地をつらぬきとおすまで」

後ろにいた小姓を手招きして呼ぶと、勝頼は酒の支度を命じた。

「別れの杯じゃ」

「お屋形さま……」

運ばれてきた酒杯をつかんだあるじの手もとを、昌幸ら家臣たちは息を詰めて見つめた。

「安房守（昌幸）の申すとおり、険しき山城に籠もって戦えば、たしかに急場はしのげるやもしれぬ。しかし、わしは名もなき地侍ではない。不様《ぶざま》ないくさをして、鎌倉以来の名門、武田家の名を汚すわけにはいかぬ」

ぐいと酒を飲み干すと、

「そのほうたちも飲め。今宵は心ゆくまで酔い、明日はそれぞれ、おのれの城にもどるのじゃ。

織田に降《くだ》るもよし、北条を頼りたい者は小田原へ降るもまたよし」

勝頼の表情に、もはや悔いや迷いはなかった。

「お屋形さま、われらは……」

武田信豊が男泣きに泣いている。

小山田信茂、内藤昌月も膝頭をつかんで涙にむせんでいた。

翌朝、昌幸たちは新府城を発し、おのおのの領地へ散った。


真田昌幸の瞳は乾いている。

しかし、その胸には断腸の思いがあった。

(不様ないくさはできぬ、か……)

昌幸は唇を噛んだ。

上州岩櫃城の櫓から眺め下ろすと、足もとの吾妻川は降りつづいた雨のために増水し、岩を噛みながら奔湍《ほんたん》となって荒れ狂っているのが見える。

(生き残るために、不様にあがいて何が悪い。この城で籠城戦を行なえば、まだまだ逆転の目はあったものを……)

だが、後悔はない。

過去を振り返ってあれこれ悔やむより、

(人から不様といわれようと、わしはひたすら生きる。体面を気にせねばならぬ名門でなくて幸いよ。真田には真田の戦いがある……)

昌幸の心はすでに、次なる地平に向かって動きだしている。

武田勝頼が、夫人と子供、わずかに残った手勢とともに新府城を退去したのは、軍議の翌日の三月三日。

『信長公記《しんちょうこうき》』には、

――新府の館に火を懸け、世上の人質余多これありしを、焼き籠にして罷《まか》り退かる。（中略）勝頼の御前、同そば上臈《じょうろう》高畠のおあい、勝頼の伯母大方《おおかた》、信玄末子のむすめ、信虎京上臈のむすめ、此《そ》の外、一門親類の上臈の付きづき等、弐百余人の其の中に、馬乗り廿騎には過ぐべからず。歴々の上臈、子供、踏みもならはぬ山道を、かちはだしにて、足は紅に染みて、落人の哀さ、なかなか目も当てられぬ次第なり。

と、その逃避行の悲惨さが記されている。

一行は織田軍の目を避けるために、竜地《りゅうじ》の山越えで古府中へ入り、その後、小山田信茂を頼って都留《つる》郡の岩殿城をめざそうとした。

しかし、信茂はここにおよんで主君を裏切り、城に入れるどころか、逆に鉄砲を撃ちかけてきた。

勝頼は天目山《てんもくざん》のふもとの田野《たの》村まで逃げたが、そこでさらに郷士たちの寝返りにあい、夫人、嫡男信勝《のぶかつ》とともに自刃して果てた。天正十年三月十一日のことである。

ここに、名門武田氏は滅亡した。

勝頼父子の首は、伊那盆地の飯田に着陣した信長によって高札場《こうさつば》にさらされた。その後、信長は躑躅ケ崎館跡に仮御殿を建てて入り、旧武田領の仕置をおこなっている。

第十二章　兄と弟

一

武田《たけだ》家を滅ぼした織田信長《おだのぶなが》は、その旧領に、いくさで功のあった者たちを配置した。

甲斐《かい》国　河尻秀隆《かわじりひでたか》
駿河《するが》国　徳川家康《とくがわいえやす》
上野《こうずけ》国　滝川一益《たきがわかずます》

信濃国は、五人の武将に分け与えられた。

森長可《ながよし》（高井郡、水内《みのち》郡、更級《さらしな》郡、埴科《はにしな》郡）
毛利長秀《ながひで》（伊那郡）
木曽義昌（安曇《あずみ》郡、筑摩《ちくま》郡）
河尻秀隆（諏訪郡）
滝川一益《かずます》（小県《ちいさがた》郡、佐久郡）

したがって、小県郡の地侍である真田氏は、滝川一益の組下に入らねばならないことになる。

新領の仕置を終えた信長は、新たに家康の領地に組み入れられた駿河に向かい、白雪をいただいた富士の裾野《すその》で馬遊びをおこなうなど、諸方を遊覧したのち安土《あづち》へ凱旋《がいせん》している。
その帰国直後の信長のもとへ、一頭の葦毛《あしげ》の駿馬《しゅんめ》が届けられた。
馬好きの信長は、早速、城内の馬場に馬を曳《ひ》き出させ、これを検分《けんぶん》した。
「よき馬じゃ」
信長はめずらしく白い歯を見せ、破顔一笑した。
「先年の馬揃《うまぞろ》えのおりにも、かほどに毛並みのよい馬を乗りまわした者はおらなんだ。この名馬を献上したのは、何奴《なにやつ》じゃ」
信長は気短な口調で、後ろに控えていた近習《きんじゅ》に問うた。
「真田安房守昌幸《さなだあわのかみまさゆき》なる者にございます」
「真田……。聞かぬ名じゃな」
武田攻めを息子信忠《のぶただ》や徳川家康らに丸投げした信長の想念は、すでに支配下におさめた旧武田領から離れている。
信長の目下の関心事は、先年、
加賀《かが》国
能登《のと》国
を平定し、越中《えっちゅう》の上杉《うえすぎ》領へせまる柴田勝家《しばたかついえ》、前田利家《まえだとしいえ》、佐々成政《さっさなりまさ》らの北陸方面軍の戦い、および織田家中のなかで進境いちじるしい羽柴秀吉《はしばひでよし》が担当している、中国筋の対毛利戦であった。
ことに秀吉は、
播磨三木《はりまみき》城
因幡鳥取《いなばとっとり》城

を兵糧《ひょうろう》攻めで陥落させ、毛利方の生命線ともいうべき備中高松《びっちゅうたかまつ》城を、前代未聞の水攻めで包囲している最中だった。

高松城には、毛利家当主の輝元《てるもと》、〝両川《りょうせん》〟と称される吉川元春《きっかわもとはる》、小早川隆景《こばやかわたかかげ》が総動員態勢で後詰めに駆けつけ、織田、毛利の決戦の瞬間が刻一刻と近づいている。

信長が、真田のごとき小土豪の名を記憶にとどめていないのも無理はない。

「真田昌幸は元武田の家臣にて、信濃砥石《といし》城、上野岩櫃《いわびつ》城の城主にございます」

近習の矢部家定《やべいえさだ》が、打てば響くように信長に返答した。家定は事務能力にすぐれた、信長の秘書官的存在である。

「そのような者がおったか」

信長は記憶の糸をたぐり寄せるように、白皙《はくせき》の顔をかすかにしかめた。

「武田の家臣といっても、真田は譜代《ふだい》ではございませぬ。もとをたどれば、信濃から上野の山中を根城《ねじろ》にしてきた野武士のごとき一族であるとか。また、山伏《やまぶし》、歩き巫女《みこ》などを耳目として自在に駆使し、草ノ者を多く抱えているやに聞きおよんでおります」

「ふん」

と、信長は鼻を鳴らした。

合理的精神の持ち主である信長は、血筋、家柄、門地など、余計な〝飾り〟で人を判断することをしない。あくまで、その者が役に立つか立たぬか、徹底した能力主義が人を見る基準の根幹にある。

ただし、伊賀者《いがもの》や甲賀者《こうがもの》のごとき、得体の知れぬ存在は嫌いで、偏執的といえるまでにこれを憎悪した。伊賀攻めのおり、一木一草も残さず村を焼き、老若男女を虐殺したのはそのためである。

信長は真田を、異能の技をもってみずからに抵抗した伊賀の地侍《じざむらい》と同類の者と見た。

「それにしても、よき馬じゃ」

さきほどと同じ言葉を、信長はもう一度つぶやいた。よほど、葦毛の駿馬が気に入ったのであろう。

「真田昌幸は、信濃の領地で牧をいとなんでおるそうにございます。これなる馬も、そこで産したものでございましょう」

「馬を贈るということは、このわしに従いたいとの謎《なぞ》かけか」

「いまさら命乞《いのちご》いをしたとて遅うございますな」

矢部家定は、峻烈《しゅんれつ》なあるじの気性をよく知っている。

だが、信長は、

「おもしろい」

片頬《かたほお》をゆがめて笑った。

「上野の滝川一益に使者を送れッ。真田昌幸なる者、使えるようなら、今後の東国の経略に役立てよ」

「もし、使えぬときは」

「斬《き》ればよかろう」

こともなげに信長は言った。

二

武田家滅亡という大混乱のなかで、真田昌幸は岩櫃城にどっかと腰を据え、信州《しんしゅう》砥石城に弟の加津野信尹《かづののぶただ》に加え、信幸《のぶゆき》、幸村《ゆきむら》の二子、上州沼田《じょうしゅうぬまた》城には叔父の矢沢頼綱《やざわよりつな》を置いて、領地の守備態勢をかためている。

「どうやら、薬は効いたようだな」

昌幸は闇《やみ》に向かってつぶやいた。

この大危機に際しても、昌幸の眼は静かに澄んでいる。

（いまさら、じたばたしてもはじまらぬ……）

と、肚《はら》をくくっている。

いや、むしろ、慌てたとてどうにもならぬほど、真田氏を取り巻く状況は切迫しているといっていい。

「織田右府《うふ》どのは、献上の馬をことのほか喜んだようにござります」

天井の隅にわだかまった暗闇から、ささやくような声が返ってきた。

甲賀の忍び、木猿《きざる》である。信長の動きを昌幸に注進するため、つい先刻、京から馳《は》せもどってきた。

「しかし、これであなたさまは織田家に臣下の礼をとったことになりまするな」

「仕方あるまい。上州沼田領を狙う北条《ほうじょう》に対抗するためだ。唐《から》の国の范雎《はんしょ》が唱えた、遠交近攻《えんこうきんこう》というやつよ」

昌幸は言った。

「真田家は、信長より上野一国と信濃小県郡《ちいさがた》、佐久郡《さく》の支配をまかされた滝川一益の組下に置かれることになりましょう」

「不服か」

木猿の声の底にあるざらついた響きを、昌幸は敏感に感じ取っている。

「そもそも、われら忍びに人の好悪《こうお》はございませぬ。さりながら……」

「何だ」

「滝川一益はもともと、われらと同じ甲賀者にございます」

「甲賀五十三家のひとつ、大原《おおはら》家の出と聞いたことがある」

「よくご存じで」

「当然のことよ。これから渡り合ってゆかねばならぬ相手だ。しかし、甲賀者がなにゆえ、忍び嫌いの信長の家臣となった」

「忍びの境涯に不足を感じ、世に出たいという野心があったからでございましょう」

木猿のごとき、生涯を陰に生きることに捧《ささ》げている者から見れば、その陰の部分を捨てた滝川一益は、裏切り者と映るのかもしれない。

織田家関東支配の責任者となった滝川一益は、上野国に入り、箕輪《みのわ》城、次いで厩橋《まやばし》（前橋）城をその居城とした。

安土の信長は、一益に対し、

「小田原《おだわら》の北条氏直《うじなお》を臣従させせよ。従わぬようなら、これを討ち滅ぼせ」

と、命を下していた。

それと並行して、信長は伊達輝宗《だててるむね》ら奥羽《おうう》の諸大名にも圧力をかけるよう、滝川一益に外交工作を指示している。

信長の要求はそれだけではない。

北陸方面から上杉《うえすぎ》領にせまりつつある柴田勝家、および信濃北四郡（高井、水内、更級、埴科）を与えられて海津《かいづ》城主となった森長可と連動し、

「峠越えで越後《えちご》へ攻め込み、上杉景勝《かげかつ》を滅ぼすべし」

と、厳命していた。

このとき、滝川一益は五十八歳。体に疲労を覚える年齢である。

あまりの激務に、音を上げたくなったが、信長の命に逆らうことはできない。

早急に兵力を増強する必要にせまられた一益は、旧武田家臣で上野国を基盤としている、内藤《ないとう》昌月《まさあき》、真田昌幸らの降伏を受け入れ、みずからの与力《よりき》に組み入れた。

さらに、滝川一益のもとには、

倉賀野《くらがの》

小幡《おばた》

安中《あんなか》

和田《わだ》

由良《ゆら》

木部《きべ》

ら、上野の地侍たちが出仕。武蔵《むさし》からは、成田《なりた》、深津《ふかつ》、上田《うえだ》らの諸氏が従った。

信長の天下制覇は、急速に進みつつある。

「おもしろうござりませぬのう、兄上」

砥石城の月見櫓《つきみやぐら》から、新緑の萌《も》え立つ上田盆地を見下ろしながら、真田幸村が言った。

幸村、十六歳。赤糸縅《あかいとおどし》の胴丸《どうまる》を身にまとった、匂うような若武者である。

「乱世が定まってゆく瞬間とは、こういうものかもしれぬ。天が秩序をもとめているのであろう」

灰色がかった目を細め、低くつぶやいたのは、幸村の一歳違いの兄信幸にほかならない。

「兄上はそれでよろしいのですか」

小首をかしげるようにして、幸村が兄を見た。並んで立つと、幸村のほうが信幸よりも、やや背が高い。

だが、信幸には真田家の跡継ぎとしての落ち着きと、矜持《きょうじ》のようなものが、その幅広の肩に滲《にじ》み出ている。

「このまま世が定まってしまえば、わが真田家は、織田信長のそのまた家臣の配下に成り下がってしまうのですぞ。そんな息苦しい生き方、私は嫌だな」

幸村はかるく笑った。

障子から透ける春の陽差《ひざ》しのような、明るく屈託のない笑顔である。

「わしとて、山間の土豪のままで終わりたくはない。だが、そのことと、世が安定と繁栄に向かうこととは、話が別だ」

「父上は、どのように考えておいでなのかな」

「いまは、本貫《ほんがん》の地の信濃真田郷と上野の所領を死守することで、頭が一杯だな。それを保証してくれるというなら、父上は織田であろうが、北条であろうが、あるいは徳川であろうが、喜んでその足元にひれ伏すご所存であろう」

「本音はどうあれ、ですか」

「小さき者が生き残るためには、ときに泥水を呑《の》むほどの覚悟が必要よ」

「余の者を騙《だま》してでも？」

「騙すのではない。知恵を使うのだ」

「知恵か」

「そうだ。われらは、大きな所領も大きな兵力も持ってはおらぬ。だが、どのような大国の大名でも、人であることに変わりはない」

「知恵のいくさなら、小が大を倒すことも十分に可能と」

「わしはそう信じている」

信幸が言った。

「いつぞや、父上もそのようなことを申されておりました。しかし、泥水を呑んでばかりでは、人から蔑《さげす》まれましょうな」

「そこが難しい」

「いまは、辛抱の時ですか」

後年、鬼謀をもって天下に名を知られることになる幸村だが、このときはまだ十六歳の若者にすぎない。将来に対する漠たる不安と、ひそかな野心を胸に抱えながら、山間の地の片すみで世の趨勢《すうせい》を見つめている。

三

ここにも、兄と弟がいる。

真田昌幸と加津野信尹である。

ともに幼少のころ、甲斐府中へ人質に出され、昌幸は武藤《むとう》、信尹は加津野の家名を継いで真田本家から離れた。

長篠《ながしの》合戦で長兄と次兄が戦死したため、三男の昌幸が本家へもどって真田家の当主となったが、四男信尹は加津野姓のまま、兄に協力するという体制をとっている。

仲は、さほどよくない。

人質暮らしが長かっただけに、現実的で、どこか冷めた目を持っているという点ではよく似た性格の兄弟だが、いざとなれば大博奕《おおばくち》を打つ肚の太さがある昌幸にくらべ、信尹は小心でいつも人の顔色をうかがっているようなところがある。

「厩橋城の滝川一益どのが、上杉攻めの陣触れを発したそうですな」

糸のように細い目をしょぼつかせ、信尹が言った。

「うむ」

「わが真田家をはじめ、倉賀野、小幡、安中、和田ら、上野の地侍どもにも動員がかけられたとか」

「まあな」

昌幸は泰然としている。

「むろん、兄上みずから軍勢をひきいて馳せ参じられるのでしょうな」

「わしは行かぬ」

「いま、何と……」

「行かぬと申したのよ。わしが上野を留守にしている隙《すき》に、北条がこの岩櫃城へ攻め込んで来たら何とする」

「しかし、滝川どのの軍令に従わぬわけには……」

「わしに代わって、そなたが行けばよい」

「それがしが……」

信尹が困惑の表情をみせた。

「そういうわけにはまいりませぬ。兄上が勢に加わっておらぬことが、安土の織田さまに聞こえれば、いらぬ疑いを招くもとになりましょう。織田さまは、ことのほか猜疑心《さいぎしん》の強いお方と聞いております。万が一、真田は裏で上杉と通じておるなどと痛くもない腹を探られれば」

「世は、下駄《げた》を履くまでどちらへ転ぶかわからぬものよ。むろん、上杉にも抜かりなくこちらから声をかけておるわ」

「げッ」

と、信尹が毒気を抜かれた顔をした。

世の移り変わりは早い。
——竜虎《りゅうこ》
とうたわれ、戦国最強の名をほしいままにした武田信玄《しんげん》と上杉謙信《けんしん》であったが、それぞれの子孫の代に至り、かたや武田家は新興の織田信長の前にあっけなく滅ぼされ、いま一方の上杉家も滅亡の危機に瀕《ひん》している。

昌幸は、謙信の跡を継いだ養子の上杉景勝という男が、どの程度の器量の持ち主であるか知らない。

内部から崩壊していった武田家に比べ、ほとんどの家臣団が結束してことに当たっているところを見れば、

（そこそこの人物なのであろう……）

と、昌幸は分析している。

とはいえ、謙信没後の相続争い――御館《おたて》の乱で、上杉家の力はいちじるしく衰退した。それに加え、越後国人の新発田重家《しばたしげいえ》が信長と結んで叛旗《はんき》をひるがえすなど、上杉家を取り巻く状況はきわめて悪化している。

それでも、昌幸が、

（まだ、上杉にも生き残りの目はある……）

と踏んだのは、禰津《ねつ》の巫女頭《みこがしら》の望月千代女《もちづきちよめ》がもたらした、ある情報のためだった。

「信長の得意絶頂は、存外、長くつづかぬやもしれませぬ」

岩櫃城にふらりと姿をあらわした、千代女が言った。

神に仕え、自由な境涯で生きているせいか、いつまで経《た》っても年を取らぬ女である。彼女に甲《こう》信《しん》二ケ国の巫女頭の地位を与えた武田家が滅びたときも、別段、それを嘆くでもなく、俗世の争いから超然としている。

ただし、禰津の神域を土足で踏み荒らしつつある織田信長のこととなると話は別で、

「かの者は危険です。神をも恐れぬ悪鬼羅刹《あっきらせつ》、魔王とは、あの男のことでしょう」

と、以前から警戒心をあらわにしていた。

日本古来の宗教秩序の系列に属する千代女にとって、比叡山延暦寺《ひえいざんえんりゃくじ》を焼き、伊勢長島《いせながしま》、越前《えちぜん》で万を超える一向宗門徒《いっこうしゅうもんと》を虐殺し、反対に異国から入ってきた新来の天主教《てんしゅきょう》を積極的に保護している信長のごとき男は、まさしく魔王以外の何ものでもないであろう。

「ほう、それはなぜだ」

昌幸は聞いた。

「朝廷が動き出しておりますゆえ」

千代女が唇に冷たい微笑を浮かべた。


群雄にさきがけて上洛《じょうらく》をはたして以来、織田信長は朝廷の権威を利用することで天下布武《てんかふぶ》の戦いを有利にすすめてきた。

打ちつづく戦乱により、不如意な暮らしをしていた正親町《おおぎまち》天皇のために土御門御所《つちみかどごしょ》を修築。ふんだんに金銀も献上した。本来、信長は吝《しわ》い男だが、それが戦略的な生き金になると思えば、いかなる出費も惜しまない。

信長の思惑どおり、恩義を感じた正親町天皇は要請に応じて石山本願寺《いしやまほんがんじ》などとの調停に尽力し、二度にわたる織田包囲網をはじめ、危機的な局面を乗り切るのにおおいに役立った。

もっとも、朝廷側も信長にただ利用されているわけではない。

武力を持たぬ朝廷には、新興の武家勢力と、巧みに渡りあってきた独自の知恵がある。

すなわち、

──官位、官職

を与えて権威をしめし、みずからの優位を保とうというのだ。古くは平家追討にあたった源《みなもとの》義経《よしつね》、鎌倉幕府《かまくらばくふ》を倒した新田義貞《にったよしさだ》なども、この方法によって、朝廷に骨抜きにされた。

信長の場合も同様である。しかるべき官位、官職を授けることで、朝廷は信長を自分たちの機構のなかに取り込もうとはかった。

天正《てんしょう》三年（一五七五）の長篠合戦のあと、朝廷は信長を従三位大納言《じゅさんみだいなごん》に叙任。ついで右近衛《うこんえの》大将《だいしょう》を兼任させた。右近衛大将は、武門の棟梁《とうりょう》をしめす名誉職といっていい。

さらにその後、織田家の勢力の増大とともに、

内大臣《ないだいじん》

右大臣《うだいじん》

と、朝廷は異例の早さで信長を出世させた。

ところが、合理主義者の信長は、こうした朝廷の大盤振る舞いに、何らのありがたみも感じていない。じっさい、任官から半年も経たぬうちに、右大臣の職を勝手に辞している。

「朝廷は利用するものであって、利用されるものではない。形なき権威などに支配されぬわ」

信長がめざしているのは、朝廷権威のもとで位人臣《くらいじんしん》をきわめることではない。朝廷をも超える、この国の唯一無二の権力者になることであった。唐の国の、皇帝がそれにあたるであろう。

信長の真意を知った朝廷は、恐慌状態におちいった。

「信長は、朝廷からの三職推任《さんしょくすいにん》の要請に、はかばかしい返答をしなかったそうにございます」

千代女が言った。

「三職とは、関白《かんぱく》、太政大臣《だいじょうだいじん》、征夷大将軍《せいいたいしょうぐん》の三職のことか」

昌幸は、遠い世界の話でもするように言った。

「はい」

「関白、太政大臣といえば、そのいずれであれ、人が望み得る最高の地位よ。また、征夷大将軍に任じるということは、すなわち織田幕府の開設を朝廷がみとめるということにほかならぬ。それほどの旨《うま》い餌《えさ》に、食いつかぬとは……。公卿《くぎょう》どもも、さぞ慌てていることであろう」

「そこでございます」

と、千代女が昌幸のかたわらに、白い浄衣《じょうえ》に緋《ひ》の切袴《ばかま》をまとったしなやかな体を寄せてきた。

「このまま信長を野放しにしておけば、朝廷の権威は地に堕《お》ちます。それどころか、信長は朝廷そのものをこの世から消し去るやもしれませぬ。それゆえ……」

「やられる前に、朝廷が信長抹殺に向けて動き出したか」

「すでに、幾つかの蔓《つる》に、密勅が下ったとも聞き及んでおります」

昌幸の耳もとで、千代女が低くささやいた。

「なぜ、そなたがさようなことを存じておる」

「ノノウの力をあなどってはなりませぬ。われらの仲間は、安土城はもとより、御所《ごしょ》の内部にも……」

「入り込んでおるか」

クルミの殻を投げ捨て、昌幸は千代女の細い手首を握った。

千代女はそれを、しいて振りほどくでもなく、

「いずれ上方《かみがた》より、おもしろき知らせが届きましょう。そのときになって、右往左往されること

のなきように」

唇をすぼめて声もなく笑った。

「そなたの申すことが事実なら、この東国にも風雲がやって来るな」

「恐ろしゅうございますか」

「何の。それこそ、わが望むところよ」

昌幸はあえて、織田政権には比重をかけすぎぬことを決めた。

みずからは岩櫃城を動かず、弟加津野信尹を上杉攻めの加勢に差し向ける一方、小田原の北条氏にも使者を送って、いかなる状況にも対処し得る手を抜かりなく打っていった。

四

それから、しばらくのち——。

京で政変が起きた。

——本能寺《ほんのうじ》の変
である。

六月二日払暁《ふつぎょう》、水色桔梗《ききょう》の旗を押したてた織田家重臣明智光秀《あけちみつひで》が、洛中《らくちゅう》の本能寺に宿泊中だった主君信長を襲い、これを弑《しい》した。

このとき信長は、備中高松城を包囲中の羽柴秀吉の要請を受け、対毛利戦に決着をつけるために中国筋へ下る途中であった。

光秀が謀叛《むほん》に踏み切った理由については、諸説ある。

もっとも妥当なのは、織田軍団内での出世争いに敗れて前途を悲観した光秀が、挙兵に追い込まれたという説であろう。

明智光秀は信長の命を受け、四国の長宗我部元親《ちょうそかべもとちか》に対する外交交渉を早くから行なってきた。光秀の家老斎藤利三《さいとうとしみつ》の妹は、長宗我部元親の妻となっている。光秀は、その利三を通じて長宗我部氏との融和をはかり、織田家が長宗我部の四国統一を後援するのと引き換えに、長宗我部は今後、織田家と同盟を結ぶという合意に達しかけていた。

ところが、その矢先、中国筋で対毛利戦を展開していた羽柴秀吉が、信長に淡路島《あわじしま》ルートからの四国攻めを進言。信長はこの進言を容《い》れ、長宗我部との和平路線から全面対決への方針転換を決定した。

明智光秀にすれば、おのれの面目は丸潰《まるつぶ》れ。せっかくの手柄を、秀吉に攫《さら》われた格好である。実績を上げぬ者は、織田軍団では必要とされない。光秀は目も眩《くら》むような怒りと同時に、みずからの将来に強い不安をおぼえはじめた。

ちょうどそこへ、

「丹波《たんば》一国、および近江志賀《おうみしが》郡の所領を召し上げる。代わりに出雲《いずも》、石見《いわみ》、二ケ国を与えるゆえ、せいぜい励むがよい」

と、信長の内意を伝える使者が来た。

旧領の代わりに二ケ国を与えるといえば聞こえはいいが、出雲、石見は、まだ切り取ってもいない毛利家の領地である。

(このまま信長に従っていても、自分に将来はない……)

光秀は意を決した。

クーデターの背後には、信長の増長を恐れる朝廷の意思も働いていたと思われる。

いずれにせよ、歴史は大きく動いた。

——信長死す
の報は、激震となって天下を駆けめぐった。北陸方面で、上杉方の越中魚津《うおづ》城を包囲中だった柴田勝家のもとに一報がもたらされたのは、六月四日のことである。

上杉勢の逆襲を恐れた勝家は、越前北庄《きたのしょう》城に撤退。与力の佐々成政、前田利家も、越中富山《とやま》城、能登七尾《ななお》城と、それぞれの居城に引き揚げている。

一方、中国筋で備中高松城の水攻めをおこなっていた羽柴秀吉も、主君の死の知らせに腰を抜かすほど驚いた。

なにしろ、羽柴勢は毛利領に入り込み、高松城の包囲をつづけながら、後詰めにあらわれた毛利本隊と対峙《たいじ》している。

京での政変の情報が毛利方に洩《も》れれば、敵地で孤立した羽柴勢は、全滅ということにもなりかねない。

（えらいことになった……）

さすがの秀吉も度を失った。草履取りの身分から、自分をここまで引き立ててくれた信長が横死したのである。

「わが運も尽きたか」

洟《はなみず》をすすり上げ、ただおろおろとするばかりの秀吉を、

「しっかりなされませ」

と、叱咤激励《しったげきれい》した者がいる。軍師の黒田官兵衛孝高《くろだかんべえよしたか》(如水《じょすい》)である。

「いまは危機に見えまするが、好機は危機の顔をしてやって来るもの。それがしがつねづね、草履《ぞう》片々、木履《ぼくり》(下駄《げた》)片々と申しているのは、この時のことにございます。片足に草履、もう片足に木履をはいた不格好なさまでも、人にはなりふり構わず走りださねばならぬ瞬間があるのです。上様がお斃《たお》れになったいまこそ、あなたさまが天下を取る千載一遇の好機ではございませぬか」

「わしが、天下を……」

黒田官兵衛の言葉は、秀吉の心の奥に痺《しび》れるように沁《し》みた。

肚をかためた秀吉は、官兵衛を毛利陣へ使者としてつかわし、早急に講和を取りまとめさせた。

和議が成るや、羽柴軍は山陽道《さんようどう》を駆けに駆け、播州姫路城《ばんしゅうひめじ》へもどって、逆臣明智光秀に弔い合戦を挑む準備をととのえている。

信長の死の波紋は、むろん真田昌幸のいる東国へもおよんだ。

信濃在国の織田家諸将のあいだに情報が流れたのは、変事から四日後の六月六日のことだった。

信越国境の関川《せきがわ》の地で上杉勢と対陣中だった森長可は、すぐさま本領の美濃兼山《みのかねやま》へ撤退。また、伊那《いな》郡の飯田《いいだ》城を守っていた毛利長秀も、同様に尾張《おわり》へもどっている。

武田の一門木曽義昌は、信長について安曇《あづみ》、筑摩《ちくま》二郡の大領を得ていたが、小笠原貞慶《おがさわらさだよし》らに深志《ふかし》城を奪われ、やむなく旧領の木曽谷《きそだに》へ逃げ込んだ。

悲惨をきわめたのは、甲斐府中にいた河尻秀隆である。

一報が甲斐国内に届くや、各地に逼塞《ひっそく》していた武田旧臣が蜂起《ほうき》。一揆《いっき》の波がまたたくまに広がり、甲斐一国は大混乱におちいった。

河尻秀隆は一揆を鎮圧しようと躍起になったが、火の手はますます燃え広がるばかりである。

と、そこへ、徳川家康からの使者が来た。

本能寺の変当時、家康は信長の招きで上方にいた。急遽《きゅうきょ》、伊賀越えで三河岡崎《みかわおかざき》へもどった家康は、混乱に乗じて甲斐、信濃へ勢力を拡大せんものと企てていた。

家康の使者本多信俊《ほんだのぶとし》は、秀隆に次のように言った。

「貴殿のお力では、甲斐の混乱をおさめることは難しゅうござろう。ここは尾張へ退去なされ、後始末はわがあるじにおまかせ下されますように」

片意地を張らず、

――甲斐一国はわしに譲れ……。

という、体《てい》のいい脅しである。

「退去のさいには、河尻どのの御身に危険がおよぶことのなきよう、徳川勢から警固の者をお付け申しまする。ご返答はいかがか」

「うむ……」

河尻秀隆は渋い顔をした。

家康については、伊賀越えのさい、山城《やましろ》の一揆衆に囲まれた穴山梅雪《あなやまばいせつ》を見殺しにしたという風聞があった。また、今回の一揆についても、武田の旧臣を陰であおり立てているのは、甲斐に野心を持つ家康その人ではないかとの噂《うわさ》が流れていた。

不信感をおぼえた河尻秀隆は、使者の本多信俊を殺害。家康の要請を撥《は》ねつけた。

しかし、それからほどなく、甲斐府中を囲んだ一揆勢によって、秀隆自身も惨殺されている。

五

真田昌幸が、本能寺の変を知ったのは早い。事変勃発《じへんぼっぱつ》のわずか三日後の六月五日には、畿内《きない》に情報網を張りめぐらした甲賀の木猿と望月千代女によって情報をつかんでいた。

「因果というやつか」

昌幸は天を睨《にら》み、低くつぶやいた。

一報を知るや、昌幸は岩櫃城に息子の信幸と幸村、叔父の矢沢頼綱ら、一族のおもだった者たちを招集した。善後策を協議するためである。

「織田家は、信長一人の独断専行でもっていたようなものだ。おそらく、この事件をきっかけに内部抗争がはじまり、織田軍団は崩壊するであろう」

昌幸は言った。

「されば、天下のゆくえは……」

嫡男信幸が、息を呑むようにして父を見た。

「知らぬ」

昌幸は鼻のわきをこすり、

「いずれにせよ、謀叛人の明智光秀で世がおさまることはあるまい。上方も、東国も、しばらくは兵乱が打ちつづくと見た。むろん、わが一族が根を下ろす上野、信濃一帯も例外ではなかろう」

と、他人事のように冷めた口調で言った。

「上杉攻めをおこなっている、滝川一益はどうなります。信尹叔父上も、滝川軍と行動を共にしているはずでは……」

これも、興奮を隠しきれぬ面持ちの次男幸村が、不安と期待の入りまじった目で昌幸を見つめる。

「後ろ楯《だて》を失った以上、尻尾《しっぽ》を巻いて逃げ出すしかあるまいて。信尹にも、上杉と事を構えぬよう、急使をつかわしてある。上杉とは、のちのちの付き合いもあるでな」

「しかし、その上杉も、いまは間隙《かんげき》を縫って、上野、信濃へ攻め込むほどの力はなし」

長老格の矢沢頼綱が、落ち着いた口調でつぶやいた。

「さよう」

と、昌幸はうなずき、

「となれば、わが領地を侵す余力のある者は、小田原の北条をおいてほかにない」

「遠州浜松《えんしゅうはままつ》の徳川家康はいかがでございます」

信幸が聞いた。

この時点で、上方にいた家康が生存しているという情報は、まだ東国に伝わっていない。

「兵乱に巻き込まれ、どこかで野垂《のた》れ死んでいるかもしれぬ」

昌幸は素っ気なく言った。

真田昌幸の最大の関心事は、上杉攻めから急遽、上州厩橋城にもどった滝川一益の動きである。

このとき、一益はきわめて冷静な行動をとった。

慌てず騒がず、まずは厩橋城に、

北条高広《きたじょうたかひろ》
内藤昌月《まさあき》
小幡信真《のぶざね》
安中左近大夫《さこんのたいふ》
藤田信吉《ふじたのぶよし》
和田石見守《いわみのかみ》
木部宮内少輔《くないしょうゆう》
由良信濃守《しなののかみ》
長尾《ながお》但馬守《たじまのかみ》

ら、上州に所領を持つ諸将を招集した。そのなかには、真田昌幸もいる。

眉《まゆ》も髪も白く、茹《ゆ》で上げたような赤ら顔の滝川一益は、みずから京本能寺で起きた事変の経緯を説明した。

じつは、このころすでに西国では、毛利との講和を取りまとめた羽柴秀吉が山陽道を東上。明石《あかし》、尼崎《あまがさき》、摂津《せっつ》の富田《とんだ》をへて、山城山崎《やまざき》の地で明智光秀との決戦態勢をととのえている。

むろん、東国にある滝川一益のもとには、秀吉のいわゆる、

——中国大返し《ちゅうごくおおがえし》
の情報はいまだ届いていないが、信長の死で混乱する畿内のようすは伝わってきていた。

「かくなる次第となった以上、自分は本領の伊勢長島《ながしま》まで急ぎ退去せねばならぬ。ついては、わ

が入国のおりに、おのおのがたが厩橋城へ差し出した人質を解放し、接収せし上野の諸城を返したく思う」

一益は言った。

それを聞いた上州の諸将の顔に、驚きの色が広がった。

人質と城を返還するということは、すなわち、上州を織田軍進出以前の状態にもどすということではないか――。

「まず、この厩橋城は、北条高広どのにお返しする」

滝川一益は何の未練もなく、上州入り後に織田軍の管理下に置かれた厩橋城を、もとの持ち主の北条高広に返還すると宣言した。そのいさぎよい態度に、上州の武士たちは総じて好感を持った。

「沼田城についてだが」

一益が昌幸のほうに目を向けた。

上州沼田城には、もともと真田昌幸の叔父の矢沢頼綱が入っていた。

だが、織田家への服属を決めたさい、昌幸は臣従のあかしをしめすために城を滝川一益に明け渡し、以来、沼田城は滝川一族の儀太夫《ぎだゆう》が城主をつとめ、矢沢頼綱はその指揮下に置かれるという体制をとっていた。

「沼田城についても、従前のとおり、真田どのに返還いたす。それで異存はなかろうな」

滝川一益が言った。

むろん、昌幸に異存があろうはずがない。

（労せずして、沼田がわが手にもどってくるか……）

胸のうちで思いつつも、表面はしかつめらしい顔を作って、

「つつしんで、お受け申す」

昌幸は、滝川一益に向かって軽く頭を下げた。

ところが、そのとき、

「異存ありッ！」

横合いから声を上げた者がいる。

昌幸が沼田を奪取する以前の城の持ち主、藤田信吉《のぶよし》であった。

「その話、いささか筋が違うておるのではござらぬか」

「と、申すと？」

滝川一益が聞いた。

「そうではござらぬか」

藤田信吉は、昌幸を険のある目で睨みつつ、

「沼田城はそもそも、北条家よりそれがしがあずけられた城。旧来に復するというなら、この信吉にお戻しあるべきでござろう」

と、口をとがらせて言った。

顔つきがどこか小ずるく、キツネによく似ている。

「これは異なことを」

昌幸は眉間《みけん》に皺《しわ》を寄せた。

「藤田どのは、このわしに沼田城を引き渡したおり、武田勝頼《かつより》さまより五千七百貫《かん》の所領をたまわっている。もし、沼田がおのれの城というなら、五千七百貫の知行を返還すべきではないか」

「返そうにも、武田家はすでに滅んでおるわ」

信吉があざ笑うように言った。

「しかし、げんに知行を手にしている以上、沼田の領有については放棄したと見なすのが当然」

「何を言う。沼田はわしの城じゃ」

「いや、ちがう」

昌幸は、藤田信吉と激しく言い争った。


（沼田はゆずれぬ……）

昌幸は思った。

沼田城は昌幸が脳漿《のうしょう》のかぎりを振り絞り、ようやくつかみ取った北関東の拠点である。生き残りのために、一時は心を鬼にして滝川一益に差し出したが、藤田信吉のごとき男に意味もなくゆずり渡すわけにはいかない。

鎌倉の昔以来、東国武士にとって土地は命である。城は漢《おとこ》の夢の象徴にもひとしい。

信吉があくまで頑強に領有を主張するなら、

（この場で刺し違えてでも……）

とまで思い込んだ。

その場の殺気立った雰囲気を肌で感じたのだろう、

「落ち着かれよ」

滝川一益が仲裁に入った。

「沼田は、上杉、北条、武田が、しのぎを削った土地と聞いている。このまま言い争いをつづけても埒《らち》が明かぬであろう。ここは、現在《いま》の城主である儀太夫に裁定をゆだねようと思うが、それでどうか」

一益としては、正直、上州領のことなどどうでもよい。一刻も早く後始末をつけ、本領の伊勢へもどりたいと考えている。

「あとに禍根を残したくはない。わしの見るところ、この儀太夫は私心の少ない公正なる男。片寄った判断はすまい」

当の一益にそこまで言われれば、昌幸も藤田信吉もうなずくしかない。

「されば、儀太夫」

一益が、滝川儀太夫をうながした。

昌幸らは固唾《かたず》を呑んで裁定の行方を見守ったが、その答えはいたって単純明快なものだった。

「過去のいきさつは知らぬ。それがしは真田昌幸どのから沼田城を受け取った。よって、城は真田どのへ返すのが筋であろう」

これにより、沼田城は元どおり、真田家へ返還されることが決まった。

藤田信吉はなおも不服なようであったが、断が下されてしまったものは仕方がない。

「くそッ……」

と、喉《のど》の奥からかすれた声を絞り出したあと、ものも言わずに席を立ち、一同の前から姿を消した。

その後——。

藤田信吉は手勢をひきいて沼田城を襲撃。だが、真田方の猛反撃にあい、逆に追いつめられて越後の上杉氏を頼っている。

六

滝川一益は、織田家と同盟を結ぶ北条、徳川の領国内――すなわち東海道《とうかいどう》を通り、本領の伊勢長島へもどることにした。

しかし、ここで北条氏は意外な行動に出た。領内の通行を許可せぬばかりか、逆に一益を攻めるべく軍勢をもよおし、空白地帯の上野、信濃、甲斐を狙《ねら》う気配をみせたのである。

北条五代当主の氏直《うじなお》が総大将、叔父で武蔵鉢形《はちがた》城主の氏邦《うじくに》が副将となり、傘下にある関東の諸将を動員。総勢三万余の大軍が、上野国に迫った。

「おのれ、北条めッ！」

滝川一益は怒りに唇を震わせた。

だが、信長の死によって、同盟を結んだころとは大きく状況が変わっている。隙を狙って、すかさず領土拡大の動きに出た北条氏の行為は、戦国大名として当然のものといえる。

北条勢を迎え討つのは、滝川一益の手勢三千、および北条、内藤、小幡、安中ら上州勢あわせて一万五千。

滝川一益は神流《かんな》川を渡り、武蔵の金窪《かなくぼ》原に布陣した。

すると、そこへ、

「北条方の先鋒《せんぽう》、本庄《ほんじょう》原を北上しましてございますッ」

と、斥候からの知らせが入った。

滝川勢は金窪原から押し出して、敵先鋒を迎撃。これを敗走させた。六月十八日のことである。

だが、翌十九日、後方から本隊が到着すると、北条勢は数の力にものを言わせ、滝川方の金窪原の陣へ攻め寄せた。

いわゆる、

――神流川の戦い

である。

一益の手勢のみは必死に戦ったが、上州諸将の戦意は最初からさほど高くない。激戦のなかで、滝川家重臣の篠岡《しのおか》、津田《つだ》らが次々と戦死。上州勢は散り散りになって、それぞれの領地へ敗走した。

大敗を喫した滝川一益は、翌日、上野の箕輪城へ逃れ、さらに碓氷《うすい》峠を越えて信濃の小諸《こもろ》城に入った。

小諸から伊勢長島へ向かうには、険しい峠をいくつも越えなければならない。

ここで一益を捕らえ、首を北条方に差し出せば、

（本領安堵《あんど》が期待できるか……）

昌幸は思った。

神流川の戦いにおいて、昌幸は叔父の矢沢頼綱を滝川軍の加勢に差し向けただけで、自身は信濃の砥石城へ引き揚げていた。

それゆえ、敗走してきた滝川一益を討ち取り、

――これこのとおり、わが一族は北条どのに手向かいする意思は毛筋ほどもございませぬ。

と首級を差し出して、北条氏の歓心を買うことはたやすい。

いや、東国の織田方が壊滅状態となった以上、関東の覇者たる北条に従って、生き残りをはかるのが利口というものであろう。

だが、

（風向きによって、たやすく筋をたがえるのは、小物のすることだ。尻軽《しりがる》なやつよと敵からも味方からも見くびられ、人の信を失うことにもなろう……）

昌幸は思案した。

ちょうどこのとき、砥石城には昌幸の二人の息子、信幸と幸村も詰めていた。

「わしは滝川どのへの信義を通すぞ」

昌幸は息子たちに向かって言った。

日ごろの昌幸らしからぬ言動に、信幸も幸村も驚いた顔をした。

「信義とは……。さようなお言葉を父上からうかがおうとは、思ってもおりませなんだ」

信幸が言った。

「兄上の申されるとおりです」

幸村も口を揃《そろ》えた。

「人は裏切るもの。利に誘われれば、忠義の心も死の危険も忘れる。それゆえ、人は信じてはならぬ。信義の二文字など、わが一族には無用のものとお教え下されたのは、ほかならぬ父上ではありませぬか」

「いかにも、そのとおりだ」

「ならば、なにゆえ……」

「よいか、信幸、幸村」

昌幸は底光りのする目で、息子たちを見渡した。

「たしかに信義の二文字は、上辺だけのきれいごとに過ぎぬ。人は信義ではなく、利欲によって動くというのがこの世の真実だ。しかし、目先の小さな利に踊らされ、右往左往していては、われらは心根の卑しい弱小勢力とあなどられるだけだ。ときに小利を捨て、真田ここにありと気骨をしめさねばならぬときもある」

「唯々諾々と力ある者に従っているだけでは、独立は保てぬと……」

幸村が食い入るように父の顔を見た。


真田昌幸は小諸城へ入った滝川一益のもとへ、手勢をひきいてみずから出向いた。

「それがしが、北条勢の手のおよばぬ和田《わだ》峠までご先導いたす」

昌幸の申し出に、

「上州の地侍のうちにも北条方に寝返る者が多いなか、敗軍となったわれらの先導を買って出られるとは……。ご親切、痛み入る」

滝川一益ほどの剛の者が、思わず瞳《ひとみ》をうるませた。

「なんの。沼田城をわれらにお戻し下された滝川どのへの、せめてもの御恩返しよ。勝負は時の運、また風向きが変わることもござろう」

「真田どののことを、利にさとい輩《やから》などと陰口をたたく者もあるが、人の噂ほどあてにならぬものはないのう。この恩、わしは生涯忘れぬぞ」

「さほど大袈裟《おおげさ》なものではござらぬ」

昌幸はにこりともせずに言った。

真田勢に守られた滝川一益は、小諸から千曲川《ちくま》ぞいに北国街道《ほっこくかいどう》をとおって、千曲川と依田川《よだ》が合流する大屋《おおや》村に出た。ここからは、南へ岐《わか》れる諏訪《すわ》道がのびている。

諏訪道を尾根づたいにすすみ、腰越《こしごえ》、長窪《ながくぼ》の集落をへて、難所の和田峠に到達した。峠を下ると、そこは諏訪である。

諏訪湖を見下ろす和田峠の上で、昌幸は滝川一益と別れた。

(あとは、一益の才覚と運がその人生を決めるであろう……)

昌幸は滝川一益の背中を見つめながら思った。

一益に運があれば、本領の伊勢長島へもどることができるであろう。だが、たとえもどったとして、その先に何が待ち受けているのか——。

じつは、このころすでに、中国大返しを成功させた羽柴秀吉は、信長を討った明智光秀と、摂津、山城国ざかいの山崎の地で合戦におよび、勝利をおさめている。

敗れた光秀は、居城の近江坂本《さかもと》城へ向かう途中、小栗栖《おぐるす》の地で土民の槍《やり》にかかって相果てた。

明智光秀を倒した羽柴秀吉は、一躍、織田家諸将のなかでの最大の功労者となり、政局の主導権を握った。

その後の滝川一益は、木曽谷をへて七月一日に伊勢長島へもどったものの、時すでに遅く、織田家の後継者を決める清洲《きよす》会議には間にあわなかった。

以後、天下は秀吉を中心に動いていくことになる。

なお、秘話ともいえるこんな話しがある。

滝川家はのちに没落するが、一益の長男一忠《かずただ》が身を寄せたのが真田昌幸のもとであった。

昌幸はこれを庇護し、一忠の子一積《かずあつ》は昌幸の五女を妻に迎えている。

一積は関ヶ原合戦後に徳川家の旗本となるが、真田家に恩義を感じていたのであろう。大坂夏の陣のあと、義兄幸村の四女あぐりを密かに引き取って養い、奥州美春《みはる》城主の蒲生郷喜《がもうさとよし》のもとへ嫁がせている。

だが、これが徳川幕府の知るところとなり、一積は寛永九年（一六三二）に改易され、松代《まつしろ》にいた信之《のぶゆき》（信幸）のもとに身を寄せている。

一積の子一明も真田一族の女を娶っているが、真田家と滝川家の深い由縁は昌幸と一益の関係によるものであろう。

第十三章　六連星

一

天正十年（一五八二）の夏から秋にかけて――。

東国は大混乱のなかにある。

織田軍団の関東方面司令官として厩橋城へ入っていた滝川一益《かずます》は、伊勢へ去った。

代わって上野から信濃へ勢力を伸ばしてきたのは、小田原の北条氏直《うじなお》の軍勢であった。

北条勢と同時に、越後の上杉景勝《かげかつ》もまた、国ざかいを越えて信濃へ進軍。森長可《ながよし》が領していた北信濃四郡を押さえ、しっかりと足場をかためている。

一方、河尻秀隆が一揆勢に殺害されたあとの甲斐国には、羽柴秀吉の上方《かみがた》平定後、旧武田領への進出に狙いを定めた徳川家康が侵入。同じく甲斐の占領にも手を伸ばしていた北条勢と利害がぶつかり、

――若神子《わかみこ》
の地で対陣した。

大勢力のめまぐるしい興亡のなか、真田昌幸はその冷たく冴《さ》えた目でおのがすすむべき道を見

きわめようとしている。

滝川一益の退去後、昌幸は北条氏の傘下に入った。望んでそうしたわけではない。時代が激流となって渦を巻くなか、その流れに身をまかせねば、荒波を乗り切ることはできなかった。無理をして逆らおうとすれば、命がない。

だが、

(わしは流れに呑み込まれぬ。激流のなかを泳ぎきる道が必ずあるはずだ……)

砥石《といし》城の月見櫓から見上げると、満天の星空が広がっていた。そのなかに、ひときわ強く輝く星の群れがある。

信濃から甲斐にかけて、土地の人々が一升星《いっしょうぼし》と呼びならわしている星の群れである。

別名、

――六連星《ろくれんせい》
ともいう。

すなわち、『枕草子《まくらのそうし》』にも、

「星はすばる」

と書かれているプレアデス星団にほかならない。

すばるが夜明け前に真南の空にかかると、麦蒔《ま》きの旬《しゅん》と言われる。いまがまさしく、その時期であった。

「眠れませぬのか」

星を見上げる昌幸の背中に、妻の山之手殿《やまのてどの》が声をかけてきた。

星明かりに照らされ、山之手殿の顔が暁の闇にしらじらと浮かび上がっている。

武田家滅亡の前後から、夫婦はろくに言葉を交わす暇すらない。昌幸は砥石城をはじめ、岩櫃城、沼田城と、上信にまたがる真田氏の諸城をめまぐるしく飛びまわり、生き残りの道を模索していた。

山之手殿はその夫の苦労を知っている。

それゆえ、真田氏の置かれた厳しい立場や、生々しい政治向きのことは何も言わない。世事にうといのではなく、夫の抱えている荷の重さを痛いほど承知したうえで、そっと遠くから見守っているのだ。

頭のいい女である。

そのうえ、優しげな外見とはうらはらに、なかなか肚がすわっている。

まわりが騒いだとて、事態が打開できるわけではない。それよりも、ひたすら夫を信じ、いざとなれば地獄の果てまでもついて行く覚悟を固めている。

昌幸にとっては、そうした妻のいさぎよさ、度量の大きさがありがたく、あえて口には出さぬながら、心の奥底で深い信頼を寄せていた。

「そなたこそ、どうした」

「虫の音が耳について……。目が冴えてしまいました」

山之手殿が微笑《わら》った。

月見櫓のまわりでは、うるさいほどに虫がすだいている。山がちな信濃では、平地よりも秋の深まりが早い。

「何をなされておりました」

「何ということもない。ただ、星を眺めていただけだ」

「美しゅうございますこと」

衿元《えりもと》をかき合わせながら、山手殿が昌幸の横に身を寄せてきた。

「存じておるか、美月《みづき》」

と、昌幸は妻の名を呼んだ。

「あの南の天に輝く星の群れ」

「すばる、でございますか」

「そう、すばる。ことに光の強い星が六つ連なっておるゆえ、われらは六連星と呼んでいる」

「それが何か」

「わが真田一族の軍旗に描かれている六連銭《むつれんせん》、あれはもとをたどれば、六連星への信仰から発したものよ」

昌幸は言った。

世に名高い真田の家紋、

――六連銭（六文銭《ろくもんせん》）

の由来については諸説ある。

そもそも真田氏の源流である滋野《しげの》氏は、月輪七九曜《げつりんしちくよう》の紋を描いた旗をかかげていたとされる。滋野氏から分かれた禰津《ねつ》氏は九曜、望月氏は月輪七曜を家紋とし、真田が属する海野《うんの》氏は、六枚の銭を連ねた六連銭を用いた。

こんな話が残っている。

真田氏を興した昌幸の父幸隆《ゆきたか》は、もとは滋野氏から受け継いだ月輪七九曜の家紋を使っていた。

だが、かつての仇敵《きゅうてき》だった武田家の傘下に入るとき、

（地獄であろうが、餓鬼《がき》道、畜生《ちくしょう》道、修羅《しゅら》道であろうが、わしは来世で六道《ろくどう》のいずれに生まれ変わっても後悔はせぬ……）

と、決意をかためた。六連銭の旗は、その覚悟の象徴というのである。

じつは、幸隆の登場以前から、海野一族のあいだでは広く六連銭の紋が用いられており、事実とは言いがたい。

むしろ、稲作が困難な信濃から上野において、麦蒔きの時期を知らせる六連星、すなわち、

――すばる
への信仰こそ、この地に根を下ろす真田一族の旗じるしにふさわしいのではないか。

「あの六連星のごとく」

昌幸は山之手殿の肩を抱いた。

「わしは星々のなかでも、ひときわ輝く存在となる。何ものにも呑み込まれぬ。媚《こ》びへつらわぬ。一族の誇りをもって、この地を照らす。そのためなら、ときに毒を喰《く》らうことも辞さぬであろう」

「毒とは……」

「わしは心ならずも北条に従った。言うてみれば、これは毒よ。だが、毒は用いようによっては妙薬ともなり得る」

「加津野信尹《かづののぶただ》どのを、徳川家へお遣わしになったとうかがいましたが」

「そのことか」

昌幸は口もとにかすかな笑いを刻んだ。

「北条が頼りにならぬなら、徳川を味方につける。信尹を徳川へ仕えさせたは、その布石よ」

「一族を政略のためにお使いになるのですか」

「必要とあらば、わが息子ども、信幸、幸村も手駒《てごま》として使う。そなたも心しておけ」

昌幸の心は、すばるの輝く暁《あかつき》の空よりも、はるかかなたへ飛んでいる。

二

北条氏直と徳川家康の甲斐若神子での対陣は、双方、目立った動きのないまま睨み合いがつづいた。

北条軍は五万。

対する徳川軍は一万五千。

兵数で三分の一にも満たない家康は、みずから積極的に仕掛けることができない。五万の大軍を有する北条氏直もまた、

——海道一の弓取り
と異名を持つ家康を警戒し、決戦には慎重になっていた。

北条、徳川の戦いが膠着《こうちゃく》状態におちいるなか、織田家諸将が去ったあとの上野、信濃、甲斐の三国は、権力の空白地帯となっている。

当時、東国三強の一角をなす越後の上杉景勝は、北条、徳川対立の間隙を縫って、漁夫の利を得ることが可能な立場にあった。しかし、景勝はそれをしなかった。

上杉家には、先代謙信以来の、

——義の家風がある。

相手の弱みに付け込み、やみくもに領土拡大に走るなど、

「もっての外《ほか》なり」

と考えるような、頑《かたく》ななまでの義の信奉者が景勝という男であった。

北信の武将で上杉家を頼っていた村上景国《むらかみかげくに》（義清《よしきよ》の子）を海津《かいづ》城代に据えるなど、北信濃の領有をたしかなものにすると、景勝は越後へ軍勢を返し、揚北《あがきた》衆の新発田重家《しばたしげいえ》ら、国内の抵抗勢力を鎮めることに専念した。

一方、若神子で対陣をつづける北条、徳川は、少しでも多くの者を自陣営に取り込もうと、信濃、上野の武将たちの調略に忙しい。

家康の後援で信濃筑摩郡の深志城主に返り咲いた小笠原貞慶《さだよし》は、

「わが方につけば、さらなる所領をつかわす」

と呼びかけられ、北条方に寝返った。

むろん、徳川方も負けてはいない。

佐久郡芦田《あしだ》の領主依田信蕃《よだのぶしげ》を使い、佐久、小県両郡の地侍たちに、

「徳川どのにお味方するが利口というものじゃ。恩賞は思いのままぞ」

と声をかけさせ、次々と味方に取り込んでいった。

派手な軍事衝突こそないが、水面下では熾烈《しれつ》な多数派工作がつづいている。

「徳川の居心地はどうだ」

真田昌幸は、久々に砥石城へ顔を出した加津野信尹に眠そうな目を向けて聞いた。

昌幸の弟信尹は、この夏から徳川家康のもとへ出仕している。

「まずまず、悪くありませぬ」

信尹が、近ごろ生やしはじめた口髭《くちひげ》をひねった。

「徳川さまは、新参者のそれがしにも、譜代の本多忠勝《ただかつ》どの、酒井忠次《さかいただつぐ》どのらと、変わりなき厚情をおしめし下されます」

「ふむ……」

まあ、そんなものだろうと昌幸は思った。

家康は信濃、上野の武将たちの切り崩しに血道を上げている。真田家は、形のうえで北条方に与《くみ》したとはいえ、まだ調略の余地が十分あると考えているのだろう。

そうした家康の下心が透けて見えるからこそ、昌幸は信尹を徳川へ送り込んだ。

「幼少のころからご苦労を重ねて家を興されただけに、徳川さまは大勢力に翻弄《ほんろう》されるわれらの苦しい立場を、わがことのようにご理解されております。いかがでござろう、兄上。心胆の定かならぬ北条とは早々に手を切り、徳川どのを頼られてみては」

「そのように言えと、家康より申しつかって来たか」

昌幸は弟をするどく睨《にら》んだ。

「あからさまにお命じになられたわけではござらぬ。ただ、わが陣営に参じたほうが、行くすえ真田家のためにもなろうと……」

信尹が、くどくどと弁解がましく言い立てた。

「徳川も、北条も、申すことは同じじよ」

昌幸は鼻の先で笑った。

「何とか味方に引き入れようと、耳触りのいいことばかりを並べ立てる。先日も依田信蕃《のぶしげ》から、徳川方につけば信濃から上野にまたがる本領の安堵に加え、上野国群馬《ぐんま》郡、信濃国諏訪郡、甲斐国内に二千貫の所領を保証すると、使いが来たわ」

「それはまた、願ってもなき話ではありませぬか」

信尹が膝《ひざ》を打った。

「話がうますぎて、かえって信用できぬ」

鼻のわきに皺を寄せる昌幸に、

「何を申されます。依田どのは、徳川さまの信任篤《あつ》きお方。その方の口から出た言葉ならば、信じて間違いはござらぬ」

信尹は力を込めて言った。

依田信蕃は、かつては昌幸と同じ、武田家に仕える信濃先方衆だった男である。

天正三年五月、武田勝頼が長篠合戦に大敗して甲斐府中へ逃げ去ったさい、信蕃は遠江二俣《とおとうみふたまた》城を死守して降らず、ひとり奮戦をつづけた。

半年後、ようやく開城したものの、ちょうど雨天であったため、

「蓑笠《みのかさ》をつけて城の明け渡しをおこなうのは、いかにも見苦しい。雨上がりを待って、お引き渡しいたそう」

と申し入れ、翌日、空がカラリと晴れてから堂々と城を引き渡した。

大軍を相手に孤塁を守りつづけた奮戦ぶりと、最後まで節度ある態度をつらぬいた信蕃の冷静さは、敵である徳川方をも感服させた。

信蕃の漢《おとこ》ぶりに惚《ほ》れた家康は、のちの武田家滅亡のさい、わざわざ使者を送って、

「わがもとへ仕えぬか」

と、勧誘した。

だが、信蕃がうんと言わなかったため、家康はそれならばと、遠州の山奥にその身柄をかくまった。

その家康の厚意に、深く感ずるところがあったのだろう。依田信蕃は、

「信濃侍たちの調略を、ぜひとも貴殿に頼みたい」

と家康に懇願されると、それを引き受け、故郷の佐久郡へ帰って、在郷の者たちに徳川方への帰属をすすめる積極的な活動をはじめた。

佐久郡では、
平尾平三《ひらおへいぞう》
大井民部少輔《おおいみんぶのしょうゆう》
森山豊後守《もりやまぶんごのかみ》
らが、依田信蕃の呼びかけに応じて、次々と徳川方に加わった。この男の人望のなせるわざだろう。

その信蕃が、かつての同僚だった真田昌幸のもとへも、近ごろしきりに使者を送って来ている。

「本領安堵のうえに、上野国群馬郡、信濃国諏訪郡、甲斐国内に二千貫を下されるとは、夢のごとき破格の条件。これに乗らぬ手はござらぬぞ、兄上」

加津野信尹が、興奮したように声を上ずらせた。

「しょせんは、絵に描いた餅《もち》。守られるかどうかあてにならぬ空手形よ」

昌幸は浮かぬ顔である。

「何をためらっておられる、兄上」

加津野信尹が焦《じ》れたように言った。

「またとなきお申し出にございますぞ。かほどの条件をしめすということは、それだけ徳川さまが、兄上を見込んでおられる証《あか》しではござらぬか」

「家康がわしを見込んでいると」

昌幸は懐疑的な目をした。

「さようでございます。わしは、まだ武藤喜兵衛《きへえ》と称していた真田昌幸と会うたことがあるが、その印象は強く心に刻み付けられておる、あれほどの智恵者は東国に二人とおるまいと、居並ぶ家臣たちを前にして、お褒めになっておられました」

「そのようなことを言ったか、家康が」

「はい」

「食えぬ男だ」

昌幸はふんと鼻を鳴らした。

たしかにかつて、昌幸は亡き武田信玄の使者として家康に会ったことがある。そのころの家康は、戦国最強といわれた信玄の影に脅《おび》えながらも、少壮気鋭の大名として三河から遠江方面へ勢力を拡大していく途上にあった。

昌幸は外交交渉の場で何度か家康とやり合ったが、相手が昌幸に好ましい印象を持っていたとはとうてい思われない。昌幸にしても、またしかりである。

唯一、家康の言葉のなかで、昌幸が強く共感をおぼえたのは、

——信玄どのはたしかに強い。武田家の勢威は徳川をはるかにしのぐ。しかし、強い者に唯々諾々と従っておるだけでよいのか、理不尽な申し条に異を唱えずして、独立した大名の誇りが守れるのか……。

という、大勢力の狭間《はざま》に生まれた者ならではの叫びだった。

その家康は、いまや東国屈指の強大な大名に成長した。かつての家康が経験していた苦衷《くちゅう》を、昌幸自身が味わっている。運命のめぐり合わせとは皮肉なものである。

「わしは家康を信用せぬ」

昌幸は言った。

「それはなにゆえにございます、兄上」

「家康は真田に諏訪郡を与えるというが、じつはそれと同様のことを依田信蕃にも言うておるらしい」

「まさか」

「まことよ」

昌幸の話は事実である。

家康は依田信蕃を信濃へ帰還させ、武将たちの調略にあたらせるのと引きかえに、

——佐久、諏訪の両郡をそのほうに遣わそう。

と、お墨付きを出していた。そのうち諏訪郡を真田にも与えるとは、完全な空手形にほかならない。

「依田は、それでは真田を騙すことになる、自分の諏訪郡の恩賞はいらぬゆえ、真田にお与え下

され、と家康に申し出たそうじゃ」

昌幸は諸方に情報網を張りめぐらしている。家康が内密にしているつもりでも、昌幸の耳に入らぬことはない。

「何かの間違いではござりませぬか。徳川さまは、篤実なるお方。さような二枚舌を使われるはずがない」

弟の信尹は、あくまで家康の肩を持っている。

「たんに篤実なだけの男が、同盟者の織田の混乱に付け込んで、たちまち甲斐を乗っ取らんとするか」

昌幸は皮肉に笑った。

「家康が空手形を出しているのは、わが真田家だけではない。どう見ても気前のよすぎる恩賞の証文を、信濃の武将どもに次々と乱発しておるそうではないか」

「北条に勝ってその領土を分捕《ぶんど》れば、必ずお約束は果たされる」

「どうかな。あやしいものだ」

「されば兄上は、徳川さまの誘いをあくまで拒絶なさるご所存か」

信尹が小鼻を膨らませて、兄にせまった。

「そうは言っておらぬ」

「ならば……」

「わしは家康という男が好きではない。信じてもおらぬ。だが、人の好悪と外交は話を分けて考えねばならぬ」

「どういうことでござる」

「よう聞け」

昌幸は言った。

「わしはいま、北条に付いている。それは、上野では北条の勢力が圧倒的で、これを無視することができぬからだ。だが、その北条は、五万の大軍を擁しながら、徳川をいっこうに攻めようとせぬ。北条はいつも、いま一歩、外へ踏み出すことのできぬ一族よ。それに比べ、家康は本能寺の事変を余すところなく利用し、大博奕に打って出ようとしている。天はつねに、そうした者に味方するものだ」


それから、ほどなく——。

真田昌幸は北条氏と手を切り、徳川家康に仕える旨を、依田信蕃を通して伝えた。

昌幸は風を読んでいる。

この男持ち前の、するどい嗅覚《きゅうかく》が、

(風は徳川に向きはじめている……)

と告げていた。

おりしも、甲斐国若神子で北条氏直軍と対陣中であった家康は、

「そうか、真田がわが方についたか」

肉づきのいい太腿《ふともも》をたたいて喜び、さっそく知行の宛行状《あておこないじょう》を昌幸に送った。

上州長野一跡　甲州に於て二千貫文　諏訪郡並びに当知行のこと
右、今度一味を遂げられ御忠信候の間、進め置くところ相違あるべからず、いよいよこの旨を

以《もっ》て軍功を抽《ぬき》んでらるべきものなり
仍《よっ》て件《くだん》の如し

天正十年九月廿八《にじゅうはち》日　　家康

真田安房守殿

ここに見える「上州長野一跡」とは、上野国箕輪城主であった長野氏の遺領のことで、群馬郡の大半がこれにあたる。長野氏滅亡後は、武田家臣の内藤昌月《まさあき》の所領となっていたが、昌月はこのころ北条方についており、

「切り取り次第で、そなたにくれてやろう」

と、家康は昌幸に約束したのである。

くれてやるといっても、内藤昌月を討ち果たさなければ領地を手に入れることはできない。家康はこれに加え、甲斐国で二千貫および、信濃国諏訪郡を新知として与えるとしている。しかし、じっさい、諏訪郡は先に依田信蕃に与えることを約束し、また木曽義昌にも同様のことを言っていた。この家康の空手形の乱発が、のちのち信濃の武将たちのあいだに混乱を招くことになる。

真田昌幸が徳川についたとの情報は、すぐに北条氏直の耳にも届いた。

「おのれ、真田めッ！」

氏直は激怒した。

「最初から信用できぬやつと思っていた。よほど旨い餌でも、ぶら下げられおったか」

拳《こぶし》を握りしめ唇を噛《か》んだが、家康の調略によって甲斐の北条軍は孤立しつつある。

ここにおよび、氏直は対陣の続行は不可能と判断。家康との講和交渉をはじめた。

三

徳川、北条両軍のあいだで和議が成立したのは、天正十年十月二十九日のことである。

講和の条件は、北条方の占領した信濃国佐久郡と甲斐国都留《つる》郡を徳川方に引き渡すこと。代わりに、徳川方は上野国の沼田領を北条方に譲渡するというものであった。

すなわち、北条氏は信濃、甲斐の領有権を放棄。引き換えに、上野の全土を保有するという国《くに》割《わり》がなされたのである。

さらに北条方から、

「徳川どのの御息女、督《とく》姫どのを、当主氏直の正室にお迎えしたい」

との提案がなされた。

北条氏直は二十一歳。

側室西郡局《にしごおりのつぼね》が生んだ家康の次女督姫は、それより三つ年下の十八歳。翌年八月、両家の和睦《わぼく》のしるしとして、督姫は相州《そうしゅう》小田原へ輿入《こしい》れすることになる。

講和が成ったことにより、北条氏直は軍勢をまとめ、碓氷《うすい》峠を越えて関東へ引き揚げはじめた。一方、家康は甲斐府中に入り、所領となった信濃、甲斐の仕置きに忙殺された。

かくして、北条、徳川の対立は、双方が実利を手にする形で丸くおさまった。

しかし、ここに腹の虫が治まらぬ男がいる。

所領の沼田領を、和議の条件として強制的に北条方へ引き渡されることになった真田昌幸である。

「そんな馬鹿《ばか》な話があるか」

いつも冷静沈着な昌幸が、目が血走るほどに怒りをあらわにしている。

「沼田領は、わが真田家が実力で勝ち取ったものだ。それをわれらに無断で、北条へ譲り渡そうなどとは……。盗人猛々《ぬすっとたけだけ》しいとはこのことじゃ」

「まあまあ、兄上。そう激高なされずとも……。徳川さまも、苦渋の思いでご決断なされたのでござろう」

家康のもとから、ことの次第を説明すべく遣わされてきた加津野信尹が、とりなし顔で言った。

「苦渋の思いだと」

昌幸は弟を睨んだ。

「沼田領はもともとわれらのものだ。北条にくれてやっても、家康には惜しくも何ともあるまい。だいたいそなたが付いていていながら、この仕儀は何としたことぞ」

昌幸の口調もつい荒くなる。

沼田領の譲渡というと、沼田城とその周辺の領地の引き渡しのように見えるが、じっさいのところ、ことはそう単純ではない。

徳川が信濃、甲斐の両国、北条が上野国と、正式に国割がなされることになれば、真田家が手放すことになるのは沼田だけではない。

昌幸の父幸隆以来、真田一族が血の滲む思いで切り取ってきた吾妻《あがつま》郡を失い、さらには家康か

ら帰属のさいに、

——切り取り次第
とみとめられた長野一跡（群馬郡）の権利も、幻と消えることになる。

「わが一族も、見くびられたものよ」

昌幸の怒りはおさまらない。

「家康は最初から、沼田領を取引の具に使うつもりでわれらに声をかけてきたか」

「お声が高うございますぞ、兄上」

加津野信尹が、あたりをはばかるように言った。

「交渉の成り行きで、やむなくそうなっただけにござろう。それに徳川さまは、上野の所領を手放す代わりとして、信濃佐久郡、および甲斐国内にそれ相応の領地を用意すると仰せられております。ことを荒立てては、かえってわが一族の不利益となりましょう」

「そなた、家康に骨抜きにされたか」

昌幸の怒りの矛先は、弱腰の弟信尹に向けられている。

「佐久郡は依田信蕃に与えられることが、すでに決まっておる。先に真田領とすることを約束した諏訪郡も、依田のみならず、木曽義昌にまで同様の言質《げんち》を与えていたそうではないか。これを二枚舌と言わずして、何と言う」

「さりながら、一度決まってしまったものは受け入れるしかござるまい。われらには、徳川さまのご命令を拒絶するほどの力は……」

「わしは泣き寝入りせぬぞ」

「兄上……」

「家康は、真田のごとき小土豪、力で押さえつければ何も言えまいとたかをくっているのであろう。それゆえ平然と、約束をたがえてはばからぬ。もとから好かぬ男であったが、あやつの性根、今度こそしかと見届けたわ」

「泣き寝入りせぬと言って、徳川さま相手に何をなされるおつもりか」

うろたえるばかりの信尹に、

「意地をしめしてくれるのよ」

昌幸は野太い表情で言った。


沼田城を守る矢沢頼綱のもとへ、真田昌幸は急使を発した。

「北条が何を言ってこようが、沼田にどっかと腰を据えていて下され。上州の所領は、わが父や一族が血と汗を流して得たもの。譲り渡す理由はいずこにもなし。もし敵が力ずくで奪いに来たなら、われらは一戦も辞さず」

その口上を聞き、

「よき覚悟じゃ。それでこそ、真田の当主。わしも老骨に鞭打《むちう》って、もう一働きせねばなるまい」

矢沢頼綱は鉈《なた》で彫《ほ》り刻んだような引きしまった顔に、満々たる闘志をみなぎらせた。

ほどなく――。

沼田城へ、城明け渡しをもとめる北条の使者が来た。徳川家康とのあいだで話がまとまっているため、使者の態度は高圧的である。

「何をぐずぐずしておる。まだ引き渡しの準備もととのっておらぬのか。さっさと出て行け。ここはもはや、おまえたちの城ではない」

その使者に、

「出て行くのはそちらのほうだ」

矢沢頼綱は言った。

「なに……」

「沼田城は真田の城じゃ。どうしても欲しくば、弓矢にものを言わせて取りに来ればよろしかろう」

明らかな宣戦布告である。

話を聞いた北条氏政《うじまさ》、氏直父子は激怒。

上野箕輪《みのわ》城にいた北条氏邦に、軍勢をひきいて沼田からの真田掃討に向かうよう命令を発した。

年が明けた天正十一年二月、北条軍は沼田城の南約半里のところにある、片品《かたしな》川沿いの森下《もりした》城を攻略。これを沼田攻略の足掛かりとし、さらに黒川谷《くろかわだに》の五乱田《ごらんだ》に城を築いて真田方に圧力をかけた。

これに対し、沼田城の矢沢頼綱は、岩櫃城をまかされた昌幸の嫡子信幸と連携し、一歩もひかぬ徹底抗戦を展開する。

真田方の頑強な抵抗に、さすがの北条氏邦も手を焼いた。

「これでは約束が違う」

小田原の北条氏政、氏直父子は、同盟のさいの引き換え条件に、沼田を渡す約束をした徳川家康に抗議をしたが、したたか者の家康は知らぬ存ぜぬを通した。

四

真田領を脅かすのは、関東方面の北条氏だけではない。

信濃にも、北から脅威が迫りつつあった。

このころ——。

越後の上杉景勝は、北条、徳川間の協定で、信濃が徳川氏の領国と定められたことに反撥《はんぱつ》を強めていた。

本能寺の変後、上杉氏は北信濃四郡を実効支配している。信濃一国が徳川の領国となっては、家康が軍勢をひきいて川中島平《かわなかじまだいら》へ攻め込んでくる可能性があった。

「どうする、兼続《かねつぐ》」

頸城《くびき》平野を見渡す春日山《かすがやま》城の居館で、景勝は家老の直江《なおえ》兼続に問うた。

主従は、ともに若い。

主君景勝二十九歳。切れ者の呼び声高い兼続は、二十四歳である。

越後の竜とうたわれた先代上杉謙信の死後、主従は度重なる滅亡の危機を固い絆《きずな》と胆力で乗り切ってきた。

景勝は兼続に全幅の信頼を寄せ、何ごとによらず、腹を打ち割って相談せぬことはない。

「川中島平を徳川に渡すわけにはまいりませぬな」

長身で端正な面立ちをした直江兼続が、表情を厳しくして言った。

「われらは北信濃四郡の抑えとして、海津城を持っております。さりながら、それだけでは、徳川の侵攻を防ぐには十分とは申せませぬ」

「うむ……」

景勝は口数が少ない。

だが、多くを語らずとも、この主従は気持ちが通じ合っている。

「この不足をおぎなうため、北信濃四郡のもっとも南の埴科《はにしな》郡と敵領の小県《ちいさがた》郡の境に、新たな拠点をもうけてはいかがでしょうか」

「小県郡と申すと、徳川に与した真田の領地だな」

「さようにございます」

兼続はうなずいた。

「郡境《ぐんざかい》に城を置けば、徳川の侵攻を防ぐ楯となり、同時にわれらが信濃の各地へ兵を出すときの足掛かりともなりましょう」

「心当たりの地はあるのか」

「虚空蔵《こくぞう》山がよろしいかと」

白扇の先で、兼続が指図《さしず》（地図）の一点をしめした。


信濃国埴科郡と小県郡の境は、千曲川の両岸から山がせり出して狭まっている。

その地狭を、

――鼠口《ねずみぐち》
と呼ぶ。

地理的条件から、鼠口は軍事上の要地となっており、上杉方が川中島平を防衛するための最前線となっていた。

その鼠口を見下ろすように聳《そび》えているのが、虚空蔵山である。

かつて虚空蔵山には、小さな砦《とりで》ほどの城があり、葛尾《かつらお》城主村上義清の家臣多田《ただ》淡路守《あわじのかみ》が守備していた。だが、村上義清が武田に逐《お》われて越後へ去ってからは、守る者もなく廃城となっていた。

直江兼続は、この虚空蔵山に新城を築き、徳川勢の北進を食い止める防衛線になそうと考えたのである。

あるじの上杉景勝は兼続の献策を受け入れ、ただちに新城の普請に取りかかるよう命を下した。

「なにッ！　上杉が虚空蔵山に城を築きはじめただと」

真田昌幸は、草ノ者からの知らせに目を剝《む》いた。

「まことか」

「はッ。海津城代の村上景国が奉行をつとめ、越後から石工《いしく》や大工が多数、送り込まれております」

「おのれ、上杉め……」

昌幸は唇を嚙んだ。

昌幸のいる砥石城から虚空蔵山までは、わずか二里（約八キロ）の距離しかない。しかも、砥石城とは尾根つづきに位置しており、尾根道を通って軍勢を送り込まれれば、たちまち落城の危機に陥る可能性があった。

「どのような手を使っても、虚空蔵山に城を築かせてはならぬ」

昌幸は草ノ者をつかわし、普請中の城に放火させると同時に、軍勢を差し向けて虚空蔵山を襲撃。執拗《しつよう》に工事を妨害した。

そのため、築城は遅々としてすすまず、現場の指揮にあたっていた駒沢主税助《こまざわちからのすけ》が戦死するなど、上杉方に被害が続出した。

しかし、築城を急ぐ直江兼続が、北信濃の武将たちを動員して虚空蔵山の兵力を強化。昼夜を問わず警固にあたらせたため、さすがの昌幸も手出しが難しくなった。

真田昌幸の努力もむなしく、上杉方の虚空蔵山城は日々、その姿をあらわしつつある。

ここで、昌幸は発想の転換をした。

「わが喉頸《のどくび》に上杉が城を築くというなら、こちらもそれに対抗するまで」

昌幸は、砥石城に代わる新たな城の築造を決意した。

(いずこがよいか……)

新城は信濃、上野に枝葉を伸ばす真田一族の本拠となり、なおかつ周辺の流通経済の中心とならなければならない。

昌幸はわずかな供廻《ともまわ》りだけを連れ、小県郡の領内を検分してまわった。

山上に築かれた砥石城や岩櫃城は、たしかに要害堅固ではあるが、物流の拠点に適しているとは言いがたい。時代の流れは中世的な山城《やまじろ》から、経済に重きを置いた平城《ひらじろ》へ、確実に移りつつある。

とはいえ、真田氏のような周囲を大勢力に囲まれた存在は、押し寄せる敵に対する備えも十分に考慮せねばならず、昌幸はおのずと地選に慎重になった。

その結果、昌幸が、

（ここぞ……）

と心を定めたのは、上田盆地のほぼ中央に位置する、

――尼ケ淵《あまがふち》
と呼ばれる地であった。

この地は、千曲川が大きく蛇行して淵を形作っている。北側の岸は切り立った断崖《だんがい》になっており、その河岸段丘の上に城を築けば、千曲川が自然の堀となる。

また、東には神川《かんがわ》が流れ、西側から北側にかけては、攻め手にとってきわめて足場の悪い沼や湿地帯が広がっていた。

要害として申し分ないうえに、
東山道《とうさんどう》（中山道《なかせんどう》）

北国街道
などの通る交通の要衝でもある。

ここに城を築き、城下を整備すれば、

（人や物、情報が諸国から集まってくる、活気のある町ができよう……）

昌幸の頭のなかに、城造りの構想が大きく膨らんだ。

尼ケ淵の立地は、真田氏が独立した大名として力を養うのに、不可欠な条件を満たしていると言えた。

五

築城地は尼ケ淵と決めた。

あとは、この地に、

(どのような城を築くか……)

である。

さいわい、昌幸は若いころから、鉱山開発や堤の築造などの土木事業に長じた武田信玄の仕事を間近で目にする機会にめぐまれ、勝頼の代には新府《しんぷ》城の縄張《なわばり》もまかされている。

城の縄張――すなわち、曲輪《くるわ》、櫓、門などの配置を行なうには、現地をくまなく踏査することが何より重要だった。

昌幸は砥石城から馬で山を駆け下り、尼ケ淵へ日々通った。そのあとにはなぜか、二男の幸村と、その幸村に影のごとく付き従っている木猿の子の佐助《さすけ》がついてきた。

岩櫃城をまかされている兄信幸と違い、幸村は砥石城、沼田城など、信濃、上野にまたがる真田氏の諸城を自由に往き来している。かと思えば、領内のどの城からも煙のごとく姿を消していることもあり、

「源次郎《げんじろう》(幸村)は、何を考えておりますやら」

と、母の山之手殿を嘆かせていた。

山之手殿はつゆ知らぬことだが、幸村は四阿山《あずまやさん》の山伏にまじり、近隣の諸国をめぐって見聞を広めているらしい。昌幸の耳には、禰津の巫女頭の望月千代女を通じて、そうした話が伝わって

きていた。

「ここから見上げると、上杉方の虚空蔵山城は指呼の近さにございますな」

尼ケ淵の断崖べりに生える柳の木に馬をつなぎ、幸村が西の方角を仰ぎ見た。

「距離にして、一里もあるまい」

昌幸の視野にも、むろん虚空蔵山城は入っている。

「かような近さにわれらの城が出現すれば、上杉もさぞ大慌ていたしましょうな」

幸村がおもしろそうに笑った。

「父上がこの地を選んだのは、防御の点だけを考えてのことではございますまい。ここを根城にして虚空蔵山城を脅かし、上杉勢を一掃するご所存と見ましたが」

「喧嘩《けんか》は守っているだけでは勝てぬ。攻めてこそ、道がひらけるというもの」

「やはり……」

幸村はうなずき、

「しかし、父上。上杉の家老、直江兼続とやらは、なかなかの切れ者と聞きおよんでおります。父上の策がたやすく通じますかな」

と、ひどく老成した口調で言った。

「生意気な口をきくな」

昌幸は息子を睨んだ。

「直江なにがしは、まだ二十半ばの青二才ではないか」

「しかし、その青二才のもとへ、父上は身辺を探る諜者《ちょうじゃ》を送り込んでおられるというではありませぬか。まことは、かの者を恐れておいでなのでは？」

幸村がからかうように言った。

「わしは何者も恐れてなどおらぬ」

「相手が北条、あるいは徳川でも……」

「同じことだ」

昌幸はうそぶいた。

「わしが諜者を送っているのは、春日山城だけではない。小田原の北条、浜松の徳川はもとより、上方の羽柴秀吉にも木猿の配下を近づけ、動静を探らせている。それは相手を恐れているからではない。どのような大国、大軍勢とて、それを動かしているのは人よ。その人の欲望のありかを冷静に見定め、利用して戦いに勝つ。それこそが、厳しい乱世をくぐり抜けてきた真田の軍略にほかならぬ」

「人の欲ですか」

幸村がちらりと笑った。

「私にも一人前に、欲はあります。欲というより、夢といったほうがよろしいか」

「どのような夢だ」

「いや、父上には申し上げますまい」

「なぜじゃ」

「親子のあいだとはいえ、父上は人をどのように利用するか、知れたものではありませぬからな」

「こやつ……」

昌幸は苦い顔つきになった。

「父上の教えは、生きるうえでいろいろと役に立ちます。のう、佐助。そうは思わぬか」

幸村が振り返ると、少し離れた日向《ひなた》の斜面でヨモギの葉をむしっていた佐助が、はじかれたように頭を下げた。

「小僧を相手につまらぬ時を費やしたわ」

昌幸は表情を消し、

「次の場所へいくぞ、幸村」

と、馬の手綱をつかんだ。

「はッ」

父と子はふたたび馬上の人となり、千曲川の川岸を走りだした。

佐助の小柄で敏捷《びんしょう》な影が、二頭の駿馬の後ろを飛ぶようについてゆく。

真田昌幸が築きはじめた新城は、世に、

——上田《うえだ》城
と呼ばれる。

南を尼ケ淵の断崖、西、北を沼沢に囲まれた地形を考慮に入れ、昌幸は大手口を東にもうけることにした。

東には神川という防衛線があるが、川幅が狭く、丸木でも渡せばすぐに越えられてしまう。昌幸は東側に大手を設定し、二重、三重に防備をかためることで、城を難攻不落の要塞《ようさい》にしようともくろんだ。

それに従い、曲輪の配置も、本丸を中心にしてそのまわりを二ノ丸が囲み、三ノ丸が東へ大きく張り出すという形をとった。曲輪の外周をぐるりと水濠《みずぼり》が取り巻き、容易に敵を寄せつけぬ構えをみせている。

また、昌幸は矢出沢《やでさわ》川の流路を変えて外堀の役を果たさせ、その内側に城下町を形成していく。

上田の城下には、真田の里の原之郷《はらのごう》から商人たちが多数移住し、昌幸の保護を受けてあきないをいとなんだ。

彼らが移り住んだ一画は、のちに、

――原町

と称され、町内に市神《いちがみ》が祀《まつ》られて、五と十のつく日に定期的に市がひらかれた。真田氏とゆかりの深い海野郷からも、商人、職人などが移され、これが海野町となって、原町とともに上田城下の流通経済の中心をなしていく。

もっとも、上田城の城造りは、昌幸単独でなされたことではない。

このころ、真田氏の所領は、信濃、上野あわせて十万石に満たない。大規模な築城を行なうには、いかにも金と力が不足している。昌幸は、その足りない分を、徳川家康から引き出した。

徳川方にとって、上田の地は、上杉氏とぶつかり合う北方の最前線である。

「上田を陥《おとし》いれられれば、上杉方はさらに勢いに乗って南下してまいりましょう。われらが体を張って防ぎますゆえ、何とぞ城造りにご加勢下されませ」

昌幸は弟の加津野信尹を通じて、家康に懇望した。

戦略的に、

「もっともなり」

と思ったのであろう。家康が金と人を提供したため、上田築城は稀《まれ》に見る大工事となった。しかし、皮肉なことに、上田築城が真田昌幸とその一族の運命をも大きく変えていくことになる。

（上巻了）

本書は文芸事務所三友社の配信により、二〇〇九年七月より五三四回にわたって信濃毎日新聞、新潟日報、東愛知新聞、東奥日報、上毛新聞、紀伊民報、宇部日報、津山朝日新聞、秋北新聞に順次連載された作品を改稿したものです。

火坂雅志（ひさか・まさし）
1956年、新潟市生まれ。早稲田大学商学部卒業。「別冊歴史読本」副編集長をつとめたのち、『花月秘拳行』で作家デビュー。「新潟日報」朝刊ほか全国13紙に、上杉謙信の義の心を受け継いだ直江兼続の生涯を描く『天地人』を連載。同作品が2009年NHK大河ドラマの原作になる。歴史小説界の旗手として注目されている。
著書は、『天地人』上・中・下（NHK出版）『黄金の華』（NHK出版）『黒衣の宰相』（幻冬舎）『墨染の鎧』上・下（文藝春秋）『沢彦（たくげん）』（小学館）『全宗』（小学館）『家康と権之丞』（朝日新聞社）『虎の城』上・下（祥伝社）『覇商の門』（祥伝社）『臥竜の天』上・下（祥伝社）『壮心の夢』（徳間書店）『骨董屋征次郎手控』（実業之日本社）『軍師の門』上・下（角川学芸出版）など多数。
『天地人』で第13回中山義秀文学賞受賞。

真田三代　上

二〇一一（平成二十三）年十月三十日　第一刷発行

著　者　火坂雅志

発行者　溝口明秀
発行所　NHK出版
〒一五〇—八〇八一　東京都渋谷区宇田川町四十一—一
電話〇三—三七八〇—三三八四（編集）
〇五七〇—〇〇〇—三二一（販売）
振替〇〇一一〇—一—四九七〇一
印　刷　三秀舍、大熊整美堂
製　本　田中製本

造本には十分注意しておりますが、乱丁本・落丁本がありましたら、お取り替えいたします。
定価はカバーに表示してあります。

ホームページ　http://www.nhk-book.co.jp
携帯電話サイト　http://www.nhk-book-k.jp
Printed in Japan
ISBN978-4-14-005610-3 C0093